GUILLAUME MUSSO

Ein Engel im Winter

Buch

Nathan Del Amico hat alle seine Träume verwirklicht: Aus kleinen Verhältnissen stammend, ist er mit nur achtunddreißig Jahren ein erfolgreicher Wirtschaftsanwalt und hat gerade seine erste Million auf dem Konto. Er ist überarbeitet, fühlt sich aber fit – bis auf diese merkwürdigen Stiche in der Brust. Doch diese Schmerzen bekümmern ihn nicht so sehr wie die, die auf seiner Seele lasten: Mallory, die große Liebe seines Lebens, hat ihn verlassen und ihre gemeinsame Tochter mit sich genommen.

Es ist zwei Wochen nach Weihnachten, als Garrett Goodrich, ein geheimnisvoller Arzt, in seinem Büro erscheint. Er stellt sich als Bote vor, der Nathan auf dem Weg in den Tod begleiten will. Der ist empört und zutiefst beunruhigt. Er glaubt, Goodrich, der nun immer wieder wie aus heiterem Himmel seinen Weg kreuzt, irgendwo her zu kennen. Auch wenn sich Nathan weigert, kann er seine Angst nicht ganz unterdrücken. Schon bald hat sich der Gedanke fest in ihm verankert, jeden Moment zu sterben. Und erst jetzt wird ihm klar, was wirklich wichtig ist im Leben: Mallory und das Kind. Wird ihm noch genug Zeit bleiben, Versäumtes nachzuholen? Nathan ahnt nicht, dass die Aufgabe, die ihm der Bote Goodrich gestellt hat, sein Leben auf eine weitaus dramatischere Weise verändern wird …

Ein hinreißender Roman, der mit überraschender Leichtigkeit über die Liebe erzählt. Das Buch ist eine Hymne an das Leben – und eine himmlische Liebesgeschichte.

Autor

Guillaume Musso, 1974 in Antibes geboren, arbeitete als Gymnasiallehrer und Universitätsdozent, bis er 2001 seinen von der Kritik hoch gelobten Debütroman veröffentlichte. Der große Durchbruch gelang ihm mit seinem zweiten Roman »Ein Engel im Winter«, der auf Anhieb zum gefeierten Bestseller wurde. Inzwischen erreichte das Buch in Frankreich mehr als 400 000 Leser.

Guillaume Musso

Ein Engel im Winter

Roman

Aus dem Französischen von
Antoinette Gittinger

blanvalet

Die französische Originalausgabe erschien 2004 unter dem Titel
»Et Après ...« bei XO Editions, Paris

Umwelthinweis:
Alle bedruckten Materialien dieses Taschenbuches
sind chlorfrei und umweltschonend.

1. Auflage
Taschenbuchausgabe Dezember 2005 bei Blanvalet,
einem Unternehmen der Verlagsgruppe Random House GmbH, München.

Umschlaggestaltung: Design Team München
Umschlagcollage: HildenDesign, Photodisc (Flügel), Corbis/Ramin
Talai (Hintergrund), Trevillion (Mann)
Satz: Buch-Werkstatt GmbH, Bad Aibling
Druck und Einband: GGP Media GmbH, Pößneck
Verlagsnummer: 36220
LW · Herstellung: NT
Made in Germany
ISBN-10: 3-442-36220-2
ISBN-13: 978-3-442-36220-2

www.blanvalet-verlag.de

Prolog

Insel Nantucket
Massachusetts
Herbst 1972

Der See erstreckte sich im Osten der Insel hinter den Sümpfen mit den Moosbeeren. Das Wetter war strahlend schön.
Nach kühlen Tagen begann es erneut warm zu werden. Die Wasseroberfläche spiegelte die leuchtenden Farben des herbstlich bunten Waldes wider.
»Da, schau mal!«
Der kleine Junge ging auf das Ufer zu und blickte in die Richtung, in die seine Freundin zeigte. Inmitten von Blättern schwamm ein großer Vogel. Sein makellos weißes Gefieder, sein pechschwarzer Schnabel und sein langer schlanker Hals verliehen ihm eine majestätische Anmut.
Es war ein Schwan.
Nur wenige Meter von den Kindern entfernt steckte er Kopf und Hals ins Wasser. Dann tauchte er wieder auf und stieß einen lang gezogenen Ruf aus, der weich und melodiös klang, ganz im Gegensatz zum Krächzen der Schwäne mit den gelben Schnäbeln, die in vielen öffentlichen Anlagen zur Zierde gehalten werden.
»Ich werde ihn streicheln!«
Das kleine Mädchen trat ganz nah ans Ufer heran und streckte die Hand aus. Vor Schreck breitete der Schwan seine Flügel aus, mit einer so ruckartigen Bewegung, dass die Kleine das Gleichgewicht verlor. Sie plumpste ins Wasser, und über

ihr schwang sich der Vogel mit schwerfälligem Flügelschlag in die Lüfte.

Das kalte Wasser verschlug ihr den Atem, als ob ein Schraubstock ihren Oberkörper zusammenpresste. Für ihr Alter konnte sie sehr gut schwimmen. Im Meer legte sie zuweilen mehrere hundert Meter im Brustschwimmen zurück. Aber das Wasser des Sees war eiskalt und das Ufer schwer zu erreichen. Sie schlug wild um sich, geriet in Panik, als sie erkannte, dass es ihr nicht gelingen würde, ans Ufer zu klettern. Sie fühlte sich so winzig, so ganz und gar verloren in dieser fließenden Unendlichkeit.

Der Junge zögerte nicht, als er sah, dass seine Freundin in Gefahr war: Er zog die Schuhe aus und sprang in voller Kleidung ins Wasser.

»Halt dich an mir fest, hab keine Angst.«

Sie klammerte sich an ihn, und eher schlecht als recht gelangten sie in die Nähe des Ufers. Er hielt den Kopf unter Wasser und schob sie mit aller Kraft nach oben. Dank seiner Hilfe konnte sie sich mit viel Mühe am Ufer hochziehen.

Doch als er selbst aus dem Wasser klettern wollte, fühlte er seine Kräfte schwinden, als zögen ihn zwei kräftige Arme gewaltsam in die Tiefe des Sees. Er rang nach Luft, sein Herz schlug zum Zerspringen, ein unerträglicher Druck lastete auf seinem Gehirn.

Er kämpfte, bis er spürte, wie sich seine Lunge mit Wasser füllte. Dann ließen seine Kräfte nach, er leistete keinen Widerstand mehr und sank nach unten. Seine Trommelfelle platzten, um ihn herum wurde alles schwarz. Eingehüllt in die Dunkelheit erkannte er, wenn auch verschwommen, dass dies vermutlich das Ende war.

Denn da war nichts mehr. Nichts als diese kalte und schreckliche Dunkelheit.
Dunkelheit.
Dunkelheit.
Dann plötzlich ...
Ein Licht.

Kapitel 1

Manche werden als große Menschen geboren …
Und andere erlangen Größe

Shakespeare

Manhattan
Heute
9. *Dezember*

Wie jeden Morgen wurde Nathan Del Amico durch doppeltes Klingeln geweckt. Er stellte immer zwei Wecker: einen, der ans Stromnetz angeschlossen war, und einen anderen, der mit Batterien betrieben wurde. Mallory fand das lächerlich. Nachdem er eine halbe Schale Cornflakes verschlungen, in einen Trainingsanzug geschlüpft und ein paar abgenutzte Reeboks angezogen hatte, verließ er die Wohnung für sein tägliches Training.
Der Spiegel im Aufzug zeigte ihm einen jungen Mann mit angenehmem Äußeren, aber erschöpften Gesichtszügen.
Du könntest dringend Urlaub gebrauchen, mein kleiner Nathan, dachte er und betrachtete aus der Nähe die bläulichen Schatten, die sich über Nacht unter seine Augen gelegt hatten.
Er zog den Reißverschluss seiner Jacke bis zum Kragen hoch, schob seine Hände in gefütterte Handschuhe und stülpte sich eine Wollmütze mit dem Logo der *Yankees* über.

Nathan wohnte im 23. Stock des San Remo Buildings, jenem Komplex mit luxuriösen Wohnhäusern an der Upper West Side. Er hatte einen Blick direkt auf den Central Park West. Kaum hatte Nathan die Nase zur Tür rausgestreckt, entströmte ein kalter und weißer Dunst seinem Mund. Es war noch nicht richtig hell, und die Wohnhäuser am Straßenrand tauchten erst langsam aus dem Nebel auf. Am Vorabend hatte der Wetterbericht Schnee angesagt, doch bislang war keine einzige Flocke vom Himmel gefallen.

Mit kurzen Schritten lief er die Straße hinauf. Die Weihnachtsbeleuchtungen und die Kränze aus Stechpalmen an den Eingangstüren tauchten das Viertel in festlichen Glanz. Nathan lief am Naturkundemuseum vorbei, und am Ende eines Hundertmetersprints betrat er den Central Park.

Zu dieser Tageszeit und bei dieser Kälte war kaum jemand unterwegs. Ein eisiger Wind kam vom Hudson her und fegte über die Joggingstrecke, die um den *Reservoir*, den künstlichen See inmitten des Parks, herumführte.

Auch wenn es nicht unbedingt als empfehlenswert galt, diesen Weg zu nehmen, so lange es noch dunkel war, tat Nathan es dennoch ohne Furcht. Seit Jahren joggte er hier, und nie hatte er etwas Unangenehmes erlebt. Nathan hielt sich an einen gleichmäßigen Laufrhythmus. Die Luft war klirrend kalt, aber um nichts in der Welt hätte er auf seine tägliche Stunde Sport verzichtet.

Nach einer Dreiviertelstunde gleichmäßigen Laufens hielt er auf der Höhe der Traverse Road an, löschte seinen Durst und setzte sich einen Moment auf den Rasen.

Er dachte an die milden Winter Kaliforniens, an

die Küste von San Diego, wo sich ein kilometerlanger Strand ideal fürs Laufen eignete. Für einen Augenblick sah er in Gedanken seine Tochter Bonnie, wie sie sich vor Lachen schüttelte.
Sie fehlte ihm so sehr, dass es schmerzte.
Das Gesicht seiner Frau Mallory und ihre großen, meerblauen Augen kamen ihm auch in den Sinn, aber er zwang sich, dieses Bild zu verdrängen.
Hör auf, mit dem Messer in der Wunde herumzustochern.
Dennoch blieb er auf dem Rasen sitzen, beherrscht von dieser grenzenlosen Leere, die er empfunden hatte, als sie gegangen war. Eine Leere, die ihn seit mehreren Monaten innerlich verzehrte.
Er hätte es niemals für möglich gehalten, dass Schmerz solche Ausmaße annehmen konnte.
Er fühlte sich einsam und elend. Einen kurzen Moment lang füllten sich seine Augen mit Tränen, bis der eisige Wind sie vertrieb.
Er trank noch einen Schluck Wasser. Seit er am Morgen erwacht war, fühlte er einen seltsamen Schmerz in der Brust, etwas wie Seitenstechen, das seine Atmung behinderte.
Die ersten Flocken fielen. Nun erhob er sich doch, lief mit langen Schritten zum San Remo Building zurück, weil er noch duschen wollte, bevor er zur Arbeit aufbrach.

Nathan schlug die Tür des Taxis zu. Im dunklen Anzug und frisch rasiert betrat er den Glasturm an der Ecke Park Avenue und 52. Straße, in dem sich die Büros der Kanzlei Marble & March befanden.
Von allen Anwaltskanzleien der Stadt war Marble die erfolgreichste. Sie beschäftigte über neunhun-

dert Angestellte in allen Teilen der Vereinigten Staaten, und fast die Hälfte arbeitete nur in New York.
Nathan hatte seine Karriere bei Marble & March in San Diego begonnen, wo er so schnell zum Star der Kanzlei wurde, dass der Hauptgesellschafter Ashley Jordan ihn als Teilhaber vorschlug. Die Kanzlei in New York befand sich zu jener Zeit im Ausbau, sodass Nathan mit einunddreißig Jahren seine Koffer packte, um in die Stadt zurückzukehren, in der er aufgewachsen war und in der seine neue Stelle als stellvertretender Leiter der Abteilung Fusionen/Akquisitionen auf ihn wartete.
Eine ungewöhnliche Karriere für sein Alter.
Nathan hatte sein ehrgeiziges Ziel erreicht: Er war ein *Rainmaker,* einer der angesehensten und jüngsten Anwälte in seinem Bereich. Er hatte es ganz nach oben geschafft. Nicht durch Börsengewinne oder Erbschaften. Nein, er hatte das Geld mit seiner Arbeit verdient. Indem er einzelne Menschen und Gesellschaften verteidigte und dafür sorgte, dass Gesetze befolgt wurden.

Brillant, reich und hochmütig.
Das war Nathan Del Amico.
Von außen betrachtet.

Nathan beschäftigte sich den ganzen Vormittag mit den Mitarbeitern und kontrollierte ihre Arbeiten, um die laufenden Fälle auf den Punkt zu bringen. Gegen Mittag brachte Abby ihm einen Kaffee, Sesambrezeln und *cream cheese.*
Abby war seit mehreren Jahren seine Assistentin. Sie stammte aus Kalifornien und war bereit gewesen, ihm nach New York zu folgen, weil sie gut

miteinander auskamen. Als Single mittleren Alters ging sie in ihrer Arbeit auf und besaß Nathans ganzes Vertrauen. Er zögerte niemals, ihr Verantwortung zu übertragen. Abby war außerordentlich fleißig und hatte eine Arbeitsmoral, mit der sie das Tempo ihres Chefs mühelos halten oder sogar beschleunigen konnte, selbst wenn sie sich dafür insgeheim mit Vitaminsäften und reichlich Koffein traktieren musste.

Da Nathan in der folgenden Stunde keinen Termin hatte, lockerte er seine Krawatte. Wirklich, der stechende Schmerz in der Brust war immer noch da. Er rieb sich die Schläfen und spritzte sich ein bisschen kaltes Wasser ins Gesicht.

Hör auf, an Mallory zu denken.

»Nathan?«

Abby trat ein ohne anzuklopfen, wie üblich, wenn sie allein waren. Sie besprach mit ihm seine Termine für den Nachmittag und fügte dann hinzu:

»Heute Morgen hat ein Freund von Ashley Jordan angerufen, er wollte dringend einen Termin. Ein gewisser Garrett Goodrich ...«

»Goodrich? Nie gehört.«

»Ich glaube, er ist ein Sandkastenfreund von ihm, ein berühmter Arzt.«

»Und was kann ich für diesen Herrn tun?«, fragte Nathan und runzelte die Stirn.

»Ich weiß nicht, er hat sich nicht geäußert. Er sagte lediglich, Jordan meinte, Sie seien der Beste.«

Und das stimmt: Ich habe in meiner ganzen Karriere keinen einzigen Prozess verloren. Keinen einzigen.

»Versuchen Sie bitte, Ashley zu erreichen.«

»Er ist vor einer Stunde nach Baltimore gefahren. Sie wissen doch, der Fall Kyle ...«

»Ach ja, genau ... Wann wird dieser Goodrich kommen?«
»Ich habe ihm siebzehn Uhr vorgeschlagen.«
Sie stand bereits auf der Türschwelle, als sie sich umwandte.
»Bestimmt handelt es sich um einen Prozess gegen einen Arzt«, vermutete sie.
»Zweifellos«, pflichtete er ihr bei und versenkte sich wieder in seine Akten. »Wenn das zutrifft, verweisen wir ihn in die Abteilung im vierten Stock.«

Goodrich traf kurz vor siebzehn Uhr ein. Abby brachte ihn in Nathans Büro, ohne ihn warten zu lassen.
Er war ein Mann in den besten Jahren, hochgewachsen und kräftig gebaut. Sein eleganter langer Mantel und sein anthrazitfarbener Anzug unterstrichen seine Statur. Sicheren Schrittes betrat er das Büro. Er blieb in der Mitte des Raums stehen. Offensichtlich hatte er die Haltung eines Kämpfers, und das verlieh ihm eine starke Präsenz.
Mit einer lockeren Handbewegung schüttelte er seinen Mantel aus und reichte ihn dann Abby. Er fuhr sich mit den Fingern durch sein gekonnt zerzaustes, grau meliertes Haar – das trotz seiner schätzungsweise sechzig Jahre sehr voll war –, strich sich über seinen kurzen Bart und musterte den Anwalt durchdringend.

Nathan fühlte sich unter Goodrichs Blick unbehaglich. Sein Atem beschleunigte sich auf seltsame Weise, und in Sekundenschnelle gerieten seine Gedanken durcheinander.

Kapitel 2

Dann sah ich einen Engel,
der in der Sonne stand.
Offenbarung, 19,17

»Geht es Ihnen gut, Sir?«
Du lieber Himmel, was ist mit mir los?
»Ja, ja ... nur eine kleine Schwäche«, erwiderte Nathan und fing sich wieder. »Vermutlich ein bisschen überarbeitet ...«
Goodrich schien das nicht zu überzeugen.
»Ich bin Arzt. Wenn Sie wollen, untersuche ich Sie, ich tu es gern«, schlug er mit sonorer Stimme vor.
Nathan rang sich ein Lächeln ab.
»Danke, es geht schon.«
»Ehrlich?«
»Seien Sie unbesorgt.«
Ohne darauf zu warten, dass Nathan ihn aufforderte, sich zu setzen, machte Goodrich es sich in einem Ledersessel bequem und betrachtete aufmerksam die Einrichtung des Büros. An den Wänden reihten sich Regale mit alten Büchern, in der Mitte des Raumes befand sich ein imposanter Schreibtisch zwischen einem Konferenztisch aus massivem Nussbaum und einem eleganten kleinen Sofa. Alles wirkte behaglich.
»Also, was erwarten Sie von mir, Dr. Goodrich?«, fragte Nathan nach kurzem Schweigen.
Der Arzt schlug die Beine übereinander und lehn-

te sich in seinem Sessel zurück, bevor er antwortete:
»Ich erwarte nichts von Ihnen, Nathan … Sie erlauben doch, dass ich Nathan zu Ihnen sage, nicht wahr?«
Sein Ton klang nach einer Feststellung, nicht nach einer Frage.
Der Anwalt ließ sich nicht aus der Fassung bringen:
»Sie haben mich doch aus beruflichen Gründen aufgesucht, nicht wahr? Unsere Kanzlei verteidigt auch Ärzte, die von ihren Patienten verklagt werden …«
»Zum Glück ist das bei mir nicht der Fall«, unterbrach ihn Goodrich. »Wenn ich ein Glas zu viel getrunken habe, lasse ich das Operieren bleiben. Es ist doch peinlich, wenn man das rechte Bein amputiert, obwohl das linke krank ist, oder?«
Nathan zwang sich zu lächeln.
»Was haben Sie dann für ein Problem, Dr. Goodrich?«
»Nun, ich habe ein paar Kilo zu viel, aber …«
»… dafür benötigen Sie nicht unbedingt die Dienste eines Anwalts, was Sie mir bestimmt bestätigen werden.«
»Genau.«
Dieser Typ hält mich für einen Idioten.
Eine lähmende Stille breitete sich im Raum aus, obwohl keine große Spannung herrschte. Nathan war nicht leicht zu beeindrucken. Seine berufliche Erfahrung hatte ihn zu einem gefürchteten Gesprächspartner gemacht, und es war schwierig, ihn bei einem Gespräch zu verunsichern.
Er musterte sein Gegenüber aufmerksam. Wo nur hatte er diese hohe, breite Stirn schon mal gese-

hen, diesen kräftigen Kiefer, diese buschigen, eng zusammenstehenden Augenbrauen? Goodrichs Blick verriet keine Spur von Feindseligkeit, dennoch fühlte sich der Anwalt bedroht.
»Wollen Sie etwas trinken?«, bot er in einem, wie er hoffte, ruhigen Ton an.
»Gern, ein Glas San Pellegrino, wenn es möglich ist.«
»Das wird zu beschaffen sein«, versicherte Nathan, griff nach dem Hörer, um Abby darum zu bitten.
Während er auf sein Mineralwasser wartete, erhob sich Goodrich, trat vor das Regal und studierte nun interessiert die Bücher.
Ja doch, fühl dich ganz wie zu Hause, dachte Nathan gereizt.
Als der Arzt wieder Platz genommen hatte, betrachtete er aufmerksam den Briefbeschwerer – einen Schwan aus Silber –, der vor ihm auf dem Schreibtisch lag.
»Damit könnte man durchaus einen Menschen töten«, bemerkte er und wog ihn in der Hand.
»Zweifellos«, stimmte Nathan mit gequältem Lächeln zu.
»In den alten keltischen Texten findet man viele Schwäne«, murmelte Goodrich wie zu sich selbst.
»Sie interessieren sich für die keltische Kultur?«
»Die Familie meiner Mutter stammt aus Irland.«
»Die Familie meiner Frau ebenfalls.«
»Sie meinen wohl Ihre Ex-Frau.«
Nathans Blick durchbohrte seinen Gesprächspartner.
»Ashley hat mir erzählt, dass Sie geschieden sind«, erklärte Goodrich seelenruhig und drehte sich auf seinem bequem gepolsterten Sessel.

Das fehlt noch, dass du diesem Kerl dein Leben beichtest.

»In den keltischen Texten«, fuhr Goodrich fort, »nehmen die Wesen aus der anderen Welt häufig die Form eines Schwans an, wenn sie auf die Erde kommen.«

»Sehr poetisch, aber können Sie mir erklären, was …«

In diesem Augenblick kam Abby mit einem Tablett herein, auf dem eine Flasche und zwei große Gläser mit Mineralwasser standen.

Der Arzt legte den Briefbeschwerer zurück und trank sein Glas aus – so langsam als genieße er jeden Tropfen.

»Haben Sie sich verletzt?«, fragte er und deutete auf eine Schramme an der linken Hand des Anwalts.

Dieser zuckte die Achseln.

»Das ist gar nichts: Ich habe beim Joggen ein Drahtgitter gestreift.«

Goodrich stellte sein Glas zurück und schlug einen belehrenden Ton an:

»In dem Augenblick, in dem Sie das sagen, erneuern sich Hunderte Ihrer Hautzellen. Wenn eine Zelle abstirbt, teilt sich eine andere, um sie zu ersetzen: Das ist das Phänomen der Gewebehomöostase.«

»Freut mich zu hören.«

»Gleichzeitig werden jeden Tag viele Neuronen Ihres Gehirns zerstört, und das seit Ihrem zwanzigsten Lebensjahr …«

»Ich denke, das ist das Schicksal aller menschlichen Wesen.«

»Genau, das ständige Pendeln zwischen Schöpfung und Zerstörung.«

Der Typ ist wahnsinnig.
»Warum erzählen Sie mir das?«
»Weil der Tod überall ist. In jedem menschlichen Wesen, in allen Phasen seines Lebens herrscht eine Spannung zwischen zwei widersprüchlichen Kräften: den Kräften des Lebens und denen des Todes.«
Nathan erhob sich und deutete auf die Tür des Büros. »Sie erlauben?«
»Bitte sehr.«
Er verließ den Raum und ging zu einem freien Arbeitsplatz im Zimmer der Sekretärinnen. Schnell klickte er sich ins Internet ein und durchforstete die Seiten der New Yorker Krankenhäuser.
Der Mann, der in seinem Büro saß, war kein Betrüger. Es handelte sich weder um einen Prediger noch um einen Geisteskranken, der einer Nervenheilanstalt entflohen war. Er hieß wirklich Garrett Goodrich, war Doktor der onkologischen Chirurgie, ehemaliger Assistenzarzt am Medical General Hospital in Boston, jetzt Chefarzt am Staten Island Hospital und Leiter der Abteilung Palliativmedizin dieses Krankehauses.
Dieser Mann war ein hohes Tier, eine echte Koryphäe in der Welt der Medizin. Kein Zweifel: Es gab sogar ein Foto von ihm, und es zeigte eindeutig das gepflegte Gesicht des Sechzigjährigen, der im Nebenraum auf ihn wartete.
Nathan prüfte aufmerksam die Karriere seines Gastes: Seines Wissens war er nie in einem der Krankenhäuser gewesen, die den beruflichen Aufstieg von Doktor Garrett Goodrich markierten. Warum also kam er ihm so bekannt vor?
Diese Frage bewegte ihn, als er in sein Büro zurückkehrte.
»Also, Garrett, Sie haben mir vorhin vom Tod er-

zählt? Sie erlauben doch, dass ich Garrett zu Ihnen sage, nicht wahr?«

»Ich habe Ihnen vom Leben erzählt, Del Amico, vom Leben und von der Zeit, die vergeht.«

Nathan nutzte diese Worte, um einen ostentativen Blick auf seine Armbanduhr zu werfen, womit er andeuten wollte, dass »die Zeit tatsächlich vergeht« und seine Zeit kostbar war.

»Sie arbeiten zu viel«, bemerkte Goodrich lakonisch.

»Ich bin sehr gerührt, dass sich jemand um meine Gesundheit sorgt, ehrlich.«

Erneut breitete sich diese Stille zwischen ihnen beiden aus, eine Stille, die gleichermaßen vertraulich und bedrückend wirkte. Dann stieg die Spannung:

»Zum letzten Mal: Womit kann ich Ihnen dienen, Sir?«

»Nathan, ich glaube, ich könnte Ihnen dienen.«

»Im Augenblick sehe ich nicht, womit.«

»Das kommt noch, Nathan, das kommt noch. Einige Prüfungen können schmerzlich sein, Sie werden das bald erkennen.«

»Worauf genau spielen Sie an?«

»Auf die Notwendigkeit, gut vorbereitet zu sein.«

»Ich kann Ihnen nicht folgen.«

»Wer weiß denn, was morgen sein wird? Es kommt darauf an, im Leben die richtigen Prioritäten zu setzen.«

»Das ist ein sehr tiefsinniger Gedanke«, spottete der Anwalt. »Soll das eine Art Drohung sein?«

»Keine Drohung, Nathan, sondern eine Botschaft.«

Eine Botschaft?

Nach wie vor war in Goodrichs Blick keine Feindseligkeit zu erkennen, was aber nicht unbedingt zu Nathans Beruhigung beitrug.

Wirf ihn raus, Nathan. Dieser Typ redet Unsinn. Spiel nicht sein Spiel.
»Vielleicht sollte ich es Ihnen nicht sagen, aber ich tu es trotzdem: Wenn Sie nicht auf Empfehlung von Ashley Jordan hier wären, würde ich den Sicherheitsdienst rufen und Sie vor die Tür setzen lassen.«
»Das kann ich mir vorstellen«, lächelte Goodrich. »Zu Ihrer Information: Ich kenne Ashley Jordan nicht.«
»Ich dachte, Sie seien mit ihm befreundet!«
»Das war nur ein Trick, um bei Ihnen vorgelassen zu werden.«
»Hören Sie, wenn Sie Jordan nicht kennen, wer hat Ihnen dann gesagt, dass ich geschieden bin?«
»Das steht in Ihrem Gesicht geschrieben.«
Damit war das Fass übergelaufen ... Der Anwalt erhob sich mit einem Ruck, riss unbeherrscht und heftig die Tür auf.
»Ich habe zu arbeiten.«
»Sie glauben nicht, was man Ihnen sagt, und deshalb verlasse ich Sie ... fürs Erste.«
Goodrich erhob sich von seinem Sessel. Seine kräftige Gestalt wirkte im Gegenlicht wie ein unzerstörbarer mächtiger Koloss. Er wandte sich zur Tür und ging hinaus, ohne sich umzudrehen.
»Aber was wollen Sie denn eigentlich von mir?«, fragte Nathan hilflos.
»Ich glaube, Sie wissen es, Nathan, ich glaube, Sie wissen es genau«, rief Goodrich aus dem Flur.
»Ich weiß gar nichts!«, erwiderte der Anwalt mit Nachdruck.
Er schlug die Tür seines Büros zu, riss sie wieder auf, nur um in den Flur zu schreien:
»Ich weiß nicht mal, wer Sie sind.«
Aber Garrett Goodrich war bereits verschwunden.

Kapitel 3

Eine große Karriere ist etwas Wunderbares,
aber wenn man nachts friert,
kann man sich nicht an sie schmiegen.

Marilyn Monroe

Nachdem Nathan die Tür hinter sich zugeschlagen hatte, schloss er die Augen und presste ein Glas frisches Wasser sekundenlang gegen die Stirn. Irgendwie spürte er, dass dieser Vorfall nicht ohne Folgen bleiben würde, dass er nicht zum letzten Mal von Garrett Goodrich gehört hatte.

Es fiel ihm schwer, an die Arbeit zurückzukehren. Die Hitzewallungen, die ihn überfluteten, und der stärker werdende Schmerz in seiner Brust hinderten ihn daran, sich zu konzentrieren.

Mit dem Glas Wasser in der Hand erhob er sich von seinem Stuhl und ging ein paar Schritte in Richtung Fenster, um die bläulichen Reflexe des Helmsey Building zu betrachten. Neben der nüchternen Fassade des Met Life war dieser Wolkenkratzer mit seinem eleganten Turm, auf dem ein pyramidenförmiges Dach thronte, ein wahres Schmuckstück. Er hatte menschliche Dimensionen.

Ein paar Minuten lang betrachtete Nathan den Verkehr, der nach Süden strömte, vorbei an den Rampen der beiden riesigen Torbögen, die sich über die Fahrbahn spannten.

Unaufhörlich fiel Schnee, tauchte die Stadt in Weiß- und Grautöne.

Nathan empfand jedes Mal Unbehagen, wenn er an dieses Fenster trat. Während der Attentate vom 11. September hatte er an seinem Computer gearbeitet, als die erste Explosion die Stadt erschütterte. Niemals würde er diesen grauenhaften Tag voller Schrecken vergessen, diese Säulen aus schwarzem Rauch, die den klaren Himmel verdunkelten, und dann diese riesige Wolke aus Qualm und Staub, nachdem die Türme eingestürzt waren. Zum ersten Mal waren ihm Manhattan und seine Wolkenkratzer klein, verwundbar und vergänglich erschienen.
Wie die meisten seiner Kollegen hatte er versucht, den Albtraum, den sie damals erlebt hatten, nicht endlos zu träumen. Das Leben war weitergegangen. *Business as usual.* Dennoch, sagen die Leute, die hier leben, ist New York nie wieder New York geworden.

Ich schaffe es wirklich nicht.
Er sortierte dennoch einige Dossiers, die er in seinem Aktenkoffer verstaute. Dann beschloss er zu Abbys großer Verblüffung, zu Hause weiterzuarbeiten.
Es war eine Ewigkeit her, dass er so früh sein Büro verlassen hatte. Gewöhnlich arbeitete er rund vierzehn Stunden pro Tag, sechs Tage die Woche, und seit seiner Scheidung ging er häufig sogar sonntags ins Büro. Von allen Teilhabern arbeitete er am längsten.
Mit seiner letzten Glanzleistung hatte er sich zudem großes Ansehen erworben: Obwohl alle Mitarbeiter der Kanzlei diese Aufgabe als sehr heikel einschätzten, war es ihm gelungen, die durch die Medien hochgespielte Fusion der Unternehmen

Downey und NewWax abzuwickeln, was ihm sogar einen lobenden Artikel in der angesehenen Fachzeitschrift *National Lawyer* eingebracht hatte. Nathan war den meisten Kollegen ein Dorn im Auge. Er war zu vorbildlich, zu perfekt. Er besaß nicht nur ein attraktives Äußeres, sondern auch untadelige Manieren, vergaß nie, die Sekretärinnen zu grüßen, dankte dem Portier, der ihm ein Taxi rief, und widmete bedürftigen Mandanten ein paar Gratisstunden im Monat.
Die lebhafte Atmosphäre auf der Straße tat ihm gut. Es fielen noch einzelne Flocken, doch der Schneefall war nicht so dicht gewesen, dass er den Verkehr behinderte. Während er nach einem Taxi Ausschau hielt, hörte er einen Kinderchor. In makellos weißen Gewändern sangen die Kinder vor der Kirche St. Bartholemew das *Ave verum corpus*. Er konnte sich nicht dagegen wehren, dass die Musik ihn berührte, beruhigend und aufwühlend zugleich.

Kurz nach achtzehn Uhr kam er zu Hause an, machte sich einen heißen Tee und griff nach dem Telefon.
Auch wenn es in San Diego erst fünfzehn Uhr war, würden Bonnie und Mallory vielleicht zu Hause sein. Er wollte die Einzelheiten der Reise seiner Tochter besprechen, die in wenigen Tagen zu ihm kommen sollte, weil sie dann Ferien hatte.
Sorgfältig wählte er die Nummer. Nach dem dritten Läuten schaltete sich der Anrufbeantworter ein.
»Sie haben die Nummer von Mallory Wexler gewählt. Sie können mich im Augenblick nicht persönlich sprechen, aber …«

Den Klang ihrer Stimme zu hören, tat ihm gut. Es war wie eine Sauerstoffzufuhr, auf die er allzu lange hatte verzichten müssen. Wie genügsam er geworden war, dabei war es überhaupt nicht seine Art, sich mit wenig zufrieden zu geben.

Plötzlich wurde die Ansage unterbrochen.

»Hallo?«

Nathan brauchte übermenschliche Kraft, damit seine Stimme unbeschwert klang, nur um seiner alten, dämlichen Gewohnheit zu folgen: niemals Schwäche zu zeigen, nicht einmal der Frau gegenüber, die ihn von Kindheit an kannte.

»Hi, Mallory.«

Wie lange schon nannte er sie nicht mehr *mein Liebling*?

»Guten Tag«, erwiderte sie ohne Begeisterung.

»Alles in Ordnung?«

Sie erwiderte schroff:

»Was willst du denn, Nathan?«

Ah ja, ich habe begriffen: Heute ist bestimmt nicht der Tag, an dem du bereit bist, dich freundlich mit mir zu unterhalten.

»Ich rufe nur an, um mit dir über Bonnies Reise zu sprechen. Ist sie bei dir?«

»Sie ist im Geigenunterricht, sie kommt in einer Stunde zurück.«

»Vielleicht könntest du mir schon mal sagen, wann sie abfliegt«, bat er. »Ich glaube, ihre Maschine kommt am frühen Abend an …«

»Sie kommt in einer Stunde zurück«, wiederholte Mallory, offensichtlich bemüht, diese Unterhaltung zu beenden.

»Sehr gut, schön, dann bi…«

Doch sie hatte bereits den Hörer aufgelegt.

Er hatte es nicht für möglich gehalten, dass in ihrer Beziehung eines Tages eine solche Kälte herrschen könnte. Warum konnten sich zwei Menschen, die sich einmal sehr nahe gewesen waren, wie Fremde verhalten? Wie war das möglich? Er setzte sich auf das Sofa im Wohnzimmer und ließ den Blick zur Decke schweifen. Wie naiv er doch war! Natürlich war das möglich! Er brauchte sich nur umzusehen: Scheidungen, Betrügereien, Überdruss … In seinem Beruf war die Konkurrenz unerbittlich. Nur jene durften auf Erfolg hoffen, die einen Teil ihres Familienlebens und ihrer Freizeit opferten. Jeder Mandant der Anwaltskanzlei war mehrere zehn Millionen Dollar wert, was für die Anwälte bedeutete, rund um die Uhr verfügbar sein zu müssen. Das war die Spielregel, der Preis, der zu zahlen war, um am Hof der Großen seinen Platz zu behaupten. Und Nathan hatte ihn akzeptiert. Dafür verdiente er jetzt 45 000 Dollar im Monat, die übrigen Privilegien nicht mitgerechnet. Immerhin bekam er als Teilhaber zusätzlich einen Jahresbonus von etwa einer halben Million Dollar. Zum ersten Mal hatte sein Bankkonto die Grenze von einer Million überschritten. Und das war nur der Anfang.
Doch sein Privatleben hatte sich anders entwickelt als seine berufliche Karriere. Diese letzten Jahre hatten seine Ehe zerstört. Die Kanzlei war immer mehr zu seinem Lebensinhalt geworden. Bis er nicht mal mehr die Zeit fand, mit der Familie zu frühstücken oder die Hausaufgaben seiner Tochter durchzusehen. Als er das Ausmaß der Schäden erkannt hatte, war es zu spät, das Ruder herumzuwerfen, und vor ein paar Monaten war er geschieden worden. Sicher, er war nicht der ein-

zige Geschiedene – mehr als die Hälfte seiner Kollegen in der Kanzlei lebte von ihren Frauen getrennt –, doch das war kein Trost.
Nathan machte sich große Sorgen um Bonnie, weil die Ereignisse sie sehr mitgenommen hatten. Obwohl sie bereits sieben war, machte sie gelegentlich ins Bett und litt – laut ihrer Mutter – unter häufigen Angstattacken. Nathan rief sie jeden Abend an, aber er wäre gern in ihrer Nähe gewesen. *Nein*, dachte er, als er sich auf das Sofa setzte, *ein Mann, der abends allein einschläft und seit drei Monaten seine Tochter nicht gesehen hat, der hat es im Leben nicht weit gebracht, auch wenn er Millionär ist.*

Nathan zog den Ehering, den er immer noch trug, vom Ringfinger und las auf der Innenseite den Vers aus dem Hohelied Salomos, den Mallory ihm zur Hochzeit hatte eingravieren lassen:

Stark wie der Tod ist die Liebe.

Er kannte die Fortsetzung auswendig: *Auch mächtige Wasser können die Liebe nicht löschen, auch Ströme schwemmen sie nicht weg.* Alles Blödsinn! Sentimentaler Kitsch für verliebte Teenager. Die Liebe ist nicht dieses absolute Ding, das die Zeit überdauert und Prüfungen widersteht.
Dennoch hatte er lange geglaubt, seine Ehe sei etwas Außergewöhnliches, eine magische, irrationale Dimension, die in der Kindheit wurzelte. Mallory und er kannten sich seit ihrem sechsten Lebensjahr. Von Anfang an spann sich zwischen ihnen eine Art unsichtbarer Faden, als ob das Schicksal sie angesichts der Schwierigkeiten des

Lebens zu natürlichen Verbündeten hätte machen wollen.

Er betrachtete die eingerahmten Fotografien auf der Kommode, die seine Ex-Frau zeigten. Er schaute lange auf das neueste Foto, das er sich mit Bonnies Hilfe besorgt hatte.
Sicher, die Blässe in Mallorys Gesicht zeugte von der schweren Zeit, die mit ihrer Trennung verbunden war, aber sie veränderte nicht ihre langen Wimpern, ihre zarte Nase und ihre weißen Zähne. An dem Tag, an dem das Foto aufgenommen worden war, bei einem Spaziergang am Silver Strand Beach, am Strand mit den Silbermuscheln, hatte sie die Haare zu Zöpfen geflochten, hochgesteckt und mit einem Schildpattkamm befestigt. Mit der kleinen Nickelbrille erinnerte sie an Nicole Kidman in *Eyes Wide Shut*, auch wenn Mallory diesen Vergleich nicht mochte. Er musste unwillkürlich lächeln, denn sie trug einen seiner ewigen Patchwork-Pullis, die sie selbst strickte und in denen er schick und zugleich unbekümmert wirkte.

Sie hatte in Umweltforschung promoviert, an der Universität gelehrt, doch nachdem sie in das alte Haus ihrer Großmutter in die Nähe von San Diego gezogen war, gab sie den Unterricht auf, um sich nur noch verschiedenen Wohltätigkeitsorganisationen zu widmen. Von zu Hause aus betreute sie die Webseite einer regierungsunabhängigen Organisation, sie malte Aquarelle und stellte kleine, mit Muscheln verzierte Möbel her, die sie im Sommer an Touristen verkaufte, wenn sie in Nantucket Urlaub machte. Geld oder gesellschaftliches Ansehen waren für Mallory niemals wichtig

gewesen. Sie sagte gern, dass ein Spaziergang im Wald oder am Strand keinen Dollar kostete, doch Nathan konnte diese simplifizierenden Anschauungen ganz und gar nicht teilen.
Das war sehr einfach, wenn es einem nie an etwas gefehlt hat!
Mallory stammte aus einer wohlhabenden und angesehenen Familie. Ihr Vater war der Hauptgesellschafter einer sehr gut gehenden Anwaltskanzlei in Boston gewesen. Sie brauchte keinen beruflichen Erfolg, um sich eine gesellschaftliche Stellung zu erobern, weil sie diese Stellung von Geburt an besessen hatte.

Einen Moment lang dachte Nathan an all die Stellen ihres Körpers, an denen sich Leberflecke befanden. Dann zwang er sich, diese Erinnerung zu verdrängen, öffnete eine der Akten, die er mitgenommen hatte, und schaltete sein Notebook ein. Er machte sich Notizen und diktierte ein paar Briefe für Abby.
Endlich, gegen neunzehn Uhr dreißig, erhielt er den Anruf, den er erwartete.
»Hallo, Pa.«
»Hallo, kleines Eichhörnchen.«
Bonnie berichtete ausführlich von ihrem Tagesablauf, wie sie es bei ihren täglichen Telefongesprächen zu tun pflegte. Sie erzählte ihm von Tigern und Flusspferden, die sie beim Zoobesuch mit der Schule im Balboa Park gesehen hatte. Er fragte nach dem Unterricht und nach dem Fußballspiel, an dem sie tags zuvor teilgenommen hatte. Seltsamerweise hatte er nie so viel mit seiner Tochter geredet wie jetzt, da sie dreitausend Kilometer von ihm entfernt lebte.

Plötzlich klang ihre Stimme unruhig:
»Ich muss dich um was bitten.«
»Was immer du willst, mein Schatz.«
»Ich habe Angst, ganz allein zu fliegen. Ich möchte, dass du mich am Samstag abholst.«
»Das ist doch dumm, Bonnie, du bist doch schon ein großes Mädchen.«
Er hatte ausgerechnet an diesem Samstag ein wichtiges Gespräch: Es ging um die letzten Regelungen eines Vergleichs zwischen zwei Firmen, an dem er seit Monaten arbeitete. Und er hatte darauf bestanden, diesen Termin so zu legen.
»Bitte, Pa, hol mich ab!«
Nathan ahnte, dass seine Tochter am anderen Ende der Leitung mit den Tränen kämpfte. Bonnie war kein kapriziöses kleines Mädchen. Ihre Weigerung, allein ins Flugzeug zu steigen, bewies, wie groß ihre Angst war. Um nichts auf der Welt wollte Nathan ihr Kummer bereiten. Und ganz bestimmt nicht jetzt.
»Okay, kein Problem, Schatz. Ich werde da sein. Versprochen.«
Sie beruhigte sich, und sie sprachen noch ein paar Minuten miteinander. Um sie aufzuheitern, erzählte er ihr eine kleine Geschichte und imitierte wie so oft sehr gekonnt Winnie, das Bärenkind, das einen Topf voller Honig verlangte.
Ich hab dich lieb, Baby.
Nachdem er aufgelegt hatte, dachte er kurz über die Folgen des Aufschubs seiner Samstagsverabredung nach. Natürlich gab es immer noch die Möglichkeit, jemanden zu engagieren, der seine Tochter in Kalifornien abholte. Aber diese törichte Idee verwarf er sofort. Das wäre ein Schritt gewesen, den Mallory ihm nie verzeihen würde. Und außer-

dem hatte er Bonnie versprochen, dass *er* sie abholen würde. Es kam gar nicht in Frage, sie zu enttäuschen. Er würde schon eine Lösung finden, für dieses eine Mal.
Er diktierte noch ein paar Notizen aufs Band, dann schlief er auf dem Sofa ein, ohne die Schuhe ausgezogen oder die Lichter gelöscht zu haben.

Er schreckte hoch, als er die Sprechanlage hörte. Peter, der Portier, rief ihn von seinem Apparat in der Lobby an.
»Hier ist jemand für Sie, Sir: Doktor Garrett Goodrich.«
Nathan warf einen Blick auf seine Armbanduhr: *Verdammt noch mal, bereits einundzwanzig Uhr!* Er hatte nicht die Absicht, sich von diesem Typen bis nach Hause verfolgen zu lassen!
»Lassen Sie ihn nicht rein, Peter, ich kenne diesen Herrn nicht.«
»Stellen Sie sich nicht so an«, rief Goodrich, der offenkundig nach dem Hörer gegriffen hatte. »Es ist wichtig.«
Lieber Himmel! Was habe ich dem Herrn angetan, dass er mir diese Plage schickt?
Er rieb sich die Augen und dachte nach. Im Grunde wusste er, dass er seine Ruhe erst wiederfinden würde, wenn er mit Goodrich fertig war. Was voraussetzte, dass er erst einmal verstand, was dieser Mann überhaupt von ihm wollte.
»In Ordnung«, gab er nach, »Sie können ihn hochschicken, Peter.«
Nathan knöpfte sein Hemd zu, öffnete die Tür des Apartments und trat auf den Treppenabsatz, um den Arzt zu empfangen, der nicht lange brauchte, um in den 23. Stock zu gelangen.

»Garrett, was zum Teufel machen Sie hier? Wissen Sie, wie spät es ist?«
»Schöne Wohnung«, bemerkte der andere und warf einen Blick in das Apartment.
»Ich habe Sie gefragt, was Sie hier wollen.«
»Ich glaube, Sie sollten mitkommen, Del Amico.«
»Scheren Sie sich zum Teufel! Ich stehe nicht in Ihren Diensten.«
Garrett versuchte ihn zu beruhigen.
»Und wie wäre es, wenn Sie mir vertrauten?«
»Was beweist mir, dass Sie nicht gefährlich sind?«
»Absolut nichts«, gab Goodrich zu und zuckte die Schultern. »Jeder Mensch kann gefährlich werden, da stimme ich Ihnen zu.«

Die Hände in den Taschen und eingemummt in seinen weiten Mantel ging Goodrich seelenruhig die Straße hinunter, während Nathan, der einen guten Kopf kleiner war, neben ihm wild gestikulierte.
»Es ist eiskalt.«
»Jammern Sie immer so?«, fragte Garrett. »Im Sommer ist diese Stadt unerträglich. Erst im Winter zeigt New York sein wahres Gesicht.«
»Quatsch!«
»Im Übrigen konserviert die Kälte und tötet die Mikroben und dann …«
Nathan ließ ihm keine Zeit, seine Ausführungen fortzusetzen.
»Nehmen wir doch ein Taxi …«
Er trat auf die Fahrbahn und hob den Arm, um ein Taxi herbeizurufen.
»Hep, hep!«
»Hören Sie auf zu schreien, Sie machen sich lächerlich.«

»Wenn Sie glauben, dass ich mir hier die Eier abfriere, damit Sie Ihren Spaß haben, dann irren Sie sich gründlich.«
Zwei Taxis fuhren an ihnen vorbei ohne zu bremsen. Ein *yellow cab* hielt schließlich in Höhe der Century Apartments. Die beiden Männer stiegen ein, Goodrich nannte dem Chauffeur das Fahrziel: die Kreuzung der 5. Avenue und der 34. Straße.
Nathan rieb sich die Hände. Der Wagen war gut geheizt. Das Radio spielte ein altes Lied von Frank Sinatra.
Der Broadway wimmelte von Menschen. Wegen der Feiertage zum Jahresende waren viele Läden die ganze Nacht geöffnet.
»Zu Fuß wären wir schneller vorangekommen.« Diese Bemerkung konnte sich Goodrich nicht verkneifen, als das Taxi im Stau stecken blieb.
Nathan warf ihm einen vernichtenden Blick zu.
Nach einigen Minuten gelang es dem Taxi, in die 7. Avenue einzubiegen, wo der Verkehr weniger dicht war. Der Wagen fuhr hinunter bis zur 34. Straße, bog nach links ab und rollte noch ungefähr hundert Meter weiter, bevor er hielt.
Goodrich zahlte, und die beiden Männer stiegen aus.

Sie befanden sich am Fuße eines der berühmtesten Gebäude von Manhattan: am Empire State Building.

Kapitel 4

Der Engel mit dem Flammenschwert, der aufrecht vor dir steht, treibt dir den Dolch in den Leib und stößt dich in den Abgrund!

Victor Hugo

Nathan hob den Blick zum Himmel. Seit der Zerstörung der Twin Towers war das alte Empire State Building wieder Manhattans höchster Wolkenkratzer. Fest auf seinem massiven Sockel ruhend beherrschte das Gebäude in einer Mischung aus Macht und Eleganz ganz Midtown. Seine letzten dreißig Stockwerke leuchteten in Rot und in Grün wie immer zur Weihnachtszeit.

»Sie wollen da wirklich hoch?«, fragte der Anwalt und deutete auf die leuchtende Spitze, die den Schleier der Nacht zu durchbohren schien.

»Ich habe die Tickets bereits«, erwiderte Goodrich und zog zwei kleine rechteckige blaue Karten aus der Tasche. »Sie schulden mir übrigens sechs Dollar ...«

Nathan schüttelte verärgert den Kopf, resignierte und folgte dem Arzt auf dem Fuße.

Sie betraten die im Jugendstil gehaltene Eingangshalle. Hinter dem Empfangstisch zeigte eine Wanduhr zehn Uhr dreißig, während ein Schild die Besucher informierte, dass der Ticketverkauf noch eine Stunde lang geöffnet war und das Gebäude bis Mitternacht besichtigt werden konnte. Daneben funkelte eine riesige Reproduktion des

Gebäudes wie eine Sonne aus Kupfer. Die Weihnachtszeit zog wie immer viele Touristen nach New York, und trotz der späten Stunde drängten sich viele Menschen vor den Schaltern, an denen Fotos berühmter Leute hingen, die im Lauf der Jahre den Wolkenkratzer bewundert hatten.

Die von Goodrich besorgten Tickets ersparten den beiden Männern das Anstehen. Sie ließen sich in den zweiten Stock führen, von wo die Aufzüge zur Aussichtsplattform fuhren. Auch wenn es nicht mehr schneite, verhieß die Bildschirmanzeige reduzierte Sicht wegen der Wolken, die über der Stadt hingen.

In knapp einer Minute brachte sie ein ultraschneller Aufzug in den 80. Stock. Dort stiegen sie in einen anderen, der zum Turm im 86. Stock fuhr, und betraten in 320 Meter Höhe den überdachten Saal der Aussichtsplattform, der von Glaswänden geschützt war.

»Wenn es Ihnen nichts ausmacht, bleibe ich in diesem gut geheizten Raum«, bemerkte Nathan und zog den Gürtel seines Mantels fester zu.

»Ich rate Ihnen eher, mir zu folgen«, erwiderte Goodrich in einem Ton, der keinen Widerspruch duldete.

Sie traten auf die offene Terrasse der Aussichtsplattform. Ein eisiger Polarwind, der vom East River heraufwehte, ließ den Anwalt bedauern, keinen Schal und keine Mütze dabeizuhaben.

»Meine Großmutter sagte immer: Man kennt New York erst, wenn man oben auf dem Empire State Building gewesen ist«, brüllte Goodrich im Brausen des Windes.

Der Ort war wirklich voller Magie. In der Nähe des Aufzugs wartete das Gespenst von Cary Grant

auf eine Deborah Kerr, die nie kommen würde. Ein Stück weiter, auf das Geländer gestützt, machte sich ein japanisches Paar den Spaß, Tom Hanks und Meg Ryan in der letzten Szene von *Schlaflos in Seattle* nachzuahmen.
Nathan näherte sich vorsichtig dem Rand des Aussichtsturms und beugte sich vor.
Die Nacht, die Kälte und die Wolken verliehen der Stadt etwas Mysteriöses, und es dauerte nicht lange, bis er sich für das Schauspiel begeisterte. Dank seiner zentralen Lage bot das Gebäude zweifellos eine der beeindruckendsten Ansichten von Manhattan.
Von hier aus hatte man einen einmaligen Blick auf die Spitze des Chrysler Buildings und den Times Square, der vermutlich sehr belebt war.
»Seit meiner Kindheit bin ich nie mehr hier gewesen«, gestand der Anwalt und steckte einen Vierteldollar in den Schlitz eines Fernrohrs.
Die Autos, die 86 Stockwerke tiefer drängelten, waren so winzig und der Verkehrsstrom so weit entfernt, als gehöre er zu einem anderen Planeten. Dagegen wirkte die Brücke der 59. Straße unglaublich nah, und ihre prachtvolle Architektur spiegelte sich im schwarzen Wasser des East River.
Lange Zeit schwiegen Nathan und Garrett, begnügten sich damit, die Lichter der Stadt zu bewundern. Der Wind blies immer noch eisig, und die Kälte biss in die Gesichter. Eine freundliche Atmosphäre der Mitteilsamkeit entstand in der kleinen Menschenmenge, die sich für diesen einen Abend dreihundert Meter über dem Erdboden gebildet hatte. Ein Liebespaar umarmte sich leidenschaftlich, fasziniert von der elektrischen Aufladung ihrer Lippen. Eine Gruppe französischer

Touristen stellte Vergleiche mit dem Eiffelturm an, während ein Paar aus Wyoming jedem, der es hören wollte, von seiner ersten Begegnung erzählte, die vor fünfundzwanzig Jahren genau an dieser Stelle stattgefunden hatte. In dicke Parkas eingemummte Kinder spielten Verstecken im Labyrinth aus den Beinen der Erwachsenen.

Über ihren Köpfen trieb der Wind in unbeschreiblicher Geschwindigkeit die Wolken dahin, enthüllte hie und da ein Stück Himmel, an dem ein einzelner Stern funkelte. Es war wirklich eine schöne Nacht.

Goodrich brach als Erster das Schweigen:

»Der Junge mit dem orangen Anorak«, flüsterte er Nathan ins Ohr.

»Was?«

»Schauen Sie sich den Jungen mit dem orangen Anorak an.«

Nathan kniff die Augen zusammen und musterte aufmerksam den jungen Mann, den Goodrich ihm gezeigt hatte: Er war gerade auf die Plattform getreten. Er war ungefähr zwanzig, hatte einen dünnen blonden Bart, und die langen, fettigen Haare waren zu Dreadlocks gedreht. Er lief zweimal um die Aussichtsterrasse herum und kam ganz dicht an Nathan vorbei, dem sein fiebriger, unruhiger Blick auffiel. Er war offensichtlich sehr aufgewühlt. Sein leidgeprüftes Gesicht stand in krassem Gegensatz zum Gelächter und der guten Laune der übrigen Besucher.

Nathan dachte, dass er vielleicht Drogen genommen hatte.

»Er heißt Kevin Williamson«, erklärte ihm Goodrich.

»Sie kennen ihn?«

»Nicht persönlich, aber ich kenne seine Geschichte. Sein Vater hat sich von dieser Plattform gestürzt, damals, als noch kein Gitter davor war. Seit einer Woche kommt Kevin regelmäßig hierher.«
»Woher wissen Sie das alles?«
»Sagen wir mal, ich habe Nachforschungen angestellt.«
Der Anwalt ließ sich Zeit, dann fragte er:
»Aber was geht mich das an?«
»Alles, was die Existenz unserer Artgenossen betrifft, geht uns an«, erwiderte der Arzt, als stelle er nur eine schlichte Tatsache fest.
In diesem Augenblick fegte ein heftiger Windstoß über die Aussichtsterrasse. Nathan ging dichter auf Goodrich zu.
»Du lieber Himmel, Garrett, warum soll ich mir diesen Mann anschauen?«
»Weil er sterben wird«, erwiderte Goodrich ernst.
»Sie sind ... Sie sind ja übergeschnappt«, rief der Anwalt. Aber während er diese Worte aussprach, musste er wie gebannt auf Kevin starren und spürte, wie eine seltsame Unruhe in ihm aufstieg.
Es wird nichts passieren. So etwas kann einfach nicht passieren ...

Aber keine Minute verging zwischen Goodrichs unerwarteter Vorhersage und dem Augenblick, in dem der junge Mann einen Revolver aus der Anoraktasche zog. Einige Sekunden lang hielt er die Waffe in seiner zitternden Hand und betrachtete sie voller Abscheu.
Anfangs schien niemand sein seltsames Verhalten zu bemerken. Dann schrie eine Frau plötzlich:
»Dieser Mann ist bewaffnet!«

Sofort hefteten sich alle Blicke auf den jungen Mann.
Kevin geriet in Panik und richtete die Waffe gegen sich selbst. Seine Lippen bebten vor Angst, Tränen der Wut rollten über seine Wangen, ein Schrei tiefster Verzweiflung verlor sich in der Dunkelheit der Nacht.
»Tun Sie's nicht«, rief ein Familienvater, während sich alle Besucher der Plattform in einem unglaublichen Durcheinander zu dem überdachten Raum drängelten.
Nathan blieb reglos vor dem Jungen stehen. Er war fasziniert und erschreckt zugleich von dem, was sich vor seinen Augen abspielte, er wagte nicht sich zu rühren, aus Angst, das Unvermeidliche zu beschleunigen. Er fror nicht mehr, ganz im Gegenteil. Plötzlich hatte er das Gefühl, sein Körper stehe in Flammen.
Hoffentlich schießt er nicht …
Tu's nicht, Junge, tu's nicht …
Doch Kevin schaute nach oben, betrachtete ein letztes Mal den sternenlosen Himmel, dann drückte er ab.
Der Knall zerriss die New Yorker Nacht. Die Beine des Jungen gaben unter ihm nach, er brach zusammen.
Für einen Augenblick schien die Zeit stehen zu bleiben.
Dann hörte man angstvolle Schreie, und auf der Aussichtsplattform entstand großer Aufruhr. Die Menschen drängelten sich vor den Aufzügen. Kopflos rempelten sie einander an, rannten in alle Richtungen. Einige hatten bereits ihr Handy am Ohr … schnell … die Familie benachrichtigen … die Freunde. Seit jenem berühmten September-

morgen waren sich die meisten New Yorker ihrer Verletzlichkeit schmerzhaft bewusst. Alle hier waren bis zu einem bestimmten Grad traumatisiert, und die Touristen wussten wohl, dass sie in Manhattan auf alles gefasst sein mussten.

Zusammen mit einigen anderen war Nathan auf der Aussichtsplattform geblieben. Um Kevins Leiche bildete sich ein Kreis. Das Liebespaar war blutbespritzt, die junge Frau weinte lautlos.

»Gehen Sie weiter! Lassen Sie ihm Luft zum Atmen«, rief ein Sicherheitsbeamter und beugte sich über den jungen Mann.

Er griff nach seinem Walkie-Talkie und bat die Lobby um Hilfe.

»Rufen Sie die Feuerwehr und einen Krankenwagen! Wir haben im 86. Stock einen Mann mit einer Schussverletzung.«

Dann beugte er sich wieder über Kevin, um festzustellen, dass jede Hilfe zu spät kam und man ihn nur noch ins Leichenschauhaus transportieren konnte.

Nathan war nur einen Meter von dem Toten entfernt und konnte seinen Blick nicht von der Leiche lösen. Das schmerzverzerrte Gesicht war mitten in einem Angstschrei erstarrt. Die weit aufgerissenen, glasigen Augen blickten ins Leere. Hinter dem Ohr konnte man eine klaffende, dunkelrote Brandwunde erkennen. Ein Teil des Schädels war vom Einschuss aufgerissen, der andere war mit Blut und Hirnmasse verschmiert. Plötzlich wusste Nathan, dass er diesen Anblick sein Leben lang nicht vergessen würde, dass er ihn quälen würde, immer wieder, des Nachts und in den Augenblicken unerträglicher Einsamkeit.

Die Neugierigen verteilten sich allmählich wie-

der. Ein kleiner Junge hatte seine Eltern verloren, stand drei Meter von der Leiche entfernt und starrte hypnotisiert auf die Blutlache.
Nathan nahm ihn auf den Arm, um ihn vom Schauspiel des Todes abzulenken.
»Komm, Kleiner. Schau nicht hin. Alles wird gut. Alles wird gut.«
Als er sich erhob, entdeckte er Goodrich, der in der Menge untertauchte. Er lief ihm nach.
»Garrett, warten Sie, verdammt noch mal.«
Mit dem Kind auf dem Arm bahnte sich Nathan mit den Ellenbogen einen Weg, um den Arzt einzuholen.
»Woher wussten Sie das?«, schrie er und zerrte ihn an der Schulter.
Abwesend wie er war, reagierte Goodrich gar nicht auf die Frage.
Nathan versuchte ihn aufzuhalten, aber er wurde von den Eltern des Jungen angesprochen, die überaus erleichtert waren, ihren Sohn wiederzuhaben.
»Oh, James, du hast uns solche Angst eingejagt, Süßer!«
Der Anwalt machte sich mühsam von diesem Gefühlsüberschwang los. Er jagte dem Arzt hinterher, der sich gerade noch in den ersten verfügbaren Aufzug zwängte.
»Garrett, warum haben Sie nichts unternommen?«
Für den Bruchteil einer Sekunde trafen sich ihre Blicke, doch die Schiebetüren hatten sich schon geschlossen, als Nathan seine letzte Frage brüllte:
»Warum haben Sie nichts getan, obwohl Sie *wussten*, dass er sich töten wollte?«

Kapitel 5

Nur schwerlich glauben wir,
was schwer zu glauben ist.
Ovid

10. Dezember

In jener Nacht fand Nathan wenig Schlaf.
Am nächsten Morgen erwachte er spät, in kalten Schweiß gebadet. Er spürte wieder diesen stechenden Schmerz in der Brust, der nicht nachgelassen hatte. Er rieb sich die rechte Seite und hatte das Gefühl, dass der Schmerz stärker wurde.
Zu allem Übel hatte er wieder diesen Traum vom Ertrinken gehabt, der ein sicheres Zeichen für seine Angst war. Bestimmt hatte er nur geträumt, weil Goodrich von Schwänen gesprochen hatte.
Er stand auf und merkte, dass seine Beine zitterten. Er fühlte sich so fiebrig, dass er sich ein Thermometer unter den Arm schob.
37,8. *Kein Grund zur Beunruhigung.*
Dennoch, er war nicht fit und es war bereits spät, also verzichtete er aufs Laufen. Das würde ein ganz schlechter Tag werden.
Aus dem Apothekenschränkchen nahm er sich eine Tablette Prozac und schluckte sie mit wenig Wasser. Er nahm sie regelmäßig, seit ... seit er sein inneres Gleichgewicht verloren hatte.
Er sammelte die Akten ein, die auf dem Sofa herumlagen. Gestern Abend hatte er nicht viel erle-

digt. Heute wollte er dafür doppelt so viel arbeiten. Erst recht, weil er kurz davor stand, eine Einigung in der Sache Rightby's zu erlangen. Das berühmte Auktionshaus, dessen Verteidigung er übernommen hatte, war angeklagt, das Antitrust-Gesetz verletzt zu haben, weil es mit seinem Hauptkonkurrenten eine Absprache getroffen hatte, mit der vergleichbare Provisionssätze beim Verkauf von Kunstwerken festgelegt wurden. Es war ein heikler Fall, und er bekam seine Stundensätze nicht fürs Nichtstun. Aber wenn es ihm gelang, eine gute Einigung zu erzielen, würde sein Ansehen noch weiter steigen.

Obwohl er spät dran war, blieb er lange unter der heißen Dusche und ging in Gedanken noch mal den Selbstmord von Kevin Williamson durch. Er erinnerte sich auch an einige Worte Goodrichs: »Nathan, ich glaube, ich könnte Ihnen dienen. Einige Prüfungen können schmerzlich sein, Sie werden das erkennen.«

Er hatte auch auf die »Notwendigkeit, gut vorbereitet zu sein« hingewiesen.

Was um Himmels willen wollte der Typ von ihm? Das Ganze begann ihn zu beunruhigen. Sollte er jemanden benachrichtigen? Die Polizei? Immerhin hatte es gestern Abend einen Toten gegeben.

Ja, aber es war Selbstmord. Viele Menschen konnten das bezeugen. Dennoch trug Goodrich in dieser Geschichte einen Teil der Verantwortung. Auf jeden Fall hatte er Informationen gehabt, die er nicht hätte für sich behalten dürfen.

Nathan trat aus der Duschkabine und trocknete sich energisch ab.

Vielleicht war es am besten, nicht mehr daran zu

denken. Er hatte nicht die Zeit dazu. Er durfte sich nie mehr breitschlagen lassen, Goodrich zu treffen. Nie mehr …

So würde am Ende alles wieder in Ordnung kommen.

Bevor er losging, schluckte er noch zwei Aspirin und eine Vitamin-C-Tablette.

Er wusste, dass er sich mit Medikamenten zurückhalten sollte. Aber nicht heute. Dies war nicht der Tag der Mäßigung.

Es dauerte eine Weile, bis er ein Taxi fand. Das Auto wendete in Höhe des Columbus Circle und fuhr an der Grand Army Plaza vorbei.

Ich werde zu spät kommen, dachte er und wechselte ein paar nichts sagende Worte mit dem pakistanischen Chauffeur. Zu allem Übel stellte sich ein Lieferwagen vor das GM Building, was einen leichten Stau auf der Madison verursachte. Nathan stieg aus und ging zu Fuß durch den Korridor aus Metall und Glas, den die Wolkenkratzer der Park Avenue formten. Das brodelnde Chaos der Stadt schlug ihm entgegen, angefangen bei den erregten Stimmen der Plakatträger bis zu dem Hupkonzert, das eine Limousine mit getönten Scheiben veranstaltete, weil sie um ihn herumfahren musste. Er fühlte sich plötzlich beengt, eingezwängt in diesen feindlichen Raum, und er spürte Erleichterung, als er vor dem auffälligen Eingang des Marble-&-March-Gebäudes stand, über den sich ein Mosaikgewölbe im byzantinischen Stil spannte. Nathan fuhr zunächst in den 30. Stock, wo den Teilhabern ein großer Ruheraum und eine kleine Cafeteria zur Verfügung standen. Manchmal blieb er über Nacht hier, wenn er zu viel Arbeit auf dem Schreibtisch hatte. Er holte ein paar

Unterlagen aus dem Aktenschrank und stieg eine Etage höher, wo sich sein Büro befand.
Da er heute ungewöhnlich spät kam, warf ihm seine Sekretärin einen fragenden Blick zu.
»Abby, bitte bringen Sie mir meine Post und einen extra starken Kaffee …«
Sie wandte sich auf ihrem Drehstuhl um und schaute ihn missbilligend an:
»Ihre Post liegt seit einer Stunde auf Ihrem Schreibtisch. Und sind Sie sicher, dass Ihnen ein extra starker Kaffee gut …«
»Ich will ihn sehr stark und ohne Milch. Danke.«

Er betrat sein Büro, widmete sich zwanzig Minuten lang seiner Post, rief seine E-Mails ab und trank dabei seine letzte Tasse Kaffee. Er hatte eine Mail von einem Mitarbeiter erhalten, der ihn zu einem Punkt der Rechtsprechung im Fall Rightby's um Hilfe bat. Er wollte ihm gerade antworten, dass …
Nein, es war unmöglich, sich zu konzentrieren. Er konnte nicht so tun, als ob das alles nicht passiert wäre. Er musste diese Angelegenheit in Ordnung bringen.
In Windeseile schloss er sein Notebook, schnappte sich seinen Mantel und verließ sein Büro.
»Abby, bitten Sie den Portier, mir ein Taxi zu rufen, und sagen Sie alle meine Termine für heute Morgen ab.«
»Aber mittags müssen Sie mit Jordan reden …«
»Versuchen Sie die Verabredung auf Spätnachmittag zu verlegen, bitte, ich glaube, er hat dann Zeit.«
»Ich weiß nicht, ob ihm das gefallen wird.«
»Das ist *mein* Problem.«

Sie folgte ihm auf den Flur und rief ihm nach: »Nathan, Sie brauchen Ruhe, und das sage ich Ihnen nicht zum ersten Mal.«

»South Ferry Terminal«, gab er an, während er die Tür des Taxis hinter sich schloss.
Da er dem Chauffeur 20 Dollar extra versprochen hatte, gelang es ihm gerade noch mit den letzten Pasagieren die Zehn-Uhr-Fähre nach Staten Island zu erreichen. In knapp 25 Minuten brachte ihn das Boot in dieses aufblühende New Yorker Viertel. Die Überfahrt war Aufsehen erregend, doch weder der Anblick von Lower Manhattan noch der kühne Ausdruck der Freiheitsstatue bereiteten ihm Vergnügen, da er nur eines wollte – so schnell wie möglich dort anzukommen.
Kaum wieder an Land, rief er ein Taxi und ließ sich rasch zum Staten Island Public Hospital fahren.
Das Krankenhaus lag inmitten einer weiten Grünfläche in der Nähe von St. George, dem Hauptort des Distrikts an der nordöstlichen Spitze der Insel.
Das Taxi hielt vor der chirurgischen Klinik. Seit gestern Abend hatte es nicht mehr geschneit, aber der Himmel war grau und wolkenverhangen.
Nathan betrat das Gebäude im Laufschritt. Eine Empfangsdame hielt ihn auf.
»Sir, Besuch ist erst ab ...«
»Ich möchte Dr. Goodrich sprechen«, unterbrach er sie.
Er war völlig aufgedreht. Prozac hatte manchmal eine seltsame Wirkung auf ihn.
Sie tippte ein paarmal auf ihre Tastatur, um den Operationsplan auf den Bildschirm zu bekommen.
»Der Professor hat gerade eine Biopsie gemacht

und muss anschließend ein Ganglion abtragen und entfernen. Sie können ihn jetzt nicht sprechen.«

»Benachrichtigen Sie ihn trotzdem«, bat Nathan. »Sagen Sie ihm, Del Amico ist da. Es ist dringend.«

Die Empfangsdame versprach, sie werde sehen, was sich machen lasse, und bat ihn, sich in einem Wartezimmer zu gedulden.

Goodrich kam eine Viertelstunde später. Er trug einen blauen Arztkittel und eine OP-Haube auf dem Kopf.

Nathan stürzte sich auf ihn.

»Mein Gott, Garrett, bitte erklären Sie mir endlich, was ...«

»Bald. Im Augenblick geht es nicht.«

»Ich lasse Sie nicht gehen! Sie schmuggeln sich in mein Büro ein, Sie belästigen mich zu Hause, Sie machen mich zum Zeugen eines schrecklichen Selbstmords und bemerken dazu nur lakonisch: ›Denken Sie darüber nach, wie kurz das Leben ist.‹ Das wird mir allmählich unheimlich.«

»Wir reden später. In einem Zimmer wartet ein Mann darauf, dass man ihm einen Tumor herausoperiert ...«

Nathan gab sich größte Mühe, Ruhe zu bewahren. Er traute sich dem Arzt gegenüber die schlimmsten Gewalttaten zu.

»... aber Sie können mitkommen, wenn Sie dazu aufgelegt sind«, schlug Goodrich vor und machte auf dem Absatz kehrt.

»Wie bitte?«

»Schauen Sie bei der Operation zu, das ist sehr lehrreich.«

Nathan seufzte. Er spürte, dass Garrett wieder die Oberhand gewann, und dennoch folgte er ihm widerstrebend. Aber was hatte er schon zu verlieren?

Nathan befolgte peinlich genau die Vorschriften für die Sterilisierung. Er seifte sich Hände und Ellbogen mit einem antibakteriellen Schaum ein, bevor er sich eine Stoffmaske über Mund und Nase legte.
»Was steht auf dem Programm?«, fragte er mit unbeteiligter Miene.
»Speiseröhrenresektion über abdominothorakalen Zugang«, erwiderte Goodrich und stieß die Flügeltür auf.
Nathan unterließ es, nach einer geistvollen Bemerkung zu suchen, und folgte dem Arzt wortlos in den Operationssaal, wo ihn eine Krankenschwester und ein assistierender Chirurg erwarteten.
Kaum hatte er den Fuß in den fensterlosen Saal mit der grellen Beleuchtung gesetzt, begriff er, dass ihm nicht gefallen würde, was er sehen würde.
Was für ein Gräuel! Wie die meisten Menschen hasste er den Krankenhausgeruch, der böse Erinnerungen weckte.
Er verzog sich in eine abgelegene Ecke und schwieg.
»Es ist ein bösartiger Krebs«, erklärte Goodrich seinem Kollegen. »Ein Mann um die fünfzig, starker Raucher, Diagnose ein bisschen zu spät. Die Schleimhaut ist befallen, in der Leber haben sich Metastasen gebildet.«
Man präsentierte ihm ein Tablett mit allen möglichen chirurgischen Instrumenten. Er griff nach einem Skalpell und gab das Zeichen für den Beginn.
»Gehen wir's also an.«
Nathan verfolgte alle Phasen der Operation auf einem kleinen Monitor, der senkrecht über dem Kopf des Patienten angebracht war.

Schnitt ins Ligamentum triangulare … Freilegen der Zwerchfellöffnung …
Nach einigen Handgriffen sah er nur noch eine Anhäufung blutiger Organe auf dem Monitor. Wie fanden sich die Chirurgen da noch zurecht? Er war überhaupt nicht hypochondrisch veranlagt, doch in diesem Augenblick musste er unwillkürlich an den Schmerz in seiner Brust denken. Ängstlich beobachtete er Goodrich, der sich ganz auf seine Aufgabe konzentrierte.
Nein, er ist kein Wahnsinniger, sondern ein fähiger Arzt. Ein Mann, der morgens aufsteht, um Leben zu retten. Aber was will er von mir?
Irgendwann versuchte der assistierende Chirurg die Unterhaltung auf die Baseball-Liga zu lenken, aber Garrett bedachte ihn mit einem vernichtenden Blick, und der Mann verstummte sofort.
Dann wandte Nathan erneut den Blick vom Monitor ab, während die Operation fortgesetzt wurde.
Anlage eines Magenzugangsschlauchs … Thoraxdrainage und Drainage im Oberbauch …
Er empfand Demut. In diesem Augenblick schienen ihm seine Akten, seine Arbeitsbesprechungen und die Million Dollar auf seinem Bankkonto bedeutungslos.
Während die Operation dem Ende zuging, beschleunigte sich plötzlich der Herzrhythmus des Kranken.
»Scheiße«, rief der Assistent, »er hat Herzflimmern.«
»Das kommt vor«, erwiderte Goodrich seelenruhig, »er verträgt den Rückfluss im Herzen schlecht.«
Als Garrett die Schwester bat, dem Patienten eine Injektion zu verabreichen, spürte Nathan plötz-

lich einen gallebitteren Geschmack im Mund. Er rannte aus dem Operationssaal und eilte zur Toilette, wo er sich über der Schüssel erbrach.
Dabei fiel ihm ein, dass er seit fast vierundzwanzig Stunden nichts gegessen hatte.

Goodrich kam zehn Minuten später zu ihm.
»Wird er leben?«, erkundigte sich Nathan ängstlich und tupfte sich die Stirn ab.
»Länger, als wenn man es nicht versucht hätte. Zumindest kann er normal essen und verdauen. Wenigstens für eine gewisse Zeit.«

»Die Operation ist gut verlaufen«, erklärte Goodrich der Ehefrau des Patienten. »Natürlich sind immer postoperative Komplikationen möglich, aber ich bin optimistisch.«
»Danke, Doktor«, sagte die Frau glücklich, »Sie haben ihn gerettet.«
»Wir haben unser Bestes getan.«
»Auch Ihnen danke«, sagte die Frau und drückte Nathans Hand.
Sie hielt ihn für den assistierenden Chirurgen. Der Anwalt hatte das bestimmte Gefühl, er sei an der Operation beteiligt gewesen, und klärte die Frau nicht über ihren Irrtum auf.

Die Cafeteria des Krankenhauses lag im ersten Stock und blickte auf den Parkplatz.
Goodrich und Nathan saßen sich gegenüber. Sie hatten Kaffee bestellt. Auf dem Tisch stand ein kleiner Korb mit Gebäck.
»Wollen Sie einen Donut? Sie sind ein bisschen fettig, aber …«
Nathan schüttelte den Kopf.

»Ich habe immer noch einen bitteren Geschmack im Mund, wenn Sie es genau wissen wollen.«
Der Arzt lächelte unmerklich.
»Sehr gut. Ich höre Ihnen zu.«
»Nein, nein, Garrett, so geht's nicht: *Ich* höre Ihnen zu. Warum haben Sie mich aufgesucht und woher wussten Sie, dass Kevin sich eine Kugel in den Kopf schießen wollte?«
Goodrich schenkte sich eine Tasse Kaffee ein, fügte viel Milch und Zucker hinzu. Er runzelte die Stirn:
»Nathan, ich weiß nicht, ob Sie schon bereit sind.«
»Bereit wofür?«
»Zu hören, was ich Ihnen sagen werde.«
»Oh! Ich bin auf alles gefasst, aber wenn Sie so gütig wären, das Tempo ein wenig zu beschleunigen ...«
Auf diesem Ohr war Goodrich taub.
»Wollen Sie mir einen Gefallen tun? Hören Sie auf, alle zwei Minuten auf Ihre Armbanduhr zu schauen.«
Nathan stieß einen Seufzer aus.
»Okay, nehmen wir uns Zeit«, sagte er, lockerte seine Krawatte und zog sein Jackett aus.
Garrett aß einen Beignet und trank einen Schluck Kaffee.
»Sie halten mich für einen Irren, stimmt's?«
»Ich gebe zu, dieser Gedanke ist mir durch den Kopf gegangen«, erwiderte der Anwalt ernsthaft.
»Haben Sie schon mal was von Palliativmedizin gehört?«
»Ich habe gelesen, dass Sie die Abteilung an dieser Klinik leiten.«
»Genau. Wie Sie wissen, nimmt diese Station Pa-

tienten auf, die von der Medizin aufgegeben wurden.«
»Und Sie geben ihnen psychologische Unterstützung ...«
»Ja. Sie haben nur noch ein paar Wochen zu leben, und sie wissen es. Das ist eine schwer zu ertragende Situation.«
Es war bereits zwei Uhr nachmittags. Der große Raum der Cafeteria war nur halb voll. Nathan nahm sich eine Zigarette, zündete sie aber nicht an.
»Unsere Aufgabe besteht darin, sie bis zum Tod zu begleiten«, fuhr Goodrich fort. »Ihnen zu helfen, die Zeit, die ihnen bleibt, zu nutzen, in Frieden aus dieser Welt zu scheiden.«
Er machte eine Pause und sagte dann:
»In Frieden mit sich selbst und mit den anderen.«
»Sehr schön, aber inwiefern betrifft das mich ...«
Goodrich brauste auf:
»Inwiefern das Sie betrifft? Immer dieselbe Frage nach Ihrem kleinen Ego. Inwiefern ist Nathan Del Amico, der große Anwalt, der vierhundert Dollar pro Stunde berechnet, vom Elend der Welt betroffen? Können Sie nicht mal für einen Augenblick Ihre kleine unwichtige Person vergessen?«
Das ging zu weit. Der Anwalt schlug mit der Faust auf den Tisch.
»Hören Sie mir zu, Sie unverschämtes Arschloch! Seit der Grundschule hat niemand mehr in diesem Ton mit mir gesprochen, und das wird auch so bleiben!«
Brüsk stand er auf. Um sich zu beruhigen, bestellte er an der Theke eine kleine Flasche Evian. Die anderen Gespräche in der Cafeteria waren verstummt, und alle schauten ihn vorwurfsvoll an.

Beherrsch dich! Immerhin bist du in einem Krankenhaus!
Er öffnete die Flasche und trank sie halb aus. Eine Minute später nahm er wieder an seinem Tisch Platz. Er fixierte Goodrich, um ihm zu verstehen zu geben, dass er ganz und gar nicht beeindruckt war.
»Fahren Sie fort«, bat er in einem ruhigen Ton, der jedoch latente Feindseligkeit verriet.
Die Spannung zwischen den beiden Männern war greifbar. Dennoch setzte der Arzt seine Rede an der Stelle fort, an der er unterbrochen worden war.
»Die Abteilung Palliativmedizin ist für todkranke Patienten eingerichtet worden. Aber es gibt auch eine Menge von Todesfällen, die unmöglich vorherzusehen sind.«
»Wie Unfälle?«
»Ja, Unfälle, gewaltsame Tode, Krankheiten, die die Ärzte nicht oder zu spät entdeckt haben.«
Nathan begriff, dass Goodrich sich der entscheidenden Stelle seiner Erläuterung näherte. Er spürte immer noch diesen Schmerz, der wie ein Schraubstock seine Brust zusammenpresste.
»Wie ich Ihnen bereits erklärt habe«, begann Goodrich wieder, »ist es viel leichter, den Tod anzunehmen, wenn man sein Werk vollendet und seine Angelegenheiten geordnet hat.«
»Aber das ist bei einem unerwarteten Tod nicht möglich.«
»Nicht immer.«
»Was heißt, nicht immer?«
»Na ja, das ist eine der Aufgaben der Boten.«
»Der *Boten*?«
»Ja, Nathan, es gibt Personen, die Sterbende auf den großen Sprung in die andere Welt vorbereiten.«
Der Anwalt schüttelte den Kopf.

Die andere Welt! Das ist doch reinster Wahnsinn.
»Wollen Sie damit ausdrücken, dass einige *im Voraus* wissen, wer sterben wird?«
»So ungefähr«, erwiderte Garrett ernst. »Die Rolle der Boten besteht darin, die friedliche Trennung der Lebenden und der Toten zu erleichtern. Sie ermöglichen es den Sterbenden, ihr Leben vor dem Tod in Ordnung zu bringen.«
Nathan seufzte.
»Ich glaube, bei mir sind Sie an der falschen Adresse: Ich gehöre eher zur kartesianischen Sorte Mensch, und mein spirituelles Leben bewegt sich ungefähr auf dem Niveau des Regenwurms.«
»Ich bin mir sehr wohl bewusst, dass es schwer fällt zu glauben.«
Nathan zuckte die Schultern und wandte den Kopf zum Fenster.
Was mache ich hier?
Jetzt fielen wieder dichte Schneeflocken vom grauen Himmel und ließen sich auf dem großen Glasfenster nieder, das auf den Parkplatz hinausging.
»Und wenn ich richtig verstehe, sind Sie einer dieser …«
»… dieser Boten, ja.«
»Deshalb wussten Sie über Kevin Bescheid?«
»Genau.«
Er brauchte das Spiel nicht zu spielen. Er hatte nichts zu gewinnen, wenn er den Fantastereien dieses Wahnsinnigen lauschte. Trotzdem konnte er nicht umhin zu fragen:
»Aber Sie haben nichts für ihn getan?«
»Was meinen Sie damit?«
»Inwieweit haben Sie ihn darauf vorbereitet, den großen Sprung zu wagen? Inwiefern haben Sie ›die

friedliche Trennung der Lebenden und der Toten erleichtert‹? Kevin wirkte beim Abschied von dieser Welt nicht gerade heiter ...«

»Wir können nicht immer helfen«, gab Goodrich zu. »Dieser Junge war zu verstört, um an sich zu arbeiten. Zum Glück läuft es nicht immer so.«

Selbst wenn Nathan diese Hypothese akzeptierte, etwas störte ihn daran.

»Sie hätten seinen Tod verhindern können, Sie hätten jemanden vom Sicherheitsdienst oder die Polizei benachrichtigen können ...«

Garrett fiel ihm ins Wort:

»Das hätte nicht viel geändert. Niemand kennt die Todesstunde. Und man kann den letzten Entschluss nicht in Frage stellen.«

Die endgültige Entscheidung; die Boten, die andere Welt ... Warum nicht gleich das Fegefeuer und die Hölle, wenn man schon mal dort ist?

Nathan benötigte eine Weile, um diese Informationen zu verdauen. Dann sagte er mit verkrampftem Lächeln:

»Gehen Sie wirklich davon aus, dass ich Ihnen glauben werde?«

»Diese Dinge sind nicht darauf angewiesen, dass Sie sie glauben, denn sie existieren ganz einfach.«

»Noch einmal, Sie vergeuden Ihre Zeit, ich bin kein religiöser Mensch.«

»Das hat nichts mit Religion zu tun.«

»Ich denke allen Ernstes, dass Sie den Verstand verloren haben, und ich meine, dass es meine Pflicht wäre, Ihre Worte dem Direktor des Krankenhauses zu melden.«

»So gesehen wäre ich seit über zwanzig Jahren verrückt.«

Garretts Ton klang sehr überzeugend.

»Hatte ich Sie etwa nicht auf Kevin aufmerksam gemacht?«
»Das ist kein Beweis. Es gibt eine Menge anderer Gründe, die erklären könnten, weshalb Sie seinen Selbstmord vorausgeahnt haben.«
»Ich sehe keine.«
»Eine Indoktrination, die Macht einer Sekte, eine Droge …«
»Glauben Sie mir, Nathan, ich möchte Sie nicht in diese Richtung lenken. Ich erkläre Ihnen lediglich, dass ich die Fähigkeit besitze, den Tod bestimmter Menschen vorauszusehen. Ich weiß, dass sie sterben werden, bevor sich die ersten Anzeichen zeigen, und ich bemühe mich, sie auf das, was sie erwartet, vorzubereiten.«
»Und woher haben Sie diese Macht?«
»Das ist kompliziert zu erklären, Nathan.«
Der Anwalt erhob sich und schlüpfte in Jackett und Mantel.
»Für heute habe ich genug gehört.«
»Das glaube ich auch«, stimmte Garrett ihm zu.
Der Anwalt steuerte auf den Ausgang zu, doch kurz bevor er die Automatiktür erreichte, machte er auf dem Absatz kehrt und ging mit ausgestrecktem Zeigefinger auf Garrett zu:
»Verzeihen Sie, wenn ich wieder auf meine kleine unwichtige Person zurückkomme, Doktor, aber versuchen Sie vielleicht mir zu erklären, dass Sie *meinetwegen* hier sind?«
Der Arzt schwieg.
»Sie sind meinetwegen hier, Goodrich, stimmt's? Und das soll ich begreifen? Meine Stunde ist gekommen. Das ist bereits das ›Ende des Geschäfts?‹
Goodrich wirkte verwirrt. Er erweckte den Eindruck, als hätte er sich gern um dieses Gespräch

gedrückt, obwohl er wusste, dass es unumgänglich war.
»Das habe ich eigentlich nicht gesagt.«
Nathan jedoch ignorierte diese Bemerkung; er geriet in Wut und sprach schnell und laut.
»So also gehen Sie vor? Wenn Sie Ihre ›Ahnung‹ hatten, suchen Sie die Menschen auf und erklären Ihnen: ›Achtung, es gibt Prioritäten, Sie haben nur noch eine Woche, also beeilen Sie sich, die letzten Vorkehrungen zu treffen.‹«
Garrett versuchte ihn zu beruhigen.
»Ich habe niemals etwas zu den Menschen gesagt, die sterben werden. Ich weiß es, das ist alles.«
»Scheren Sie sich zum Teufel, Sie Bote!«
Dieses Mal verließ Nathan den Raum tatsächlich.
Goodrich blieb allein am Tisch sitzen. Er trank seinen Kaffee aus und rieb sich die Augen.
Durch das große Glasfenster sah er Del Amicos Gestalt, die in Schnee und Kälte verschwand.
Gefrorene Schneeflocken hafteten am Haar und im Gesicht des Anwalts, doch er schien es nicht zu bemerken.
In der Cafeteria erklang Jazzmusik aus einem Radio hinter der Theke. Bill Evans spielte auf dem Klavier.
Es war eine traurige Melodie.

Kapitel 6

Ist es nicht kälter geworden?
Wird es nicht immer dunkler,
immer noch dunkler?
Muss man nicht bereits im
Morgengrauen Laternen anzünden?

Nietzsche

»Wie viele Tage Urlaub habe ich in den letzten drei Jahren gemacht?«

Es war sechs Uhr abends. Im Büro von Ashley Jordan versuchte Nathan den Hauptgesellschafter zu überreden, ihm zwei Wochen Urlaub zu geben. Ihre Beziehung war komplex. Nathan war zu Beginn Jordans Protegé in der Kanzlei gewesen, aber im Laufe der Jahre hatte sich Jordan immer wieder über den Ehrgeiz seines jungen Kollegen geärgert und ihm sogar vorgeworfen, er sei allzu oft nur auf seinen eigenen Vorteil bedacht. Nathan seinerseits hatte schnell erkannt, dass Jordan nicht der Typ war, der Geschäft und Freundschaft miteinander verknüpfte. Er wusste ganz genau: Sollte er eines Tages ernsthaft in Schwierigkeiten geraten, würde er ganz bestimmt nicht Jordan um Hilfe bitten.

Nathan seufzte. Es hatte keinen Sinn, sich etwas vorzumachen: Seine Auseinandersetzung mit Garrett und Kevins Selbstmord hatten ihn zutiefst erschüttert. Mal abgesehen von diesem ständigen stechenden Schmerz in der Brust.

Genau genommen wusste er nicht mehr, was er von Goodrichs Fantastereien über geheimnisvolle Boten halten sollte. Aber eines war sicher: Er musste unbedingt Pause machen, Zeit für sich haben und die kommenden Ferien nutzen, um sich mehr seiner Tochter zu widmen.
Er stellte seine Frage erneut:
»Wie viele Tage Urlaub habe ich in den letzten drei Jahren gemacht?«
»Eigentlich keinen«, räumte Jordan ein.
»Wir vermeiden Prozesse tunlichst, aber wenn wir nicht anders konnten, wie viele habe ich verloren?«
Jordan seufzte und musste unwillkürlich grinsen. Er kannte die alte Leier. Nathan war ein begabter Anwalt, aber er war nicht gerade bescheiden.
»Du hast in den letzten Jahren keinen einzigen Fall verloren.«
»Ich habe in meiner *ganzen* Karriere keinen einzigen Fall verloren«, berichtigte Nathan ihn.
Jordan nickte zustimmend, dann fragte er:
»Geht es um Mallory? Ist es ihretwegen?«
Nathan erwiderte beiläufig:
»Hör zu, ich nehme meinen Laptop und mein Handy mit, damit ich jederzeit erreichbar bin, wenn es ein Problem gibt.«
»Okay, wenn du das willst, dann nimm eben Urlaub. Dafür brauchst du meine Einwilligung nicht. Ich werde den Fall Rightby's persönlich übernehmen.«
Da er das Gespräch für beendet hielt, vertiefte sich Jordan wieder in die Zahlen, die auf seinem Bildschirm flimmerten.
Aber Nathan ließ sich nicht so einfach abspeisen. Er hob die Stimme ein wenig, als er sagte:

»Ich brauche ein bisschen Zeit, um mich meiner Tochter zu widmen, und ich weiß nicht, inwiefern dies ein Problem aufwirft.«
»Das tut es doch gar nicht«, erwiderte Jordan und sah auf. »Das einzig Ärgerliche ist, dass es *nicht vorgesehen* war, und du weißt sehr wohl, dass man in unserem Beruf *alles* vorhersehen muss.«

11. Dezember

Der Wecker klingelte um fünf Uhr dreißig.
Trotz einiger Stunden Schlaf war der Schmerz nicht verschwunden. Im Gegenteil, er war stechender geworden und brannte wie ein Feuer, das man hinter seinem Brustbein entfacht hatte. Nathan hatte sogar das Gefühl, der Schmerz habe seine linke Schulter erfasst und breite sich in seinem ganzen Arm aus.
Daher traute er sich nicht, sofort aus dem Bett zu springen. Er blieb liegen, atmete tief durch und versuchte sich zu beruhigen. Nach einer Weile schwand der Schmerz allmählich, aber Nathan blieb trotzdem noch zehn Minuten liegen und überlegte, was er mit dem Tag anfangen sollte. Schließlich traf er eine Entscheidung.
Verdammt noch mal! Ich werde die Dinge nicht einfach tatenlos hinnehmen. Ich muss es wissen.
Er stand auf und ging rasch unter die Dusche. Er wollte gern Kaffee trinken, widerstand aber der Versuchung: Bei einer Blutabnahme sollte man nüchtern sein.
Er zog sich warm an, fuhr mit dem Aufzug hinunter und durchquerte eilig die im Jugendstil verzierte Lobby und die Eingangshalle des Gebäudes.

Er blieb kurz stehen, um den Portier zu grüßen, dessen Liebenswürdigkeit er sehr schätzte.
»Guten Morgen, Sir.«
»Guten Morgen, Peter, wie haben die Knicks gestern gespielt?«
»Sie haben mit zwanzig Punkten Vorsprung gegen Seattle gewonnen. Ward hat ein paar schöne Körbe gemacht ...«
»Na prima, hoffentlich läuft es in Miami genauso gut!«
»Joggen Sie heute Morgen nicht, Sir?«
»Nein, im Augenblick ist die Maschine ein wenig eingerostet.«
»Dann erholen Sie sich schnell wieder ...«
»Danke, Peter, und einen schönen Tag noch.«
Draußen war es dunkel, und der Morgen war eiskalt.
Er überquerte die Straße und blickte zu den beiden Türmen des San Remo Buildings hoch. Er entdeckte das Fenster seines Apartments im 23. Stock im Nordturm. Wie immer hatte er denselben Gedanken: *gar nicht so übel.*
Hier zu landen war gar nicht so übel für einen Jungen, der in einem ärmlichen Viertel südlich von Queens aufgewachsen war.
Er hatte wirklich eine schwere Kindheit, eine Kindheit, die durch Armut und Entbehrungen geprägt war, ein karges, aber kein elendes Leben, auch wenn seine Mutter und er sich manchmal nur dank den *food stamps*, den Lebensmittelmarken für Bedürftige, über Wasser halten konnten.
Ja, gar nicht so übel.
Denn die 145 Central Park West war unbestritten eine der besten Adressen des *Village*. Das Gebäude lag dem Park gegenüber, zwei Blocks von

der U-Bahn entfernt, mit der die Menschen hier jedoch eher selten fuhren. In den 136 Apartments des Gebäudes wohnten Geschäftsleute, die Großen der Finanzwelt, alte New Yorker Familien, Filmstars und Sänger. Rita Hayworth hatte bis zu ihrem Tod hier gelebt. Man munkelte, Dustin Hoffman und Paul Simon besäßen hier ein Apartment.

Er betrachtete immer noch die beiden Türme an der Spitze des Gebäudes, jeder von einem kleinen römischen Tempel überragt, wodurch das Bauwerk an eine mittelalterliche Kathedrale erinnerte.

Gar nicht so übel.

Dennoch musste er zugeben, dass er sich dieses Apartment nie hätte leisten können, selbst als noch so angesehener Anwalt, wenn da nicht die Geschichte mit seinem Schwiegervater gewesen wäre – besser gesagt seinem Ex-Schwiegervater Jeffrey Wexler.

Lange Zeit diente das San-Remo-Apartment Wexler als Zweitwohnung, wenn seine Geschäfte ihn nach New York führten. Er war ein sehr korrekter, gradliniger Mann, ein würdiger Vertreter der Bostoner Elite. Die Wohnung gehörte seit jeher der Familie Wexler, das heißt seit der Wirtschaftskrise von 1930, in der Emery Roth das Gebäude baute, dieser geniale Architekt, der bereits mehrere andere berühmte Häuser um den Central Park herum entworfen hatte.

Als Haushälterin für das Apartment hatte Wexler eine Frau italienischen Ursprungs engagiert: Sie hieß Eleanor Del Amico und lebte mit ihrem Sohn in Queens. Wexler hatte sie gegen den Willen sei-

ner Ehefrau eingestellt, die es anfangs unpassend fand, eine allein stehende Mutter zu beschäftigen. Da Eleanor jedoch zu ihrer Zufriedenheit arbeitete, übertrugen die Wexlers ihr ebenfalls die Sorge um ihr Ferienhaus in Nantucket.
So hatte Nathan mehrere Sommer hintereinander seine Mutter auf die Insel begleitet. Und hier fand jene Begegnung statt, die sein Leben verändern sollte: Er lernte Mallory kennen.
Die Arbeit seiner Mutter hatte ihm einen Platz in der ersten Reihe verschafft, wo er voller Neid dieses Amerika der White Anglo Saxon Protestants beobachten konnte, an dem die Zeit spurlos vorüberzugehen schien. Gern hätte auch er als Kind Klavierstunden genommen, im Hafen von Boston Segeln gelernt und wäre in einem Mercedes zur Schule gefahren worden. Natürlich hatte er nie etwas von alledem besessen: Er hatte keinen Vater, keinen Bruder, kein Geld. Am Revers seiner Schuluniform prangte kein Abzeichen einer Privatschule, er trug keinen handgestrickten Marinepullover einer begehrten Designermarke.
Aber dank Mallory konnte er gierig ein paar Brosamen dieser zeitlosen Lebensart genießen. Manchmal war er zu üppigen Picknicks auf schattigen Plätzen in Nantucket eingeladen. Öfters hatte er Wexler zum Fischen begleitet, was jedes Mal bei einem Eiskaffee und einem frischen Brownie endete. Und sogar die sehr distinguierte Elizabeth Wexler ließ ihn gelegentlich Bücher aus der Bibliothek dieses großen Hauses ausleihen, in dem alles glatt, rein und heiter war.
Dennoch, trotz dieses offensichtlichen Wohlwollens, waren die Wexlers peinlich berührt, dass ausgerechnet der Sohn der Haushälterin ihre Tochter

an einem Tag im September 1972 vor dem Ertrinken rettete.
Über diese Peinlichkeit waren die Wexlers nie hinweggekommen. Ganz im Gegenteil, sie wurde im Laufe der Zeit sogar stärker, bis sie sich in offene Feindschaft verwandelte, als Mallory und er ihre Absicht erklärten, zusammenzubleiben und zu heiraten.
Die Wexlers hatten alles darangesetzt, ihre Tochter von dem Mann zu trennen, den sie zu lieben behauptete. Doch nichts hatte genutzt: Mallory hielt zu ihm. Sie war stärker als die vermeintlichen Appelle an ihre Vernunft, stärker als die Drohungen und die Familienessen, bei denen fortan mehr geschwiegen als geredet wurde.
Die Kraftprobe dauerte bis zu jenem berühmten Weihnachten 1986, als sich ein Teil der Bostoner Aristokratie auf dem prächtigen Familiensitz zum Festessen an Heiligabend versammelt hatte. Mallory erschien mit Nathan an ihrer Seite und stellte ihn überall als ihren »künftigen Ehemann« vor. Jeffrey und Lisa Wexler hatten damals begriffen, dass sie sich schließlich dem Entschluss ihrer Tochter beugen mussten. Es war so und nicht anders, und wenn sie Mallory behalten wollten, mussten sie wohl oder übel Del Amico akzeptieren.
Nathan war ehrlich verblüfft über Mallorys Entschlossenheit, ihre Entscheidung durchzusetzen, und er liebte sie dafür umso mehr. Noch heute läuft es ihm kalt den Rücken hinunter, wenn er an jenen denkwürdigen Abend denkt. Für ihn würde es auf immer der Abend bleiben, an dem Mallory Ja gesagt hatte, Ja vor den anderen, Ja vor der ganzen Welt.

Aber selbst nach der Hochzeit hatten die Wexlers ihn nicht wirklich als einen der Ihren akzeptiert. Nicht nachdem er sein Examen an der Columbia University abgelegt hatte, ja nicht einmal, nachdem er eine Anstellung in einer hoch angesehenen Anwaltskanzlei gefunden hatte. Es war weniger eine Frage des Geldes als vielmehr eine Frage der gesellschaftlichen Herkunft. Es schien so, als bekäme man in diesen Kreisen bereits mit der Geburt an eine gewisse Stellung zugesprochen, die man lebenslang behielt, unabhängig davon, was man tat oder wie viel Geld man verdiente.
Für sie würde er immer der Sohn der Haushälterin bleiben, jemand, den sie zwangsläufig akzeptieren mussten, um ihre Tochter nicht zu verlieren, der aber im Grunde nicht zum Kreis der Familie gehörte. Und der nie dazugehören würde.

Und dann fand dieser Prozess statt. Damals, 1995. Genau genommen fiel die Angelegenheit nicht unbedingt in seinen Kompetenzbereich. Aber nachdem er den Eingang der Akte bei Marble & March registriert hatte, bestand Nathan darauf, sich mit diesem Fall zu beschäftigen.
Der Fall war leicht zu verstehen: Nachdem das Unternehmen SoftOnline von einer großen Informatikgesellschaft aufgekauft worden war, meinte einer der Gründer der Firma, dass er von den neuen Aktionären zu Unrecht entlassen worden sei, und verlangte eine Entschädigung in Höhe von 20 Millionen Dollar. Die Weigerung des Unternehmens, eine solche Summe zu zahlen, hatte die Androhung eines Prozesses nach sich gezogen. In dieser Phase hatte sich der Mandant an Marble & March gewandt.

Inzwischen hatten die Aktionäre, deren Gesellschaft sich in Boston befand, ihre Anwälte konsultiert: die Kanzlei Branagh & Mitchell, und deren Hauptgesellschafter war – Jeffrey Wexler.
Mallory bat ihren Mann inständig, diesen Fall nicht zu übernehmen. Es würde ihnen nichts Gutes bringen. Es würde die Dinge nur komplizieren, zumal Wexler persönlich den Fall für seine Kanzlei übernommen hatte.
Aber Nathan hatte nicht auf sie gehört. Er wollte Wexler zeigen, wozu der kleine Gassenjunge fähig war. Er hatte Jeffrey Bescheid gesagt, er würde den Fall nicht nur behalten, sondern er würde auch den Prozess gewinnen.
Wexler hatte ihm die Pest an den Hals gewünscht. Derartige Fälle kommen selten bis vors Gericht. Im Allgemeinen wird ein *Deal* zwischen den Parteien ausgehandelt, und der Job der Anwälte besteht darin, ein optimales Arrangement zu treffen. Auf Wexlers Anraten hatte die Firma sechseinhalb Millionen angeboten. Das war ein anständiger Vorschlag. Die meisten Anwälte hätten ihn angenommen. Doch wider alle Regeln der Vernunft hatte Nathan seinen Mandanten überredet, nicht nachzugeben.
Wenige Tage vor dem Prozess hatten Branagh & Mitchell ein letztes Angebot in Höhe von acht Millionen Dollar unterbreitet. Dieses Mal hatte Nathan erwogen anzunehmen. Aber dann sagte Wexler jenen Satz, den er nie vergessen würde:
»Del Amico, Sie haben bereits meine Tochter bekommen. Reicht Ihnen das nicht als Trophäe?«
»Ich habe Ihre Tochter nicht ›bekommen‹, wie Sie sich ausdrücken. Ich habe Mallory immer geliebt, aber das wollen Sie ja nicht begreifen.«

»Ich werde Sie wie einen Wurm zertreten!«
»Ich weiß, dass Sie mich verachten, doch das wird Ihnen in diesem Prozess nicht viel nützen.«
»Denken Sie gut darüber nach. Wenn Sie schuld daran sind, dass dieser Typ acht Millionen verliert, wird Ihr Ruf Schaden nehmen. Und Sie wissen, wie leicht der Ruf eines Anwalts Schaden nimmt.«
»Kümmern Sie sich um *Ihren* Ruf, mein Guter.«
»Ihre Chancen stehen eins zu zehn, diesen Prozess zu gewinnen. Und das wissen Sie.«
»Was würden Sie wetten?«
»Ich will gehängt werden, wenn ich mich irre.«
»So viel verlange ich gar nicht von Ihnen.«
»Was dann?«
Nathan überlegte kurz.
»Das Apartment im San Remo.«
»Sie sind verrückt.«
»Ich dachte, Sie seien ein Spieler, Jeffrey.«
»So oder so, Sie haben überhaupt keine Chance.«
»Eben sagten Sie noch eins zu zehn ...«
Wexler war so selbstsicher, dass er sich am Ende auf das Spiel einließ:
»Na gut, einverstanden. Wenn Sie gewinnen, überlasse ich Ihnen das Apartment. Wir erklären es zum Geschenk anlässlich von Bonnies Geburt. Und merken Sie sich bitte, wenn Sie verlieren, verlange ich nichts: Sie werden genug damit zu tun haben, sich von der Niederlage zu erholen, und ich will nicht, dass der Mann meiner Tochter in der Gosse landet.«

So weit war ihre Auseinandersetzung gediehen. Eine derartige Wette war nicht besonders professionell – Nathan wusste sehr wohl, dass es ihm nicht zur Ehre gereichte, wenn er die Nöte eines

Mandanten ausnutzte, um eine persönliche Rechnung zu begleichen –, aber die Gelegenheit war einfach zu verlockend.

Es war ein relativ einfacher Fall, doch sein Ausgang war ungewiss, weil er vom Einfühlungsvermögen und vom Urteil des Richters abhing. Nathans Mandant lief Gefahr, alles zu verlieren, nachdem er das von Wexler vorgeschlagene Angebot abgelehnt hatte.
Jeffrey war ein erfahrener und unerbittlicher Anwalt. Objektiv gesehen hatte er durchaus Recht, als er behauptete, die Erfolgsaussichten seines Gegners wären minimal.
Aber schließlich hatte Nathan gewonnen.
Richter Frederick J. Livingston aus New York entschied, dass SoftOnline im Unrecht war und dem ehemaligen Mitarbeiter 20 Millionen zahlen musste.
Eines musste man Wexler lassen: Er hatte seine Niederlage ohne Murren hingenommen und einen Monat später das Apartment im San Remo komplett geräumt.
Mallory hatte sich dennoch nicht getäuscht: Dieser Prozess verbesserte die Beziehungen ihres Mannes zu seinen Schwiegereltern nicht. Der Bruch zwischen Jeffrey und Nathan war so tief, dass sie seit nunmehr sieben Jahren nicht mehr miteinander sprachen. Nathan vermutete natürlich, dass sich die Wexlers insgeheim über die Scheidung ihrer Tochter freuten. Es konnte gar nicht anders sein.
Nathan senkte den Kopf und dachte an seine Mutter.
Sie hatte ihn nie in diesem Apartment besucht.

Sie war drei Jahre vor dem berühmten Prozess an Krebs gestorben.
Fest stand jedoch: Ihr Sohn schlief jetzt im 23. Stock der 145 Central Park West.
Dort, wo sie fast zehn Jahre lang als Haushälterin gearbeitet hatte.

Eleanor hatte kein leichtes Leben gehabt.
Sie war neun, als ihre Eltern, die aus Gaeta, einem Fischereihafen im Norden von Neapel, stammten, in die Vereinigten Staaten auswanderten. Diese Entwurzelung hatte sich sehr unangenehm auf ihre Schulzeit ausgewirkt, denn es war ihr nie gelungen, passabel Englisch zu lernen, sodass sie die Schule vorzeitig verlassen musste.
Mit zwanzig hatte sie Vittorio Del Amico getroffen, der auf der Baustelle des Lincoln Center arbeitete. Er war ein Mann der schönen Worte, und sein Lächeln war unwiderstehlich. Ein paar Monate später war sie schwanger, und sie beschlossen zu heiraten. Aber mit der Zeit stellte sich heraus, dass Vittorio ein brutaler Mann war, untreu und verantwortungslos. Er ließ seine Familie im Stich und verschwand auf Nimmerwiedersehen.
Danach musste Eleanor ihren Jungen allein großziehen. Sie nahm oft zwei oder drei Jobs gleichzeitig an, um über die Runden zu kommen. Sie arbeitete als Putzfrau, Kellnerin und Empfangsdame in zweitklassigen Hotels: Für keine Arbeit war sie sich zu schade, und sie ertrug klaglos die Demütigungen, die mit diesen niederen Tätigkeiten verbunden waren. Sie hatte keine richtigen Freunde, keine nahen Verwandten, niemanden, der sie unterstützte.
Bei ihnen zu Hause gab es weder Waschmaschine

noch Videorecorder, aber sie konnten sich immer satt essen. Sie lebten kümmerlich, aber anständig. Nathan war stets sauber gekleidet und besaß alle erforderlichen Hefte und Schulbücher.
Obwohl seine Mutter immer bis zur Erschöpfung arbeitete, hatte er nie erlebt, dass sie sich Zeit für sich selbst genommen oder sich auch nur kleine Freuden gegönnt hätte. Sie machte nie Urlaub, nahm nie ein Buch in die Hand, ging weder ins Kino noch ins Restaurant.
Denn die einzige Aufgabe für Eleanor Del Amico bestand darin, ihren Sohn ordentlich aufzuziehen. Obwohl sie über wenig Schulbildung und Lebensart verfügte, bemühte sie sich nach Kräften, seinen schulischen Werdegang zu fördern und ihm so gut wie möglich zu helfen. Sie besaß kein Diplom, aber sie liebte ihren Sohn. Bedingungslos und hingebungsvoll. Häufig erklärte sie ihm, wie beruhigt sie sei, einen Sohn und keine Tochter zu haben: »Du wirst dich in dieser immer noch von Männern beherrschten Welt besser zurechtfinden«, versicherte sie ihm.
In den ersten zehn Jahren seines Lebens war seine Mutter die Sonne gewesen, die seinen Alltag erhellte, die Zauberin, die ihm ein feuchtes Tuch auf die Stirn legte, um seine Albträume zu verscheuchen, die ihm morgens, bevor sie zur Arbeit aufbrach, freundliche Worte schenkte und manchmal ein paar Münzen, die er neben seiner Kakaotasse fand, wenn er aufstand.
Ja, seine Mutter war seine Göttin gewesen, bis eine Art gesellschaftliche Kluft sie allmählich voneinander entfernte.
Erst hatte er die faszinierende Welt der Wexlers entdeckt, dann, mit zwölf, hatte er das Glück, auf

die Wallace School zu kommen, eine Privatschule in Manhattan, die jedes Jahr etwa zehn Stipendien an hochbegabte Schüler aus den ärmeren Vierteln vergab. Mehrere Male war er von Schulkameraden eingeladen worden, die in eleganten Häusern an der East Side oder im Gramercy Park wohnten. Damals begann er sich für seine Mutter zu schämen. Er genierte sich wegen ihrer Grammatikfehler und ihres schlechten Englisch. Er schämte sich für ihre gesellschaftliche Stellung, die an ihrer Sprache und ihren Manieren erkennbar war.
Zum ersten Mal empfand er ihre Liebe als erdrückend, und allmählich löste er sich von seiner Mutter.
Während seiner Universitätsjahre hatten sie sich noch weiter voneinander entfernt, und seine Heirat hatte nichts daran geändert. Aber es war nicht Mallorys Schuld, denn sie bestand immer darauf, dass er sich um seine Mutter kümmerte. Nein, es war allein seine Schuld. Er war viel zu sehr damit beschäftigt gewesen, die Leiter des Erfolgs hinaufzusteigen, um zu merken, dass seine Mutter seine Liebe brauchte und nicht sein Geld.
Und dann kam jener düstere Novembertag im Jahre 1991, an dem die Klinik ihn anrief, um ihm den Tod seiner Mutter mitzuteilen. In diesem Augenblick erst merkte er, wie sehr er sie liebte. Wie viele Söhne vor ihm plagten ihn Gewissensbisse, und er schämte sich für die Augenblicke, in denen er sich undankbar und gleichgültig benommen hatte.
Seither dachte er täglich an sie. Jedes Mal, wenn er auf der Straße eine einfach gekleidete, abgearbeitete Frau sah, die bereits erschöpft war, bevor der Tag auch nur begonnen hatte, sah er seine Mutter

vor sich und bedauerte, dass er kein besserer Sohn gewesen war. Aber es war zu spät. Alle Vorwürfe, die er sich machte, waren sinnlos. Auch wenn er jede Woche Blumen auf ihr Grab legte, wie um sich zu entschuldigen, konnte er nie und nimmer die Zeit zurückholen, die er nicht mit ihr verbracht hatte, als sie noch am Leben war.
In der Schublade des Nachtschranks neben ihrem Krankenbett hatte er zwei Fotos gefunden.
Das erste stammte aus dem Jahre 1967. Es war an einem Sonntagnachmittag im Vergnügungspark von Coney Island am Meer aufgenommen worden. Nathan war drei Jahre alt. In seinen kleinen Händen hält er ein italienisches Eis und betrachtet voller Staunen die Achterbahn. Seine Mutter trägt ihn stolz auf den Armen. Es ist eines der wenigen Fotos, auf dem sie lächelt.
Das andere Foto ist ihm vertrauter, denn es zeigt ihn, als er an der Columbia University sein Abschlussdiplom für Jura überreicht bekommt. In seiner Robe und seinem eleganten Anzug scheint er die Welt herauszufordern. Die Zukunft gehört ihm, so viel steht fest.
Bevor seine Mutter ins Krankenhaus musste, hatte sie dieses Foto aus dem Goldrahmen in ihrem Wohnzimmer genommen. Im Augenblick des Todes wollte sie das Symbol bei sich haben, das für den Erfolg ihres Sohnes ebenso stand wie für seine Entfremdung von ihr.

Nathan versuchte diese Gedanken zu verscheuchen, die ihn verletzbar machten.
Es war jetzt kurz nach sechs.
Er betrat das unterirdische Parkhaus im Nachbargebäude, in dem er zwei Stellplätze gemietet hat-

te. Auf einem stand ein Jaguar Coupé, auf dem anderen ein luxuriöser Jeep in Dunkelblau.
Sie hatten ihn angeschafft, als sie beschlossen hatten, ein zweites Kind zu bekommen. Mallory hatte ihn ausgesucht. Sie liebte das Gefühl von Sicherheit und Höhe, das diese Fahrzeuge vermitteln. Sie achtete immer darauf, dass ihre Familie geschützt war. Bei allen Entscheidungen, die sie traf, hatte dieser Punkt absoluten Vorrang.
Wozu jetzt noch zwei Autos?, fragte sich Nathan und öffnete die Tür des Coupés. Seit einem Jahr spielte er mit dem Gedanken, den Jeep zu verkaufen, aber er hatte nie die Zeit dafür gefunden. Er ließ den Motor an, doch dann dachte er, dass es vielleicht sinnvoller sein könnte, den Jeep zu nehmen, weil die Straßen glatt sein könnten.
Im Innern des Wagens roch es nach Mallorys Parfüm. Als er den Motor des Jeeps startete, beschloss er, den Sportwagen zu verkaufen und den Allrad zu behalten.
Er fuhr die zwei Ebenen des Parkhauses hoch, schob die Magnetkarte in den Schlitz, um die Schranke zu öffnen, und verschwand in der noch dunklen Stadt.
Es schneite nicht mehr. Das Wetter war entschieden zu unbeständig, es schwankte dauernd zwischen Kälte und Milde.
Er öffnete das Handschuhfach und fand eine alte CD von Leonard Cohen. Eine Lieblings-CD seiner Ex-Frau. Er schob sie in den CD-Player. Mallory liebte Folksongs im Besonderen und den Protest im Allgemeinen. Vor einigen Jahren war sie nach Europa gereist, nach Genf, um gegen die Folgen der Globalisierung und die Allmacht der multinationalen Konzerne zu demonstrieren. Bei den letz-

ten Präsidentschaftswahlen hatte sie sich aktiv an der Kampagne für Ralph Nader beteiligt, und als sie an der Ostküste lebte, hatte sie keine Demonstration gegen den IWF und die Weltbank in Washington versäumt. Mallory war gegen alles: gegen die Schulden und das Elend in den Entwicklungsländern, gegen die Zerstörung der Umwelt, gegen die Kinderarbeit ... In den letzten Jahren hatte sie vehement gegen die Gefahr gekämpft, die von genetisch manipulierten Lebensmitteln ausging. Sie hatte viel Zeit für eine militante Organisation geopfert, die für eine Landwirtschaft ohne Düngemittel und Pestizide focht. Zwei Jahre vor ihrer Trennung hatte er sie ein paar Tage nach Indien begleitet, wo die Organisation ein ehrgeiziges Programm der Verteilung gesunden Saatguts an die Bauern plante, um sie zu ermuntern, ihre traditionelle Landwirtschaft zu erhalten.

Nathan hatte die Großzügigkeit der Reichen immer sehr kritisch betrachtet, aber im Laufe der Zeit hatte er anerkennen müssen, dass diese besser als nichts war – zumindest im Vergleich zu ihm, der gar nichts tat.

Auch wenn er sich manchmal über die engagierte Haltung seiner Frau lustig machte, insgeheim bewunderte er sie, denn er wusste wohl, dass die Welt lange auf Besserung der Verhältnisse warten konnte, wenn sie auf Typen wie ihn angewiesen blieb.

Um diese Zeit war der Verkehr noch flüssig. In einer halben Stunde würde das nicht mehr der Fall sein. Er fuhr Richtung Lower Manhattan, dachte an nichts und ließ sich von Cohens rauchiger Stimme einlullen.

Als er sich dem Foley Square näherte, warf er einen Blick in den Rückspiegel. Auf einem der Rücksitze lag ein Plaid mit einem Motiv von Norman Rockwell, das sie zu Beginn ihrer Ehe bei Bloomingdale's gekauft hatten und in das sich Bonnie gern gekuschelt hatte, wenn sie zu dritt unterwegs gewesen waren.
Nein, er träumte nicht: Mallorys Parfum schwebte noch immer im Auto. Ein Duft nach Vanille und frischen Schnittblumen. In solchen Augenblicken fehlte sie ihm besonders schmerzlich. Sie war ihm so gegenwärtig, dass er ein paarmal den Eindruck hatte, neben einem Schatten zu sitzen. Sie war da, saß auf dem Beifahrersitz wie ein Gespenst.
Alles wäre sicher anders gekommen, wenn nicht so vieles zwischen ihnen gestanden hätte: das Geld, die unterschiedliche soziale Herkunft, sein Bedürfnis, sich selbst zu übertreffen, um zu zeigen, dass er Mallory verdiente. Schon früh sah er sich gezwungen, sich ein Image zuzulegen, das auf Zynismus und Individualismus gründete, und alles, was er an Empfindsamkeit besaß, zu verdrängen. Um einer der Besten zu sein, um sich nicht für seine Schwächen schämen zu müssen.
Während ihm all das durch den Kopf ging, bekam er plötzlich Angst, Mallory nie wiederzusehen. Außer seiner Tochter hatte er keine nahen Verwandten, auch keinen echten Freund. Wer würde um ihn trauern, wenn er sterben musste? Jordan? Abby?
Er erreichte die Lafayette Street, und jäh erfasste ihn eine Woge der Traurigkeit.

Als er auf die Brooklyn Bridge fuhr, hatte er das Gefühl, zwischen den Stahlpfeilern eingepfercht

zu werden, die die Brücke stützten. Die beiden Bögen, die ihn immer an den geheimnisvollen Eingang in ein gotisches Gebäude erinnerten, bildeten einen scharfen Kontrast zur modernen Skyline der Wolkenkratzer, die für immer verunstaltet war, seit die Zwillingstürme fehlten. So unsinnig es auch war, jedes Mal, wenn er an nebelverhangenen Tagen hier vorbeifuhr, rechnete er damit, sie an einer Biegung vor sich auftauchen zu sehen, mit ihren glänzenden Fassaden und ihren Spitzen, die den Himmel berührten.
Ein paar Krankenwagen überholten ihn mit Blaulicht. Sie fuhren Richtung Brooklyn. Vermutlich war irgendwo in der klirrend kalten Nacht ein schwerer Unfall passiert. Lieber Himmel, so war New York! Er liebte und hasste diese Stadt gleichermaßen. Das war schwer zu erklären.
Da er sich zu wenig aufs Fahren konzentrierte, verpasste er am Ende der Brücke eine Ausfahrt und fand sich in den engen Straßen von Brooklyn Heights wieder. Er fuhr eine Weile durch dieses stille Viertel, bevor er einen Zugang zur Fulton Street fand. Er zog sein Handy aus der Tasche und wählte eine Nummer, die er auswendig wusste. Eine bereits sehr wache Stimme war am Apparat:
»Hier Dr. Bowly, was kann ich für Sie tun?«
Dr. Bowlys Klinik war berühmt für die erstklassige Versorgung ihrer Patienten. Jeder neue Mitarbeiter der Kanzlei wurde vor der Festanstellung zum Gesundheitstest hierher geschickt. Seit einiger Zeit hatte die Klinik ihr Programm erweitert und ein Entzugszentrum für die besonders erlesene Kundschaft von der Ostküste eingerichtet.
»Nathan Del Amico aus der Kanzlei Marble &

March. Ich will einen gründlichen Check-up machen lassen.«
»Ich verbinde Sie mit der Aufnahme«, erwiderte der andere, ziemlich erbost, so früh am Morgen wegen eines banalen Termins persönlich belästigt zu werden.
»Nein, Doktor, ich möchte mit Ihnen reden.«
Der Arzt war überrascht, blieb aber höflich.
»Nun gut … Ich höre.«
»Ich will das komplette Programm«, erklärte Nathan. »Blutanalyse, Röntgenuntersuchungen, EKG …«
»Ich versichere Ihnen, unser Check-up umfasst alle Untersuchungen.«
Nathan hörte, wie der Arzt am anderen Ende der Leitung auf der Tastatur eines Computers tippte.
»Wir können Ihnen einen Termin in … sagen wir zehn Tagen geben«, schlug Bowly vor.
»Besser in zehn Minuten«, erwiderte Nathan schlagfertig.
»Sie … Sie scherzen wohl?«
Nathan gelangte in den Distrikt Park Slope, fuhr um eine Kurve und steuerte ein elegantes Wohnviertel im Westen des Prospect Park an. In betont professionellem Ton sagte er:
»Unsere Kanzlei hat Sie in einer Steuersache vertreten. Wenn ich mich recht erinnere, war das vor drei Jahren …«
»Ja, das stimmt«, pflichtete Bowly ihm bei, der seine Überraschung nicht verbergen konnte. »Und Sie haben Ihre Sache gut gemacht, denn ich wurde freigesprochen.«
Trotzdem war Dr. Bowly auf der Hut.
»Ich weiß«, fuhr Nathan fort. »Einer meiner Mitarbeiter hat Ihren Fall bearbeitet, und ich glaube

mich zu erinnern, dass Sie dem Finanzamt einige Belege nicht vorgelegt hatten.«
»Was ... was wollen Sie damit sagen?«
»Nehmen wir mal an, ich hätte ein paar Freunde bei der Finanzverwaltung, die vielleicht an diesen Informationen interessiert sein könnten.«
»Das verstößt gegen sämtliche Praktiken Ihres Berufs«, protestierte der Arzt.
»Natürlich«, gab Nathan zu, »aber Sie lassen mir keine Wahl.«
Als sich der Anwalt in die Penitent Street einfädelte, wurde er durch die Scheinwerfer eines entgegenkommenden Autos geblendet.
So ein Blödmann!
Er ließ das Handy fallen, um das Steuer nach rechts herumzureißen, und konnte gerade noch einen Zusammenstoß mit dem anderen Auto vermeiden.
»Hallo«, sagte er, als er sein Handy wieder aufgehoben hatte.
Einen Augenblick lang glaubte er, Bowly habe aufgelegt, aber nach längerem Schweigen sagte der Arzt mit einer Stimme, die entschlossen klingen sollte:
»Nie und nimmer lasse ich mich derart erpressen. Wenn Sie glauben, dass ich mich beeindrucken lasse durch ...«
»Ich will gar nichts Besonderes von Ihnen«, seufzte Nathan. »Nur eine Generaluntersuchung, und zwar noch heute. Natürlich zahle ich den vollen Preis.«
Er fand einen Parkplatz in der Nähe der Klinik. Allmählich wich die Nacht dem Tag.
Er schlug die Wagentür zu, betätigte die Zentralverriegelung und ging die von schmiedeeisernen Straßenlaternen gesäumte Straße hoch.

Am Hörer ließ Dr. Bowly eine Weile verstreichen, dann gab er nach:
»Hören Sie, mir gefallen Ihre Methoden nicht, aber ich werde mich bemühen, eine Lücke zu finden. Wann würden Sie denn gern kommen?«
»Ich bin schon da«, erwiderte Nathan und stieß die Tür der Klinik auf.

Kapitel 7

Die Toten sind unsichtbar,
aber sie sind nicht fern.

Augustinus

Man führte ihn in ein kühles, schattiges Zimmer, das von bleichem Licht erhellt wurde. Auf der unvermeidlichen Liege befand sich ein mit Plastikfolie überzogenes Blatt Papier, das die verschiedenen Phasen des Check-ups erläuterte. Nathan befolgte die Anweisungen ganz genau: Er entkleidete sich, schlüpfte in ein Baumwollhemd, wusch sich die Hände, urinierte in einen Becher, bevor er sich an einen Laboranten wandte, der ihm Blut abnahm.

Die Untersuchungen fanden in fast allen Klinikbereichen statt. Mit einer Magnetkarte versehen musste sich der Patient von einem Raum in den nächsten begeben, wo er vom jeweiligen Spezialisten empfangen wurde.

Den Auftakt machte ein hagerer, leicht ergrauter Fünfzigjähriger, der auf den freundlichen Namen Dr. Blackthrow hörte. Er erstellte eine vollständige Anamnese.

Nachdem er Nathan genauestens untersucht hatte, erkundigte er sich nach seiner persönlichen und familiären Vorgeschichte.

Nein, er hatte keine besonderen Krankheiten gehabt, außer Gelenkrheumatismus im Alter von zehn Jahren und dem Pfeifferschen Drüsenfieber mit neunzehn Jahren.

Nein, auch keine Geschlechtskrankheit.
Nein, er wusste nicht, woran sein Vater gestorben war. Er wusste nicht einmal, ob er überhaupt noch lebte.
Nein, seine Mutter war nicht an einer Herzgefäßkrankheit gestorben.
Sie hatte auch keinen Diabetes.
Seine Großeltern? Er hatte sie nicht gekannt.
Dann wurde er nach seiner Lebensweise befragt.
Nein, seit der Geburt seiner Tochter trank er nicht und rauchte nicht mehr. Ja, er hatte eine Schachtel Zigaretten in seiner Tasche *(sie haben meinen Anzug durchwühlt!)*, aber er zündete sich keine an: Er trug sie nur bei sich, um etwas in den Händen zu halten.
Ja, manchmal nahm er Antidepressiva. Auch Anxiolytica, klar. Wie die Hälfte der Menschen, die ein stressiges Leben führten.
Dann schickte man ihn zu einem Stress-Spezialisten, der ihn komplizierten Tests unterzog, um seine berufliche und familiäre Angstdisposition zu ermitteln.
Ja, er hatte eine Scheidung hinter sich.
Nein, er war nicht entlassen worden.
Ja, er hatte vor kurzem einen nahen Angehörigen verloren.
Nein, er hatte keine Hypothek.
Ja, seine finanzielle Situation hatte sich kürzlich geändert … aber zum Guten.
Eine Veränderung seiner Schlafgewohnheiten? Mein Gott, er hatte in dieser Hinsicht keine Gewohnheiten, und das war vielleicht das Problem. *Ich gebe mich dem Schlaf nicht hin, ich erliege ihm,* das hatte er irgendwo gelesen.
Nach dieser Untersuchung überschüttete ihn der

Arzt mit einer Reihe billiger Ratschläge, die ihm helfen sollten, mit den – wie er es nannte – »psychisch und emotional angstauslösenden Situationen« fertig zu werden.

Nathan hörte all diese Empfehlungen und begann innerlich zu kochen.

Ich will mich nicht in einen Zen-Meister verwandeln, ich möchte verdammt noch mal wissen, ob mein Leben in Gefahr ist.

Dann wurde es ernst: Die kardiologischen Untersuchungen waren dran.

Er war erleichtert, als er feststellte, dass der Kardiologe menschlich und verständnisvoll wirkte. Nathan berichtete ihm von dem stechenden Schmerz in der Brust, den er seit mehreren Tagen spürte. Der Arzt hörte aufmerksam zu, stellte zusätzliche Fragen zu den genaueren Umständen und der Intensität des Schmerzes.

Er maß seinen Blutdruck und bat ihn, auf einem Laufband zu laufen, um seinen Herzrhythmus nach Belastung zu testen.

Der Arzt schloss ein EKG an, er führte eine Echokardiographie und eine Dopplersonographie durch. Wenn Nathan etwas am Herzen hatte, würde man es zweifelsfrei feststellen.

Dann folgte eine HNO-Untersuchung. Der Spezialist schaute sich den Hals, die Nase, die Nasennebenhöhlen und die Ohren an.

Einen Hörtest lehnte Nathan ab. Nein, er hatte keine Hörschwierigkeiten. Stattdessen musste er eine Kehlkopfspiegelung und das Röntgen der Lunge über sich ergehen lassen: Seine Erklärung hinsichtlich des Tabaks hatte also nicht überzeugt.

»Ja, gut, ab und zu rauche ich eine, Sie wissen doch, wie das ist …«

Er war nicht gerade begeistert über die Aussicht auf eine Darmspiegelung. Aber man versicherte ihm, sie sei schmerzlos.
Als er beim Urologen vorsprach, wusste er, dass man über die Prostata reden würde. Und so geschah es.
Nein, er musste noch nicht dreimal pro Nacht aufstehen und pinkeln. Nein, er hatte kein Brennen beim Wasserlassen. Im Übrigen war er ja wohl ein bisschen zu jung für ein Prostata-Adenom, oder nicht?
Am Ende folgte noch eine Ultraschalluntersuchung. Mit einer Sonde fuhr man über verschiedene Teile seines Körpers, und er konnte auf einem kleinen Monitor schöne Bilder seiner Leber, seiner Bauchspeicheldrüse, seiner Milz und seiner Gallenblase sehen.

Er warf einen Blick auf seine Armbanduhr: zwei Uhr nachmittags. Der Check-up war überstanden. Uff. Ihm war schwindlig, er hatte das Bedürfnis, sich zu übergeben. In den letzten Stunden hatte er mehr Untersuchungen über sich ergehen lassen als in seinem ganzen Leben.
»In etwa vierzehn Tagen erhalten Sie die Ergebnisse«, hörte er eine Stimme hinter sich sagen.
Er wandte sich um und stand Dr. Bowly gegenüber, der ihn ernst betrachtete.
»Was heißt ›in etwa vierzehn Tagen‹«, knurrte er. »Ich habe keine Zeit ›etwa vierzehn Tage‹ zu warten. Ich bin erschöpft, ich bin krank! Ich muss wissen, was mir fehlt!«
»Beruhigen Sie sich doch«, sagte der Arzt, »ich habe nur einen Scherz gemacht: In etwa einer Stunde können wir eine erste Bilanz ziehen.«

Er schaute den Anwalt aufmerksam an und meinte: »Das ist wahr, Sie sehen sehr erschöpft aus. Wenn Sie sich hinlegen wollen, bis die Ergebnisse da sind, im zweiten Stock gibt es ein freies Zimmer. Soll ich eine Schwester bitten, Ihnen etwas zu essen zu bringen?«
Nathan bedankte sich. Er sammelte seine Kleidungsstücke ein, ging in den zweiten Stock, kleidete sich in dem besagten Zimmer an, bevor er sich auf der Liege ausstreckte.

Als Erstes sah er Mallorys Lächeln.
Mallory war Licht, Mallory war Sonne. Immer voller Energie und Heiterkeit. Sehr gesellig, während Nathan damit eher ein Problem hatte. Irgendwann ließen sie ihre Wohnung neu streichen, und er hatte tagelang kein einziges Wort mit dem Maler gewechselt. Mallory dagegen wusste in weniger als einer Stunde über alle wesentlichen Etappen seines Malerlebens Bescheid: alles, von der Stadt, in der er geboren wurde, bis zu den Vornamen seiner Kinder. Nicht dass Nathan die Menschen verachtete, im Gegenteil, er wusste nur meist nicht, worüber er mit ihnen reden sollte. Er war eben kein »Spaßvogel«. Mallory war von Natur aus ein positiver Mensch, der anderen Vertrauen einflößte. Er selbst war keineswegs positiv. Im Gegensatz zu seiner Frau machte er sich keine Illusionen über das Wesen des Menschen.
Obwohl sie so verschieden waren, hatten sie Jahre des größten Glücks erlebt. Sie hatten es beide verstanden, Kompromisse zu schließen. Natürlich widmete Nathan einen Großteil seiner Zeit der Arbeit, doch Mallory akzeptierte es. Sie verstand sein Bedürfnis nach gesellschaftlichem Aufstieg.

Im Gegenzug übte Nathan niemals Kritik an den militanten Aktivitäten seiner Frau, auch wenn er sie manchmal recht naiv oder überdreht fand. Bonnies Geburt hatte ihren Zusammenhalt noch mehr gefestigt.

Im Grunde seines Herzens hatte er immer geglaubt, dass seine Ehe ewig halten würde. Und doch hatten sie sich auseinander gelebt.

Zum großen Teil war seine Arbeit schuld, weil ihm immer neue Verantwortung übertragen wurde. Er wusste sehr genau, dass das Scheitern seiner Ehe auf seine häufige Abwesenheit zurückzuführen war.

Doch vor allem war da noch der Tod von Sean, ihrem zweiten Kind. Der Junge war im Alter von drei Monaten gestorben.

Es war vor drei Jahren, im Winter, Anfang Februar. Aus unerfindlichen Gründen weigerte sich Mallory, jemanden zu engagieren, der sich um die Kinder kümmerte. Dabei wäre es so einfach gewesen, eine der philippinischen Tagesmütter für Bonnie und Sean einzustellen, von denen es in Amerika nur so wimmelte. Alle seine Kollegen taten das. Aber Mallory hatte erklärt, dass diese Frauen gezwungen waren, ihr Land und ihre eigenen Kinder zu verlassen, um die Nachkommen reicher Amerikaner aufzuziehen. Wenn die Emanzipation der Frau im Norden nur durch die Versklavung der Frau im Süden möglich war, wollte sie, Mallory Wexler, gern darauf verzichten. Eltern sind verpflichtet, sich um ihre Kinder zu kümmern, niemand sonst. Die Väter müssten sich nur mehr an der Erziehung beteiligen, das war alles. Wenn man zu protestieren wagte oder gar aufzuzeigen versuchte, dass die philippinische Tagesmutter für ihre Dienste eine beträchtliche Summe erhielt, die sie in ihre Heimat schicken konnte, um das Studium ihrer Kinder zu finanzieren, beschimpfte sie einen als widerlichen Neokolonialisten und überschüttete einen mit einem so aufgebrachten Redeschwall, dass man es bedauerte, sich auf dieses Terrain gewagt zu haben.

An jenem Nachmittag hatte er sein Büro früher als sonst verlassen. Mallory wollte den monatlichen Besuch bei ihren Eltern machen. Für gewöhnlich nahm sie Bonnie mit, aber da die Kleine eine Angina hatte, sollte sie in New York bei ihrem Vater bleiben.

Mallory wollte das Flugzeug um sechs Uhr abends nehmen. Als Nathan nach Hause kam, war sie am Gehen. Sie umarmte ihn flüchtig und rief ihm in der Eile noch so etwas zu wie: »Ich habe alles vorbereitet, du brauchst nur die Fläschchen in der Mikrowelle aufwärmen. Und vergiss nicht, dass er sein Bäuerchen machen muss …«

Er war also mit den beiden Kindern allein. Für Bonnie hatte er seine Geheimwaffe: das Video von *La Belle et le Clochard.* Eine von Mallorys Marotten bestand nämlich darin, Disney zu boykottieren, weil Mickey Maus angeblich seine Produkte über Zwischenhändler in China oder Haiti herstellen ließ, wo Kinder schamlos ausgebeutet wurden. Doch dieser Akt des zivilen Ungehorsams war nicht nach Bonnies Geschmack, weil sie deshalb auf viele Zeichentrickfilme verzichten musste.

Ihr Vater hatte ihr also die Kassette gegeben, sie schwören lassen, dass sie ihn nicht bei ihrer Mutter verpetzte, und sie saß höchst zufrieden im Wohnzimmer und schaute sich ihren Film an.

Nathan hatte Sean in seine Wiege gelegt und sie

neben seinen Schreibtisch gestellt. Sean war ein ruhiges, gesundes Baby. Gegen neunzehn Uhr hatte er ein Fläschchen getrunken und war wieder eingeschlafen. Normalerweise kümmerte Nathan sich gern um die Kinder. Doch an jenem Abend fehlte ihm die Zeit, es zu genießen. Er arbeitete an einem wichtigen und schwierigen Fall. Im Übrigen war er inzwischen Spezialist für wichtige und schwierige Fälle geworden, weshalb er immer häufiger Akten mit nach Hause nahm. Er kam zurecht, wenn auch mit Mühe.
Nachdem Bonnie ihren Trickfilm gesehen hatte, wollte sie etwas zu essen haben. (Spaghetti natürlich. Was konnte man nach diesem Film auch anderes essen?) Nathan hatte ihr das Essen vorbereitet, fand aber keine Zeit, mit ihr zu essen. Dann war sie widerspruchslos zu Bett gegangen.
Die nächsten vier Stunden hatte er durchgearbeitet, gegen Mitternacht gab er Sean ein letztes Fläschchen, dann ging er schlafen. Er war todmüde und wollte am nächsten Morgen früh aufstehen. Sean war verlässlich wie eine Uhr. In seinem Alter schlief er die Nacht schon durch, sodass Nathan überzeugt war, mindestens bis sechs Uhr Ruhe zu haben.
Doch am nächsten Morgen fand er nur den leblosen Körper seines kleinen Sohnes, der auf dem Bauch in seiner Wiege lag, vor. Als er das kleine federleichte Wesen hochhob, entdeckte er auf dem Laken ein wenig roten Schaum. Er war wie gelähmt vor Entsetzen, denn er hatte sofort begriffen, was geschehen war.
Sean war lautlos gestorben, davon war er überzeugt. Nathan hatte einen leichten Schlaf, und er hatte kein Weinen, keinen Schrei gehört.

Heutzutage ist der plötzliche Säuglingstod natürlich ein bekanntes Phänomen. Wie alle Eltern waren Mallory und Nathan darauf aufmerksam gemacht worden, dass das Baby nachts nicht auf dem Bauch liegen sollte, und sie hatten immer die Empfehlungen des Kinderarztes befolgt und Sean auf den Rücken gelegt …

Sie hatten auch darauf geachtet, dass das Gesicht des Babys immer frei lag, die Zimmertemperatur nicht zu hoch war (Mallory hatte einen Spezialthermostat einbauen lassen, der die Temperatur auf 20 Grad Celsius hielt) und die Matratze nicht verrutschte (sie hatten die teuerste gekauft, die alle Sicherheitsnormen erfüllte). Konnte man noch mehr tun?

Man hatte ihm die Frage mehrere Male gestellt: Hatte er das Baby auf den Rücken gelegt? Aber ja! Ja! Wie immer. Hatte er behauptet. Aber genau genommen, erinnerte er sich nicht an den Augenblick, in dem er Sean schlafen gelegt hatte. Er sah die Szene nicht mehr im Geiste vor sich. Das Einzige, woran er sich genau erinnern konnte, war, dass er an diesem verfluchten Abend voll und ganz in seine Arbeit vertieft gewesen war. Er hatte sich mit der vermaledeiten Akte beschäftigt, bei der es um den finanziellen Vergleich zwischen zwei Fluggesellschaften ging.

In seinem ganzen Leben als Vater hatte er nie eines seiner Kinder auf den Bauch oder auf die Seite gelegt. Warum hätte er es an jenem Abend tun sollen? Es war unmöglich. Er wusste, dass er es nicht getan hatte, aber er konnte sich eben nicht genau an den Moment erinnern, in dem er seinen Sohn schlafen gelegt hatte. Und diese Ungewissheit quälte ihn und verstärkte sein Schuldgefühl.

Dann hatte sich Mallory in eine Wahnvorstellung hineingesteigert und gab sich selbst die Schuld. Sie behauptete, das sei die Strafe dafür, dass sie ihr zweites Kind nicht gestillt habe. Als ob das etwas geändert hätte!
Warum war ihre Ehe nach dieser Prüfung gescheitert, statt sich zu festigen? Er war unfähig, diese Frage, die er sich Tag für Tag stellte, eindeutig zu beantworten. Dieses Bedürfnis nach Abstand zu erklären, das sie beide spürten.
So war es passiert. Und zwar ziemlich schnell. Plötzlich konnte er ihre Anwesenheit nicht mehr ertragen, ihren Blick, der ihn, wenn auch unbewusst, vielleicht doch anklagte, am Tod ihres Sohnes schuld zu sein. Worüber sollte er mit ihr reden, wenn er nach Hause kam? Über die Vergangenheit? »Erinnerst du dich, wie schön er war? Erinnerst du dich, wie wir auf ihn gewartet haben, wie stolz wir auf ihn waren? Erinnerst du dich an den Ort, an dem er gezeugt wurde? In einem Chalet in diesem Skiurlaub in den White Mountains. Erinnerst du dich …«
Er wusste nicht mehr, was er antworten sollte auf solche Fragen wie: »Glaubst du, dass er im Himmel ist? Glaubst du, dass es ein Leben nach dem Tod gibt?«
Er wusste es nicht. Er glaubte an nichts.
Ihm blieb nur diese offene Wunde, dieser nie enden wollende Kummer, dieses grausame Gefühl, sein Kind im Stich gelassen zu haben.
Er war so hilflos gewesen, so am Boden zerstört. Für lange Zeit war seine Niedergeschlagenheit so intensiv gewesen, dass er zu nichts Lust hatte, weil nichts auf der Welt seinen Jungen wieder zum Leben erwecken konnte.

Um weiterleben zu können, hatte er sich in die Arbeit gestürzt. Doch im Büro und überall sonst stellte man ihm immer die gleiche Frage: Wie geht es *deiner Frau?*

Es ging immer nur um seine Frau.

Und er? Was war mit seinem Schmerz? Wer kümmerte sich darum? Niemals hatte ihn jemand gefragt, wie es *ihm* ging. Wie *er* das alles ertrug. Man hielt ihn für stark. *A tough man.* Das war er doch in seinem Beruf, oder nicht? Er war gnadenlos, ein Raubtier, unerbittlich, jemand, der kein Recht auf Tränen oder gar Verzweiflung hatte.

Nathan öffnete die Augen und setzte sich auf.

Er wusste, diese Wunde würde nie ganz verheilen. Natürlich gab es Tage, an denen er schöne Stunden mit seiner Tochter erlebte, gern Sport trieb oder über den Witz eines Mitarbeiters grinste. Aber selbst in solchen Augenblicken musste er voller Schmerz an Sean denken.

Eine Stunde später

Nathan saß Dr. Bowly in einem Sessel gegenüber und betrachtete einen goldenen Rahmen, der eine Art Pergament mit der lateinischen Übersetzung eines Ausspruchs von Hippokrates enthielt:

Vita brevis, ars longa, experimentum periculosum, judicium difficile.

»Das Leben ist kurz, die Kunst ist lang, die Untersuchung gefährlich, das Urteil schwierig«, übersetzte der Arzt. »Das bedeutet, dass …«

»Ich verstehe sehr wohl, was das bedeutet«, unterbrach Nathan ihn. »Ich bin Jurist und kei-

ner dieser Popstars, die zum Entzug hierherkommen.«
»Ist ja gut«, bemerkte der Arzt besänftigend.
Er reichte ihm ein kleines Dokument von etwa dreißig Seiten, auf dem stand: MEDIZINISCHES GUTACHTEN
Nathan blätterte es durch, ohne wirklich darin zu lesen, blickte Bowly an und sagte leichthin:
»Und?«
Der Arzt räusperte sich ein paarmal, um die Spannung zu steigern.
Dieser Typ ist ein richtiger Sadist.
Er räusperte sich erneut und schluckte.
Nun fang schon an. Sag mir, dass ich verrecken werde!
»Mein Gott, Sie werden nicht gleich morgen früh sterben. Ihre Werte sind nicht beunruhigend.«
»Sind Sie … sicher? Aber mein Herz …«
»Sie leiden nicht unter Bluthochdruck.«
»Und mein Cholesterinspiegel?«
Bowly schüttelte den Kopf.
»Nichts Ernstes: Die Cholesterinwerte sind nicht alarmierend.«
»Und dieser Schmerz in der Brust?«
»Nichts Beunruhigendes. Der Kardiologe würde im schlimmsten Fall auf eine verkappte, durch starken Stress hervorgerufene Angina Pectoris tippen.«
»Also kein Infarktrisiko?«
»Das ist sehr unwahrscheinlich. Ich gebe Ihnen aber für alle Fälle ein Spray auf Trinitin-Basis mit. Aber wenn Sie ein wenig ausspannen, wird der Schmerz von allein nachlassen.«
Nathan griff nach dem Medikament, das Bowly ihm reichte. Fast hätte er ihn umarmt. Er fühlte sich von einer Zentnerlast befreit.

Der Arzt erklärte ihm ausführlich alle Untersuchungsergebnisse, doch Nathan hörte nicht mehr zu. Er wusste das Entscheidende: Er würde nicht sterben – zumindest nicht in absehbarer Zeit.

Als er wieder im Auto saß, las er aufmerksam die Schlussfolgerungen am Ende jedes Abschnittes des medizinischen Gutachtens. Kein Zweifel: Er war völlig gesund. Er hatte sich sogar selten so wohl gefühlt. In wenigen Minuten hatte sich seine Stimmung völlig verändert.

Er warf einen Blick auf seine Uhr. Brauchte er wirklich Urlaub? Wäre es nicht besser, sich wieder an die Arbeit zu machen, da kein Anlass mehr zur Beunruhigung bestand? *Nathan Del Amico ist wieder an Bord. Abby, bringen Sie mir die Akte Rightby's und machen Sie einen Rundruf wegen meiner stornierten Termine. Könnten Sie heute Abend etwas länger bleiben, wir haben viel zu tun!*

Nein. Er wollte nichts überstürzen. Er war klug genug, um zu wissen, dass etwas nicht stimmte. Und er wollte unbedingt Bonnie abholen.

Er ließ den Motor des Jeeps an und fuhr Richtung Central Park West.

Er hatte Appetit auf Alkohol und Zigaretten. Er kramte in der Tasche seines Anzugs, fand die Zigarettenschachtel, holte zwei Zigaretten heraus. »Ich zünde sie niemals an, ich trage sie nur bei mir, um etwas in den Händen zu halten«, ahmte er ziemlich schlecht seine eigenen Worte nach. Dann zündete er beide Zigaretten gleichzeitig an und lachte vergnügt. Seine letzte Stunde hatte noch nicht geschlagen.

Kapitel 8

Wir sind also ganz allein
in der Dunkelheit dieses Lebens?

Frage aus dem Film *Abyss*
von James Cameron

Zu Hause angekommen bereitete er sich eine Pasta zu – *Penne rigate* mit Basilikum und Parmesan. Dazu trank er eine Flasche kalifornischen Wein. Nach dem Essen stellte er sich noch mal unter die Dusche, schlüpfte in einen Kaschmirpullover mit Rollkragen und wählte einen eleganten Anzug.
Dann ging er ins Parkhaus, ließ den Jeep stehen und nahm den Jaguar. Ach, wie wohl er sich doch fühlte! Morgen würde er wieder im Park laufen, und er würde Peter bitten, ihm Karten für ein gutes Basketballspiel im Madison Square Garden zu besorgen. Im Handschuhfach suchte er unter den vielen CDs, die er gern beim Fahren hörte, ein Album von Eric Clapton heraus, legte es in den CD-Player und genoss als Kenner den unvergesslichen Riff von *Layla*.
Das war echte Musik!
In seinem Urlaub würde er vor allem eines tun: sich Zeit nehmen für all die Dinge, die er gern tat. Er hatte Geld, lebte in einer der schönsten Städte der Welt – das Leben könnte wahrlich schlimmer sein.
Nathan war erleichtert. Wirklich. Diesmal hatte er Angst gehabt, das musste er zugeben. Aber im

Moment empfand er nicht einmal den geringsten Schmerz. Na also, es war nur ein bisschen Stress. Diesen Tribut musste er wohl an die moderne Zeit entrichten.
Nachdem er die Musik lauter gestellt hatte, öffnete er das Seitenfenster und stieß einen kleinen Schrei gen Himmel aus, während er den Motor aufheulen ließ. Wohl wissend, dass er etwas zu viel kalifornischen Chardonnay getrunken hatte, zwang er sich, langsamer zu fahren. Es war nicht der passende Augenblick für einen Unfall.
Er stellte den Wagen auf die Fähre und ließ sich zum Krankenhaus übersetzen, das er am Vortag aufgesucht hatte. Aber Dr. Goodrich war nicht da.
»Zu dieser Zeit finden Sie ihn im Zentrum für Palliativmedizin«, erklärte die Empfangsdame und kritzelte ihm eine Adresse auf ein Post-it.
Nathan stürmte hinaus. Es war ihm wichtig, dass Garrett die Ergebnisse seines Check-ups erfuhr.
Fünf Minuten später stand er vor dem Zentrum für Palliativmedizin, einem schönen Bauwerk aus rosa Granit, das von viel Grün umgeben war.
Als er die Tür im Erdgeschoss aufstieß, hatte er ein seltsames Gefühl. Der Ort machte nicht unbedingt den Eindruck einer typischen Klinik. Es gab weder komplizierte medizinische Geräte, noch herrschte die im Krankenhaus übliche Geschäftigkeit. In der Eingangshalle prangte ein großer, traditionell geschmückter Weihnachtsbaum. Unter dem Baum stapelten sich eine Menge Geschenkpakete. Nathan wandte sich zu einer gläsernen Terrassentür, die auf einen kleinen, hell erleuchteten und schneebedeckten Park hinausging. Die Nacht war bereits hereingebrochen, einige weiße Flocken wirbelten durch die Luft. Er drehte sich

um, lenkte seine Schritte auf einen Flur, der zu einem großen Gemeinschaftssaal führte, dessen Wände mit purpur- und goldfarbenen Stoffen verkleidet waren. Überall im Raum waren kleine Kerzen angezündet, wie Leuchtfeuer, während im Hintergrund leise, überirdisch schöne Kirchengesänge erklangen. All diese Dinge schufen eine friedliche und beruhigende Atmosphäre.
Vom Personal schien jeder Einzelne so mit seiner Aufgabe beschäftigt zu sein, dass niemand wirklich auf Nathan achtete.
Er vertiefte sich für einen Moment in den Anblick einer noch jungen Frau, die in einem Rollstuhl saß. Sie war abgemagert, ihr Kopf hing in einer unnatürlich starren Haltung zur Seite. Ein Mitglied des Pflegepersonals fütterte sie mit kleinen Löffeln Suppe und erklärte ihr das Fernsehprogramm. Es lief gerade ein Zeichentrickfilm.
Nathan spürte eine Hand auf der Schulter.
»Hallo, Del Amico«, begrüßte ihn Goodrich. Er wirkte überhaupt nicht erstaunt, ihn zu sehen. »Sie statten uns also einen kleinen Besuch ab?«
»Das ist alles sehr beeindruckend, Garrett. Ich habe so etwas noch nie gesehen.«
Der Arzt ließ ihn alles anschauen. Es gab ungefähr hundert Betten für unheilbar Kranke, zumeist solche mit Krebs im Endstadium, mit Aids oder einer neurologischen Erkrankung. Viele waren körperlich verunstaltet, und anfangs fiel es dem Anwalt schwer, ihren Anblick zu ertragen.
Am Ende eines Flurs wagte er Goodrich zu fragen: »Wissen die Kranken, dass ...«
»Sie sterben werden? Natürlich. Hier werden sie nicht belogen: Die letzten Stunden sollen nicht von einer Lüge überschattet werden.«

Mit Nathan im Schlepptau beendete Garrett seinen abendlichen Rundgang. Er war heiter und gelassen, nahm sich Zeit, mit jedem Kranken ein paar Worte zu wechseln. Meist drehte sich die Unterhaltung nicht um die Krankheit: Er erkundigte sich bei denen, die Besuch bekommen hatten, nach der Familie oder den Freunden. Mit anderen unterhielt er sich – manchmal ausführlich – über die neuesten Sportergebnisse, das Wetter oder internationale Ereignisse. Er fand immer die richtigen Worte und verbreitete überall gute Laune. Selbst die schwierigsten Patienten entspannten sich, und nur selten verließ er ein Zimmer, ohne ein Lächeln auf die Gesichter gezaubert zu haben. *Dieser Typ hätte einen gefährlichen Anwalt abgegeben*, dachte Nathan.

Die Krankenbesuche hatten ihn aufgewühlt, doch die Atmosphäre wirkte weniger morbid, als er befürchtet hatte. Es schien, als habe man den Tod vorübergehend verabschiedet, obwohl man genau wusste, dass er ganz in der Nähe weilte.

Goodrich stellte ihm einige der vielen ehrenamtlichen Helfer vor, die hier tätig waren. Nathan bewunderte diese Menschen, die einen Teil ihrer Zeit für andere opferten, und musste unwillkürlich an seine Frau denken. Er kannte sie gut, er wusste, sie hätte sich hier wohl gefühlt, sie wäre fähig gewesen, Licht in das Leben der Kranken zu bringen, Optimismus zu verbreiten. Er hätte gern Mitgefühl für die Menschen empfunden, aber er hatte nie gelernt, auf andere einzugehen.

Dennoch, um nicht als Einziger in der ganzen Einrichtung untätig zu bleiben, bot er in mehreren Zimmern schüchtern seine Hilfe an: Er unterhielt sich mit einem jungen aidskranken Fotografen

über eine Fernsehsendung und half einem alten Mann mit einem Luftröhrenschnitt, sein Abendbrot zu essen.
Als Nathan ihm den letzten Löffel Kompott reichte, merkte er, dass seine Hand leicht zitterte. Die Hustenanfälle und das Räuspern des Patienten erschreckten ihn und verursachten ihm Unbehagen. Er war unfähig, angesichts so großen Leids seine Gefühle zu verbergen. Er sollte sich bei dem alten Mann entschuldigen, aber der tat so, als bemerke er gar nicht, wie er sich schämte. Er dankte Nathan mit einem Lächeln, dann schloss er die Augen.
In diesem Augenblick betrat Goodrich das Zimmer. Er erkannte Nathans Verwirrung.
»Kommen Sie zurecht, Del Amico?«
Der Anwalt ignorierte die Frage. Er heftete seinen Blick auf das erstaunlich friedliche Gesicht des Sterbenden.
»Dieser Mann hat anscheinend keine Angst. Können Sie mir erklären, warum?«, fragte er leise, als sie sich entfernten.
Garrett nahm die Brille ab, rieb sich die Augen und überlegte gut, was er auf diese Frage antworten sollte.
»Gil gehört zu den Patienten, die schon sehr lange bei uns sind. Er ist bereits ziemlich alt und hat seine Krankheit bewusst akzeptiert. Dadurch hatte er genug Zeit, seine Angelegenheiten zu regeln und Frieden mit der Welt zu schließen.«
»Ich werde nie so sein«, stellte Nathan fest.
»Sie kennen doch die Maxime: ›Wenn du die Hoffnung aufgegeben hast, wirst du keine Furcht mehr haben.‹ Ich denke, sie passt zu diesem Ort: Wenn man alles in Ordnung gebracht hat, wird die Angst vor dem Tod immer geringer.«

»Wie schafft man es, nichts mehr zu hoffen?«
»Sagen wir mal so: Gil erhofft nur noch den Tod«, erwiderte der Arzt ein wenig fatalistisch. »Aber täuschen Sie sich nicht: Nicht alle Sterbenden scheiden so friedlich von dieser Welt wie er. Viele sterben im Groll, voller Wut auf ihre Krankheit.«
»Diese Menschen kann ich besser verstehen«, bemerkte Nathan aufrichtig.
Plötzlich verdüsterte sich seine Miene. Garrett fuhr ihn an:
»Machen Sie nicht so ein Gesicht, Del Amico! Diese Menschen hier brauchen bedingungslose Liebe und Verständnis, aber kein Mitleid. Vergessen Sie nicht, dass wir gerade eine besondere Zeit haben: Die meisten Kranken hier wissen, dass dies ihr letztes Weihnachtsfest sein wird.«
»Zählen Sie mich auch dazu?«, fragte der Anwalt provozierend.
»Wer weiß?«, erwiderte Goodrich und zuckte die Schultern.
Nathan zog es vor, das Thema zu wechseln. Eine Frage ging ihm durch den Kopf:
»Ist das nicht frustrierend für einen Arzt wie Sie?«
»Sie meinen, weil ich diese Leute nicht heilen kann?«
Nathan nickte.
»Nein«, erwiderte Goodrich. »Im Gegenteil: Es ist eine Herausforderung, weil es schwierig ist. Selbst wenn keine Aussicht auf Heilung mehr besteht, kann man den Kranken Pflege zuteil werden lassen. Die Chirurgie erfordert eine Menge Technik, aber sie appelliert nicht an das Herz. Hier liegen die Dinge anders. Wir begleiten die Kranken bis zum Schluss. Das mag lächerlich scheinen, aber es ist verdammt viel, wissen Sie. Und ehrlich gesagt:

Es ist viel einfacher, auf dem Operationstisch an jemandem herumzuschnippeln, als ihn bis an einen dunklen Ort zu begleiten.«

»Aber worin besteht diese Begleitung?«

Goodrich verschränkte die Arme:

»Das ist sehr schwierig und sehr einfach zugleich: Sie lesen dem Kranken vor, helfen ihm beim Frisieren, schütteln sein Kissen auf, gehen mit ihm im Park spazieren ... Aber meistens tun Sie nichts. Sie sitzen neben ihm und teilen sein Leiden und seine Angst. Sie sind einfach für ihn da und hören ihm zu.«

»Ich verstehe immer noch nicht, wie man sich dazu durchringen kann, den Tod zu akzeptieren.«

»Den Tod zu leugnen ist auch keine Lösung! Unsere Gesellschaft hat die meisten Übergangsriten in die andere Welt verdrängt und damit das Sterben zum Tabuthema gemacht. Aus diesem Grund sind die Menschen völlig hilflos, wenn sie mit dem Tod konfrontiert werden.«

Der Arzt schwieg eine Weile, bevor er hinzufügte:

»Und dabei ist der Tod etwas ganz Normales.«

Er hatte dies mit Nachdruck gesagt, als wollte er sich selbst davon überzeugen.

Die beiden Männer waren jetzt wieder in der Eingangshalle angelangt. Nathan knöpfte seinen Mantel zu. Doch bevor er sich verabschiedete, hatte er noch etwas Wichtiges zu sagen:

»Um eines klarzustellen, Garrett: Ich glaube Ihnen kein einziges Wort.«

»Wie bitte?«

»Alles, was Sie mir erzählt haben, Ihr Schmus über den Tod und die Boten. Ich glaube Ihnen kein Wort davon.«

Goodrich wirkte nicht überrascht.
»Oh, ich verstehe Sie gut: Jemand, der glaubt, sein Leben im Griff zu haben, hat keine Lust, seine Gewissheiten in Frage zu stellen.«
»Im Übrigen möchte ich Ihnen mitteilen, dass ich mich ausgezeichneter Gesundheit erfreue. Tut mir Leid für Sie, aber ich glaube, Sie haben sich geirrt: Ich bin keineswegs ein Todgeweihter.«
»Freut mich zu hören.«
»Ich habe mir sogar ein paar Tage Urlaub genommen.«
»Nutzen Sie sie gut.«
»Sie gehen mir auf die Nerven, Garrett.«
Goodrich stand immer noch neben ihm und schaute ihn an, als versuche er ihn einzuschätzen. Schließlich sagte er:
»Ich denke, Sie sollten Candice besuchen.«
Nathan seufzte.
»Wer ist Candice?«
»Eine junge Frau aus Staten Island. Sie arbeitet als Kellnerin im *Dolce Vita*, einem Coffeeshop mitten in St. George. Manchmal halte ich morgens dort an und trinke Kaffee.«
Der Anwalt zuckte die Schultern.
»Na und?«
»Nathan, Sie haben mich sehr gut verstanden.«
Plötzlich musste er an Kevin denken.
»Wollen Sie mir sagen, dass sie …«
Garrett nickte.
»Ich glaube Ihnen nicht. Sie haben diese Frau gesehen und plötzlich, einfach so, hatten Sie eine Eingebung?«
Garrett schwieg. Del Amico provozierte ihn weiter:
»Und was passiert dann? Fängt ihr Kopf inmitten

einer Menschenmenge plötzlich an zu blinken und im Hintergrund erklingt die Melodie des *Trauermarschs*?«

»Sie glauben es sowieso nicht«, bemerkte Goodrich betrübt. »Manchmal gibt es eine Art weißes Licht, das Sie als Einziger sehen. Aber das ist nicht das Wichtigste.«

»Was ist das Wichtigste?«

»Das, was Sie in Ihrem Innern fühlen. Plötzlich *wissen* Sie, dass die betreffende Person nur noch wenige Wochen zu leben hat.«

»Ich bin der Ansicht, dass Sie gefährlich sind.«

»Und ich bin der Ansicht, Sie sollten Candice besuchen«, wiederholte Garrett lakonisch.

Kapitel 9

Sieh nur, wie diese kleine Kerze
ihr Licht weit verbreitet!
Genauso weit reicht eine gute Tat
in einer feindseligen Welt!

Shakespeare

12. Dezember

Das *Dolce Vita* befand sich in einer Hauptgeschäftsstraße von St. George.
Um acht Uhr morgens wimmelte es hier nur so von Leuten. Vor der Theke bildeten sich zwei lange Schlangen, aber die Gäste wurden so schnell bedient, dass niemand lange warten musste. Um diese Zeit kamen hauptsächlich Stammgäste hierher, meistens Menschen, die in diesem Viertel arbeiteten und in aller Eile einen Cappuccino oder einen Donut bestellten.
Nathan wählte einen Tisch am Fenster und wartete, bis jemand seine Bestellung aufnahm. Mit prüfendem Blick studierte er das Personal: Zwei Angestellte kümmerten sich um die Kunden, die ihr Frühstück mitnahmen, zwei weitere um die Gäste im Café. Welche von ihnen war Candice? Goodrich hatte eine junge Frau erwähnt, aber er hatte sie nicht beschrieben.
»Was darf ich Ihnen bringen, Sir?«
Die Kellnerin, die ihn gerade angesprochen hatte, war eine Rothaarige mit müdem Gesicht. Sie war

weit über vierzig. Auf dem Sticker über ihrer Brust stand: Ellen.
Er bestellte ein komplettes Frühstück, das sie im Nu servierte.
Während er seinen Kaffee schlürfte, musterte er die Kellnerinnen hinter der Theke. Die erste, eine Brünette – aufgeschürzte Lippen, auffällig geschminkt – war knapp zwanzig. Mit ihrem üppigen Busen, den sie geschickt zur Geltung brachte, zog sie die Blicke der Männer auf sich. Man merkte, wie sie mit ihrer Erscheinung spielte und sich lasziv herausfordernd bewegte. Die andere war zurückhaltender, vermutlich etwas älter, klein, mit kurzen blonden Haaren. Flink und geschickt konnte sie zwei Gäste auf einmal bedienen, während ihre Kollegin nur einen schaffte. Sie wirkte kein bisschen vulgär, war ein ganz normales sympathisches Mädchen.
Instinktiv erkannte Nathan, dass sie die Gesuchte war. Um sich zu vergewissern, holte er Papierservietten aus einem verchromten Ständer neben den Kassen. Er ging so nah wie möglich an die Theke heran, um ohne aufzufallen den Sticker der blonden Serviererin lesen zu können.
Sie hieß Candice Cook.

Er blieb eine halbe Stunde im *Coffeeshop* sitzen, dann begann er sich zu fragen, was er hier eigentlich tat. Gestern noch war er fest entschlossen gewesen, Goodrichs Hirngespinste zu vergessen. Doch heute Morgen hatte er nicht lange gezögert, erneut nach Staten Island zu fahren. Etwas Unbekanntes hatte ihn getrieben. Neugier? Die Euphorie, sich bei bester Gesundheit zu wissen? Oder die Angst, Goodrich könnte mehr wissen als die

Ärzte? Vermutlich eine Mischung aus allem. Garrett besaß das Geschick, ihn wirklich einzuwickeln. Seit Kevins Selbstmord hatte sich ein gewisser Ernst seiner bemächtigt, das musste er zugeben. Überall schien er drohende Gefahren zu wittern, für sich und für andere. Deshalb wollte er Candice im Auge behalten. Aber er konnte nicht den ganzen Morgen hier herumlungern. Er hatte sein Frühstück längst beendet, man hatte eben seinen Tisch abgeräumt. Aber was sollte der jungen Frau in diesem friedlichen Viertel auch schon passieren?

Er trat auf die Straße hinaus. Geistesabwesend kaufte er das *Wall Street Journal* und trödelte in ein paar Geschäften herum. Bei dieser Gelegenheit erledigte er gleich seine Weihnachtseinkäufe, fern vom Getümmel Manhattans. Das ging ziemlich schnell: ein paar Partituren und eine Musiksoftware für Bonnie, eine Flasche guten französischen Wein für Abby, einen Zigarrenabschneider für dieses Arschloch Jordan. Für Mallory brauchte er nichts zu kaufen. Sie würde kein Geschenk von ihm annehmen, und es würde nur neuen Ärger zwischen ihnen geben.

Dann kehrte er zu seinem Jeep zurück, den er gegenüber dem Café geparkt hatte, weil er unauffälliger war als der Jaguar. Im Vorbeigehen warf er einen Blick durch die Schaufensterscheiben: Kein Problem, Candice war nach wie vor auf ihrem Posten, auch wenn der Kundenstrom inzwischen abgenommen hatte.

Na schön, er konnte auf keinen Fall den ganzen Vormittag hier herumlungern. Er steckte den Schlüssel ins Zündschloss, um den Motor zu starten, änderte dann aber seine Meinung. Er konnte sich nicht entscheiden, als ob etwas Irrationales ihm nahe legen würde, hier zu bleiben. Mit einem Seufzer folgte er seinem Instinkt und faltete die Zeitung auseinander. Er kam sich vor wie ein Detektiv auf Beobachtungsposten.

Um elf Uhr dreißig klingelte sein Handy.

»Hallo, Pa.«

»Bonnie? Bist du nicht in der Schule?«

»Unterricht fällt aus. In der Schule wird eine Sicherheitsübung gemacht.«

»Was tust du gerade?«

»Ich frühstücke«, erwiderte sie und gähnte herzhaft. »Vergiss nicht, bei uns ist es erst acht.«

»Wo ist Mama?«

»Noch unter der Dusche.«

Bonnie durfte ihren Vater anrufen, wann immer sie Lust hatte. Das war zwischen Mallory und ihm vereinbart. Er hörte, wie sie erneut gähnte.

»Bist du gestern spät ins Bett?«

»Hmm, wir waren gestern Abend mit Vince im Kino.«

Das traf ihn wie ein elektrischer Schlag. Seit ein paar Monaten ging seine Frau gelegentlich mit einem alten Freund aus, Vince Tyler, mit dem sie im ersten Semester an der Uni mehr oder weniger liiert gewesen war. Vince stammte aus einer reichen kalifornischen Familie, die seit langem zu den Kreisen der Wexlers gehörte. Soweit Nathan wusste, lebte er von den Dividenden der Aktien einer Kosmetikfirma, die er von seinen Eltern geerbt hatte. Er war seit ein paar Jahren geschieden, und als Mallory nach San Diego gezogen war, hatte er begonnen, sich wieder Hoffnungen zu machen.

Nathan hasste alles, was mit Tyler zusammenhing. Und das beruhte auf Gegenseitigkeit.

Doch er bemühte sich, wenn seine Tochter ihn erwähnte, nicht schlecht über ihn zu reden, für den Fall, dass Mallory tatsächlich vorhatte, ein neues Leben mit ihm zu beginnen. Bonnie hatte unter der Trennung ihrer Eltern sehr gelitten und neigte dazu, sofort aggressiv zu werden, wenn ein Mann sich ihrer Mutter näherte. Es war nicht nötig, sie mit diesem Geplänkel zwischen Erwachsenen zusätzlich zu verunsichern.
»War der Abend nett?«, erkundigte er sich.
»Du weißt genau, dass ich Vince nicht ausstehen kann.«
Du hast ja so Recht, mein Schatz.
»Hör mal, Bonnie, sollte Mama eines Tages wieder heiraten wollen, brauchst du nicht traurig zu sein.«
»Warum?«
»Mama braucht Sicherheit, und vielleicht kann sich jemand wie Vince um euch kümmern.«
»Ich habe schon Mama und dich, die sich um mich kümmern.«
»Natürlich, aber man weiß nie, was im Leben alles passieren kann.«
Er erinnerte sich an Goodrichs Worte. Und wenn das, was er ihm gegenüber angedeutet hatte, wahr wäre? Wenn der Tod bereits auf ihn wartete?
»Was wünschst du dir, dass passieren soll?«
»Ich weiß nicht.«
»Vince ist nicht mein Vater.«
»Natürlich nicht, mein Schatz.«
Mit übermenschlicher Anstrengung gelang es ihm zu sagen:
»Vielleicht ist Vince gar kein so übler Kerl. Mama könnte mit ihm glücklich sein.«
»Früher hast du gesagt, er ist ein Trottel.«

»Sei nicht so frech, Bonnie! Solche Wörter sollst du nicht sagen.«
»Du hast es selbst gesagt, als du mit Mama gesprochen hast!«
»Ja, es stimmt, ich mag ihn nicht besonders«, musste Nathan wohl oder übel zugeben. »Aber das liegt vielleicht daran, dass wir nicht aus demselben Milieu stammen. Weißt du, Menschen wie Vince werden mit einem goldenen Löffel im Mund geboren.«
Sie wirkte überrascht.
»Einem goldenen Löffel?«
»Das ist so eine Redewendung, mein Schatz. Die bedeutet, dass er aus einer reichen Familie stammt. Vince musste nicht arbeiten, um sein Studium zu bezahlen.«
Während ich Autos waschen und in stickigen Warenlagern in Brooklyn schuften musste.
»Waren Mama und Vince zusammen, als sie jung waren?«
»Sprich leiser, Schatz, Mama wird sauer, wenn sie dich so reden hört.«
Als wollte sie ihn beruhigen, murmelte sie:
»Alles in Ordnung. Ich bin in mein Zimmer nach oben gegangen und wärme mich an der Heizung auf.«
Er stellte sich seine Tochter vor, in ihrem Baumwollschlafanzug mit dem Bild von Jack O'Lantern und mit ihren kleinen Füßen in den Harry-Potter-Hausschuhen. Er war glücklich, wenn er Geheimnisse mit ihr teilen durfte.
»Sie sind ein paar Mal miteinander ausgegangen«, räumte Nathan ein, »aber es war nichts Ernstes.«
Bonnie ließ ein paar Sekunden verstreichen, ein Zeichen dafür, dass sie nachdachte, dann sagte sie gut gelaunt:

»Aber Mama ist doch auch mit einem goldenen Löffel im Mund geboren worden.«
»Ja, mein Schatz, du hast Recht. Aber sie ist anders: Sie verachtet die Menschen nicht, die aus einem anderen Milieu stammen. Sie ist anständig.«
»Ja, das weiß ich.«
»Und du musst auch anständig sein, verstehst du? Du darfst die Menschen, die in deiner Schule sauber machen oder dich in der Cafeteria bedienen, nicht verachten. Man verdient auch Respekt, wenn man nicht so viel Geld hat, verstehst du?«
Da sie intelligent war, machte sie ihn auf seine Widersprüche aufmerksam:
»Aber … aber du hast doch immer gesagt, dass in Amerika Menschen, die wirklich Geld verdienen wollen, es auch schaffen?«
»Na ja, manchmal rede ich einfach Unsinn, wie alle anderen auch.«
»Soll ich dann die Reichen verachten?«
»Natürlich nicht! Du sollst nur die Menschen nicht nach ihrem Geld beurteilen, sondern nach ihrem Verhalten. Verstehst du?«
»Verstanden, Pa.«
Dann fuhr sie in vertraulichem Ton fort:
»Weißt du, ich glaube nicht, dass Mama Vince liebt.«
Von dieser Bemerkung überrascht, schwieg er einen Moment. Dann fuhr er fort:
»Manchmal muss man jemanden nicht lieben, um mit ihm zu leben.«
Warum erzähle ich ihr so was? Sie ist doch noch ein kleines Mädchen. Sie kann das nicht verstehen.
»Aber ich glaube, dass Mama Liebe braucht im Leben.«

In diesem Augenblick hörte er Mallorys Stimme, die von der Küche aus nach ihrer Tochter rief.
»Ich muss runter«, sagte Bonnie und öffnete die Tür ihres Zimmers.
»Okay, Baby.«
Doch zuvor flüsterte sie noch in den Hörer:
»Weißt du, ich bin *ganz sicher,* dass Mama Vince nicht liebt.«
»Und woher willst du das wissen?«
»Frauen wissen so etwas eben.«
Sie war wirklich rührend. Um seine Bewegung zu verbergen, zwang er sich zu einem ernsten Ton:
»Du bist noch keine Frau, bist ein kleines Mädchen, das jetzt schnell seine Cornflakes aufessen muss. Aber ich liebe dich sehr, mein Eichhörnchen. Mehr als alles auf der Welt.«
»Ich liebe dich auch.«

Nathan drehte die Heizung des Jeeps auf, während er darüber nachdachte, was seine Tochter ihm gerade versichert hatte.
Ehrlich gesagt, verstand er überhaupt nicht, was seine Frau an diesem Tyler fand: Er war selbstgefällig, arrogant und gehörte zu jener Sorte Mensch, die davon überzeugt war, dass sie durch ihre bloße Herkunft allen anderen Menschen überlegen war.
Aber nach allem, was geschehen war, hatte Vince vielleicht wirklich Chancen bei Mallory. Er war vor Ort, konnte Mallory täglich sehen und vor allem war er immer verfügbar. Zum ersten Mal in seinem Leben sagte sich Nathan, dass er Mallory vielleicht für immer verloren hatte.
Es war seltsam, sogar bei der Scheidung hatte er immer gehofft, dass sie eines Tages zu ihm zurückkehren, dass es sich nur um eine vorüberge-

hende Trennung handeln würde. Umso mehr, da er selbst nie ernsthaft vorhatte, eine Beziehung mit einer anderen Frau anzufangen. Seit seiner Scheidung war er zwei oder drei Mal mit Frauen ausgegangen, aber das waren kurze Flirts ohne jede Zukunft. Auf jeden Fall konnte es keine mit Mallory aufnehmen.
Wie ein Wracksucher hatte er sie aus den tiefsten Tiefen des schlammigen Wassers des Sankaty Head geborgen.
Und dadurch war seine Liebe unauslöschlich geworden.

Um zwei Uhr nachmittags beendete Candice ihre Arbeit.
In verblichenen Jeans und Lederjacke stieg sie in einen alten verbeulten Pick-up, den sie in der Nähe des *Coffeeshops* geparkt hatte. Nathan startete seinen Jeep und fuhr ihr nach. Zu dieser Tageszeit herrschte dichter Verkehr. Wie im Film nutzte er die erste rote Ampel, um sich zwei Wagen hinter Candice einzufädeln. Noch nie war er jemandem hinterhergefahren, und er fürchtete bemerkt zu werden.
Der Pick-up verließ das Zentrum in Richtung Süden. Candice fuhr etwa zwanzig Minuten, bis sie in ein ruhiges Arbeiterviertel gelangte. Sie hielt vor einem kleinen Siedlungshaus.
Wohnte sie hier?
Nachdem sie geläutet hatte, öffnete eine korpulente Frau mit jovialem Gesicht die Tür. Candice ging ins Haus, um keine fünf Minuten später zurückzukehren. Sie trug einen kleinen Jungen von etwa einem Jahr auf dem Arm, der in einer viel zu großen Fliegerjacke versank.

»Tausend Dank, Tania«, rief sie fröhlich ins Haus zurück.
Sie hielt ihr Kind fest an sich gedrückt. Es trug eine flammend rote Mütze.
Candice setzte das Baby vorsichtig auf den Rücksitz, schnallte es an und schlug die Richtung zum nächsten Supermarkt ein. Auf dem Parkplatz setzte sie den Kleinen in einen Einkaufswagen und steuerte auf das Gebäude zu. Nathan blieb ihr auf der Spur.
Bedächtig erledigte sie ihre Einkäufe. Sie achtete zweifellos darauf, ihr Budget nicht zu überschreiten. Geradezu systematisch wählte sie die günstigsten Produkte aus, doch das Ganze schien ihr Spaß zu machen. Manchmal blieb sie stehen, flüsterte ihrem Sohn etwas ins Ohr, küsste ihn und machte ihn auf besonders interessante Artikel aufmerksam.
»Josh, schau mal den großen Fisch da drüben! Und da, siehst du die schöne Ananas?«
Der Junge lächelte und betrachtete voller Neugier alles, was ihn umgab. Candice versicherte ihm mehrere Male, wie hübsch und reizend er sei, und kaufte ihm zur Belohnung eine kleine Tüte Marshmallows.
Nathan erkannte sofort, dass diese Frau sich in ihrer Haut wohl fühlte und dass ihr Glück echt war. Er fragte sich, ob sie mit jemandem zusammenlebte oder allein erziehende Mutter war. Er vermutete Letzteres, kam aber ins Grübeln, als Candice unterwegs an einem Lokal anhielt, das Alkohol verkaufte, und mit einem Sechserpack Budweiser herauskam.
Merkwürdigerweise konnte er sich nicht vorstellen, dass sie Bier trank.

Auf dem Parkplatz ging er dicht an ihr vorüber. Ihr Gesicht wirkte ganz entspannt. Als er das Baby betrachtete, musste er an seinen eigenen Sohn denken.

Sie stieg wieder in den Pick-up, und er nahm erneut die Verfolgung über die kleine Insel auf.
Staten Island war übersät von kleinen Hügeln und lag näher an New Jersey als an New York. Hier war man weit entfernt vom Stress, der im *Village* herrschte. Es gab viel mehr frei stehende Häuser, und die Atmosphäre war im Gegensatz zu Manhattan friedvoll und familiär.
Seit einige Bewohner der baufälligen Viertel Brooklyns hierher gezogen waren, um Ruhe und Sicherheit zu finden, war die Bevölkerung dieses Vororts beträchtlich angewachsen. Die Bewohner Manhattans belächelten diesen Ort jedoch weiterhin als provinziell und hinterwäldlerisch. Die Menschen, die sich in Staten Island niedergelassen hatten, beantragten im Gegenzug ihre verwaltungsmäßige Trennung von Manhattan, weil sie die hohen Steuern nicht mehr zahlen wollten, von denen lediglich ihre verschwenderischen Nachbarn profitierten.
Candice fuhr bis zu der Siedlung, in der sie ihren Sohn abgeholt hatte, hielt dieses Mal jedoch nicht bei Tania. Sie bog nach rechts ab und schwenkte auf einen Teerweg ein, der zu einem der letzten Häuser der Siedlung führte.
Der Anwalt hielt ungefähr fünfzig Meter von dem Haus entfernt. Er erinnerte sich an das Fernglas, das er letztes Jahr gekauft hatte, als er mit Bonnie ein Wochenende in Stowe Mountain verbracht hatte. Wo nur konnte es sein? Er kramte auf den

Rücksitzen und fand es schließlich unter einem Sitz. Entschlossen griff er danach und richtete es auf das Haus von Candice Cook.
Die junge Frau schäkerte gerade mit einem Mann. Es war ein hochgewachsener hagerer Typ über sechzig mit einer Baseballkappe auf dem Kopf und einer Zigarette hinter dem Ohr. Er erinnerte Nathan irgendwie entfernt an Clint Eastwood.
Vielleicht ihr Vater.
Der Mann hatte seine Arbeit unterbrochen – er war dabei, die Veranda zu streichen –, um Candice zu helfen, die braunen Einkaufstüten aus dem Kofferraum zu holen. Die beiden schienen sich gut zu verstehen.
»Clint« hob das Kind aus dem Wagen. Das Baby wühlte in seiner Bonbontüte und steckte seinem Großvater ein Marshmallow in den Mund, während Candice den Wagen in die kleine Garage fuhr.
Offensichtlich wohnt sie hier.
Candice ging mit Josh ins Haus, und der Mann mit der Zigarette hinterm Ohr reinigte seine Pinsel. Sie brachte ihm eine Flasche Budweiser heraus, die sie gerade gekauft hatte. »Clint« dankte ihr, legte den Arm um ihre Schultern und ging mit ihr ins Haus.
Der Tag war grau gewesen, und es begann zu dämmern.
Im Wohnzimmer ging Licht an, die drei Silhouetten verwandelten sich in ein Schattenspiel. Lachen vermischte sich mit Fernsehlärm. Nathan fragte sich, weshalb dieses Mädchen immer noch bei seinem Vater wohnte.
Er blieb reglos in seinem Auto sitzen, ein passiver Betrachter fremden Glücks.
Wenn die Menschen nach Hause zurückkehrten,

hatten sie zu tun: Sie berichteten ihrer Familie von ihrem Tag, schlugen die Zeitung auf, sprachen über das kommende Wochenende …
Er hatte nichts mehr von alldem.
Er fühlte sich elend und drehte die Heizung im Jeep noch höher. Dann legte er das Fernglas zur Seite, weil er sich plötzlich seines Voyeurismus bewusst wurde.
Er wollte den Motor anlassen, als sein Handy klingelte. Er dachte, es sei ein Anruf aus der Kanzlei, aber es war eine schlichte SMS:

Schauen Sie in Ihre Mail. Garrett Goodrich.

Was wollte der denn wieder von ihm? Nach kurzem Überlegen knipste Nathan die Innenbeleuchtung des Jeeps an, packte sein Notebook aus und schaltete es ein. Während es startete, aktivierte er die Infrarotschnittstelle seines Handys und verband es mit dem Notebook, um seine E-Mails zu lesen. Es waren drei.
Die erste stammte von Abby: »Schöne Ferien. Ihnen und Ihrer Tochter fröhliche Weihnachten.« Wie üblich hatte sie ein Zitat an ihre Nachricht angehängt: »Ein Mann, der keine Zeit mit seiner Familie verbringt, wird nie ein richtiger Mann sein.« Nathan grinste. Es war ein Spiel, das darin bestand herauszufinden, aus welchem Film die Zitate stammten, mit denen sie sich regelmäßig bombardierten. Diesmal war es einfach. Er drückte auf das Icon »Antworten« und schrieb lediglich: »Vito Corleone in *Der Pate*.«
Die zweite Mail enthielt ein Foto von Bonnie, wie sie ihr Zwergkaninchen Bugs an die Wange drückte.

Nachdem Mallory ihr eine perfekte Webcam geschenkt hatte, schickte ihm seine Tochter regelmäßig Bilder von sich. Über ihrem Kopf hielt sie ein oval geschnittenes Blatt Papier, das wie eine Sprechblase aussah, in der stand:

BUGS UND ICH ERWARTEN DICH NÄCHSTEN SAMSTAG.

Lange betrachtete er das Foto und war wie immer berührt von dem schönen Gesicht seiner Tochter, von ihrer wilden Mähne, ihrem schalkhaften Blick – den sie von Mallory geerbt hatte – und ihren kleinen, leicht auseinander stehenden Zähnen, die ihr ein so reizendes Lächeln verliehen.
Ohne zu wissen warum, fühlte er sich plötzlich sehr glücklich und sehr traurig zugleich.
Es dauerte eine ganze Weile, bis die letzte Mail mit einer kleinen MPEG-Sequenz als Anhang im Posteingang war. Er kannte diese Technologie: Mit Hilfe eines digitalen Camcorders war es heutzutage möglich, eine Vidosequenz zu filmen, auf Diskette zu speichern und als E-Mail zu verschicken.
Nathan prüfte den Absender. Es war Goodrichs Geschäftsadresse Staten Island Hospital. Nathan wartete, bis der Film vollständig geladen war, dann projizierte er ihn auf den Bildschirm. Das Bild war ziemlich deutlich, aber durch mehrere Schnitte unterbrochen.
Nathan achtete auf das eingetragene Datum am unteren Rand des Bildschirms: Es lag kaum drei Monate zurück.
Das erste Bild war aus einem Fahrzeugfenster heraus aufgenommen worden. Den Straßenschildern

zufolge befand man sich in Texas, in Houston, um genau zu sein. Man sah, wie das Auto das historische Zentrum verließ und auf der Stadtautobahn bis zum ersten Außenring fuhr. Nathan war nur einmal in der texanischen Hauptstadt gewesen und hatte eine ziemlich unangenehme Erinnerung an die ausgedehnte Stadtfläche, auf der sich die Autos stauten und auf der eine drückende Hitze und starker Smog lasteten. Im Übrigen hatte er erfahren, dass einige Kanzleien Mühe hatten, Anwälte zu finden, weil die Stadt in Bezug auf Umwelt und Lebensqualität wohl in einer Sackgasse steckte und damit einen wenig verlockenden Eindruck machte.

Inmitten eines komplizierten Verkehrssystems gelangte das Fahrzeug schließlich in eine Randzone, in der die Mietpreise sicher nicht hoch waren. Die Kamera schwenkte über Industrieanlagen und Lagerhäuser, und das Auto blieb schließlich auf dem Parkplatz einer ärmlichen Wohnanlage aus schmutzigen Ziegeln stehen.

Hatte Goodrich diese Bilder gemacht? In jedem Fall hatte sich der Filmemacher bemüht, die Verkehrsschilder so deutlich zu filmen, dass man mühelos bis an diesen Ort gelangen konnte.

Das folgende Bild zeigte das Innere einer winzigen Wohnung.

Es war ein kleines gelbliches Ein-Zimmer-Apartment, leer, aber sauber, mit einem veralteten Fernseher auf einem Resopaltisch und einem kleinen Kühlschrank neben einer angeschlagenen Spüle. Im Hintergrund hörte man Stimmen und ermutigende Schreie, die vom Fenster her kamen: Bestimmt lärmten da draußen Jungen, die auf dem Asphalt Basketball spielten.

Das Bild wackelte, aber man erkannte sehr deutlich eine mit Fotos geschmückte Wand über einem kleinen Schreibtisch.
Der Camcorder näherte sich dem größten Foto, eine alte vergilbte Aufnahme.
Sie zeigte ein kleines blondes Mädchen mit flatternden Haaren, aufrecht auf einer Schaukel stehend. Sie lachte vergnügt, während ein Mann in Hemdsärmeln die Schaukel anschob.
Er hatte sich eine Zigarette hinters Ohr geklemmt.

Kapitel 10

Versuche nicht zu bewirken,
dass die Ereignisse so eintreten,
wie du willst,
sondern wolle sie so, wie sie eintreten.

Epiktet

Nathan schaltete die Scheinwerfer ein, dann ließ er den Motor seines Jeeps an.
Im Fahren griff er nach dem Handy und drückte auf die automatische Funktionstaste für die Auskunft. Er bat darum, mit dem Staten Island Hospital verbunden zu werden, denn er war fest entschlossen, mit Goodrich zu reden.
»Der Doktor hat heute am Spätnachmittag die Klinik verlassen«, erklärte die Telefonistin. »Da er morgen freihat, vermute ich, dass er in sein Haus nach Connecticut gefahren ist.«
»Könnte ich bitte seine Adresse bekommen?«
»Tut mir Leid, Sir, wir sind nicht befugt, derartige Auskünfte zu erteilen«, erwiderte sie misstrauisch.
»Ich bin ein Freund von ihm, und es ist sehr dringend.«
»Wenn Sie ein Freund sind, hat er Ihnen bestimmt seine Adresse gegeben …«
»Hören Sie zu«, unterbrach er sie barsch, »ich war gestern bei Ihnen im Krankenhaus und vor drei Tagen ebenfalls. Vielleicht erinnern Sie sich an mich? Ich bin Anwalt und …«

»Tut mir Leid.«
»Geben Sie mir endlich die verdammte Adresse«, brüllte Nathan in den Hörer.
Seine Nerven lagen blank.
Am anderen Ende des Hörers stieß die Telefonistin einen tiefen Seufzer aus. Sally Grahams Dienst dauerte noch eine knappe halbe Stunde. Das Krankenhaus zahlte ihr sieben Dollar die Stunde. Weder Ärzte noch Krankenschwestern schenkten ihr die geringste Beachtung. Sie hatte keine Lust, sich von diesem Verrückten zur Schnecke machen zu lassen. Wenn sie ihm diese verdammte Adresse gab, war sie ihn schnell wieder los. Also suchte sie in ihren Computerlisten und gab ihm schließlich die genaue Anschrift.
»Hm ... danke«, stammelte Nathan, »tut mir Leid, dass ich so unhöflich war.«
Doch sie hatte bereits aufgelegt.
Er riss das Lenkrad herum und machte kehrt in Richtung Verrazano Bridge. Er wollte nach Brooklyn, hatte aber keine Lust, die Fähre zu nehmen.
In der Ferne spiegelten sich die Lichter des Financial District in den dunklen Wassern der Hudson Bay.

Der Geländewagen brauste mit 285 PS dahin. Nathan verließ Manhattan über die Route 95 und schlug dann die Richtung Connecticut ein. Die Bilder des Films, den er gerade gesehen hatte, gingen ihm nicht aus dem Sinn. Er fuhr schnell, viel zu schnell. Ein Blick auf den Tacho bestätigte ihm, dass er die Höchstgeschwindigkeit weit überschritten hatte, und er zwang sich, langsamer zu fahren.
Er liebte Neuengland mit seinen zeitlosen Dör-

fern, die ihn an Illustrationen von Norman Rockwell erinnerten. Für ihn war das hier das authentische Amerika, das der Pioniere und der Traditionen, das Amerika von Mark Twain und Stephen King.

Er brauchte mehr als eine Stunde bis Mystic, einem ehemaligen Walfangzentrum, wo man die detailgetreue Nachbildung eines Hafens aus dem 19. Jahrhundert besichtigen konnte.

Er war letzten Sommer – oder vorletzten? – auf einer Fahrt nach Philadelphia hier durchgekommen. Er erinnerte sich sehr gut an die vornehmen Wohnsitze ehemaliger Kapitäne von Walfangschiffen. In der Hochsaison wimmelte es hier nur so von Touristen, aber im Winter war es natürlich ruhig. Heute Abend war alles so still und ausgestorben, als hätte der kalte, salzige Wind vom Ozean Mystic zu einer Geisterstadt eingefroren.

Auf der Route Nummer 1 fuhr er einige Meilen weiter nach Osten. Kurz vor Stonington hielt er vor einem abgelegenen Haus an der Küste. Wenn die Auskünfte der Telefonistin stimmten, müsste er Goodrich hier finden.

Er stieg aus dem Auto und überquerte den Sandstreifen, der die Straße vom Haus trennte. Mehrere Male musste er die Hand vor die Augen halten, um sie vor den Sandkörnern zu schützen, die der Wind aufwirbelte. Der Ozean war greifbar nah, und die Brandung, vermischt mit den schrillen Schreien der Möwen, verursachte ein überraschendes, fast unwirkliches Geräusch.

Das Haus wirkte irgendwie geheimnisvoll. Mit seinen drei Stockwerken war es sehr hoch, aber eher schmal – wie zusammengefaltet. Jedes Stockwerk hatte einen breiten, aber nicht sehr tiefen

Balkon. Das verlieh dem ganzen Bauwerk eine merkwürdig ausgebeulte Form.
An der Tür gab es keine Klingel. Er klopfte mehrere Male kräftig an die Tür, um das Pfeifen des Windes zu übertönen.
*Beruhig dich, Nathan. Das hier ist nicht das Motel Bates.**

Garrett öffnete ihm nach wenigen Sekunden. Seine Augen strahlten. Er betrachtete den Anwalt mit einem ungewohnten Lächeln. Dann sagte er nur:
»Nathan, ich habe Sie erwartet.«
Er hatte die Hemdsärmel hochgekrempelt und trug eine fleckige Schürze.
Wortlos folgte Nathan ihm in die Küche.
Es war ein gemütlicher, einladender Raum. Die Wände waren mit einzelnen marineblauen Fliesen verziert. Eine lange Arbeitsfläche aus nachgedunkeltem Holz erstreckte sich über die ganze Küche und an der Wand darüber hingen zahlreiche, frisch polierte Kupferkessel in allen Größen.
»Machen Sie es sich bequem«, forderte Goodrich ihn auf und reichte ihm eine Flasche. »Versuchen Sie mal diesen chilenischen Weißwein, er ist köstlich.«
Dann überließ er Nathan sich selbst und machte sich an den Kochplatten eines altmodischen Herds zu schaffen. Ein Geruch nach Meeresfrüchten hing im Raum. Der Arzt schwieg für einige Minuten, denn er konzentrierte sich ganz auf die Zubereitung eines kultivierten Mahls.

* Wohnsitz des Psychopathen Norman Bates in dem Film *Psycho*.

Nathan beobachtete ihn verblüfft. Ehrlich, dieser Mann faszinierte ihn. Wer war er wirklich? Was wollte er von ihm? Garrett war heute ungewöhnlich heiter. Vermutlich lag es an der bereits angebrochenen Weinflasche, die der Anwalt soeben auf einem Bistrotisch abgestellt hatte.
Ich habe ihn schon mal gesehen. Ich weiß, dass ich diesen Mann schon mal gesehen habe. Es ist lange her, aber …
Er versuchte einen Moment lang, ihn sich ohne Bart vorzustellen. Doch das half seiner Inspiration auch nicht, er wusste lediglich, dass es eine Zeit in seinem Leben gegeben hatte, in der er dieses Gesicht vergessen wollte.
Goodrich holte zwei Fayence-Schalen aus einem Tellerbüfett aus lackiertem Holz.
»Ich hoffe, Sie essen mit mir. Ich habe eine Fischsuppe zubereitet, und Sie sagen mir, wie sie Ihnen schmeckt.«
»Hören Sie, Garrett, ich bin eigentlich nicht hier, um als Versuchskaninchen für Ihre kulinarischen Experimente zu dienen. Ich glaube, wir sollten …«
»Ich esse nicht gern allein«, unterbrach ihn Garrett und füllte die Schalen mit einer cremigen Suppe auf der Grundlage von Venusmuscheln und Zwiebeln.
»Goodrich, sind Sie nicht verheiratet?«, fragte Nathan und kostete den ersten Löffel der Suppe.
»Schmecken Sie die gegrillten Speckstückchen? Sie sind so knusprig.«
Der Anwalt lachte.
»Garrett, ich habe Ihnen eine Frage gestellt: Leben Sie allein?«
»Ja, Inspektor: Meine erste Frau ist vor über zwanzig Jahren gestorben. Dann machte ich eine be-

trübliche Erfahrung, die mit einer Scheidung endete. Jetzt bin ich so klug, es nicht wieder zu versuchen.«

Nathan faltete eine große Leinenserviette auseinander.

»Es ist schon lange her, nicht wahr?«

»Was meinen Sie?«

»Wir beide. Wir sind uns schon mal begegnet, aber es ist lange her.«

Erneut wich Goodrich der Frage aus.

»Wie gefällt Ihnen meine Junggesellenwohnung? Gemütlich, nicht wahr? Wissen Sie, dass es hier ein paar gute Stellen zum Fischen gibt? Morgen Vormittag habe ich frei und wollte eine kleine Runde drehen. Wenn Sie Lust haben, können Sie mich gern begleiten.«

Mit offensichtlichem Vergnügen servierte ihm Garrett nun Jakobsmuscheln aus der Pfanne, mit Wildreis und Knoblauchbutter. Sie öffneten eine neue Flasche chilenischen Wein und dann noch eine.

Zum ersten Mal seit langer Zeit hatte Nathan das Gefühl, sich zu entspannen. Ein Wohlgefühl erfasste ihn, und er fühlte sich plötzlich mit dem Arzt in perfekter Harmonie.

Garrett erzählte von der grausamen Wirklichkeit, mit der er bei seiner Arbeit konfrontiert war – von den unheilbar Kranken, mit denen er Tag für Tag in Berührung kam, vom Tod, der plötzlich eintrat und Menschen mitnahm, die nicht auf diesen Übergang ins Unbekannte vorbereitet waren, und von der Notwendigkeit, deren er nie leid wurde, seine Mitmenschen zu pflegen und ihre Schmerzen zu lindern.

Er sprach auch von seiner Koch- und Angelleiden-

schaft, und beide halfen ihm, am Wochenende wieder Kraft zu schöpfen.
»Wissen Sie, es ist nicht leicht durchzuhalten. Man darf sich nicht mit seinem Patienten verbünden, muss aber in seiner Nähe bleiben, um ihn zu unterstützen und Anteil an ihm zu nehmen. Nicht immer gelingt es einem, das rechte Maß zu finden.«
Nathan erinnerte sich an das physische und psychische Elend der Patienten im Zentrum für Palliativmedizin, das er am Tag zuvor besucht hatte. Wie konnte man sie immer weiter pflegen, wenn das Spiel von vornherein verloren war? Wie konnte man Hoffnung vermitteln und dem Leben bis zum Ende einen Sinn geben?
»Nein, es ist wirklich nicht einfach, das rechte Maß zu finden«, wiederholte Goodrich wie zu sich selbst.
Dann herrschte lange Zeit Schweigen.
Schließlich bat Nathan:
»Wie wäre es, wenn Sie mir jetzt von Candice Cook berichteten?«

Ein großer Bogengang verband die Küche mit dem Wohnzimmer. Die Bodenfliesen aus gebranntem Ton waren in allen Zimmern gleich und machten den Übergang vom einen Raum in den anderen fließend.
Das Wohnzimmer war eindeutig einer der angenehmsten Räume des Hauses.
Nathan gefiel es auf Anhieb. An einem solchen Ort hätte er gern einen Abend mit Bonnie und Mallory verbracht.
Alles war dazu da, eine freundliche Atmosphäre zu schaffen, sichtbare Deckenbalken und eine

Wandverkleidung machten den Raum gemütlich. Auf dem Kaminaufsatz stand das Modell eines Dreimasters neben einem alten Sextanten. In einer Ecke des Zimmers befanden sich mehrere geflochtene Körbe, die eine ganze Sammlung von Anglersouvenirs enthielten.
Nathan nahm auf einem honigfarbenen Korbsessel Platz, währen Garrett vorsichtig mit einer alten, fein geriffelten Kaffeekanne hantierte.
»Sie haben sie also gesehen?«
Nathan seufzte.
»Sie haben mir keine echte Wahl gelassen.«
»Sie ist ein hübsches Mädchen, nicht wahr?«
Ein Schleier der Trauer umschattete Goodrichs Blick. Del Amico bemerkte es:
»Was wird mit ihr geschehen?«
Kaum hatte er diese Bemerkung gemacht, bedauerte er sie, denn sie erweckte den Anschein, als glaube er an die Macht des Arztes.
»Das Unvermeidliche«, erwiderte Goodrich und reichte ihm eine Tasse Kaffee.
»Nichts ist unvermeidlich«, betonte der Anwalt nachdrücklich.
»Sie wissen genau, dass das nicht stimmt.«
Nathan nahm eine Zigarette aus der Packung und zündete sie an einer flackernden Kerze an. Er tat einen tiefen Zug und fühlte sich friedfertiger, aber auch schwächer.
»Das ist ein Nichtraucher-Haus«, erklärte Goodrich.
»Sie scherzen wohl: Gerade haben Sie ungefähr zwei Liter Alkohol geschluckt, also ersparen Sie mir Ihre Moralpredigten und berichten Sie mir lieber von ihr. Erzählen Sie mir von Candice.«
Garrett ließ sich auf ein Segeltuchsofa fallen.

Dann verschränkte er seine kräftigen Arme vor der Brust.
»Candice stammt aus einem der Arbeiterviertel Houstons, aus ärmlichen Verhältnissen. Ihre Eltern ließen sich scheiden, als sie drei war. Sie ging mit ihrer Mutter nach New York, sah aber ihren Vater regelmäßig bis zu ihrem elften Lebensjahr.«
»Eine alltägliche Geschichte«, bemerkte der Anwalt trocken. Goodrich schüttelte den Kopf.
»Ich glaube nicht, dass Sie einen guten Arzt abgegeben hätten: Jedes Leben ist einzigartig.«
Von einer Minute auf die andere entstand Spannung. Nathan reagierte schlagfertig.
»Ich bin ein guter Anwalt. Das genügt mir.«
»Sie sind ein effizienter Verteidiger der Interessen einiger Großunternehmen. Das macht Sie nicht zwangsläufig zu einem guten Anwalt.«
»Ihre Meinung ist mir egal.«
»Es fehlt Ihnen an Menschlichkeit ...«
»Aber sicher doch.«
»... und an Demut.«
»Ich habe keine Lust, mit Ihnen zu streiten, Garrett, aber fahren Sie fort. Candice hat also ihren Vater bis zu ihrem elften Lebensjahr gesehen, und dann ...?«
»... und dann hat sie plötzlich nichts mehr von ihm gehört.«
»Warum?«
»Aus dem einfachen Grund, weil er ... im Gefängnis saß.«
»Ist das der Mann, den ich gesehen habe und der mit ihr in einem Haus wohnt?«
»Genau, er ist ein alter Knastbruder. 1985 wurde er verhaftet, wegen eines Einbruchs, den er vermasselt hatte.«

»Hat man ihn freigelassen?«
Goodrich stellte seine Tasse auf eine polierte Holztruhe, die als Beistelltisch diente.
»Ja, er ist vor zwei Jahren entlassen worden. Er hat eine Stelle im Wartungsdienst des Flughafens von Houston gefunden und wohnt in dem kleinen Apartment, das Sie im Film gesehen haben.«
»Haben Sie ihn gefunden?«
Goodrich nickte zustimmend.
»Er hatte nicht den Mut, Kontakt zu seiner Tochter aufzunehmen. Im Gefängnis hatte er Briefe an sie geschrieben, sich aber nicht getraut, sie abzuschicken.«
»Und Sie haben die Rolle des Schutzengels übernommen?«
»Ersparen Sie mir dieses Wort. Ich bin in seiner Abwesenheit lediglich in seine Wohnung eingedrungen, um seine Briefe zu stehlen, die ich seiner Tochter zusammen mit meinem kleinen Film geschickt habe, damit Candice ihn aufsuchen konnte.«
Nathan warf ihm einen empörten Blick zu.
»Was um alles in der Welt berechtigt Sie, derart in das Leben von Menschen einzugreifen?«
»Für Candice war dieses Wiedersehen notwendig. Sie hatte immer in dem Wahn gelebt, ihr Vater habe sie verlassen. Es war tröstlich für sie zu wissen, dass ihr Vater nie aufgehört hatte, sie zu lieben.«
»War das so wichtig?«
»Wissen Sie, die Abwesenheit eines Vaters ist nicht gerade ein Grund, eine hohe Meinung von ihm zu entwickeln.«
»Das kommt drauf an«, erwiderte Nathan, »mein Vater hat meine Mutter geschlagen, bis er eines

Tages ans andere Ende der Welt verschwand. Deshalb habe ich ihn eigentlich nicht sehr vermisst …«

Unbehagliches Schweigen breitete sich aus.

»Dieser Mann hatte sein Leben verpfuscht. Er hat es aber nach und nach wieder aufgebaut. Er hat alles Recht der Welt, seine Tochter wiederzufinden und endlich seinen Enkel kennen zu lernen.«

»Aber wenn Sie doch wissen, dass Candice sterben wird! Schützen Sie sie! Sorgen Sie dafür, dass das nicht eintritt!«

Goodrich schloss die Augen und erwiderte fatalistisch:

»Ich habe mich darauf beschränkt, die Mitglieder dieser Familie wieder zusammenzubringen und ihnen ein wenig Trost zu spenden, aber wie ich Ihnen bereits erklärt habe: Niemand kann den Lauf der Dinge ändern. Sie müssen das akzeptieren.«

Der Anwalt sprang auf.

»Wenn ich all das akzeptiert hätte, was man mir in meinem Leben je aufzwingen wollte, würde ich heute noch in einer Fabrik Kisten stapeln.«

Goodrich erhob sich und unterdrückte ein Gähnen.

»Sie haben die unangenehme Eigenschaft, alles auf sich zu beziehen.«

»Das kann ich eben am besten.«

Der Arzt hielt sich am Geländer einer kleinen Treppe fest, die in der Mitte des Raumes nach oben führte.

»Wenn Sie wollen, können Sie hier übernachten. Im ersten Stock habe ich ein Gästezimmer mit einem frisch bezogenen Bett.«

Draußen hörte man den stürmischen Wind und das Geräusch der Wellen, die sich am Strand brachen. Man spürte, wie nah der Ozean war, ganz nah.

Nathan hatte keine Lust, in sein leeres, kaltes Apartment zurückzukehren, und wusste, dass er zu viel getrunken hatte, also nahm er die Einladung bereitwillig an.

Kapitel 11

She's like a rainbow …
The Rolling Stones

13. Dezember

Als Nathan am frühen Morgen ins Wohnzimmer hinunterging, war Goodrich bereits zum Forellenfang aufgebrochen. Der Arzt hatte ihm eine Nachricht auf dem Tisch hinterlassen:
»Schließen Sie die Tür ab, wenn Sie gehen, und werfen Sie die Schlüssel in den Briefkasten.«
Nathan stieg in sein Auto und fuhr in Richtung Staten Island. Auf der ganzen Fahrt grübelte er über seine zwiespältigen Gefühle gegenüber Garrett, denn er schwankte zwischen Abneigung und Faszination. Sicher, dieser Mann verursachte ihm häufig Unbehagen, doch manchmal fühlte er sich – für Momente – so völlig im Einklang mit ihm wie mit einem Verwandten. Er konnte sich seine widerstrebenden Gefühle nicht erklären.

Nathan verbrachte den Tag damit, Candice und ihre Familie zu beobachten. Mehrere Male fuhr er zwischen dem *Coffeeshop* und dem kleinen Haus hin und her.
Dieses Mal blieb das Baby bei seinem Großvater. Von draußen konnte Nathan nur ahnen, was sich im Innern des Hauses abspielte. Er stellte jedoch fest, dass »Clint« sorgsam darauf achtete, jedes

Mal zum Rauchen auf die Terrasse zu gehen. Der Sechzigjährige werkelte den ganzen Vormittag in aller Ruhe vor sich hin, und am Nachmittag ging er mit seinem Enkel spazieren. Er kümmerte sich sehr fürsorglich um den Kleinen, deckte ihn zu, damit ihm nicht kalt wurde, und schob mit größter Selbstverständlichkeit den Kinderwagen.
Nathan betrachtete die beiden aus der Ferne, wie sie im Botanischen Garten zwischen den großflächigen Blumenbeeten und den tropischen Pflanzen des Treibhauses umherspazierten. Wäre er näher herangekommen, hätte er hören können, wie »Clint« alte Südstaaten-Lieder summte, um den Kleinen zu unterhalten.
In all diesen Stunden allein im Auto dachte Nathan oft an Mallory: an die glücklichen Augenblicke mit ihr, die für immer vorbei waren, an ihr Lächeln, an ihre Art, sich über ihn lustig zu machen und ihm den Kopf zurechtzusetzen.
Mehrere Male versuchte er mit San Diego zu telefonieren, erreichte aber immer nur den Anrufbeantworter.
Er fühlte sich überhaupt nicht wohl. In solchen Momenten der Wehmut sah er seinen Sohn besonders lebhaft vor sich.
Er erinnerte sich an alles, und alles fehlte ihm: die körperliche Berührung, seine weichen Wangen, seine warme Fontanelle und seine kleinen Hände, mit denen er vor dem Einschlafen wild herumfuchtelte.
Es tat ihm weh sich vorzustellen, was er für immer verloren hatte: das erste Weihnachten seines Sohnes, seine ersten Schritte, seinen ersten Zahn, seine ersten Worte ...

Bei Einbruch der Dämmerung fuhr Candice in Windeseile nach Hause, bevor sie ihren Abendjob antrat. Freitags bediente sie immer in einer beliebten Bar in der Stadt. Natürlich wäre sie lieber zu Hause bei ihrem Vater und dem kleinen Josh geblieben. Sie hätten sich zu dritt einen gemütlichen Abend machen können: Sie hätten sich etwas Gutes kochen, ein Feuer im Kamin anzünden und Musik hören können. Aber sie durfte keine Gelegenheit zum Geldverdienen auslassen. Weihnachten stand vor der Tür. Sie liebte dieses Fest, aber es war eben auch mit Ausgaben verbunden.
Candice trat aus der Dusche und öffnete behutsam die Tür zum Zimmer ihres Sohnes. Sie hatte gedacht, er weine. Sie näherte sich dem Bett. Josh schlief offensichtlich den Schlaf der Gerechten. Falscher Alarm, aber es war besser, wachsam zu bleiben: Ihre Nachbarin Tania Vacero hatte ihr von einer Grippeepidemie berichtet, die im Viertel grassierte.
Beruhigt ging sie hinaus, nicht ohne dem Baby zuvor einen Kuss auf die Wange zu hauchen. Dabei warf sie einen Blick auf die Wanduhr. Ihr Dienst begann in zwanzig Minuten. Sie musste sich beeilen, um nicht zu spät zu kommen. Vor einem alten, fleckigen Spiegel machte sie sich zurecht, schlüpfte schnell in den Rock und die Bluse ihres Kostüms. Joe, der Inhaber der Bar, wollte, dass seine Kellnerinnen besonders sexy aussahen, und er erinnerte sie häufig daran.
Sie umarmte ihren Vater, hörte sich seine Warnungen an, vorsichtig zu sein, protestierte der Form halber ein wenig (»Papa, ich bin doch keine vierzehn mehr!«) und verschwand in der Nacht. Sie war glücklich, wieder mit ihm unter einem

Dach zu leben. Sie fühlte sich sicher, weil ein Mann im Haus war. Außerdem kümmerte er sich liebevoll um Josh ...
Erst nach mehrmaligen Versuchen brachte sie ihren alten Pick-up Chevy in Gang, das einzige Fahrzeug, das sie je besessen und vor Urzeiten (beim Amtsantritt von George Bush senior) gekauft hatte. Sicher, das Auto war nicht mehr neu, aber wenn es erst einmal lief, fuhr es auf kurzen Strecken perfekt.
Heute Abend hatte Candice gute Laune. Sie schaltete das Radio ein und trällerte Shania Twains Refrain:

Man! I feel like a woman!

Sie gähnte herzhaft und musste dafür ihren Gesang unterbrechen. Mein Gott, wie müde sie war! Zum Glück war morgen ihr freier Tag. Sie konnte ausschlafen und Josh zu sich ins Bett holen. Später wollte sie Weihnachtsgeschenke einkaufen gehen. Im Handelszentrum hatte sie zwei Plüschtiere entdeckt: einen lustigen Bär und eine Schildkröte mit langem Hals, die sie witzig fand. Josh war noch klein, in dem Alter, in dem man Spielsachen liebt, die zum Einschlafen mit ins Bett dürfen. In ein paar Jahren, wenn er älter war, würde sie ihm ein Fahrrad, dann Bücher und einen Computer kaufen.
Candice gähnte erneut. Selbst wenn einige Menschen das Gegenteil behaupteten, sie fand das Leben in diesem Land keineswegs einfach. Jeden Monat versuchte sie ein paar Dollar für das Studium des Kleinen auf die Seite zu legen, aber es fiel ihr schwer, über die Runden zu kommen, und ein biss-

chen mehr Geld hätte ihr geholfen. Ja, Josh sollte auf die Universität gehen. Und Candice hoffte, dass er später einen angesehenen Beruf ausüben würde: vielleicht Arzt, Lehrer oder sogar Anwalt.

19.58 Uhr

Sie fuhr zur selben Zeit auf den Parkplatz wie ein imposanter marineblauer Jeep. Dann betrat sie *Sally's Bar*, in der es bereits hoch herging. Der Schankraum war zu drei viertel voll. Das Bier floss in Strömen, und Springsteens Songs erklangen in voller Lautstärke. Hier herrschte eine volkstümliche Stimmung, die eher an New Jersey als an New York erinnerte.

»Da ist ja die Schönste von allen«, rief ihr Joe Conolly zu, der hinter seinem Tresen amtierte.

»Hallo, Joe.«

Conolly war ein ehemaliger Polizist aus Dublin, der seit fünfzehn Jahren auf Staten Island lebte. Nach allgemeiner Meinung war seine Bar *clean* und wurde hauptsächlich von Polizisten und Feuerwehrleuten der Stadt besucht. Seit Candice hier arbeitete, hatte sie niemals ernsthafte Probleme gehabt: Streits arteten nie zu Schlägereien aus, und die Kellnerinnen wurden respektiert.

Die junge Frau band sich ihre Schürze um und begann zu bedienen.

»Hallo, Ted, was darf ich dir bringen?«

20.46 Uhr

»Du hast einen Verehrer, meine Schöne.«

»Was redest du da für Unsinn, Tammy?«, konterte Candice.
»Ich sag nur, du hast einen Verehrer. Dieser gut gekleidete Typ am anderen Ende des Tresens starrt dich die ganze Zeit an, seit du hereingekommen bist.«
»Du redest dummes Zeug, meine Liebe«, erwiderte Candice und zuckte die Schultern.
Sie lud sich ein Tablett voller Biergläser auf, warf jedoch einen Blick zur Theke, bevor sie sich auf den Weg machte. Der Mann ließ sie nicht aus den Augen. Sie hatte ihn noch nie hier gesehen. Er wirkte weder wie ein Bulle noch wie ein Feuerwehrmann.
Flüchtig kreuzten sich ihre Blicke und »etwas« geschah.
»*Hoffentlich denkt er nicht, ich will ihn anmachen*«, überlegte Candice.
»*Hoffentlich denkt sie nicht, ich will sie anmachen*«, überlegte Nathan.
Seit er hier war, grübelte er, wie er die junge Frau ansprechen könnte. Auch wenn er gegenüber Garrett das Gegenteil behauptet hatte, machte er sich in Wirklichkeit Sorgen um sie. Er musste unbedingt herausfinden, ob es irgendetwas in Candices Leben gab, das einen baldigen Tod befürchten ließ. Aber wie sollte man an einem Freitagabend in einer solchen Bar ein Mädchen ansprechen außer in einem flapsigen Ton?

21.04 Uhr

»Sind Sie das erste Mal hier?«, erkundigte sich Candice.

»Ja. Ich bin Anwalt in Manhattan.«
»Darf ich Ihnen noch etwas bringen?«
»Nein, danke, ich muss bald weiterfahren.«
Candice näherte sich Nathan und flüsterte ihm lächelnd zu:
»Wenn Sie kein zweites Bier bestellen, wird sich der alte Joe ärgern und Sie vielleicht auffordern, die Bar zu verlassen, weil Sie den Platz am Tresen blockieren.«
»Nun gut, dann nehme ich eben noch ein Bier.«

21.06 Uhr

»Er ist gar nicht so übel«, bemerkte Tammy und öffnete mehrere Flaschen Budweiser mit atemberaubender Geschwindigkeit.
»Hör auf mit dem Blödsinn, bitte.«
»Du kannst sagen, was du willst, es ist nicht normal, dass eine hübsche junge Frau in deinem Alter unverheiratet ist.«
»Im Augenblick brauche ich keinen Mann in meinem Leben«, versicherte Candice.
Als sie dies sagte, erinnerte sie sich resigniert an ihre letzten Affären. Um ehrlich zu sein, keine war wirklich ernst gewesen. Hie und da ein Flirt, aber nie etwas Dauerhaftes, das in ihr den Wunsch geweckt hätte, eine Familie zu gründen. Flüchtig dachte sie an Joshs Vater, einen Handelsvertreter, den sie eines Abends bei einer alten Freundin aus Highschool-Zeiten kennen gelernt hatte. Warum ließ sie sich von diesem Mann schwängern? Was hatte sie erwartet? Sicher, er war sympathisch und wortgewandt, aber Candice fiel nicht darauf rein. Sie erinnerte sich, dass sie an jenem Abend den

verzweifelten Wunsch verspürt hatte, sich im Blick eines Mannes wiederzufinden. Dieses illusorische Verlangen sollte nur eine Nacht lang dauern, und zu ihrer großen Überraschung hatte sie einige Zeit später festgestellt, dass sie schwanger war. Das bewies wieder mal, dass kein Verhütungsmittel hundertprozentig sicher war. Doch sie empfand keine Bitterkeit, denn diese Episode hatte ihr das größte Geschenk ihres Lebens beschert: ihren Sohn Josh. Sie hatte den Vater des Kindes über ihre Schwangerschaft informiert, aber weder Hilfe noch Alimente von ihm verlangt. Sie bedauerte lediglich, dass er niemals den Wunsch geäußert hatte, seinen Sohn zu sehen. Natürlich wäre es ihr lieber gewesen, einen Mann an ihrer Seite zu haben, um ihren Sohn großzuziehen, aber es war, wie es war. »Vergeben und vergessen«, wie ihr Vater zu sagen pflegte.

21.08 Uhr

»Ihr Bier, bitte.«
»Danke.«
»Was führt Sie hierher, Herr Anwalt aus Manhattan?«
»Nennen Sie mich Nathan.«
»Was suchen Sie in unserer Bar – Nathan?«
»Um ehrlich zu sein, bin ich hier, um mit Ihnen zu reden, Candice.«
Sie wich einen Schritt zurück.
»Woher kennen Sie meinen Namen?«, fragte sie misstrauisch.
»Alle Stammgäste nennen Sie Candice«, stellte er grinsend fest.

»Okay«, gab sie etwas milder gestimmt zu, »ein Punkt für Sie.«
»Hören Sie«, fuhr er fort, »können wir, wenn Sie hier fertig sind, noch irgendwo anders was trinken?«
»Sie verplempern Ihre Zeit mit mir«, versicherte sie ihm.
»Ich will Sie nicht belästigen, Ehrenwort.«
»Das will ich auch hoffen.«
»Ihr Mund sagt Nein, aber Ihre Augen sagen Ja.«
»Das ist eine plumpe Anmache, und wenn ich darüber nachdenke, habe ich sie bestimmt schon hundertmal gehört.«
»Sie duften nach Jasmin«, bemerkte er lakonisch.

21.12 Uhr

Ja, er ist gar nicht so übel.

22.02 Uhr

»Kann ich noch ein drittes Bier haben?«
»Sie haben noch nicht einmal Ihr zweites getrunken.«
»Ich will meinen Platz an der Theke behalten.«
»Was ist denn hier so interessant?«
»Die Möglichkeit, Sie anzuschauen.«
Sie zuckte die Achseln, konnte aber ein Lächeln nicht unterdrücken.
»Wenn Sie das glücklich macht …«
»Haben Sie über meinen Vorschlag nachgedacht?«
»Ihren Vorschlag?«
»Etwas trinken zu gehen, wenn Sie hier fertig sind.«

»Die Kellnerinnen gehen niemals mit den Gästen aus. Das ist Vorschrift.«
»Aber außerhalb der Bar sind Sie keine Kellnerin mehr, und ich bin kein Gast mehr.«
»Das ist eine typische Anwaltsbemerkung.«
Aus ihrem Munde klang das keineswegs wie ein Kompliment.

22.18 Uhr

Nicht schlecht, aber ein bisschen eingebildet.

22.30 Uhr

»Ich gehe prinzipiell nicht mit verheirateten Männern aus«, sagte sie und deutete auf den Ehering, den Nathan noch immer trug.
»Dabei sind verheiratete Männer die interessantesten, deswegen sind sie ja bereits vergeben.«
»Das ist ziemlich idiotisch«, bemerkte sie.
»Das war ein Scherz.«
»Aber ein schlechter.«
Nathan wollte gerade etwas erwidern, als Joe Conolly auf sie zukam.
»Alles in Ordnung«, versicherte ihm Candice.
»Umso besser«, murmelte er und zog sich wieder zurück.
Nathan wartete, bis der Inhaber der Bar außer Hörweite war. Dann wiederholte er sein Angebot.
»Und wenn ich nicht verheiratet wäre, würden Sie dann mit mir etwas trinken gehen?«
»Vielleicht.«

23.02 Uhr

»Ich lebe nämlich von meiner Frau getrennt.«
»Welchen Beweis habe ich, dass das stimmt?«
»Ich könnte Ihnen die Scheidungspapiere vorlegen, aber ich dachte nicht, dass dies nötig sein könnte, nur weil ich ein Mädchen auf ein Glas einladen möchte.«
»Vergessen Sie's, ich glaube Ihnen.«
»Also heißt das Ja?«
»Ich sagte vielleicht ...«

23.13 Uhr

Weshalb flößt er mir Vertrauen ein?
Wenn er mich noch einmal fragt, sage ich ja...

23.24 Uhr

Die Bar leerte sich allmählich. Statt des ohrenbetäubenden Rocks vom *Boss* ertönten die einschmeichelnden Balladen von Tracy Chapman.
Candice hatte sich fünf Minuten Pause gegönnt und unterhielt sich mit Nathan an einem hinteren Tisch. Zwischen ihnen entstand allmählich wechselseitige Sympathie, als ihre Unterhaltung plötzlich unterbrochen wurde: »Candice, Telefon!«, brüllte Joe von seinem Platz hinter dem Tresen.
Die junge Frau sprang hoch. Wer rief sie an ihrem Arbeitsplatz an?
Alarmiert griff sie nach dem Hörer, und ein paar Sekunden später war ihr Gesicht von Entsetzen gezeichnet. Sie war leichenblass, als sie auflegte.

Sie wollte zum Tresen gehen, begann aber zu schwanken und fühlte, wie ihre Beine unter ihr nachgaben. Nathan hatte alles beobachtet und beeilte sich, sie aufzufangen. In seinen Armen fing sie bitterlich zu weinen an.
»Was ist denn passiert?«, fragte er.
»Es ist mein Vater. Er ... hatte einen Herzanfall.«
»Wie das?«
»Er wurde gerade im Rettungswagen in die Klinik gebracht.«
»Kommen Sie, ich bringe Sie hin«, schlug Nathan vor und griff nach seinem Mantel.

Staten Island Hospital
Kardiologische Intensivstation

Candice trug noch immer ihre Kellnerinnenuniform, als sie auf den Arzt zustürzte, der ihren Vater aufgenommen hatte. In Gedanken betete sie, ja sie flehte darum, die Auskunft des Arztes möge beruhigend sein.
Sie stand jetzt vor dem Arzt. Auf dem Sticker an seinem Kittel konnte sie seinen Namen lesen: Dr. Henry T. Jenkils. Candices Blick flehte ihn an: *Beruhigen Sie mich, Herr Doktor, sagen Sie mir, dass es nichts ist, sagen Sie mir, dass ich ihn mit nach Hause nehmen kann, sagen Sie mir, dass wir Weihnachten gemeinsam verbringen werden. Ich werde ihn pflegen, ich koche für ihn Tee und Bouillon, wie er es für mich getan hat, als ich klein war, sagen Sie mir ...*
Aber Doktor Jenkils hatte sich abgewöhnt, in den Augen seiner Patienten oder ihrer Angehörigen zu lesen. Im Lauf der Jahre hatte er gelernt, sich einen

Panzer zuzulegen, sich nicht mehr »persönlich zu engagieren«. Das war notwendig für ihn: Zu viel Mitleid schwächte ihn und hinderte ihn daran, seine Arbeit korrekt zu machen. Als Candice ihm etwas zu nahe kam, trat er einen Schritt zurück. Dann leierte er seine wohl ausgewogene Rede herunter: »Ihr Vater fand gerade noch Zeit, den Notdienst zu informieren, bevor er auf dem Fliesenboden in der Küche zusammenbrach. Als die Fahrer des Rettungswagens bei ihm eintrafen, zeigte er alle Anzeichen eines schweren Herzinfarkts. Bei seiner Ankunft hier in der Klinik hatte er bereits einen Herzstillstand. Wir taten unser Möglichstes, ihn wiederzubeleben, aber wir haben es nicht geschafft. Es tut mir Leid. Wenn Sie ihn sehen wollen, kann eine Krankenschwester Sie in sein Zimmer führen.«

»Nein, nein, nein«, rief sie tränenüberströmt. »Ich habe ihn doch gerade erst wiedergefunden. Das ist nicht gerecht! Das ist nicht gerecht!« Sie zitterte, ihre Beine waren wie Gummi, sie hatte das Gefühl, ein Abgrund öffnete sich vor ihr. Und wieder waren Nathans Arme ihre einzige Stütze.

Der Anwalt nahm die Dinge in die Hand. Zuerst erkundigte er sich, was mit Josh geschehen war. Man erklärte ihm, das Kind sei zur gleichen Zeit wie sein Großvater in die Klinik gebracht worden und warte in der Kinderabteilung auf seine Mutter. Dann begleitete er Candice in das Zimmer, in dem die Leiche ihres Vaters aufgebahrt war. Nachdem die junge Frau Nathan für seine Hilfe gedankt hatte, bat sie ihn, sie eine Weile allein zu lassen.

In der Halle erkundigte er sich bei der Aufnahme, ob Dr. Goodrich heute Abend Dienst habe. Er er-

hielt eine negative Antwort. Er suchte in einem öffentlichen Telefonbuch und erreichte den Arzt im Zentrum für Palliativmedizin.
»Garrett, Sie haben sich volkommen geirrt«, verkündete er mit tonloser Stimme.
Er war dermaßen aufgewühlt, dass der Hörer in seiner Hand zitterte.
»Inwiefern?«, erkundigte sich der Arzt.
»Nicht Candice sollte sterben!«
»Wie bitte?«
»Sondern ihr Vater.«
»Hören Sie, Nathan, ich verstehe kein Wort von dem, was Sie sagen.«
Der Anwalt atmete tief durch und versuchte seine Erregung zu beherrschen.
»Ich bin in der Klinik«, erkärte er etwas ruhiger. »Candices Vater ist gerade an einem Herzinfarkt gestorben.«
»Scheiße«, sagte der Arzt ehrlich überrascht.
Nathans Stimme bebte vor Zorn:
»Sie hatten diesen Tod also nicht vorhergesehen, nicht wahr? Sie hatten diesen kleinen Lichtschein nicht bemerkt?«
»Nein«, gab Goodrich zu, »ich hatte nichts vorhergesehen, aber ich hatte mich diesem Mann auch nie so weit genähert, um etwas über …«
»Hören Sie zu, ich glaube, es wird höchste Zeit, einen Schlussstrich unter Ihre haarsträubenden Theorien zu ziehen. Der Tod hat einen anderen geholt, das sollten Sie zur Kenntnis nehmen.«
»Sie täuschen sich. Dieser Mann war schon älter, hatte vielleicht bereits ein Herzleiden. Sein Tod beweist gar nichts.«
»Auf jeden Fall ist Candice gerettet, Garrett, das ist alles, was ich weiß.«

»Ich hoffe, Sie haben Recht, Nathan, ich hoffe es von ganzem Herzen.«

Haus von Candice Cook
Drei Uhr morgens

Das Zimmer war in Dunkelheit getaucht. Lediglich ein paar Weihnachtskerzen, die vor dem Fenster standen, ließen die Umrisse von Gegenständen und Gesichtern erkennen. Candice war schließlich auf dem Sofa im Wohnzimmer eingeschlafen, aber sie fröstelte und ihr Gesicht wirkte fiebrig. Nathan saß in einem Sessel und beoachtete sie wie hypnotisiert. Er wusste, sie würde nur sehr unruhig schlafen und von Albträumen gequält werden. Nachdem sie Josh abgeholt hatten, hatte er die beiden um ein Uhr morgens nach Hause gefahren. Die junge Frau war dermaßen am Boden zerstört, dass sie sich wie eine Marionette führen ließ. Sie hatten noch kurz miteinander gesprochen, dann hatte Nathan sie überzeugt, das Schlafmittel zu nehmen, das ihr ein Arzt im Krankenhaus verschrieben hatte.
Ein kleiner Klagelaut rief ihn nach nebenan. Josh hatte seine großen Augen offen und strampelte mit den Beinen. Er war gerade erst aufgewacht.
»Hallo, kleiner Mann, hab keine Angst«, beruhigte er ihn und nahm ihn hoch.
»Durst ...«, jammerte der Kleine.
Nathan gab ihm ein bisschen Wasser und nahm ihn mit ins Wohnzimmer.
»Wie geht's dir, kleines Baby?«
»Hm... ein... Ba...Ba«, versuchte Josh zu wiederholen.

Nathan küsste ihn auf die Stirn. »Schau da drüben deine Mama, sie schläft«, murmelte er.
»Ma…ma.«
Nathan setzte sich mit ihm in einen Sessel und wiegte ihn behutsam. Er summte sogar ein paar Takte aus Brahms' *Wiegenlied*. Seit dem Tod seines Sohnes hatte er diese Melodie nicht mehr gesungen, und er musste sofort aufhören, weil ihn die Rührung übermannte.

Nach wenigen Minuten war Josh wieder eingeschlafen. Nathan legte ihn in sein Bett und kehrte ins Wohnzimmer zurück, wo Candice immer noch schlief. Er schrieb ein paar Worte auf die Rückseite einer Einkaufsliste und legte den Zettel auf den Tisch. Dann verließ er das Haus.
Draußen schneite es.

14. Dezember

Candice zog den Riegel beiseite und streckte den Kopf durch die Türöffnung.
»Ah, Sie sind's! Kommen Sie doch rein.«
Nathan betrat die Küche. Es war neun Uhr morgens. Josh saß in seinem Kinderstuhl und beschmierte sich mit dem Frühstück.
»…morg«, sagte das Kind.
»Hallo, kleiner Josh«, erwiderte Nathan und lächelte dem Kind zu.
Candice fuhr mit den Fingern durch das Haar ihres Sohnes und betrachtete den Anwalt.
»Ich wollte Ihnen danken, dass Sie gestern so lange hier geblieben sind.«
»Gern geschehen. Halten Sie durch?«

»Geht schon«, versicherte die junge Frau, auch wenn ihre Augen das Gegenteil verrieten.
Nathan klapperte mit einem kleinen Schlüsselbund, den er soeben aus der Tasche gezogen hatte.
»Ich habe Ihren Wagen hergebracht.«
»Danke. Sie waren wirklich ... vollkommen«, sagte sie und breitete die Arme aus. »Haben Sie Ihren Jeep auf Joes Parkplatz stehen gelassen?«
Nathan nickte.
»Dann werde ich Sie dorthin fahren«, bot sie an, »aber vorher trinken Sie mit uns eine Tasse Kaffee.«
»Gern«, erwiderte er und nahm Platz.
Er ließ ein paar Augenblicke verstreichen, dann beschloss er sich vorzuwagen:
»Ich muss Sie um etwas bitten«, sagte er und stellte ein kleines Lederköfferchen auf den Tisch.
»Ja«, erkundigte sich Candice plötzlich beunruhigt, als ob so viel Liebenswürdigkeit vonseiten eines Mannes am Ende doch nur zu einer bösen Überraschung führen könnte.
»Ich möchte gern, dass Sie ...«
»Was?«
»... Geld von mir annehmen«, erwiderte Nathan. »Ich wünsche mir, dass Sie ein bisschen Geld von mir annehmen, um Ihren Sohn aufzuziehen.«
»Das ist wohl ein Scherz?«, sagte sie und stellte ihre Tasse auf den Tisch zurück, um sie nicht fallen zu lassen.
»Nein, ich will Ihnen wirklich helfen.«
»Wofür halten Sie mich?«, regte sie sich auf.
Wutentbrannt erhob sie sich von ihrem Stuhl. Nathan versuchte sie zu beruhigen.
»Beruhigen Sie sich, Candice, ich erwarte keine Gegenleistung von Ihnen.«

»Sie sind verrückt«, wiederholte sie, »ich brauche Ihr Geld nicht.«
»Und ob Sie es brauchen. Sie brauchen es, damit Ihr Sohn studieren kann. Sie brauchen es, weil Ihr Auto bereits dreihunderttausend Kilometer auf dem Tacho hat und jeden Augenblick den Geist aufgeben kann. Sie brauchen es, weil Sie niemanden mehr haben, der Ihnen hilft.«
»Und wie viel genau wollen Sie mir geben?«, fragte die junge Frau spontan.
»Sagen wir mal hunderttausend Dollar«, schlug Nathan vor.
»Hunderttausend Dollar. Aber das ... ist unmöglich. Es gibt keinen Menschen, der einem so viel Geld schenkt, ohne eine Gegenleistung zu verlangen.«
»Manchmal dreht sich das Rad des Schicksal eben ... Denken Sie einfach, Sie hätten im Lotto gewonnen.«
Einige Sekunden lang schwieg sie.
»Es geht doch hoffentlich nicht um Geldwäsche oder so was Ähnliches?«
»Nein, Candice, das ist kein schmutziges Geld, da ist nichts Illegales.«
»Aber ich kenne Sie doch gar nicht.«
»Alles, was ich Ihnen gestern Abend über mich erzählt habe, stimmt«, versicherte Nathan und öffnete seinen Lederkoffer. »Ich heiße Nathan Del Amico, bin ein angesehener Anwalt in der Park Avenue, bin unbescholten und meine Geschäfte sind höchst ehrenhaft. Ich habe Ihnen hier ein paar Unterlagen mitgebracht, die meine Angaben belegen: meinen Pass, meine Bankauszüge, Artikel aus juristischen Fachzeitschriften über mich ...«

»Hören Sie auf«, unterbrach Candice ihn, »auf diese Masche falle ich nicht rein.«

»Denken Sie in Ruhe darüber nach«, bat Nathan, als er aus dem alten Pick-up kletterte.
Sie befanden sich auf dem verlassenen Parkplatz gegenüber von *Sally's Bar*. Candice hatte den Anwalt hierher gefahren, um seinen Jeep abzuholen.
»Ich habe lange genug nachgedacht. Ich möchte niemandem Rechenschaft darüber ablegen müssen, wie ich mein Leben gestalte.«
»Sie schulden mir keinerlei Rechenschaft, weder mir noch sonst jemandem«, versprach er und lehnte sich an das Fenster. »Sie können die Summe ganz nach Ihrem Belieben verwenden.«
»Aber was bringt *Ihnen* das?«
»Noch vor einer Woche hätte ich Ihnen kein solches Angebot gemacht«, gab Nathan zu, »aber seither hat sich einiges in meinem Leben verändert. Wissen Sie, ich war nicht immer reich. Meine Mutter zog mich allein auf, und sie hatte noch weniger Geld als Sie. Zum Glück konnte ich studieren. Nutzen Sie die Chance für Ihren Sohn.«
»Mein Sohn wird studieren, ob Sie mir helfen oder nicht«, verteidigte sich Candice.
»...dernich«, wiederholte Josh vom Rücksitz her, als wolle er seiner Mutter zu Hilfe kommen.
»Denken Sie trotzdem noch mal darüber nach. Sie finden meine Telefonnummer in dem Lederkoffer. Rufen Sie mich bitte an, wenn Sie die Unterlagen gelesen haben, die ich Ihnen hier lasse.«
»Ich habe lange genug nachgedacht. Wie Sie ganz richtig sagten, besitze ich fast nichts, aber ich besitze etwas, was viele Leute, die reicher sind als ich, verloren haben: Ehre und Anstand ...«

»Ich verlange nicht von Ihnen, dass Sie von Ehre und Anstand ablassen.«
»Hören Sie auf mit Ihren Lügenmärchen. Ihr Angebot ist zu schön, um wahr zu sein. Da ist ganz bestimmt ein Haken an der Sache. Was werden Sie von mir fordern, wenn ich dieses Geld angenommen habe?«
»Schauen Sie mir in die Augen!«, drängte Nathan sie.
»Ich nehme keine Befehle von Ihnen entgegen.«
Dennoch blickte sie ihn an.
Nathan schaute sie unverwandt an und versicherte ihr erneut:
»Ich bin anständig, Sie haben nichts von mir zu befürchten, ich schwöre es Ihnen. Denken Sie an Ihren Sohn, und nehmen Sie das Geld an.«
»Meine Antwort lautet Nein«, wiederholte Candice und schlug die Wagentür zu. »Sie haben mich sehr gut verstanden. Nein, nein, nein.«

Nathan und Candice fuhren nach Hause – jeder zu sich.
Candice verbrachte den Rest des Vormittags damit, die in dem Lederköfferchen enthaltenen Unterlagen durchzusehen.
Nathan verbrachte die Zeit damit, das Telefon anzustarren.

Mittags läutete es endlich.

Kapitel 12

... im Tode zerrissen von den Raubvögeln und den Bestien ...

Lukrez

Nachdem Nathan zehn Minuten lang um den Block gefahren war, fand er endlich einen Parkplatz. Es gelang ihm auf Anhieb, in eine enge Lücke einzuparken. Candide saß neben ihm und wartete, bis er den Motor abgestellt hatte, um den kleinen Josh aus seinem Kindersitz auf der Rückbank zu befreien. Sie setzte den Kleinen in einen riesigen zusammenklappbaren Kinderwagen, den Nathan aus dem Kofferraum des Jeeps geholt hatte. Josh war bester Laune, trällerte aus vollem Hals unverständliche, selbst erfundene Lieder und nuckelte gleichzeitig an seinem halb leeren Fläschchen.

Sie gingen auf ein Gebäude aus grauen und rosa Ziegelsteinen zu, in dem sich eine Filiale der First Bank of New Jersey befand.

Um diese Zeit war viel Betrieb in der Bank. Wegen der vielen Menschen und der engen Drehtür hatten sie alle Mühe, mit dem Kinderwagen hineinzukommen. Der Sicherheitsbeamte – ein junger Schwarzer mit freundlichem Gesicht – war ihnen behilflich und machte sich mit ihnen darüber lustig, dass bestimmte moderne Einrichtungen offensichtlich nicht babygerecht waren.

Sie betraten eine weiträumige, helle Halle, die von

großen Schaufenstern eingerahmt war. Sie war hübsch gestaltet, mit ansprechenden Schaltern und eleganten kleinen Nischen aus dunklem Holz, die vertrauliche Gespräche zwischen Kunden und Bankangestellten garantierten.
Candice kramte in ihrer Handtasche, um den berühmten Scheck herauszuholen.
»Glauben Sie wirklich, dass es eine gute Idee ist?«
»Wir haben es doch ausdiskutiert«, erwiderte Nathan sanft.
Candice warf einen Blick auf Josh, dachte erneut an seine Zukunft und stellte sich schließlich vor einem Schalter an.
»Soll ich hier bleiben?«, fragte Nathan.
»Nicht nötig«, erwiderte sie, »es geht ja schnell. Nehmen Sie inzwischen ruhig Platz«, sagte sie und deutete auf eine Sitzgruppe im hinteren Teil des Raums.
»Lassen Sie mich inzwischen auf Josh aufpassen.«
»Es geht schon. Ich nehme ihn auf den Arm. Aber befreien Sie mich bloß von diesem verflixten Kinderwagen.«
Als er sich mit dem leeren Kinderwagen entfernte, sah ihm Candice lächelnd nach und machte eine kleine Bewegung mit der Hand.
In diesem Augenblick erinnerte sie ihn an Mallory. Er fühlte sich dieser Frau immer mehr verbunden, bewunderte ihre Schlichtheit, die ruhige Selbstsicherheit, die ihr ganzes Wesen ausstrahlte. Er war auch berührt von dem geheimen Einverständnis, das zwischen ihr und ihrem Sohn herrschte, von der Art, ihn jedes Mal, wenn er anfangen wollte zu weinen, zu umarmen und ihm beruhigende Worte ins Ohr zu flüstern. Sie war eine ausgeglichene, besonnene Mutter. Ihre abge-

tragene Jacke und ihre billige Haarfarbe hatten damit nichts zu tun. Vielleicht besaß sie nicht die Klasse der Mädchen aus der *Cosmopolitan*, aber sie war viel sympathischer und natürlicher.
Als er die junge Frau beobachtete, musste er unwillkürlich an den Weg denken, den sein Leben genommen hatte. Vielleicht war es nicht richtig gewesen, sich um jeden Preis aus dem Milieu lösen zu wollen, aus dem er stammte. Vielleicht wäre er mit einer Frau wie Candice glücklicher geworden, hätte mit ihr in einem kleinen Häuschen mit einem Hund gelebt und wäre einen mit dem Sternenbanner verzierten Pick-up gefahren. Nur die Reichen glauben, dass die einfachen Leute ein trübseliges Leben führen. Er stammte aus bescheidenen Verhältnissen und wusste genau, dass dies keineswegs der Fall war.
Im Übrigen gehörte er zu jener Sorte Mensch, die sich nicht um das ganze Gerede scherte, dass angeblich gerade die kleinen Dinge im Leben das wahre Glück ausmachen. Er hatte allzu sehr unter Geldmangel gelitten, um jetzt, da er Geld besaß, auf irgendetwas zu verzichten. Aber im Gegensatz zu dem, was er lange geglaubt hatte, wusste er inzwischen, dass Geld nicht alles war. Er brauchte jemanden, mit dem er es teilen konnte. Ohne jemanden, der ihn begleitete, wollte er nirgendwo mehr hingehen; ohne eine Stimme, die ihm antwortete, herrschte totales Schweigen um ihn herum; ohne eine Partnerin an seiner Seite war sein Leben sinnlos.

Nathan wechselte ein paar Worte mit dem Sicherheitsbeamten, der an der Eingangstür seinen Dienst tat. Am Tag zuvor hatten die Yankees ver-

kündet, dass sie für die nächste Saison einen guten Spieler verpflichten würden, und der Mann war ganz euphorisch gestimmt, als er sich vorstellte, wie gut seine Lieblings-Baseball-Mannschaft demnächst spielen würde.
Plötzlich hielt der Sicherheitsbeamte in seinen Ausführungen inne. Seine Aufmerksamkeit wurde von einem Koloss mit breiten Schultern gefesselt, der die Eingangstür aufstieß. Der Mann mit der imposanten Größe eines Basketballers trug einen Schal um den Hals und eine Sporttasche über der Schulter.
Wie kann man nur eine so wuchtige Sporttasche mit sich rumschleppen, überlegte Nathan.
Der Mann wirkte aufgeregt, fühlte sich offensichtlich nicht wohl in seiner Haut, drehte sich mehrere Male um und ließ flüchtig den Blick über die beiden Männer schweifen. Der Sicherheitsbeamte ging ein paar Schritte auf ihn zu. Der Mann erweckte den Anschein, als wolle er sich in eine der Warteschlangen einreihen, blieb aber dann plötzlich mitten im Raum stehen. Im Bruchteil einer Sekunde zog er eine Waffe aus seiner Sporttasche und stülpte sich eine schwarze Kapuze mit Augenschlitzen über den Kopf.
»He, ihr da!«
Noch bevor der Sicherheitsbeamte seinen Revolver ziehen konnte, tauchte unerwartet ein Komplize auf und versetzte ihm zwei kräftige Schläge mit einem Knüppel, die ihn zu Boden warfen. Der andere nutzte die Lage und entwaffnete ihn.
»Keiner rührt sich! Keiner rührt sich, verdammt noch mal! Hebt eure Hände über eure verdammten Köpfe!«
Der zweite Mann nahm die Dinge in die Hand. Er

war nicht vermummt, hatte eine Drillichhose und eine amerikanische Militärjacke an. Er trug seine gebleichten Haare als Bürstenschnitt, seine Augen waren blutunterlaufen.
Er war bis zu den Zähnen bewaffnet. In der rechten Hand hielt er einen großkalibrigen Revolver und über der Schulter eine Maschinenpistole, die wie eine Uzi aussah, wie man sie aus Videospielen kennt.
Aber das hier war kein Spiel. Mit einer solchen Waffe konnte man Feuerstöße abgeben und sehr viele Menschen töten und verletzen.
»Auf die Knie! Alle auf die Knie, los, los!«
Einige schrien. Doch alle Kunden und Angestellten knieten sich nieder oder legten sich auf den Boden.
Nathan wandte sogleich den Kopf, um nach Candice zu sehen. Die junge Frau hatte Zuflucht unter einem Schreibtisch in einer der Nischen gefunden. Sie hielt Josh fest an ihre Brust gedrückt und wiegte ihn beruhigend hin und her. Leise flüsterte sie ihm zu: »Das ist ein Spiel, Schatz, nur ein Spiel.« Und dabei versuchte sie zu lächeln. Der Junge machte wie gewohnt große Augen und betrachtete interessiert das seltsame Schauspiel, das um ihn herum stattfand.
In den Gesichtern zeichnete sich Besorgnis ab. Nathan hatte sich, wie die anderen, niedergekniet.
Wie ist es ihnen gelungen, mit ihren Waffen hier reinzukommen? Man hätte am Eingang ihre Taschen durchsuchen müssen. Und warum um Himmels willen hat das Alarmsystem nicht funktioniert?
Neben ihm hatte sich eine Frau in Fötalstellung zusammengekrümmt und gegen die Holzwand ei-

nes der Schalter gelehnt. Er wollte ihr etwas Beruhigendes zuflüstern, aber als er den Mund öffnete, hatte er das Gefühl, ein elektrischer Schlag durchzucke seinen ganzen Körper. Plötzlich spürte er den Schmerz in seiner Brust wieder. Er hörte das dumpfe Geräusch seines Herzens, sein unregelmäßiges Pochen. Er wühlte in der Tasche seines Mantels nach dem Trinitrin-Spray, um es zu inhalieren.
»Behalt deine Hände über dem Kopf«, brüllte ihm die kleine Bestie im Military-Look zu und ging dann zielsicher auf den Filialleiter zu.
Es waren nur zwei Bankräuber. Vermutlich wartete draußen ein Komplize in einem in der Nähe geparkten Auto.
»Du da, komm mit, ich brauche den Code, um die Tür aufzumachen.«
Der Ganove drängte den Filialleiter zu einem Raum im hinteren Teil der Halle. Man hörte, wie eine Metalltür klickte. Etwas später verriet ein unbestimmtes Geräusch, dass eine zweite Tür geöffnet wurde.
Der Mann mit der Kapuze war im Schalterraum geblieben, um die Geiseln zu bewachen. Er stand auf einem der Schreibtische, um zu demonstrieren, dass er die Lage im Griff hatte.
»Niemand rührt sich! Niemand rührt sich!«, brüllte er unaufhörlich.
Ganz offensichtlich war er weniger kaltblütig als der andere Bankräuber. Er sah ständig auf seine Uhr und zerrte nervös an seiner Kapuze, die ihn beengte. Ungeduldig stieß er hervor:
»Was treibst du denn da, Todd? Um Himmels willen, beeil dich!«
Aber der andere, der immer noch in einem Hinterzimmer beschäftigt war, antwortete nicht.

Nach einer Weile hielt er es nicht mehr aus und riss sich die Kapuze herunter. Schweiß perlte auf seiner Stirn, dunkle Flecken zeichneten sich unter den Achseln ab. Vielleicht hatte er die Freuden des Gefängnisses schon für kurze Zeit kennen gelernt und fürchtete nun, sich dort länger aufhalten zu müssen.
Denn dieses Mal spielte er hoch: bewaffneter Raubüberfall mit Körperverletzung. Er spielte hoch, und die Zeit verrann.
Endlich platzte der »Soldat« in die Halle, beladen mit einem schweren Sack. Er rief seinem Komplizen zu:
»Jetzt bist du dran, Ari, pack den Rest ein!«
»Hör mal, Todd, hauen wir ab, wir haben genug Knete, um …«
Aber der Mann im Drillich war keineswegs dieser Meinung.
»Hol endlich den Rest, du Hosenscheißer!«

Nathan wollte diese Ablenkung nutzen, um sich Candice zu nähern. Sein Herz schlug zum Zerspringen. Er fühlte sich für das Leben der jungen Frau verantwortlich.
Als er sich beinahe zu seiner vollen Größe aufgerichtet hatte, stürzte der Ari genannte Ganove auf ihn zu und versetzte ihm einen kräftigen Fußtritt, sodass er mit dem Kopf gegen den Schreibtisch schlug.
»Du bleibst verdammt noch mal unten, kapiert?«
Aber der »Soldat« griff ein und brüllte seinen Komplizen an:
»Hab ich nicht gesagt, du sollst das Geld holen? Ich behalte sie im Auge.«
Nathan war wie betäubt. Vorsichtig befühlte er

seine Augenbraue. Ein dünnes Rinnsal floss ihm über die Wange und färbte sein Hemd rot. Falls er lebend hier herauskommen sollte, würde er tagelang mit einem verschwollenen Gesicht herumlaufen.

In diesem Augenblick machte Candice eine Bewegung auf ihn zu. Sie warf ihm einen besorgten Blick zu, der zu fragen schien: »Wie geht's?« Um sie zu beruhigen, nickte er leicht mit dem Kopf.

Sie zwang sich zu einem Lächeln, aber Nathan bemerkte, dass sie sehr blass war, beinahe durchsichtig.

Er blickte sie immer noch an, als ihm plötzlich schwarz vor Augen wurde. Für den Bruchteil einer Sekunde verschmolzen die Gesichter von Candice und Mallory.

Liebend gern hätte er sie vor solchen Gewaltakten bewahrt.

Plötzlich, als niemand mehr damit rechnete, ertönte schriller Alarm.

Panik erfasste die Bankräuber. Ari tauchte in der Halle auf. In den Händen hielt er bündelweise Geldscheine.

»Todd, was ist los?«

»Wir müssen abhauen, bevor die Bullen kommen!«, rief der Soldat.

»Du hast mir doch gesagt, die Alarmanlage sei außer Betrieb, Scheiße, Todd, du hast mir versichert, es gebe kein Risiko!«

Sein Gesicht war schweißgebadet. Er hatte solche Angst, dass er seine Dollarbündel fallen ließ.

Todd näherte sich den Fenstern zur Straße und bemerkte ein Auto, das in rasender Geschwindigkeit an der Bank vorbeiflitzte.

»Das Arschloch Geraldo macht sich ohne uns aus dem Staub!«

»Was machen wir jetzt ohne Auto?«, rief Ari hysterisch.

Aber sein Komplize hörte ihn nicht mehr. In Sekundenschnelle warf er sich die riesige Sporttasche über die Schulter, nahm die Maschinenpistole in die eine und den Revolver in die andere Hand. Wütend stieß er die Tür auf und trat in dem Augenblick auf die Straße, als mehrere Polizeiwagen mit heulenden Sirenen vor der Bank hiclten.

Man hörte einen Schusswechsel, vermischt mit Schreien.

Ari, der gezögert hatte, seinem Komplizen zu folgen, trat schnell wieder zurück und schloss die Tür.

»Rührt euch nicht von der Stelle!«, brüllte er und richtete seine Neun-Millimeter-Pistole auf die Angestellten und Kunden, die immer noch auf dem Boden lagen.

Er klammerte sich an seine Waffe, als sei sie seine letzte Rettung.

Auch Nathan ließ die Pistole nicht aus den Augen.

Wie viele Tote wird dieser rasende Verrückte hinterlassen?

Man hörte erneut Schüsse. Dann trat Stille ein. Plötzlich verkündete eine durchdringende Stimme über ein Megafon:

»Sie sind umstellt.
Ihr Komplize wurde festgenommen.
Treten Sie ohne Waffe aus dem Gebäude und machen Sie keine hastigen Bewegungen.«

Aber der Bankräuber dachte nicht daran, sich zu ergeben.
»Du da, komm her!«
Was Nathan befürchtet hatte, trat ein: Der Ganove wollte Candice zur Geisel machen und zerrte sie brutal am Arm.
Aber sie war nicht die Frau, die sich geschlagen gibt. Sie war zu allem bereit, um ihren Sohn zu retten. Sie wehrte sich heftig, und es gelang ihr, in den hinteren Teil der Halle zu fliehen, während Josh auf ihrem Arm zu weinen anfing. Nathan erhob sich so schnell er konnte und stellte sich zwischen Ari und sie.
Rasend vor Wut über diesen Widerstand, richtete Ari seine Pistole auf Nathan, dessen Hirn plötzlich glasklar funktionierte.
Vielleicht wird er mich töten, aber Candice bleibt verschont. Selbst wenn er auf mich schießt, werden die Bullen sofort eingreifen. Sie ist außer Gefahr.
Jede Sekunde wirkte wie eine Unendlichkeit.
Garrett hat Unrecht. Ich weiß, er hat Unrecht. Es gibt keine Vorherbestimmung. So kann das Leben nicht funktionieren. Candice ist gerettet. Ich habe gewonnen, Garrett, ich habe gewonnen.
Der Anwalt fixierte Aris Waffe, eine Glock 17, eine Armeepistole, die man für weniger als fünfzig Dollar auf jedem beliebigen Waffenmarkt in diesem Land kaufen konnte, in dem das Schießen mit dem Sturmgewehr zu einer Art Volkssport bei Grillpartys geworden war.
Ari wirkte völlig verstört und hielt immer noch mit beiden Händen den Griff seiner Waffe umklammert. Er legte den Finger an den Abzug. Er würde die Nerven verlieren, er würde schießen.

Nathan warf einen Blick auf den Eingang. Er dauerte nur eine Zehntelsekunde, aber genügte, um zu erkennen, dass der Sicherheitsbeamte wieder zu sich gekommen war und eine Waffe hervorzog, die in einem kleinen Holster an seiner rechten Wade steckte.
Es ging so schnell, dass Ari nichts mitbekam. Der Sicherheitsbeamte richtete sich halb auf und schoss mit gestrecktem Arm zweimal. Die erste Kugel verfehlte ihr Ziel, aber die zweite traf den Ganoven in den Rücken, sodass er zu Boden fiel.
Die Schüsse verursachten eine entsetzliche Panik. Die Menschen versuchten zum Ausgang zu rennen, während Polizisten und Einsatztruppen das Gebäude stürmten.
»Die Bank muss geräumt werden! Räumen Sie die Bank!«, befahl ein Polizist.
Doch Nathan stürzte in den hinteren Teil der Halle. Eine Gruppe hatte sich gebildet und umringte eine auf dem Boden liegende Gestalt.
Der Anwalt näherte sich dem Kreis.
Candice lag zusammengekrümmt am Boden, während Josh vor Angst schrie und sich verzweifelt an sie klammerte.
»Holen Sie Hilfe!«, schrie Nathan so laut er konnte. »Rufen Sie einen Krankenwagen!«
Die erste Kugel war vom Flügel einer Metalltür abgeprallt und in die Seite der jungen Frau gedrungen. Sie war bereits blutüberströmt.
Er beugte sich über Candice und ergriff ihre Hand.
»Bitte, stirb nicht!«, flehte er und fiel neben ihr auf die Knie.
Candices Gesicht wirkte durchsichtig. Sie öffnete den Mund, um etwas zu sagen, aber lediglich ein Blutschwall quoll aus ihrem Mund.

»Stirb nicht«, rief er noch einmal und flehte alle Götter der Schöpfung um Hilfe an.
Aber sie hatte diese Welt bereits verlassen. Vor ihm lag ein regloser Körper, der nichts mehr gemeinsam hatte mit der jungen Frau, die noch eine Stunde zuvor hoffnungsvoll in die Zukunft geblickt und ihrem Sohn Geschichten erzählt hatte. Mit Tränen in den Augen blieb Nathan nichts anderes übrig, als ihr die Augen zu schließen.

Irgendjemand fragte: »War sie seine Frau?«

Wenige Minuten später traf der Krankenwagen von Emergency Medical System ein.
Der Anwalt nahm Josh ganz fest in die Arme. Wie durch ein Wunder war das Kind nicht verletzt worden, aber es hatte einen schweren Schock. Nathan folgte der Trage, auf der Candice abtransportiert wurde, bis auf die Straße hinaus. In dem Augenblick, als die Schutzhülle über Candices Gesicht gezogen wurde, fragte er sich, ob für sie wirklich alles zu Ende war. Was geschieht im Augenblick des Todes? Gibt es etwas danach? Eine Fortsetzung?
Immer die gleichen Fragen, die er sich schon so oft nach dem Tod seiner Mutter und seines Sohnes gestellt hatte.
Zum ersten Mal seit einer Woche stand eine leuchtende Sonne über dem Winterhimmel von New York. Die Luft war rein, und es wehte ein kalter, trockener Wind.
Draußen vor der Bank trösteten sich die traumatisierten Menschen nach diesem grauenvollen Erlebnis. In Nathans Armen drohte Josh an seinen Schluchzern zu ersticken.

Der Anwalt war völlig benommen und begann zu taumeln. Von allen Seiten drang Stimmengewirr an seine Ohren, seine geröteten Augen brannten vom Blaulicht der Polizeiwagen. Die Geiseln wurden bereits fotografiert und von Journalisten befragt.
Von Gewissensbissen und Schuldgefühlen gequält tat Nathan sein Möglichstes, um Josh vor diesem Tumult abzuschirmen.
Während man die Leiche des Bankräubers abtransportierte, trat ein Polizist der NYPD in dunkelblauer Uniform auf ihn zu, um ihm ein paar Fragen zu stellen. Es war ein Latino, klein und gedrungen, mit einem jugendlichen Gesicht.
Der Polizist begann zu sprechen, aber Nathan hörte ihm nicht zu. Mit dem Ärmel seines Hemds säuberte er behutsam Joshs Gesicht, in dem sich Blutstropfen mit Tränen vermischt hatten. Erneut erfüllte ihn tiefe Qual, und er konnte die Tränen nicht zurückhalten.
»Ich bin schuld an ihrem Tod! Meinetwegen war sie hier!«
Der Polizist bemerkte voller Mitgefühl:
»Sie konnten das nicht voraussehen, Sir. Es tut mir sehr Leid.«
Nathan setzte sich auf den Asphalt und vergrub den Kopf in den Händen. Sein Körper wurde von Krämpfen geschüttelt. All das war seine Schuld. Er hatte Candice in den Tod getrieben. Hätte er ihr nicht dieses verdammte Geld angeboten, dann hätte sie diese Bank nie betreten und nichts wäre ihr passiert. Er allein war für diese Katastrophe verantwortlich. Er war nur eine Schachfigur gewesen, die genau in diesem Augenblick hier aufgestellt worden war, um an einem Geschehen teilzu-

nehmen, das ihn überforderte. Aber wie konnte man eine Welt akzeptieren, in der Tod und Leben derart mit dem Schicksal verwoben waren?
Er glaubte, Goodrichs Stimme zu hören, die wie ein Echo wiederholte:
Man kann den endgültigen Entschluss nicht in Frage stellen, und niemand hat Einfluss auf die Todesstunde.
Er hob sein tränenüberströmtes Gesicht dem Polizisten entgegen.
Um ihn zu trösten, wiederholte dieser noch einmal:
»Sie konnten das nicht voraussehen, Sir.«

Kapitel 13

Ich beschwöre dich,
denk Tag und Nacht darüber nach.
Cicero

Anfangs gab es weder Vergangenheit noch Zukunft. Das war vor dem Urknall, der die Materie, den Raum und die Zeit hervorbrachte.
In den Enzyklopädien kann man lesen, dass die Geschichte unseres Universums vor fünfzehn Milliarden Jahren ihren Anfang nahm. So alt sind auch die ältesten Sterne.
Die Erde entstand vor knapp fünf Milliarden Jahren. Sehr schnell, nur eine Milliarde Jahre später, bildeten sich die ersten Lebewesen: die Bakterien. Anschließend wurde der Mensch erschaffen.
Jeder weiß es, vergisst es aber wieder: Die Zeit der Menschheit ist im Vergleich zur Dauer des Universums verschwindend gering. Und innerhalb dieser verschwindend kurzen Zeit begannen die Menschen erst im Neolithikum sesshaft zu werden, die Landwirtschaft zu erfinden, Städte zu bauen und Handel zu treiben.
Nur wenig später, Ende des 18. Jahrhunderts, erfolgte ein weiterer Einschnitt. Allmählich gewann die Wirtschaft an Bedeutung, was die Produktion steigerte. Später bezeichnete man das als industrielle Revolution und als Moderne.
Doch vor dieser Zeit lag die Lebenserwartung bei knapp fünfunddreißig Jahren.

Der Tod war allgegenwärtig. Er war ganz normal. Man akzeptierte ihn.
Von Beginn an haben mehr als achtzig Milliarden Menschen vor uns gelebt, Städte gebaut, Bücher gelesen und Musik gemacht.
Heutzutage sind wir nur sechs Milliarden lebende Menschen. Wir verzeichnen also fast vierzehn Mal mehr Tote.
Sie zerfallen in den Gräbern zu Staub, geraten in unseren Köpfen in Vergessenheit. Sie würzen unsere Erde und unsere Lebensmittel.
Manche fehlen uns.
Bald, in einigen Milliarden Jahren, wird die Sonne ihre Reserven an Wasserstoff erschöpft haben, ihr Umfang wird hundert Mal so groß sein wie heute. Die Temperatur auf der Erde wird zweitausend Grad Celsius übersteigen, aber es ist wahrscheinlich, dass die Menschheit bis dahin schon verschwunden sein wird.
Das Universum wird sich zweifellos ausdehnen, nach und nach werden seine Galaxien sich auflösen. Im Laufe der Zeit werden auch die Sterne erlöschen und im Kosmos einen riesigen Friedhof bilden.

An jenem Abend hängen die Wolken tief und die Nacht ist friedlich.
Nathan sitzt in seiner Wohnung im San Remo und betrachtet die Lichter der Stadt.
Er lauscht dem Lärm, dieser speziellen New Yorker Geräuschkulisse aus Hupkonzerten und den Sirenen der Kranken- und Polizeiwagen.
Er ist allein. Er hat Angst.
Seine Frau fehlt ihm.
Und er weiß, dass er bald sterben wird.

Kapitel 14

Die Toten wissen nur das eine:
Es ist besser am Leben zu sein.
Aus dem Film *Full Metal Jacket*
von Stanley Kubrick

15. Dezember

Durch die gewölbten Rahmen der großen Fenster schien die Sonne in den geräumigen Aufenthaltsraum des Lofts.
Die in phosphoreszierendem Weiß gestrichenen Wände waren wie im Hochsommer in grelles Licht getaucht. Es wurde heiß. Automatisch schlossen sich die Rollläden.
Nathan lag auf einem flachen Sofa aus hellem Tweed.
Er stellte eine leere Flasche Corona auf den hellen Eichenparkett-Fußboden. Es war seine vierte, und da er Alkohol nicht gewohnt war, war ihm ziemlich übel.
Seit dem frühen Morgen ging er rastlos in seiner Wohnung auf und ab.
Candice war tot. Garrett besaß also schr wohl diese verdammte Gabe, den Tod eines Menschen vorherzusehen.
Das hieß für ihn: Das Ende der Reise war gekommen. Inzwischen zweifelte er nicht mehr daran. Goodrich war für den jungen Kevin da gewesen, für Candice und jetzt für ihn. Es fiel ihm schwer,

dies einzusehen, aber er war gezwungen, es zu akzeptieren.
Wie sollte er sich jetzt verhalten – als Todgeweihter? Wie sollte er mit diesem Schock fertig werden?
Er lebte in einer Welt, die vom Wettbewerb bestimmt wurde, in einer Welt, die wenig Platz für Schwache ließ. Da er immer versucht hatte, den Übermenschen zu spielen, hatte er beinahe vergessen, dass er sterblich war.
Er erinnerte sich zwar an den Vorfall damals in Nantucket, aber offensichtlich hatte er keine Lehre daraus gezogen.
Nathan erhob sich und trat ans Fenster, das einen märchenhaften Blick auf den Park bot. Der Alkohol hatte ihm Kopfschmerzen bereitet. Wieder und wieder verfolgten ihn schreckliche Bilder der Trennung, der Trauer und des Leidens. Er dachte an Josh. Als die Sozialarbeiterin ihm kurz nach dem Banküberfall den Kleinen weggenommen hatte, empfand er einen tiefen Schmerz. Was für eine Kindheit erwartete Josh als Waisenkind von gerade einem Jahr? Vermutlich landete er bei verschiedenen Pflegeeltern, in Familien, bei denen er immer das fünfte Rad am Wagen sein, bei denen er Liebe und Fürsorge vermissen würde.
Nathan war sehr niedergeschlagen. Nein, er war nicht mächtig. Niemand war es wirklich. Alles hing an einem seidenen Faden: sein Leben wie einst das Leben von Sean.
Und dabei hatte er immer alles voraussehen wollen. Obwohl er gewusst hatte, dass es Mallory ärgerte, hatte er alle möglichen Versicherungen abgeschlossen, um sich vor Schäden und Risiken zu schützen – Einbruch, Brand, Überschwemmung,

Blitzschlag, Terrorismus –, aber er hatte nie auch nur den geringsten Versuch unternommen, sich auf das bittere Ende vorzubereiten.
Wenn man ihn fragte, antwortete er, dass er natürlich an Gott glaube. Was hätte er sonst antworten sollen? Schließlich lebte er in Amerika, in einem Land, in dem sogar der Präsident auf die Bibel schwören musste.
Aber im Grunde seines Herzens hatte er nie auf ein Jenseits gehofft oder an ein Weiterleben der Seele geglaubt.

Er blickte sich um. In seiner Wohnung gab es nichts Auffälliges. Die Raffinesse lag in der Schlichtheit und dem modernen Stil der Einrichtung. Alles war Raum, Licht und Transparenz. Er liebte diesen Ort. Nach seiner Scheidung hatte er die Wohnung selbst eingerichtet. Mallory wäre sowieso nie bereit gewesen, im ehemaligen Apartment ihres Vaters zu wohnen. Gewöhnlich fühlte er sich hier in Sicherheit, beschützt von all diesen Naturmaterialien wie Holz und Marmor, die seine Umgebung prägten und ohne sichtbare Schäden die Zeit überstanden.
An einer holzgetäfelten, lasierten Wand hatte er Zeichnungen von Mallory mit Reißzwecken befestigt, Skizzen aus glücklichen Tagen.
Angst erfüllte ihn und zugleich spürte er, wie heftiger Zorn in ihm aufstieg.
Warum er? Und warum so?
Er wollte noch nicht so schnell sterben. Er hatte noch so vieles zu tun: Er wollte erleben, wie seine kleine Tochter heranwuchs, und er wollte seine Frau zurückerobern.
Es gibt andere, die vor mir gehen könnten!

Vielleicht habe ich in meinem Leben nichts Überragendes geleistet, aber ich habe auch nichts wirklich Schlimmes angestellt.
Wenn diese Unglücksboten existierten, müsste es dann nicht ebenfalls eine gewisse Ordnung oder Zusammenhänge in Bezug auf den Tod geben?
Natürlich nicht! Jede Sekunde sterben Kinder und Unschuldige. Der Tod achtet nicht auf Gefühle. Die Menschen lassen diesen Kelch an sich vorübergehen und trösten sich damit, dass Gott jene zu sich ruft, die er liebt.
Er wollte nirgendwohin abberufen werden. Er wollte leben. Hier und jetzt. Und wollte mit jenen leben, die er liebte.

Was sollte er tun?
Es lag nicht in seinem Wesen, abzuwarten, was geschah.
Angesichts einer ungewöhnlichen Situation musste er sich an etwas halten, und er musste es schnell tun, jetzt, da der Countdown lief.
Er ging zu dem Regal, auf dem ein Gipsabguss von Bonnies Hand lag.
Er legte seine Hand auf die seines Kindes, und wieder einmal dachte er an seine eigene Kindheit zurück.
In seiner Erinnerung war seine Kindheit ein Chaos, aus dem er weder Spiclsachen noch Fotoalben gerettet hatte. Es war bei ihnen nicht üblich gewesen, Fotos zu machen.
Nathan blickte sich im Raum um. Unter dem gleichmütigen Blick einer Leopardin aus Stein, die ihm Jordan aus Rajasthan mitgebracht hatte, hielt ein toskanischer Engel aus Terracotta neben der Treppe Wache.

Auch wenn er zu Reichtum gelangt war, wusste er, dass nichts die Kümmernisse seiner Kindheit ungeschehen machen konnte.
Nathan trug es niemandem nach. Im Gegenteil: Er wusste genau, dass er sich in diesen harten Jahren die Kraft geholt hatte, um seinen Charakter zu festigen.
Denn als er später die Universität besuchte, hatte sich alles verändert. Er hatte seine Chance nicht ungenutzt gelassen. Er wollte Erfolg haben und hatte unermüdlich geschuftet, hatte ganze Tage in den riesigen Sälen der Universitätsbibliotheken verbracht und sich in alle möglichen Gesetzbücher und Fallstudien vertieft.
Aber er ging auch auf den Sportplatz. Er war kein besonders guter Sportler, aber wider Erwarten war er einer der Favoriten der Cheerleader, die keine Gelegenheit ausließen, sich um ihn zu drängen.
Seit dieser Zeit hatte man ihn nicht mehr als Sohn einer Haushaltshilfe aus Queens angesehen, sondern als einen viel versprechenden Anwalt mit einer glänzenden Zukunft.
Aus jener Zeit hatte er viele Erinnerungsstücke aufbewahrt.
Er durchquerte den Raum, griff nach dem schmiedeeisernen Geländer und stieg eilig die schiefergedeckten Stufen der Treppe hinauf, die zu seinem Schlafzimmer und seinem Büro führte.
Oben trat er hinter die Wand aus Milchglas und Metall, die eine kleine Ruheecke verbarg. Er hatte sie als eine Art Wohnzimmerbibliothek mit schrägen Wänden eingerichtet, in der er seine Platten und CDs aufbewahrte.
An den Wänden hing eine ganze Sammlung von Basecaps und Trikots mit dem Zeichen der Yan-

kees. Auf einem Regal ruhte ein Baseball neben einigen Sporttrophäen, die er an der Universität gewonnen hatte. Daneben stand ein Foto, das ihn mit seinem ersten Auto zeigte, einem Mustang, den er damals gebraucht gekauft hatte. Der Wagen hatte bereits ein paar hunderttausend Kilometer auf dem Tacho.

Zum ersten Mal seit langem betrachtete er voller Wehmut seine alten Platten, die aus den Achtzigerjahren stammten. Musikalisch gesehen war es eine gute Zeit gewesen: Pink Floyd, Dire Straits, die Bee Gees, Madonna, bevor sie zu einer Ikone wurde.

Darunter befand sich eine noch ältere Platte.

Sieh mal an, ich erinnere mich nicht an sie. Vielleicht gehörte sie Mallory.

Er nahm die 33er-Platte aus dem Regal.

Es war *Imagine,* das berühmte Album von John Lennon.

Auf dem Cover war der Kopf des Ex-Beatle abgebildet. Sein Blick ging ins Leere, wie ein Fenster, das auf einen wolkenverhangenen Himmel zeigte. Lennon glich mit seiner kleinen runden Nickelbrille schon einem Gespenst, das am Firmament dahinglitt.

Nathan erinnerte sich nicht wirklich an diese Platte. Natürlich kannte er das Lied – diese Hymne an den Frieden auf der ganzen Welt, die er ein bisschen kitschig fand –, aber schließlich gehörten die pazifistischen Utopien des Sängers auch eher zu der Generation vor ihm. Nathan drehte die Plattenhülle um. Das Album war im September 1971 erschienen. Er entzifferte eine mit Füller geschriebene Widmung:

Für Nathan.
Du warst sehr mutig, Champion.
Fürchte dich vor nichts und pass gut auf dich auf.

»Champion?« Er erinnerte sich nicht, dass ihn jemand so genannt hatte.
Die Unterschrift unter der Widmung war unleserlich.
Er nahm die Platte aus der Hülle und legte sie auf.
Instinktiv setzte er die Nadel auf die dritte Rille.
Der Titel hieß *Jealous Guy.*
Die ersten Klavierakkorde erklangen, und plötzlich fiel es ihm wieder ein.

Es war 1972.
Es war Herbst.
Es war in einem Zimmer der Ambulanz auf Nantucket Island.

Kapitel 15

In Wahrheit wissen wir nichts, denn die Wahrheit liegt in der Tiefe des Abgrunds.
Demokrit

Nathan sprang in den Jaguar und fuhr Richtung Mystic. Er raste so schnell, dass er an der Ausfahrt New Haven fast einen Unfall baute. Er konnte sich nicht aufs Fahren konzentrieren, wofür der Alkoholgehalt seines Blutes jedoch nicht verantwortlich war. Bilder aus der Vergangenheit tauchten vor seinem inneren Auge auf.

1972

Er war acht Jahre alt.
Es war die Zeit des Watergate-Skandals, der medienwirksamen Reise Nixons nach China und der ersten Schachweltmeisterschaft, bei der ein Amerikaner einen Russen besiegte …
Im Baseball hatten die Oakland A's im Endspiel um die Meisterschaft die Cincinnati Reds geschlagen, während sich die Dallas Cowboys die Superbowl unter den Nagel gerissen hatten.
In jenem Sommer hatte Nathan seine Mutter begleitet, die im Hause der Wexlers in Nantucket arbeitete. Es war seine erste richtige Reise, das erste Mal, dass er etwas anderes sah als seine Umgebung in Queens.

Am späten Nachmittag gelangte er zu Goodrichs Haus.
Das Wetter hatte sich weiter verschlechtert. Ein eisiger Wind fegte am Ufer entlang, wo der sturmverhangene Himmel fast mit dem aufgewühlten Meer verschmolz, das halb verborgen hinter den Dünen lag.
Er läutete mehrere Male, aber niemand öffnete. Seltsam. Es war Sonntag, und wenn er Goodrich richtig verstanden hatte, kam der Arzt jedes Wochenende hierher.
Wenn Goodrich nicht da war, musste er die Gelegenheit nutzen. Bislang war der Arzt die graue Eminenz gewesen, und ganz offensichtlich hatte er vieles vor ihm verborgen. Nathan wollte es selbst herausfinden, wenn er ihn entlarven wollte.
Er sah sich um. Der erste Nachbar wohnte mehr als hundert Meter entfernt. Er musste unbedingt ins Innere des Hauses gelangen, und sei es durch Einbruch. Das Einfachste war vielleicht, auf das Dach der Garage zu klettern, die an das Haus grenzte, und von dort aus zu versuchen, auf einen der beiden Balkone zu gelangen.
Das dürfte nicht sehr schwierig sein.
Er versuchte zu springen und sich an der Kante festzuhalten, aber das Dach war entschieden zu hoch. Er wollte gerade um das Haus herumgehen, um etwas zu suchen, das ihm als Stütze dienen konnte, als eine Dogge mit tiefschwarzem Fell hinter ihm auftauchte.
Das Tier war der größte Hund, den er jemals gesehen hatte.
Das Tier blieb zwei Meter vor ihm stehen, starrte ihn an und knurrte leise.
Das hatte ihm gerade noch gefehlt!

Der riesige Hund reichte ihm fast bis zur Brust. Wäre Nathan ihm unter weniger gefährlichen Umständen begegnet, hätte er ihn mit seinem mächtigen, eleganten Körper vielleicht wunderschön gefunden. Aber im Augenblick sah er nur einen Zerberus voller Angriffslust, mit bebenden Lefzen, den Kopf hoch aufgerichtet, die Ohren aufgestellt. Das kurze, glänzende Fell bedeckte eine Haut, die sich über achtzig Kilo sprungbereiten Muskeln spannte.

Nathan spürte, wie ein Tropfen kalter Schweiß seine Wirbelsäule hinabrann. Er war nie ein großer Hundefreund gewesen. Er machte eine kleine Bewegung, aber das Tier knurrte lauter und entblößte ein beeindruckendes Gebiss.

Der Anwalt trat einen Schritt zurück. In diesem Augenblick versuchte ihn die Dogge mit unglaublicher Heftigkeit anzuspringen. Nathan konnte ihr nur knapp ausweichen und versetzte ihr einen Fußtritt. Mit der ganzen Kraft seiner Verzweiflung sprang er hoch und schaffte es, sich am Dachrand der Garage festzuhalten. Er glaubte, er sei gerettet, da spürte er die Zähne der Dogge in seiner Wade.

Lass ja nicht los. Wenn du jetzt fällst, verschlingt die Bestie dich mit Haut und Haaren.

Er zappelte wild mit dem Bein hin und her, um den Hund abzuschütteln, aber ohne Erfolg. Der mächtige Kiefer hielt seine Achillesferse fest.

Dieses Monster beißt mir noch den Fuß ab!

Er wehrte sich mit aller Kraft und der Hund ließ endlich von ihm ab. Mehr schlecht als recht gelang es ihm endlich, sich auf das Dach zu hieven.

Fahr zur Hölle!

Er setzte sich einen Moment mit schmerzverzerrtem Gesicht, um Luft zu holen. Der untere Teil seiner Hose war zerfetzt. Er schlug sie zurück und stellte fest, dass die Bisswunde tief war und stark blutete. Auch das noch. Er würde sich später darum kümmern. Für den Augenblick begnügte er sich mit seinem Taschentuch als Notverband. Er konnte auf keinen Fall mehr zurück: Unten saß der Hund auf seinen muskulösen Hinterbeinen und ließ ihn keine Sekunde aus den Augen, Speichel lief ihm die Lefzen herunter.

Tut mir Leid, mein Alter, ich bin ungenießbar. Ich hoffe nur, dass du mich nicht mit Tollwut angesteckt hast.

Trotz seiner Wunde gelang es Nathan, ohne akrobatische Kunststücke einen der kleinen Balkone des Hauses zu erreichen. Erwartungsgemäß hatte Goodrich die Klappfenster nicht verriegelt. Nathan öffnete den Fensterflügel und schlüpfte ins Haus.

Willkommen in der Welt der Illegalität. Wenn du heute erwischt wirst, bist du deine Zulassung als Anwalt los.

Er sah bereits die Schlagzeile einer Meldung im *National Lawyer*: »Angesehener Anwalt von Marble & March wegen Einbruchs zu fünf Jahren Gefängnis verurteilt.«

Er war im Haus. Goodrich hatte die meisten großen Vorhänge offen gelassen, aber wegen des schlechten Wetters lag das Haus bereits im Halbdunkel.

Er hörte den Hund draußen auf der Straße bellen.

Diese Bestie macht noch das ganze Viertel rebellisch.

Er musste vorsichtig sein und sich beeilen.

Ein Gang führte zu zwei Zimmern, dann zu einem Büro. Nathan trat ein.

Es war ein großes Zimmer mit hellem Eichenparkettboden. Auf Metallregalen befand sich eine beeindruckende Menge von Akten, Audio- und Videokassetten, Disketten und CD-ROMs.
Nathan überflog einige Dokumente. Er glaubte zu verstehen, dass Goodrich eine Kopie der medizinischen Akten von allen Patienten aufbewahrte, die er betreut hatte.
War das üblich?
Die Akten waren chronologisch geordnet, entsprechend den Kliniken, in denen der Arzt während seiner Laufbahn gearbeitet hatte. Sie enthielten Fälle von 1968 bis heute.
Nathan blätterte ungeduldig in frühen Zeiten: Medical General Hospital Boston, Presbyterian Hospital New York, Children's Medical Center Washington …
Endlich gelangte er zum Jahr 1972.
In diesem Jahr beendete Dr. Goodrich in einer Klinik der Bundeshauptstadt seine Facharztausbildung als Chirurg. Er war gerade 27 Jahre alt.
Unter dem Stapel der Unterlagen von 1972 entdeckte der Anwalt ein kleines, broschiertes braunes Heft.

TAGEBUCH
Ambulatorium von Nantucket
12. September bis 25. September 1972

Nathans Vermutung, als er die Widmung auf der Platte von John Lennon gelesen hatte, bestätigte sich. Goodrich war 1972 auf Nantucket gewesen. Er hatte dort zwei Wochen im Ambulatorium ausgeholfen. Genau in der Zeit, als Nathan seinen Unfall gehabt hatte! Jetzt begriff er, weshalb

Goodrichs Gesicht ihm bekannt vorgekommen war.
Fieberhaft blätterte er in dem Tagebuch und fand, was er suchte.

19. September 1972

Heute gab es im Ambulatorium einen aufregenden Fall. Am Spätnachmittag wurde ein achtjähriger Junge eingeliefert, der bereits klinisch tot war.
Nach den Aussagen der Spaziergänger, die ihn aus dem See gefischt hatten, atmete der Junge bereits seit mehreren Minuten nicht mehr. Sie waren durch die Schreie eines kleinen Mädchens auf ihn aufmerksam geworden.
Wir haben ihn mit Elektroschocks behandelt, aber ohne Erfolg. Trotzdem habe ich mit aller Kraft seinen Brustkorb massiert, während eine Schwester ihn mit Sauerstoff versorgte.
Allen Erwartungen zum Trotz gelang es uns, ihn wiederzubeleben. Er lebt, liegt aber noch im Koma.
Haben wir gut daran getan, uns so zu bemühen? Ich bin mir nicht sicher, denn selbst wenn das Kind wieder erwacht, darf man nicht vergessen, dass sein Hirn über einen langen Zeitraum nicht mit Sauerstoff versorgt wurde. Viele Zellen sind zerstört worden, und man muss leider mit Schäden rechnen.
Ich hoffe nur, dass sich das Gehirn regenerieren wird …

Nathan war erschüttert. Die Erinnerungen, die er bislang mehr oder weniger verdrängt hatte, überfluteten ihn jetzt. Mit zitternden Händen und pochendem Herzen las er weiter.

20. September 1972

Heute Morgen hat der Junge das Bewusstsein wiedererlangt, und man hat mich sofort benachrichtigt.
Ich habe ihn gründlich untersucht und gestehe, ich bin sprachlos. Er ist zwar sehr geschwächt, aber er kann alle Glieder bewegen und versteht all unsere Fragen.
Er heißt Nathan Del Amico.
Er ist ein schüchternes und verschlossenes Kind, wirkt aber sehr intelligent. Ich konnte ein paar Worte mit ihm wechseln.
Um ihn abzulenken, habe ich meinen Plattenspieler in sein Zimmer gebracht und ihm die Platte von Lennon gegeben. Er scheint die Musik zu mögen …
Im Laufe des Vormittags hat ihn seine Mutter besucht. Sie ist Italienerin und arbeitet als Haushaltshilfe für Jeffrey Wexler, einen Geschäftsmann aus Boston, der auf der Insel einen Zweitwohnsitz besitzt. Sie war sehr besorgt. Ich wollte sie beruhigen, indem ich ihr erklärte, dass ihr Sohn stark und sehr mutig gewesen sei. Aber sie beherrscht unsere Sprache sehr schlecht und hat vermutlich nur die Hälfte von dem verstanden, was ich ihr erklärte.
Nachmittags kam seine kleine Freundin. Sie ist Wexlers Tochter. Sie war dermaßen verängstigt, dass ich ihr erlaubte, den Jungen kurz zu sehen. Sie wirkt sehr reif für ihr Alter und scheint ihn

sehr zu mögen. Sie kann ihm im Übrigen sehr dankbar sein, denn er hat sie vor dem Ertrinken gerettet.

21. September 1972

Vielleicht bin ich gestern zu optimistisch gewesen.
Heute Morgen habe ich mich lange mit Nathan unterhalten. Seine Worte waren verworren. Ich frage mich, ob der Unfall letzten Endes nicht doch Folgeschäden haben wird.
Andererseits ist er ein faszinierendes Kind mit einem reichen Wortschatz, das sich für sein Alter schon sehr gut ausdrücken kann.
Ich habe das Gespräch auf Kassette aufgenommen.
Ich weiß nicht genau, was ich davon halten soll.

Nathan musste diese Aufnahme unbedingt finden. Er wandte sich einem anderen Regal zu, auf dem Schachteln mit Kassetten standen. Er begann so begierig darin herumzuwühlen, dass er die Hälfte umwarf.
Schließlich fand er eine Kassette mit der Aufschrift »21-09-72«.
Auf dem Schreibtisch entdeckte er neben dem Computer eine Hi-Fi-Anlage. Er legte die Kassette ein und kurz danach hörte er Stimmen aus der Vergangenheit, die ihn tief bewegten.
Goodrich sprach als Erster, in betont heiterem Ton:
»Hi, Champion.«
»Guten Tag, Herr Doktor.«

Nathan hatte völlig vergessen, wie seine Stimme als Kind geklungen hatte. Sie war fast nicht zu hören. Er stellte den Apparat lauter.
»Gut geschlafen?«
»Ja, Herr Doktor.«
Im Hintergrund hörte man das Geräusch eines rollenden Karrens. Goodrich horchte ihn vermutlich gerade ab, denn er stellte ein paar Fragen zu seinem Gesundheitszustand. Dann fragte er:
»Erinnerst du dich an das, was geschehen ist?«
»Sie meinen an den Unfall?«
»Ja, bitte erzähle.«
Es herrschte Stille, sodass Goodrich seine Frage wiederholte:
»Erzählst du mir bitte alles?«
Nach einer neuerlichen Pause hörte Nathan sich antworten:
»Ich wusste, dass ich tot war.«
»Wie bitte?«
»Ich wusste, dass ich tot war.«
»Wie kommst du darauf?«
»Weil Sie es gesagt haben.«
»Ich verstehe dich nicht.«
»Als ich auf der Bahre eingeliefert wurde, sagten Sie, dass ich tot sei.«
»Hm ... Das habe ich so nicht gesagt, und du konntest mich doch auf keinen Fall hören.«
»Doch, ich war außerhalb meines Körpers und habe Sie beobachtet.«
»Was sagst du da?«
»Sie haben ganz laut Worte geschrien, die ich nicht verstanden habe.«
»Du siehst, dass ...«
Aber Nathan unterbrach ihn:
»Die Krankenschwester kam mit einem Wagen,

auf dem zwei Instrumente lagen, die Sie aneinander gerieben haben, bevor Sie sie auf meinen Brustkorb drückten. Dann riefen Sie ›Los!‹, und mein Körper bäumte sich auf.«

Als Nathan diese junge beharrliche Stimme hörte – seine Stimme –, geriet er außer Fassung. Am liebsten hätte er die Aufzeichnung angehalten, denn er ahnte, dass ihm das Folgende nur Schmerzen bereiten würde, aber seine Neugier war stärker.

»Woher weißt du das alles? Wer hat dir das erzählt?«
»Niemand. Ich schwebte über dem Raum und habe alles gesehen. Ich konnte die Klinik überfliegen.«
»Ich glaube, du redest wirres Zeug.«
Nathan schwieg, und wieder entstand Stille. Dann fuhr Goodrich in ungläubigem Ton fort:
»Was hast du dann gesehen?«
»Ich habe keine Lust mehr, mit Ihnen zu reden.«
»Hör zu, es tut mir Leid. Ich wollte nicht sagen, dass du wirres Zeug redest, aber das, was du mir gerade erzählt hast, ist so erstaunlich und außergewöhnlich, dass ich es kaum glauben kann. Bitte, Champion, sag mir, was du dann gesehen hast.«
»Ich wurde durch eine Art Tunnel gezogen, mit rasender Geschwindigkeit.«
Es enstand eine Pause. Dann forderte Garrett ihn auf, fortzufahren.
»Ich höre.«
»Während ich in dem Tunnel war, habe ich mein ganzes Leben vor dem Unfall gesehen, ich habe auch Menschen erkannt. Ich glaube, sie waren tot.«
»Tote Menschen? Was taten sie?«

»Sie halfen mir, den Tunnel zu durchqueren.«
»Und was war am Ende des Tunnels?«
»Ich kann es nicht in Worte fassen.«
»Bitte, versuch es.«
Das Kind fuhr also fort. Seine Stimme wurde immer leiser. »Eine Art weißes Licht – stark und mild zugleich.«
»Erzähl weiter.«
»Ich wusste, dass ich sterben würde. Ich wollte auf das Licht zugehen, aber da war so etwas Ähnliches wie eine Tür, die mich daran hinderte.«
»Und was war vor dieser Tür?«
»Ich kann es nicht in Worte fassen.«
»Bemüh dich, Champion, ich bitte dich.«
Goodrichs Stimme klang jetzt flehend. Nach einer neuerlichen Pause fuhr Nathan fort:
»Da waren *Wesen.*«
»*Wesen?*«
»Eines von ihnen hat die Tür geöffnet, um mich ins Licht treten zu lassen.«
»Hast du Angst gehabt?«
»Nein, im Gegenteil. Ich fühlte mich wohl.«
Goodrich konnte der Logik des Kindes nicht folgen. »Aber du hast doch gesagt, du habest gewusst, dass du sterben würdest.«
»Ja, aber das war nicht beängstigend. Und dann …«
»Fahr fort, Nathan.«
»Ich spürte, dass man mir die Wahl ließ.«
»Was soll das heißen?«
»Man erlaubte mir, nicht zu sterben, wenn ich nicht dazu bereit wäre.«
»Und dafür hast du dich entschieden?«
»Nein. Ich wollte sterben. Ich fühlte mich so wohl in dem Licht.«

»Wie kannst du das sagen?«
»Ich wäre am liebsten in diesem Licht aufgegangen.«
»Warum?«
»Weil es sich so abspielt.«
»Was?«
»Der Tod.«
»Und warum bist du nicht tot?«
»Weil man mir im letzten Moment eine Vision geschickt hat und ich beschlossen habe, zurückzukehren.«
»Was war das für eine Vision?«
Mit verschleiertem Blick hörte Nathan sich mit beinahe tonloser Stimme antworten.
»Tut mir Leid.«
»Was?«
»Das geht Sie nichts an.«
»Was war das, Nathan?«
»Das geht Sie nichts an. Tut mir Leid.«
»Kein Problem, Champion, kein Problem. Jeder hat ein Recht auf seine Geheimnisse.«

Und damit endete die Aufzeichnung. Nathan begann zu weinen. Er weinte so ungehemmt und bitterlich, wie nur Kinder es können. Dann fing er sich wieder und drückte die Vorlauftaste, aber es kam nichts mehr.
Also vertiefte er sich erneut in das Tagebuch.

23. September 1972

Seit zwei Tagen denke ich unaufhörlich über Nathans Worte nach und verstehe immer noch nicht, wie er mir so genaue Details über die medi-

zinische Versorgung berichten konnte, die wir ihm haben angedeihen lassen.
Es war beinahe so, als wäre er aus dem Jenseits zurückgekehrt.
Noch nie habe ich etwas Derartiges aus dem Mund eines Patienten gehört, erst recht nicht aus dem Mund eines Kindes. Das ist wirklich beunruhigend, und ich würde gern mit Kollegen darüber reden, aber ich habe Angst, dass dieses Thema in Medizinerkreisen tabu ist.
Sicher, es gibt da die Schweizerin Kübler-Ross vom Billings Hospital in Chicago. Ich habe in Life *gelesen, dass sie ein Seminar über Gespräche mit Sterbenden veranstaltet hat. Ich glaube, der Artikel sorgte für einen Skandal, und sie wurde wegen dieser Sache entlassen. Doch es heißt, dass sie angefangen hat, dutzende Zeugenaussagen von Personen zu sammeln, die solche Erfahrungen gemacht haben.*
Ich überlege, ob ich Kontakt mit ihr aufnehmen soll.

25. September 1972

Heute wurde der Junge entlassen. Da sein Allgemeinzustand als zufrieden stellend beurteilt wurde, konnte ich ihn nicht länger hier behalten. Gestern Abend habe ich erneut versucht, ein Gespräch mit ihm zu führen, aber er war verschlossen wie eine Auster, und ich glaube, mehr werde ich ihm nicht entlocken können. Als seine Mutter ihn heute Morgen abholte, habe ich sie gefragt, ob sie mit ihrem Sohn über Engel oder über das Paradies geredet hat. Sie versicherte mir, dass dies

nicht der Fall sei, und ich habe nicht weiter gefragt.
Als Nathan sich verabschiedet hat, habe ich ihm den Plattenspieler und Lennons Platte geschenkt.

Inzwischen war es im Zimmer dunkel geworden. Es war kalt, aber Nathan bemerkte es nicht. Er war ganz in seiner Vergangenheit versunken, in seiner Kindheit, die er glaubte vergessen zu haben und die nun plötzlich wieder an die Oberfläche getreten war. Deshalb hatte er den Wagen nicht gehört, der gerade vor dem Haus parkte.
Irgendjemand machte im Büro das Licht an.
Nathan sprang auf und wandte sich zur Tür.

Kapitel 16

Alle Tage führen zum Tod,
der letzte erreicht ihn.

Montaigne

»Wie ich sehe, haben Sie Cujo bereits kennen gelernt.«

Garrett Goodrich stand auf der Türschwelle und betrachtete Nathans verletztes Bein mit medizinischem Interesse.

»Was tun Sie denn hier, Garrett?«, fragte der Anwalt und klappte das Tagebuch zu wie ein Junge, der mit dem Finger im Marmeladentopf erwischt wurde.

Mit amüsiertem Lächeln erwiderte Goodrich in leicht spöttischem Ton:

»Meinen Sie nicht, dass vielmehr ich diese Frage stellen sollte?«

Nathan bebte vor Zorn und explodierte.

»Warum haben Sie mich nicht informiert? Warum haben Sie mir verschwiegen, dass Sie mich vor dreißig Jahren behandelt haben?«

Der Arzt zuckte die Schultern.

»Ich hatte nicht angenommen, dass Sie den Arzt vergessen würden, der Ihnen das Leben gerettet hat. Um ehrlich zu sein, hat mich das sogar gekränkt …«

»Scheren Sie sich zum Teufel.«

»In Ordnung, aber vorher desinfiziere ich noch Ihre Wunde.«

»Ich brauche Sie nicht«, zischte Nathan und ging auf die Treppe zu.
»Sie täuschen sich: Ein Hundebiss ist immer ein Nährboden für Krankheitserreger.«
Als der Anwalt am Ende der Treppe angelangt war, drehte er sich um: »Na und, ich werde sowieso nicht mehr lange an den Folgen leiden, also ...«
»Das ist kein Grund, die Dinge zu überstürzen«, rief Goodrich ihm nach.

Im Kamin prasselte ein loderndes Feuer.
Draußen wehte ein heftiger Wind und ließ die Scheiben erzittern. Vor dem Haus herrschte Schneegestöber. Es war eine stürmische Nacht, prächtig und erschreckend zugleich.
Nathan saß in einem Sessel, hatte die Füße auf einen Schemel gelegt und hielt einen dampfenden Grog in den Händen. Er war sichtlich besänftigt, weniger aggressiv.
Goodrich hatte seine Lesebrille aufgesetzt, um die Wunde mit Wasser und Seife zu reinigen.
»Autsch!«
»Hm ... tut mir Leid.«
»Hat das Schicksal mir Ihren verdammten Köter geschickt, um meinen Tod zu beschleunigen?«, spöttelte Nathan.
»Stellen Sie sich nicht so an«, erwiderte der Arzt und hielt eine Kompresse unters Wasser, »man stirbt selten an den Folgen eines Bisses.«
»Und wie ist es mit Tollwut und Tetanus?«
»Ich kann Ihnen seinen Impfpass zeigen, aber natürlich wäre es gut, wenn Sie Ihre Tetanusimpfung auffrischen lassen.«
Dann desinfizierte er die Wunde mit einem Antiseptikum.

»Aua!«
»Sie sind ziemlich wehleidig! Na schön, die Wunde ist auch tief genug. Auch Ihre Sehnen sind verletzt. Ich denke, Sie sollten morgen in der Klinik vorbeikommen.«
Nathan trank einen Schluck von dem Grog und ließ seinen Blick in die Ferne schweifen. Dann fragte er: »Garrett, erklären Sie mir etwas: Wie konnte ich das Ertrinken überleben?«
»An sich ist das Phänomen nicht ungewöhnlich: Man hat schon häufig Kinder, die in einen See oder Fluss gefallen sind, wiederbelebt.«
»Wie ist das möglich?«
Goodrich holte tief Luft, als suche er eine einfache Antwort auf eine schwierige Frage.
»In den meisten Fällen ersticken die Ertrinkenden: Sie geraten in Panik und versuchen zu verhindern, dass sich ihre Lungen mit Wasser füllen. Der Sauerstoff in den Lungen ist verbraucht, und schließlich ersticken sie.«
»Und was ist mit mir beim Ertrinken passiert?«
»Sie haben zweifellos zugelassen, dass sich Ihre Lungen mit Wasser füllten, was bei Ihnen zu einer Unterkühlung geführt hat. Ihr Herzschlag verlangsamte sich, bis ihr Herz fast völlig zu schlagen aufgehört hatte.«
»Und all die Visionen waren *Near Death Experiences*?«
»Ganz richtig, aber zu Beginn der Siebzigerjahre war die unmittelbare Todeserfahrung noch kein Thema. Heute ist dieses Phänomen wohlbekannt: Tausende von Menschen auf der ganzen Welt haben ähnliche Erfahrungen gemacht wie Sie. All ihre Berichte wurden von Wissenschaftlern gesammelt und ausgewertet.«

»Und gibt es Ähnlichkeiten mit meiner eigenen Geschichte?«
»Ja, viele Menschen erwähnen denselben Tunnel, dasselbe intensive Licht und das Gefühl, von unendlicher Liebe umhüllt zu sein.«
»Aber warum bin ich nicht tot?«
»Ihre Stunde war noch nicht gekommen, das ist alles.«
»Aua!!! Das kann doch nicht wahr sein, machen Sie das mit Absicht?«
»Entschuldigen Sie, meine Hand ist ausgerutscht.«
»Genau das ist es ... Sie halten mich für einen Vollidioten.«
Der Arzt wiederholte seine Entschuldigungen und machte ihm mit einer antibiotischen Salbe einen dicken Verband. Aber Nathans Neugier war noch nicht gestillt, und er fragte weiter:
»Kann man solch unmittelbare Todeserfahrung nicht als einen Beweis deuten, dass es ein Weiterleben nach dem Tod gibt?«
»Bestimmt nicht«, erwiderte der Arzt kategorisch. »Wenn Sie noch leben, dann deshalb, weil Sie nicht tot waren.«
»Aber wo war ich dann?«
»Irgendwo zwischen Leben und Tod. Aber noch nicht im Jenseits. Wir können lediglich davon ausgehen, dass neben dem normalen Funktionieren des Gehirns ein anderer Bewusstseinszustand möglich ist.«
»Aber nichts beweist, dass dieser Zustand von Dauer sein könnte?«
»Genau«, stimmte der Arzt ihm zu.
Und wie in der Vergangenheit versuchte er dem Anwalt vertrauliche Mitteilungen zu entlocken.

»Sagen Sie mir, was für eine Vision Sie hatten, Nathan.«
Die Miene des Anwalts verdüsterte sich.
»Ich erinnere mich nicht mehr.«
»Spielen Sie nicht den kleinen Jungen. Ich muss es wissen, verstehen Sie das denn nicht?«
Aber Nathan war fest entschlossen, nichts zu sagen.
»Ich habe Ihnen doch gesagt, dass ich mich nicht mehr erinnere.«
Goodrich begriff, dass er nichts mehr aus ihm herausbekommen würde. Aber nach alldem war es verständlich, dass er sich weigerte zu reden. Er war beim Ertrinken so haarscharf dem Tod entronnen, hatte eine so ungewöhnliche Erfahrung gemacht, dass es fast normal schien, wenn er einen Teil des Geheimnisses dieses wunderbaren Überlebens für sich behalten wollte.
Wie um das bleierne Schweigen zu brechen, das sich zwischen ihnen ausgebreitet hatte, trommelte Goodrich auf seinen Magen und sagte in geradezu jovialem Ton:
»Was halten Sie von einem kleinen Imbiss?«

Die beiden Männer saßen am Küchentisch und beendeten ihre Mahlzeit. Garrett hatte mehrmals kräftig zugelangt, während Nathan kaum einen Bissen angerührt hatte.
Zwanzig Minuten zuvor hatte ein Kurzschluss die Küche in Dunkelheit getaucht. Goodrich hatte sich am Sicherungskasten zu schaffen gemacht, dann aber entschuldigend erkärt, dass er keine Sicherungen vorrätig habe. Er hatte also zwei alte Windlichter angezündet, die ein flackerndes Licht im Raum verbreiteten.

Der Anwalt wandte den Kopf zum Fenster. Das Wetter beruhigte sich nicht. Der Wind drehte ständig, mitunter schien er von allen Seiten gleichzeitig zu wehen. Alles war so dicht und grau, dass man fast nichts mehr durch die Scheiben erkennen konnte. Es war nicht daran zu denken, das Haus zu verlassen.
Nathan schüttelte den Kopf und murmelte wie zu sich selbst: »Die Boten ...«
Goodrich zögerte zu reden. Er war sich sehr wohl bewusst, was für einen emotionalen Schock der Anwalt erlitten hatte.
»Sie zweifeln nicht mehr?«, fragte er behutsam.
»Ich bin am Boden zerstört. Was glauben Sie denn? Dass ich an die Decke springe, weil ich der Nächste auf der Liste bin?«
Goodrich schwieg. Was hätte er darauf auch sagen sollen?
»Ich bin zu jung zum Sterben!«, behauptete Nathan und war sich doch bewusst, dass dies ein schwaches Argument war.
»Niemand ist zu jung zum Sterben«, erwiderte Garrett ernst. »Wir sterben zur vorgesehenen Stunde, das ist alles.«
»Garrett, ich bin nicht bereit.«
Der Arzt seufzte.
»Wissen Sie, man ist selten bereit.«
»Ich brauche mehr Zeit!«, rief Nathan und erhob sich vom Tisch.
Der Arzt wollte ihn zurückhalten.
»Wohin gehen Sie?«
»Ich erfriere hier. Ich kehre ins Wohnzimmer zurück, um mich aufzuwärmen.«
Er wickelte sich in eine karierte Decke, die auf dem Sofa lag, und setzte sich vor den Kamin.

Der Arzt folgte ihm zwei Minuten später.
»Sie brauchen eine kleine Aufmunterung«, sagte er und reichte ihm ein Glas Weißwein.
Nathan leerte es mit einem Zug. Der Wein schmeckte nach Honig und gebrannten Mandeln.
»Ich hoffe, Sie versuchen nicht, mich zu vergiften.«
»Sie scherzen. Das ist ein Sauternes, ein guter Jahrgang!«
Er hielt die Flasche in der Hand und schenkte sich ein Glas ein. Dann setzte er sich neben den Anwalt.
Die lodernden Flammen des Kamins tauchten das Zimmer in leuchtendes Rot. Die verzerrten Schatten der beiden Männer tanzten über die Wände.
»Besteht keine Chance zu verhandeln?«, fragte Nathan hoffnungsvoll.
»Kein Gedanke daran.«
»Auch nicht für jene, die sich gut geführt haben?«
»Machen Sie sich nicht lächerlich.«
Der Anwalt zündete sich eine Zigarette an und nahm einen langen Zug.
»Los, Garrett, erzählen Sie mir alles, was Sie über die Boten wissen. Ich glaube, ich habe ein Recht darauf.«
»Das Wichtigste habe ich Ihnen bereits erklärt. Ich kann voraussehen, wer sterben wird, aber ich habe keine sonstigen Befugnisse: weder Allwissenheit noch besondere Macht.«
»Sie sind nicht der Einzige, der das kann, nicht wahr?«
»Genau, die Erfahrung hat mich gelehrt, dass es weitere Boten gibt.«
»Eine Art Bruderschaft?«
»So könnte man es nennen. Die Welt ist voller Bo-

ten, aber nur wenige Menschen wissen von ihrer Existenz.«

»Es fällt mir immer noch schwer, daran zu glauben.«

»Ich kann Sie verstehen.«

»Und wie erkennen Sie sich, ich meine, untereinander ...?«

»Es gibt keine deutlichen Zeichen. Häufig ist es eine Kleinigkeit: ein Wort, ein Blick ... und man weiß Bescheid.«

»Sind Sie unsterblich?«

Goodrich machte ein Gesicht, als hätte die Frage ihn erschreckt.

»Natürlich nicht. Die Boten altern und sterben wie alle Menschen. Schauen Sie mich nicht so an. Ich bin kein Halbgott. Ich bin nur ein Mensch, genau wie Sie.«

Nathan ließ sich von seiner Neugier leiten.

»Aber Sie besaßen nicht immer diese Macht der Vorsehung, nicht wahr? Sie hatten sie noch nicht, als Sie mich 1972 behandelten?«

»Nein, aber die Tatsache, dass sich unsere Wege gekreuzt haben, hat mein Interesse für die unmittelbare Todeserfahrung und die Palliativmedizin geweckt.«

»Und wie hat alles angefangen? Wacht man eines Morgens auf und sagt sich: *Jetzt bin ich ein Bote?*«

Garrett verhielt sich ausweichend:

»Wenn das eintritt, merken Sie es.«

»Und wer ist auf dem Laufenden? Sie waren doch verheiratet. Wussten es Ihre Angehörigen?«

»Niemand soll es je erfahren. *Niemals.* Würden Sie gern mit jemandem leben, der diese Fähigkeit besitzt?«

»Kann man sie sich denn aussuchen?«

»Sie ist schwierig abzulehnen. Wenn man behauptet, dass man sie gewählt hat ...«
»Aber wie werden die Boten ermittelt? Ist es eine Strafe oder eine Belohnung?«
Goodrichs Miene verfinsterte sich, und er schwieg eine Ewigkeit.
»Nathan, ich darf Ihnen nicht antworten.«
»Darf ich zumindest wissen, warum einige Menschen das Recht haben, Bote zu werden?«
»Ehrlich gesagt, ich weiß es selbst nicht. Wir sind eine Art Sozialarbeiter, wissen Sie. Wir suchen uns die Menschen nicht aus, mit denen wir zu tun haben.«
»Und ... gibt es ... etwas nach dem Tod?«
Goodrich hatte sich gerade erhoben, um Holz nachzulegen. Er musterte Nathan aufmerksam und fand ihn irgendwie rührend. Ein paar Sekunden dachte er an den kleinen Jungen zurück, den er vor dreißig Jahren gerettet hatte. Von neuem verspürte er das Bedürfnis, ihm zu helfen.
»Garrett, helfen Sie mir.«
»Ich weiß über das Leben nach dem Tod auch nicht mehr als Sie. Das gehört alles in den Bereich des Glaubens.«
»Warum drücken Sie sich nicht deutlicher aus? Sagen Sie mir wenigstens, ob ich Recht habe. Die Zeit drängt, nicht wahr?«
»Ja«, gab Goodrich zu, »die Zeit drängt.«
»Was raten Sie mir also?«
Goodrich breitete zum Zeichen der Hilflosigkeit die Arme aus. »Es sieht ganz danach aus, als liebten Sie Ihre Frau noch immer. Sagen Sie es ihr.«
Aber Nathan schüttelte missbilligend den Kopf.
»Ich glaube, es ist nicht der richtige Augenblick. Ich glaube, wir sind noch nicht bereit dazu.«

»Nicht bereit dazu? Aber beeilen Sie sich um Himmels willen. Wie Sie selbst ganz richtig sagten: Die Zeit drängt.«

»Garrett, ich fürchte, es ist aus. Seit einiger Zeit trifft sie sich mit einem anderen Mann.«

»Ich glaube nicht, dass jemand wie Sie das für ein unüberwindliches Hindernis hält.«

»Ich bin nicht Superman.«

»Das stimmt natürlich«, räumte der Arzt ein und lächelte wohlwollend. Er runzelte die Stirn, als strenge er sein Gedächtnis an, dann fuhr er fort: »Ich erinnere mich … an etwas.«

»Ich höre«, erwiderte Nathan interessiert.

»Es war zur Zeit Ihres Unfalls. Am zweiten oder dritten Tag. Am Nachmittag besuchte Mallory Sie. Sie schliefen tief, und ich hatte ihr verboten, Sie zu wecken. Sie war trotzdem eine ganze Stunde dageblieben und hatte zugeschaut, wie Sie schlafen. Und als sie ging, hat sie Sie geküsst.«

»Wie kommt es, dass Sie sich daran erinnern?«

Er sah seine Augen im Schein des Windlichts glänzen.

»Weil es sehr intensiv war. Sie hat Sie jeden Tag besucht«, fügte er bewegt hinzu.

Nathan hatte sich von Garretts Bericht einlullen lassen und schien in eine weniger erfreuliche Wirklichkeit zurückzukehren.

»Sie wissen genau, dass man ein Leben nicht auf ein paar Kindheitserinnerungen aufbauen kann. Meine Beziehung zu Mallory war zu allen Zeiten kompliziert.«

Goodrich erhob sich.

»Das trifft auf viele Paare zu«, sagte er und schlüpfte in seinen Mantel.

»Eh! Wo wollen Sie denn hin?«

»Ich fahre nach New York zurück.«
»Mitten in der Nacht? Bei diesem Wetter?«
»Es ist noch nicht sehr spät, und vermutlich sind die Straßen jetzt nicht so sehr befahren, wie sie es morgen früh sein werden. Im Übrigen rate ich Ihnen, das Gleiche zu tun, wenn Sie nicht die ganze Woche hier festsitzen wollen.«
Im Nu war er bei der Tür.
»Vergessen Sie nicht, den Schlüssel in den Briefkasten zu werfen.«
Er wandte sich noch einmal zu Nathan um und sagte:
»Cujo ist in der Garage, gehen Sie da lieber nicht rein.«

Nathan blieb allein. Er starrte auf das langsam verglimmende Kaminfeuer und fragte sich, wie es Goodrich schaffte, sein Lächeln zu bewahren, obwohl er täglich von Leid umgeben war.
Nathan stand immer noch unter Schock, doch er erkannte allmählich, dass auch er sich den Dingen stellen musste. Er hatte sich immer durchgekämpft. Er wusste noch nicht genau, wie er sich verhalten sollte, nur eines war klar: Er würde nicht untätig bleiben.
Denn er begann die Dringlichkeit zu spüren.
Die Dringlichkeit gegenüber allem.

Es gab noch immer keinen Strom. Nathan nahm ein Windlicht und ging auf einem Bein hinkend die Treppe hinauf in das Büro, in dem die medizinischen Akten aufbewahrt wurden.
In diesem Zimmer war es so kalt, dass er eine Gänsehaut bekam.
Nathan stellte das Licht auf den Boden. Er hatte

das Gefühl, sich in einer Leichenhalle zu befinden, umgeben von unzähligen Toten und ihren bedrohlichen Schicksalen.
Er griff nach der Kassette und Goodrichs Tagebuch, in dem sein Fall beschrieben wurde, und verstaute beides in seiner Tasche.
Bevor er ging, wühlte er noch in den übrigen Regalen, ohne genau zu wissen, wonach er suchte. Er stellte fest, dass es außer den chronologisch geordneten medizinischen Akten viele Schachteln gab, die bestimmten Kranken gewidmet waren. Auf zwei Schachteln stand:

Emily Goodrich (1947–1976)

Er öffnete die erste Schachtel und klappte den Aktendeckel auf, der einen ganzen Stapel Unterlagen enthielt.
Es war die Krankenakte von Garretts erster Frau.
Er setzte sich im Schneidersitz auf den Boden, um darin zu blättern.
Sie enthielt eine detaillierte Dokumentation über die Hodgkin-Krankheit, eine bösartige Wucherung des Lymphsystems, unter der Emily gelitten hatte.
Die übrigen Unterlagen schilderten den Kampf dieser Frau gegen die Krankheit – von der Infektion 1974 bis zu ihrem Tod zwei Jahre später: die medizinischen Untersuchungen, die Konsultationen in verschiedenen Kliniken, die Chemotherapie …
Als er die zweite Schachtel öffnete, entdeckte er ein dickes Album.
Er stellte die Lampe näher heran, um besser sehen zu können. Es war eine Art intimes Tagebuch mit

der runden Schrift von Garretts Frau, das eine Chronik der letzten beiden Jahre ihres Lebens enthielt.
Er war im Begriff, in Emily Goodrichs geheimen Garten einzudringen. Hatte er überhaupt das Recht dazu? Es gibt nichts Schlimmeres, als in die Intimsphäre von Menschen einzudringen, dachte er. In Goodrichs Archiven zu wühlen, war schon schlimm genug, aber im Tagebuch dieser Frau zu lesen, war noch etwas ganz anderes. Also klappte er es wieder zu.
Doch der Wunsch, mehr zu erfahren, nagte an ihm. Es war keine morbide Neugier, aber Emily hatte die letzten Tage ihres Lebens beschrieben und sich also in einer ähnlichen Lage befunden wie er. Vielleicht konnte er etwas von ihr lernen? Schließlich schlug er das Album wieder auf und blätterte darin.
Er entdeckte Fotos, Zeichnungen, Zeitungsartikel und Trockenblumen.
Dieses Tagebuch war keineswegs rührselig, sondern bewies vielmehr künstlerische Sensibilität. Aufmerksam las er ein paar Zeilen, die sich alle um einen einzigen Gedanken rankten: Das Bewusstsein des nahenden Todes regt an, anders zu leben, die Augenblicke, die uns noch bleiben, voll auszukosten, bereit zu sein, sich zu verdammen, um noch ein wenig zu leben.
Unter ein Foto, das sie beim Jogging zeigt, hatte sie in der Art einer Bildlegende geschrieben:
»*Ich laufe so schnell, dass mich der Tod nie einholt.*«
Zu Beginn ihrer Chemotherapie hatte sie eine Haarsträhne auf eine Seite geklebt.
Es gab auch Fragen. Eine ganz besondere tauchte

auf verschiedenen Seiten immer wieder auf: »Gibt es einen Ort, zu dem wir alle gehen?«
Das Tagebuch endete mit der Erinnerung an einen Aufenthalt in Südfrankreich. Emily hatte die Hotelrechnung und eine Postkarte mit Kiefernwald, Felsen und Sonne aufbewahrt. Sie stammte aus dem Juni 1976, ein paar Monate vor ihrem Tod.
Rechts unten konnte man lesen: »Cap d'Antibes.«
Daneben hatte sie zwei kleine Umschläge geklebt: der erste enthielt hellen Sand, der zweite getrocknete Pflanzen.
Er hielt sich den Umschlag unter die Nase und atmete Lavendelgeruch ein, aber vielleicht spielte ihm seine Fantasie nur einen Streich.
An die letzte Seite war ein Brief geheftet. Nathan erkannte auf den ersten Blick Goodrichs Schrift. Er hatte ihn geschrieben, als wende er sich an seine Frau, doch der Brief datierte von ... 1977. Ein Jahr nach ihrem Tod!

Erklär mir Folgendes, Emily.
Wie konnten wir einen glücklichen Monat am Cap d'Antibes verbringen, obwohl du wusstest, dass du sterben würdest?
Wie hast du es geschafft, weiterhin schön und lustig zu sein? Und woher habe ich den Mut genommen, nicht zusammenzubrechen?
Wir haben sogar fast unbeschwerte Augenblicke verbracht. Wir sind geschwommen, waren angeln und haben Fische gegrillt. Oft spazierten wir den Strand entlang und genossen den kühlen Abend.
Wenn du in deinem kurzen Sommerkleid über den Sand gelaufen bist, wollte ich mir vorgaukeln, dass der Tod dich verschonen würde, dass du die wunderbare, heilige Emily werden wür-

dest, über deren Heilung sich die Ärzte auf der ganzen Welt wunderten.

Eines Tages hatte ich auf der Terrasse die Musik voll aufgedreht: Es waren Goldberg-Variationen von Bach, die wir uns häufig anhörten. Ich beobachtete dich von fern und hätte am liebsten geweint. Stattdessen habe ich dich angelächelt, und du hast dich in der Sonne im Tanz gedreht. Du hast mir zugewinkt, ich solle zu dir kommen, und du wolltest mit mir schwimmen.
An jenem Tag war dein Mund feucht und salzig. Du hast mich mit Küssen bedeckt und mir den Himmel, das Meer und das Frösteln der Körper, die in der Sonne trocknen, erklärt.

Es ist jetzt fast ein Jahr her, seit du mich verlassen hast.
Du fehlst mir so sehr …
Gestern hatte ich Geburtstag, aber ich habe das Gefühl, nicht älter geworden zu sein.

Nathan blätterte noch ein paar Seiten weiter in dem Album. Noch einmal entdeckte er einen Text in Goodrichs Schrift.
Es war ein sehr bitterer Absatz, in dem Emilys Agonie beschrieben wurde.

Wir haben jetzt Oktober. Es ist das Ende.
Emily steht nicht mehr auf.
Vor drei Tagen hat sie nochmals alle Kraft zusammengenommen und zum letzten Mal Klavier gespielt. Eine Sonate von Scarlatti mit wiederholtem Fingerwechsel für die rechte und Arpeggio-Akkorden für die linke Hand.

Ihr kunstvolles Spiel hat mich wieder einmal verblüfft. Sie hat diese Sonate gelernt, als sie noch klein war.
Als ich sie zu ihrem Bett trug, sagte sie:
»Ich habe sie für dich gespielt.«
Mehrere Tage hintereinander herrschten Stürme und Gewitter. Das Meer hat riesige Baumstämme ans Ufer geschwemmt.
Emily wird nicht mehr aufstehen.
Ich habe ihr Bett ins Wohnzimmer gestellt, wo es schön hell ist.

Sie besteht darauf, nicht ins Krankenhaus zu gehen, und das ist gut so. Täglich kommt ein Arzt vorbei. Ich habe Angst vor meiner eigenen medizinischen Diagnose.
Sie atmet immer schwerer. Sie hat fast ständig Fieber, fröstelt, sagt, ihr sei immer kalt, obwohl ihr Körper glüht.
Neben dem Heizofen habe ich Feuer im Kamin angezündet.
Abgesehen von Emily und dem Arzt habe ich seit einem Monat mit niemandem mehr gesprochen.
Ich betrachte den Himmel und das Meer. Ich trinke mehr als sonst. Es ist fast erbärmlich. Ich dachte, ich sei anders als die anderen, doch ich lasse mich wie ein Schwächling vom Alkohol einlullen. Ich dachte, es lindere meinen Schmerz und helfe mir, diese Hölle zu vergessen. Genau das Gegenteil ist der Fall. Der Alkohol schärft meine Sinne und erhöht meine Aufmerksamkeit. Durch solches Verhalten bin ich Emily bestimmt keine Hilfe.

Sie redet nicht mehr mit mir. Sie kann es nicht mehr.

Sie hat zwei Zähne verloren.
Es ist grauenhaft.
Darauf war ich nicht gefasst. Darauf war ich nicht vorbereitet. Ich habe bereits viele Menschen sterben sehen. Der Tod gehört zu meinem Beruf. Aber das hat nichts mit dem zu tun, was ich im Augenblick durchmache.
Ich habe eine weitere Flasche entkorkt, einen berühmten Wein, den ich wie einen gewöhnlichen Rachenputzer hinunterkippe.
Heute, in einem lichten Moment, hat sie mich um Morphium gebeten. Um »die« Dosis Morphium. Ich hatte mich davor gefürchtet, ich wusste genau, dass sie mich früher oder später darum bitten würde.
Ich habe mit dem Arzt darüber gesprochen. Er hat sich nicht lange geziert.

Nathan legte das Tagebuch beiseite – aufgewühlt von dem, was er gerade gelesen hatte.
Er ging ins Wohnzimmer hinunter, löschte die beiden Windlichter, schloss die Tür und ging in die Nacht hinaus.

Gibt es einen Ort, zu dem wir alle gehen?

Kapitel 17

Die Zeit, leben zu lernen,
ist bereits vorüber …

Aragon

Er fuhr auf verschneiten Straßen durch die Nacht. Dieser Abend war schwer zu ertragen gewesen. All diese aufrüttelnden Emotionen hatten ihn in eine unbestimmte Melancholie gestürzt, die sich nach und nach in Furcht verwandelte. Er hatte das entsetzliche Gefühl, die Kontrolle über sein Leben verloren zu haben.

Auf diesen einsamen Straßen kam es ihm für Momente so vor, als sei er nicht mehr von dieser Welt, sondern bereits eine Art Gespenst geworden, das durch die Landschaft von Neuengland wandelte.

Und dabei hatte er sich so oft über sein Leben beklagt: zu viel Arbeit, zu viele Steuern, zu viele Zwänge …

Verdammt noch mal, wie blöd war er gewesen! Es hatte nichts Schöneres geben können als sein Leben. Schließlich war selbst ein trauriger Tag ein gelebter Tag. Das begriff er erst jetzt. Schade, dass ihm das nicht viel früher bewusst geworden war.

Nun, du bist nicht der Erste, der das merkt, mein Alter. Darin liegt das ganze Problem mit dem Tod: Er bringt dich auf die wesentlichen Fragen, wenn es bereits zu spät ist.

Er lächelte enttäuscht und betrachtete sich im

Rückspiegel. Der kleine Spiegel zeigte ihm das Bild eines Menschen auf Bewährung. Was dachte er in seinem tiefsten Innern wirklich über den Tod?
Na los, die Zeit der Lügen ist vorbei, mein kleiner Nat. Ich werde dir sagen, was geschehen wird: Das Herz hört auf zu schlagen, das ist alles. Der Mensch ist nur eine Ansammlung von Zellen. Sein Körper verfault in der Erde oder verbrennt im Ofen des Krematoriums, und dann ist Schluss. Basta. Der ganze Rest ist nur Blendwerk.
Das waren seine Gedanken, als er durch die Nacht fuhr.
Die Kälte war spürbarer geworden. Weißer Hauch entströmte seinem Mund. Er drehte die Heizung voll auf und überließ sich wieder seinen Gedanken.
Und wenn der Mensch, trotz alledem, nicht auf seine fleischliche Hülle beschränkt war? Wenn es noch etwas anderes gäbe?
Ein Geheimnis.
Wenn tatsächlich eine vom Körper getrennte Macht existierte?
Eine Seele.
Warum eigentlich nicht, wenn es sogar Wesen gab, die fähig waren, den Tod vorherzusehen. Hätte man ihm vor einem Jahr von irgendwelchen Boten erzählt, er hätte es für einen Scherz gehalten. Und heute zweifelte er nicht einmal mehr an ihrer Existenz.
Aber selbst angenommen, es gäbe eine Energie, die den Körper nach dem Tod verlassen würde, welchen Weg würde sie einschlagen? Und wo würde sie hingehen? In diese »andere Welt«, in deren Nähe er als Kind geraten zu sein glaubte?
Die unmittelbare Todeserfahrung hatte ihn zweifellos an die Tore zu etwas anderem geführt. Der

Tod schien damals gefährlich süß, unbeschreiblich anziehend wie der künstliche Schlaf in der Narkose. Er hatte sich so wohl gefühlt. Warum also war er zurückgekehrt? Er bemühte sich, diese Erinnerung zu verscheuchen. Er ahnte, dass er noch immer nicht bereit war, sich dieser Erfahrung seines Lebens zu stellen.

Jetzt hielt die Furcht ihn gefangen. Er hätte viel dafür gegeben, weiterhin am Spiel teilnehmen zu dürfen, und sei es nur für einige Zeit, nur für einige Tage, nur für einige Stunden.

Je mehr er sich der Stadt näherte, desto dichter wurde der Verkehr. Bald kündigte ein Schild an, dass es nicht mehr weit nach New York war, und eine Stunde später hatte er das San Remo erreicht. Er durchquerte die elegante Eingangshalle mit ihrem gedämpften Licht und ihren auf alt getrimmten Dekorationen. Von weitem erkannte er Peter, der brav auf seinem Posten saß und mit einer alten Hausbewohnerin plauderte. Während Nathan auf den Fahrstuhl wartete, fing er ein paar Brocken ihrer Unterhaltung auf.

»Guten Abend, Miss Fitzgerald, und schöne Feiertage.«

»Schöne Feiertage auch für Sie, Peter. Und grüßen Sie Melissa und die Kinder.«

Melissa und die Kinder?

Nathan wusste nicht einmal, dass Peter Kinder hatte. Er hatte sich nie Zeit genommen, mit ihm darüber zu reden. Und genau das war der Fehler in seinem Leben: Er schenkte den anderen nicht genügend Aufmerksamkeit. Ein Satz, den Mallory so oft gesagt hatte, fiel ihm wieder ein:

»Wenn man sich um andere kümmert, kümmert man sich letztlich um sich selbst.«

Nathan schloss die Tür seines Apartments hinter sich.
Er hatte beinahe zwei Stunden gebraucht, um nach Manhattan zurückzukehren, und war erschöpft. Es war die Hölle gewesen, das Auto auf dem festgefahrenen, teilweise vereisten Schnee auf der Straße zu halten. Ganz abgesehen von seiner Wunde am Fuß und an der Wade, die im Augenblick heftig schmerzte.
Seit einigen Tagen war er besonders empfindlich für körperlichen Schmerz geworden, weil er sich ständig fragte, wie sein Körper auf das Herannahen des Todes reagieren würde. Würde das Ende sanft oder eher gewaltsam sein? Na ja ... es war wohl besser, sich keine Illusionen zu machen, wenn man bedachte, auf welche Weise Candice und Kevin umgekommen waren.
Er humpelte zum Apothekenschrank und schluckte zwei Aspirin gegen die Schmerzen, bevor er sich in einen Sessel fallen ließ. Links neben ihm, auf einem Regal, verlor ein sündhaft teurer Bonsai seine Blätter.
Er hatte nie begriffen, wie man diesen kleinen Baum pflegte, den Mallory ihm geschenkt hatte. Er konnte ihn noch so regelmäßig beschneiden und mit Hilfe eines Zerstäubers befeuchten, es half nichts: Jeden Tag wurde der Baum gelber und verlor unerbittlich seine Blätter.
Ehrlich gesagt fehlten ihm die geschickten Hände seiner Frau auch für all die kleinen Dinge, die das Leben angenehmer machen.
Er schloss die Augen.
Alles war so schnell gegangen. Er hatte den Eindruck, sein Diplom zum Studienabschluss erst vorgestern bekommen zu haben und gestern zum

ersten Mal Vater geworden zu sein. Und heute schon sollte er sich darauf vorbereiten, diese Welt zu verlassen? Nein, das war nicht möglich.
Ein anderer Gedanke quälte ihn. Er stellte sich Vince Tyler vor, der Mallory küsste, der ihr übers Haar strich und ihr langsam die Kleider abstreifte, bevor er sie liebte.
Oh Gott, wie geschmacklos! Vince war doch ein richtiger Trottel, er besaß weder Feingefühl noch kritischen Verstand. Mallory hätte wahrlich Besseres verdient.
Er öffnete mühsam ein Auge und erblickte ein fast weißes Bild, das nur in seiner Mitte von einem dunklen, rostfarbenen Fleck beschmutzt war – eines der Bilder seiner Frau, das er sehr mochte, ohne es wirklich zu verstehen.
Er griff nach der Fernbedienung und zappte sich durch die Sender: erneuter Fall des Nasdaq – ein Videoclip von Ozzy Osbourne – Hillary Clinton bei David Letterman – das entstellte Gesicht von Tony Soprano im Bademantel – eine Dokumentation über Saddam – die Predigt eines evangelischen Priesters – und zu guter Letzt sagte Lauren Bacall in *To have and have not* zu Bogart: »Pfeif, wenn du mich brauchst.«
Er blieb eine Weile beim letzten Sender hängen, bis er merkte, dass sein Anrufbeantworter blinkte. Dann erhob er sich schwerfällig und drückte auf den Wiedergabeknopf des Gerätes. Unmittelbar darauf hallte die fröhliche Stimme von Bonnie durch das ganze Apartment.
»Hallo Pa, ich bin's. Alles okay?
Weißt du, wir haben heute in der Schule über Wale gesprochen. Und da wollte ich dich fragen: Können wir nach Stellwegon Bank fahren und im

nächsten Frühjahr die Walwanderung anschauen? Mama hat mir erzählt, dass du mit ihr vor langer Zeit mal da warst und dass es super war. Ich möchte auch gern da hin. Vergiss nicht, dass ich später Tierärztin werden will und dass mir das vielleicht auch nützen kann.
Okay, bis bald! Gerade kommen die *Simpsons* im Fernsehen. Küsschen.«

Nathan dachte an diesen Ausflug zurück. Vom Beginn des Frühjahrs bis Mitte Oktober schwimmen die Wale aus der Karibik nach Grönland und kommen auf ihrem Weg durch den Golf von Maine. Dieses Schauspiel ist wirklich eine Reise wert. Selbstverständlich musste Bonnie das gesehen haben.
Aber vielleicht wird er sie nicht mehr dorthin begleiten: Bis April ist es noch lange hin, und irgendwo im Universum hatte irgendjemand beschlossen, dass es im Leben von Nathan Del Amico kein »nächstes Frühjahr« geben sollte.

Er ließ seine Gedanken zum Mai 1994 schweifen, zu einem klaren, frischen, aber sonnigen Nachmittag auf hoher See vor Massachusetts.
Er sitzt mit Mallory am Bug eines Ausflugsbootes, das an einer riesigen Sandbank zwischen Cape Cod und Cape Ann den Anker geworfen hat.
Er hat sich direkt hinter sie gesetzt, sein Kinn ruht auf ihrer Schulter. Beide schauen auf den ruhigen Horizont des Meeres.
Plötzlich zeigt Mallory auf eine Stelle im Wasser. Eine Gruppe von etwa fünfzehn Walen taucht aus der Tiefe des Ozeans empor, bläst mit großem Getöse in einem prunkvollen Feuerwerk Wasserfontänen mehrere Meter in die Höhe.

Bald erheben sich ihre Köpfe und große Teile ihrer Rücken in der Nähe des Bootes aus dem Wasser. Diese Kolosse von fünfzig Tonnen streifen das Boot und stoßen sanfte Laute aus. Mallory dreht sich zu ihm um, ein Lächeln auf den Lippen, die Augen weit geöffnet. Sie sind sich bewusst, einen außergewöhnlichen Augenblick zu erleben.
Bald tauchen die Wale mit einem letzten Sprung wieder unter. Mit einer unendlichen Grazie heben sie ihre zweigeteilten Schwanzflossen sehr weit aus dem Wasser, bevor sie im Ozean verschwinden, während ihre hohen Pfeiftöne immer schwächer werden.
Dann ist nichts mehr zu sehen, nur einige Seevögel, die sich in den Himmel schwingen, um ihr Territorium wieder in Besitz zu nehmen.
Auf dem Rückweg erzählt ihnen der Besitzer des Bootes, ein alter Fischer aus Provincetown, eine merkwürdige Geschichte.
Fünf Jahre zuvor waren hier zwei kleine Buckelwale gestrandet..
Der größere, ein Männchen, war verletzt und blutete stark aus dem linken Ohr. Der andere schien bei guter Gesundheit. Ebbe und Flut waren an dieser Stelle nicht so stark, und es schien, als hätten die Wale das freie Wasser in jedem Moment erreichen können, wenn sie gewollt hätten. Achtundvierzig Stunden lang hatte die Küstenwache versucht, das gesunde Tier zu retten, es mit Seilen und kleinen Booten in Richtung Wasser zu ziehen. Aber jedes Mal, wenn man es ins Wasser zurückgebracht hatte, stieß das Weibchen klagende Schreie aus, rollte sich unverzüglich ans Ufer zurück und legte sich neben ihren Gefährten wie ein schützender Wall.

Am Morgen des dritten Tages war das Männchen gestorben, und man versuchte ein letztes Mal, das überlebende Weibchen ins Wasser zu bringen. Diesmal warf sie sich nicht sofort wieder auf den Sand, sondern blieb in der Nähe des Ufers, schwamm im Kreis und stieß so laute und traurige Schreie aus, dass die Spaziergänger am Strand anfingen, sich zu fürchten.

Es dauerte lange, doch ihr Trauergesang endete so plötzlich, wie er begonnen hatte, sie wälzte sich langsam zurück auf den Sand und starb wenig später.

»Zwischen diesen Tieren kann eine außerordentlich enge Beziehung bestehen«, schloss der Fischer und zündete sich eine Zigarette an.

»Das ist vor allem dumm«, urteilte Nathan ohne nachzudenken.

»Überhaupt nicht«, erklärte Mallory nach kurzem Schweigen.

»Was meinst du damit?«

Sie beugte sich vor, um ihm ins Ohr zu flüstern:

»Wenn du sterben müsstest, würde ich mich auch neben dich legen.«

Er drehte sich zu ihr um und umarmte sie.

»Ich hoffe doch nicht«, gab er zurück und legte die Hände auf ihren Bauch.

Sie war im sechsten Monat schwanger.

Nathan erhob sich mit einem Ruck.

Wieso sitze ich hier allein auf dem Sofa und lasse die Vergangenheit an mir vorüberziehen, statt bei meiner Frau und meinem Kind zu sein?

Der Radiowecker zeigte zwei Uhr vierzehn, aber dank der Zeitverschiebung war es in Kalifornien erst kurz nach elf Uhr abends.

Er nahm das Telefon ab und drückte auf einen Knopf, um die erste gespeicherte Nummer anzurufen.
Nach mehrmaligem Klingeln hörte er eine müde Stimme:
»Ja?«
»Guten Abend, Mallory. Ich hoffe, ich habe dich nicht geweckt.«
»Warum rufst du mich so spät noch an? Was ist passiert?«
»Nichts Schlimmes.«
»Was willst du also?«, fragte sie schroff.
»Vielleicht ein bisschen weniger Aggressivität in deiner Stimme.«
Sie ignorierte seine Bemerkung und fragte diesmal mit unverhohlenem Überdruss:
»Was willst du, Nathan?«
»Dich darüber informieren, dass ich Bonnie bereits morgen abholen werde.«
»Wie bitte? Das ist doch wohl nicht dein Ernst!«
»Lass mich dir erklären ...«
»Da gibt es nichts zu erklären«, explodierte sie. »Bonnie muss bis zum Ende der Woche in die Schule gehen.«
Er seufzte.
»Sie kann ein paar Tage schwänzen. Das wird nicht so dramatisch sein und ...«
Sie ließ ihn nicht ausreden.
»Darf ich erfahren, warum du früher kommen willst?«
Ich werde sterben, mein Liebling.
»Ich habe ein paar Tage Urlaub genommen und muss Bonnie unbedingt sehen.«
»Dafür haben wir Regeln aufgestellt.«
»Einverstanden, aber sie ist auch meine Tochter.«

Seine Stimme verriet Bestürzung. »Ich darf dich daran erinnern, dass wir sie gemeinsam aufziehen.«
»Ich weiß«, gab sie zu und beruhigte sich ein wenig.
»Wenn du mich darum bitten würdest, würde ich mich nicht so aufregen.«
Sie antwortete nicht, aber er hörte, wie sie am anderen Ende der Leitung seufzte. Plötzlich fiel ihm ein Kompromiss ein.
»Sind deine Eltern noch immer in den Bergen von Berkshire?«
»Ja. Sie wollen dort die Feiertage verbringen.«
»Hör zu, wenn ich Bonnie schon morgen abholen darf, bin ich bereit, mit ihr zwei Tage dorthin zu fahren, damit sie ihre Großeltern sehen kann.«
Sie zögerte kurz. Dann fragte sie ungläubig:
»Das würdest du wirklich tun?«
»Wenn es sein muss, ja.«
»Sie hat ihre Großeltern tatsächlich schon längere Zeit nicht mehr gesehen«, räumte Mallory ein.
»Dann ist es also okay?«
»Ich weiß nicht. Ich muss erst noch darüber nachdenken.«
Sie wollte auflegen.
Da er diese abgebrochenen Gespräche nicht länger ertrug, beschloss er, die Frage zu stellen, die ihn schon lange bewegte.
»Erinnerst du dich an die Zeit, in der wir uns immer alles erzählt haben?«
Da sie schwieg, fuhr er fort:
»An die Zeit, in der wir immer Hand in Hand durch die Straßen gingen, in der wir uns täglich dreimal bei der Arbeit anriefen, in der wir stundenlang miteinander redeten …«

»Warum fängst du davon an?«
»Weil ich jeden Tag daran denke.«
»Ich weiß nicht, ob das der richtige Moment ist, darüber zu reden«, sagte sie gelangweilt.
»Ich habe manchmal den Eindruck, dass du alles vergessen hast. Du kannst aber all das, was wir gemeinsam erlebt haben, nicht einfach auslöschen.«
»Das tu ich auch nicht.«
Ihre Stimme klang etwas verändert, wenn auch kaum merklich.
»Hör mal ... stell dir vor, dass mir etwas passiert ... dass mich morgen auf der Straße ein Auto überfährt. Das letzte Bild, das du von uns haben wirst, ist das Bild eines geschiedenen Paares.«
Sie sagte mit trauriger Stimme:
»Aber genau das sind wir, Nathan.«
»Wir hätten uns dann in Wut und Zorn getrennt. Und ich glaube, dass du dir das ewig vorwerfen würdest und dass es für dich schwierig sein würde, damit zu leben.«
Das war zu viel für sie. Ihr platzte der Kragen.
»Ich weise dich darauf hin, dass wir deinetwegen ...«
Doch als sie merkte, dass sie einen Kloß im Hals hatte, beendete sie ihren Satz nicht, sondern legte auf.

Mallory schluckte ihre Tränen hinunter, um ihre Tochter nicht zu wecken, und setzte sich auf die Stufen der Holztreppe.
Sie trocknete ihre geröteten Augen mit einem Papiertaschentuch. Als sie den Kopf hob, schämte sie sich für das Bild, das ihr der große Spiegel im Flur zeigte.
Seit dem Tod ihres Sohnes war sie abgemagert,

und all ihre Lebensfreude war wie verflogen. Sie hatte wieder diese kalte Ausstrahlung, gegen die sie ihr ganzes Leben lang gekämpft hatte. Bereits als junges Mädchen konnte sie ihre Grace-Kelly-Seite nicht ausstehen: diese eisige Distanz, diese perfekte Haltung, die manche Frauen ausstrahlen, die die gleiche Erziehung wie sie genossen hatten. Perfektion war ihr stets unheimlich gewesen. Sie wollte nicht unnahbar sein, im Gegenteil, sie wollte mit beiden Füßen in der Welt stehen und offen für andere sein. Deshalb trug sie meist Jeans und weite bequeme Pullover. Seit ewigen Zeiten hatte sie kein Kostüm mehr angezogen.
Sie erhob sich, löschte alle Lampen im Wohnzimmer und zündete ein paar Kerzen und ein Räucherstäbchen an.
In den Augen der meisten Menschen war sie stabil und ausgeglichen. Doch in Wirklichkeit war sie höchst zerbrechlich, was in ihre Jugend zurückreichte, in der sie mehrere Male unter Magersucht gelitten hatte.
Für lange Zeit hatte sie geglaubt, sich davon befreit zu haben ... bis Sean starb.
Obwohl das Drama bereits drei Jahre zurücklag, war ihr Schmerz noch genauso tief wie damals. Mallory hatte sich aufgerieben in der irrationalen Gewissheit, dass alles anders gekommen wäre, wenn sie in jener fatalen Nacht zu Hause gewesen wäre. Es verging kaum ein Tag, an dem sie sich nicht in Gedanken in die ersten Monate des Lebens ihres Sohnens zurückversetzte. Hatte es etwas gegeben, das sie übersehen hatte? Hatte sie vielleicht ein Symptom, ein Zeichen nicht richtig gedeutet?
Seit sie als Kind in diesen See gefallen war und bei-

nahe ertrunken wäre, hatte sie eine panische Angst vor dem Sterben. Niemals hätte sie sich vorstellen können, dass es etwas Schlimmeres geben könnte als ihren eigenen Tod. Doch als sie Mutter geworden war, hatte sie begriffen, dass die härteste aller Proben darin bestand, den Tod des Wesens erleben zu müssen, dem sie das Leben geschenkt hatte. Sie musste sich damals der Tatsache beugen: Es gab etwas Schlimmeres, als zu sterben.
Irgendwo hatte sie gelesen, dass vor zweihundert Jahren neunzig Prozent aller Kinder das Alter von drei Jahren nicht erreicht hatten. Aber das war früher gewesen, zu einer Zeit, in der die Menschen besser darauf vorbereitet waren, den Tod ihrer Nächsten anzunehmen, weil der Tod allgegenwärtig war. Doch für sie war das Leben viele grausame Monate lang stehen geblieben. Vollkommen verzweifelt hatte sie all ihre Bezugspunkte verloren.
Seans Tod würde auf immer das große Drama ihres Lebens bleiben, aber ihre größte Enttäuschung war das Scheitern ihrer Ehe. Sie waren noch während ihres Studiums zusammengezogen, und sie hatte immer geglaubt, sie würde jeden Morgen neben Nathan aufwachen, bis einer von ihnen sterben würde. Dennoch hatte sie ohnmächtig zusehen müssen, wie ihre Beziehung zerbrach. Weil sie überzeugt davon gewesen war, für einen Fehler büßen zu müssen, hatte sie kampflos akzeptiert, dass ihr Mann sich von ihr entfernte.
Zum ersten Mal in ihrem Leben hatte sie sich ihm fremd gefühlt, und beide waren unfähig gewesen, miteinander zu reden. In dem Moment, in dem sie seine Unterstützung am meisten gebraucht hätte, hatte er sich noch tiefer in seine Arbeit gestürzt, während sie sich in ihren Schmerz vergraben hatte.

Um durchzuhalten und die Depression zu überwinden, hatte sie sich in soziale Aktivitäten gestürzt. In den letzten Monaten hatte sie an einer Website für eine Nichtregierungsorganisation gearbeitet, die für die Wahrung ethischer Grundsätze im Verhalten der Unternehmen eintrat. Ihre Arbeit bestand darin, multinationale Konzerne nach bestimmten Kriterien in Bezug auf Berücksichtigung der Arbeitsgesetzgebung und des Umweltschutzes zu klassifizieren. Die Organisation kämpfte dann für die Mobilisierung der Verbraucherverbände, die solche Firmen boykottieren sollten, die Profite mit Kinderarbeit machten oder geltende Gesetze nicht achteten.
Aber ihr Engagement beschränkte sich nicht darauf. Es gab so viel zu tun! Sie lebte in La Jolla, einem reichen Viertel von San Diego, doch die Stadt war keine Insel, die gegen alle Formen des Elends gefeit war. Jenseits der bunten Strände und der Häuser, deren Fassaden sich im Meer spiegelten, lebte ein großer Teil der Bevölkerung von der Hand in den Mund, mit wenig Geld und manchmal sogar ohne festen Wohnsitz. Dreimal wöchentlich half sie in einem Zentrum für Obdachlose. So anstrengend diese Arbeit auch war, sie fühlte sich dort wenigstens nützlich, vor allem in dieser Jahreszeit, in der die Bewohner der halben Stadt sich in den Supermärkten herumtrieben und ihre Dollars für unnötigen Krimskrams ausgaben. Inzwischen konnte sie diesen Konsumzwang, der dem Weihnachtsfest seit langem seinen eigentlichen Sinn geraubt hatte, kaum noch ertragen.
Es gab eine Zeit, da hatte sie sich gewünscht, dass ihr Mann sich gemeinsam mit ihr in der Protestbewegung engagierte. Nathan war ein brillanter

Anwalt, der seine Fähigkeiten in den Dienst eines Ideals hätte stellen können. Aber das hatte so nicht funktioniert. Ohne dass sie es wirklich gemerkt hatten, beruhte ihre Ehe auf einer Art Missverständnis. Jeder hatte einen Schritt auf den anderen zugehen wollen. Sie hatte sich immer von Geselligkeiten fern gehalten, sich so wenig wie möglich in ihren Kreisen bewegt. Die Botschaft an ihren Mann war klar: »Es stört mich überhaupt nicht, dass du aus bescheidenen Verhältnissen kommst.«
Im Gegensatz dazu hatte er ihr stets beweisen wollen, dass sie keinen Versager geheiratet hatte, dass er das Zeug zum gesellschaftlichen Aufstieg hatte und seiner Familie ein komfortables Leben bieten konnte.
Sie hatten geglaubt, sie könnten einen Schritt aufeinander zugehen, aber sie hatten sich nicht getroffen.
Für Nathan war das Leben ein ewiger Kampf, in dem er die Latte immer höher legen musste, um sich seinen beruflichen Erfolg zu beweisen … und sie wusste nicht mehr, wozu.
Sie hätte ihm hundertmal erklären können, dass sie nicht mit einem Übermenschen verheiratet sein wollte, es hätte nichts gebracht: Er fühlte sich unablässig verpflichtet, ständig mehr zu arbeiten, aus Angst, sie zu enttäuschen, dabei hatte sie das von Anfang an lediglich geärgert.

Trotz alledem war sie ihm mit Haut und Haaren verfallen. *Crazy about him*, wie es im Lied heißt. Sie schloss die Augen und sah Bilder der Vergangenheit vor sich wie in einem Schmalfilm.

Kapitel 18

Man ist nur einmal jung,
aber man erinnert sich sein ganzes
Leben lang daran.

Zitat aus dem Film *Liberty Heights*
von Barry Levinson

1972
Nantucket
Sommeranfang

Sie ist acht Jahre alt. Es ist ihre erste Begegnung.
Am Abend zuvor ist sie aus Boston gekommen. An diesem Morgen streift sie durch den großen Garten der Familie. Sie trägt ein Baumwollkleid, das ihr bis über die Knie reicht und das sie nicht leiden kann. Bei dieser Hitze hätte sie lieber Shorts und ein Polohemd getragen, aber ihre Mutter zwingt sie immer dazu, sich wie ein Modepüppchen zu kleiden.
Mehrere Male hat sie einen Jungen mit schönen schwarzen Haaren gesehen, der nicht mit ihr zu sprechen wagt und rasch wegrennt, wenn sie sich ihm nähert.
Neugierig geworden fragt sie ihre Mutter, die ihr antwortet, sie möge ihn nicht beachten. Er sei »nur« der Sohn der Haushaltshilfe.
Am Nachmittag sieht sie ihn am Strand wieder. Er spielt mit einem selbst gebastelten Drachen aus Bambusstäben und einem Stück Segeltuch, das er

von einem Fischer bekommen hat. Um eine Führungsrolle für die Leine zu bauen, hat er einen alten Ring an eine ausrangierte Gardinenstange gehängt. Obwohl das Ding von Hand gefertigt ist, fliegt es bereits hoch am Himmel.
Mallory hat auch ihren Drachen mitgebracht, ein ausgeklügeltes Modell, das man ihr in einem großen Spielzeugladen in Boston gekauft hat.
Dennoch startete ihr Fluggerät nicht. So sehr sie sich auch abmüht, so schnell sie auch in jede Richtung läuft, der Drachen fällt unweigerlich immer wieder in den Sand.
Selbst wenn der kleine Junge so tut, als sehe er sie nicht, merkt Mallory genau, dass er dauernd zu ihr hinschaut.
Aber sie lässt sich nicht entmutigen und unternimmt einen neuen Versuch. Unglücklicherweise plumpst ihr schönes Spielzeug ins Wasser. Die Bespannung ist vollkommen durchnässt und voller Sand. Ihre Augen füllen sich mit Tränen.
Er kommt auf sie zu, ergreift die Initiative und legt ihr den Ring seines Drachens um das Handgelenk. Er erklärt ihr, dass man sich mit dem Rücken zum Wind stellen muss, dann hilft er ihr, locker zu lassen, nach und nach Leine zu geben. So steigt der Drachen sehr schnell zum Himmel empor.
Sie jubelt vor Freude. Ihre Augen glänzen, und sie lacht laut.
Um sein Wissen zu zeigen, erklärt er ihr später, dass die Chinesen dem Drachen die Macht zusprechen, das Glück anzuziehen. Um ihm nicht nachzustehen, erklärt sie ihm, dass Benjamin Franklin den Drachen benutzt hat, um den Blitz zu studieren und den Blitzableiter zu erfinden (was sie auf der Verpackung des Spielzeugs gelesen hat).

Schließlich zeigt er ihr besonders stolz seinen Drachen aus der Nähe, damit sie das drollige Tier bewundern kann, das er auf das Segeltuch gemalt hat.

»Das hab ich ganz allein gezeichnet.«

»Ist das eine Schildkröte?«, fragt sie.

»Nein, ein Drachen«, antwortet er ein wenig gekränkt.

Erneut bekommt das kleine Mädchen einen Lachanfall. Ihre gute Laune ist ansteckend, und bald mischt sich das Lachen zweier Kinder mit dem Plätschern der Wellen.

Ein Stück weiter ertönt aus einem in den Sand gestellten Transistorradio *You've Got a Friend* von Carole King; es ist einer der Hits dieses Sommers.

Sie betrachtet ihn jetzt sehr aufmerksam und findet, dass er der niedlichste Junge ist, den sie je gesehen hat.

Er stellt sich in feierlichem Ton vor:

»Ich heiße Nathan.«

Sie antwortet nicht weniger ernst:

»Mein Name ist Mallory.«

Herbst 1972
Nantucket

»Nat!«

Stoßweise spuckt sie das Wasser aus, das der See ihr in den Mund spült. Starr vor Kälte fällt ihr das Atmen immer schwerer. Zweimal hat sie vergeblich die Arme ausgestreckt, in der Hoffnung, einen Ast fassen zu können, aber das Ufer ist zu steil.

Dem Ersticken nahe, spürt sie voller Entsetzen,

dass sie ertrinken wird. Aber Nathan schwimmt in ihre Richtung. Sie weiß, dass er ihre letzte Rettung ist.
»Halt dich an mir fest, hab keine Angst.«
Völlig erschöpft klammert sie sich an ihn wie an eine Rettungsboje. Plötzlich fühlt sie sich hochgeworfen, und es gelingt ihr gerade noch, sich an einem Grasbüschel festzuhalten und sich aus dem Wasser zu ziehen.
Sie ist gerettet.
Ohne Atem zu holen dreht sie sich um, aber er ist nicht mehr da.
»Nathan!«
Kopflos vor Angst, die Augen voller Tänen, schreit sie so laut sie kann:
»Nathan! Nathan!«
Aber er kommt nicht mehr an die Oberfläche. Sie überlegt blitzschnell. Sie muss etwas unternehmen.
Durchnässt von Kopf bis Fuß, zitternd, mit blauen Lippen, rennt sie los, um einen Erwachsenen zu holen.
Lauf schnell, Mallory!

13. Juli 1977
Nantucket

Sie sind dreizehn Jahre alt.
Sie haben ihre Fahrräder genommen und sind den Radweg nach Surfside Beach runtergefahren, dem größten Strand der Insel.
Der Himmel bewölkt sich, und die Wellen tragen Schaumkronen. Dennoch zögern sie keinen Moment, ins Wasser zu gehen. Im Gegenteil, sie blei-

ben sogar lange im Wasser und schwimmen, bis sie erschöpft sind.
Erst als die Wellen gefährlich werden, kehren sie ans Ufer zurück. Der Wind weht stürmisch. Mallory zittert. Sie haben nur ein Handtuch mitgenommen. Nathan trocknet ihr die Haare und den Rücken ab, während sie mit den Zähnen klappert. Der Regen fällt in großen Tropfen auf den Sand, einige Minuten später ist der Strand menschenleer. Nur noch sie beide sitzen im prasselnden Regen und im peitschenden Wind.
Er erhebt sich zuerst und hilft ihr aufzustehen. Plötzlich beugt er den Kopf zu ihr hinunter. Instinktiv schaut Mallory zu ihm auf und stellt sich auf die Zehenspitzen. Er legt die Hände um ihre Taille. Sie legt die Arme um seinen Hals. In dem Moment, in dem ihre Lippen sich berühren, spürt sie einen wohligen Schauer. Sie schmeckt das Meersalz auf seinen Lippen.
Das ist ein erster, sehr sanfter Kuss, der so lange dauert, bis ihre Zähne aneinander stoßen.

6. August 1982
Beaufort, North Carolina

Sie ist achtzehn Jahre alt.
In diesem Sommer ist sie weit weg in ein Ferienlager gefahren.
Es ist acht Uhr abends. Sie geht an dem kleinen Hafen spazieren, an dem die Segelschiffe neben den Fischerbooten festgezurrt sind. Eine orangene Sonne versinkt am Horizont und setzt den Himmel in Flammen. Von weitem sieht es so aus, als ob die Schiffe auf geschmolzener Lava dahinzögen.

Aber für sie ist es ein trauriger Abend. Während sie sich vom rhythmischen Plätschern der Wellen an die Hafenmauer einlullen lässt, zieht sie eine Bilanz der vergangenen Monate.
Ihr erstes Jahr an der Universität ist ein Reinfall gewesen. Nicht so sehr vom Standpunkt ihrer Studienergebnisse aus, sondern eher was ihre Gesundheit und ihr Liebesleben betraf: Sie hat sich zweimal überreden lassen, mit Typen auszugehen, die ihr egal waren, und sie hat keine richtige Freundin. Sie hat viele Bücher gelesen, sich für aktuelle Dinge interessiert und für die Wirklichkeit, die sie umgibt, aber in ihrem Geist scheint eine Art Chaos zu herrschen.
Im Laufe der Monate hat sie sich immer mehr in sich zurückgezogen, obwohl sie doch sonst offen für andere ist. Unmerklich hat sie ihre Ernährung vernachlässigt, erst ließ sie das Frühstück und kleine Zwischenmahlzeiten ausfallen, dann aß sie sogar bei den Hauptmahlzeiten immer weniger. Um die seltsame Unordnung auszugleichen, die sie in ihrem Kopf spürte, verweigerte sie sich Nahrung, um eine Art Leere in ihrem Körper zu schaffen. Aber sie spielte mit dem Feuer, bekam schließlich einen Schwächeanfall im Audimax, und der Dozent musste einen Arzt rufen lassen.
In der letzten Zeit geht es ihr ein wenig besser, aber sie weiß genau, dass sie vor einem Rückfall nicht gefeit ist.
Seit beinahe drei Jahren hat sie nichts mehr von Nathan gehört. Da Eleanor Del Amico nicht mehr für ihre Eltern arbeitet, hat sie ihn nicht mehr gesehen. Anfangs schrieben sie sich lange Briefe, dann aber siegte die räumliche Entfernung über ihre Zuneigung.

Dennoch hat sie ihn nie vergessen. Irgendwo in einer Ecke ihres Gehirns war er immer gegenwärtig. An jenem Abend fragt sie sich, was wohl aus ihm geworden sein mochte. Wohnte er noch in New York? Hatte er es geschafft, eine angesehene Universität zu besuchen, wie er es immer vorhatte? Wollte er sie wiedersehen?
Sie geht immer noch an der Hafenmole entlang, beschleunigt aber ihre Schritte. Plötzlich spürt sie das dringende Bedürfnis, mit ihm zu reden. Heute Abend noch, auf der Stelle.
Sie stürzt auf eine öffentliche Telefonzelle zu, ruft die Auskunft an, die ihr die gewünschte Nummer gibt.
Dann dieser Anruf mitten in der Nacht.
Hoffentlich geht er ans Telefon.
»Hallo?«
Er ist es.
Sie sprechen lange miteinander. Er gesteht ihr, dass er letzten Sommer ein paarmal versucht hat, sie zu erreichen.
»Haben es dir deine Eltern nicht ausgerichtet?«
Sie spürt, dass sich nichts Entscheidendes geändert hat, sie verstehen sich noch immer, als hätten sie erst gestern miteinander gesprochen.
Schließlich nehmen sie sich vor, sich Ende des Monats zu treffen.
Sie hängt den Hörer ein. Die Sonne ist hinter dem Hafen untergegangen.
Beschwingt kehrt sie zum Camp zurück. Sie ist eine andere Frau. Sie spürt, wie ihr Herz bis zum Hals schlägt.
Nathan ... Nathan ... Nathan ...

28. August 1982
Seaside Heights, New Jersey
Zwei Uhr morgens

Am Ufer des Meeres blinken noch die Glühbirnen der Lichterketten, doch die Stände des Volksfestes schließen langsam. Der Duft von Bratwürsten mischt sich mit dem Duft von Zuckerwatte und kandierten Äpfeln. Neben dem Riesenrad dröhnt aus aufgehängten Lautsprechern zum hundertsten Mal an diesem Abend *Up Where We Belong* von Joe Cocker.
Mallory lässt ihren Wagen auf dem Parkplatz unter freiem Himmel stehen.
Sie will Nathan abholen. Er hat für den Sommer einen Job in diesem kleinen Badeort gefunden, der eine Stunde von Manhattan enfernt ist. Für ein paar Dollar arbeitet er an einer der zahlreichen Eisbuden am Ufer des Meeres.
Seit sie sich letztes Wochenende wiedergesehen haben, telefonieren sie jeden Abend miteinander.
Eigentlich haben sie verabredet, sich erst nächsten Sonntag zu treffen, doch sie will ihn überraschen und ist extra aus Boston hergefahren. Sie hat ein Auto ihres Vaters genommen, einen riesigen dunkelgrünen Aston Martin, mit dem sie die ganze Strecke in weniger als vier Stunden geschafft hat.
Endlich kommt er. Er trägt Bermudashorts und ein T-Shirt mit dem Logo des Eisherstellers, für den er arbeitet. Er befindet sich in Begleitung anderer Saisonarbeiter. Sie hört irische und spanische Akzente.
Da er sie nicht erwartet, fragt er sich von weitem, wer wohl diese Filmdiva sein mag, die an ihren Wagen gelehnt in seine Richtung blickt.

Dann erkennt er sie.
Er läuft auf sie zu. Als er bei ihr ist, nimmt er sie in die Arme, hebt sie hoch und wirbelt sie herum. Sie legt die Arme um seinen Hals, lacht und zieht seinen Kopf zu sich herunter, um ihn zu küssen, während ihr Herz heftig schlägt.
So beginnt ihre Liebe.

20. September 1982

Lieber Nathan,
nur schnell ein paar Worte, um dir zu sagen, wie wundervoll die Tage am Ende des Sommers waren, die ich mit dir verbracht habe. Du fehlst mir. Ich bin heute Morgen wieder in der Vorlesung gewesen, aber ich denke pausenlos an dich.
Mehr als einmal am Tag habe ich mir, als ich über den Campus ging, vorgestellt, dass du bei mir wärst und wir miteinander reden könnten. Ein paar Studenten, die mir begegnet sind, haben sich bestimmt über diese Verrückte gewundert, die Selbstgespräche führt.
Ich bin gern bei dir, ich liebe deine Fähigkeit, in mich hineinzuschauen und mich zu verstehen, ohne dass ich etwas sagen muss.
Ich hoffe, dass du auch glücklich bist.
Ich küsse und liebe dich.
Mallory

(Auf den Umschlag hat sie mit Rotstift ein paar Worte für den Postboten geschrieben: *Briefträger, lieber Briefträger, bring die Post bitte prompt, damit mein Liebster ganz schnell meinen Liebesbrief bekommt!)*

27. September 1982

Liebe Mallory,
ich habe gerade erst den Hörer aufgelegt und schon fehlst du mir … Jeder Augenblick, den ich mit dir verbracht habe, ist so wunderbar, dass ich noch viele weitere mit dir verbringen möchte.
Ich bin glücklich mit dir. Überglücklich.
Wenn ich an die Zukunft denke, sage ich von nun an nicht mehr »ich werde«, sondern »wir werden«. Und das ändert alles.
Nathan

(Auf den Umschlag hat er die Kinokarte von *E.T., der Außerirdische* geklebt, den sie sich gemeinsam angesehen hatten. Eigentlich bekamen sie vom Film wenig mit, weil sie sich die ganze Zeit geküsst hatten.)

Ein Sonntag im Dezember 1982
In ihrem Zimmer im Studentenwohnheim in Cambridge

Aus der Lautsprecherbox des Plattenspielers erklingen einige Takte des *Concerto* von Dvořák, einfühlsam gespielt von Jacqueline Du Pré auf ihrer berühmten Stradivari. Seit einer Stunde liegen sie auf dem Bett, küssen und umarmen sich.
Er hat ihren BH abgestreift und streichelt ihre Haut, als sei sie etwas sehr Kostbares.
Es ist das erste Mal, dass sie sich lieben wollen.
»Bist du sicher, dass du es jetzt tun willst?«
»Ja«, sagt sie ohne zu zögern.
Genau das liebt sie an ihm: diese Mischung aus

Feingefühl und Aufmerksamkeit, die ihn zu etwas Besonderem macht.
Unbewusst spürt sie die Gewissheit: Wenn sie eines Tages Kinder haben möchte, dann nur mit ihm.

3. Januar 1983

Nathan, mein Geliebter,
die Weihnachtsferien sind schon zu Ende.
Ich war so glücklich, wenigstens kurze Zeit meine Nächte mit dir verbringen zu können.
Aber heute Abend bin ich traurig.
Du bist jetzt auf dem Weg nach Manhattan.
Heute Abend spüre ich, dass mir das Warten bis zu unserem Wiedersehen in den nächsten Ferien schwer fallen wird. Selbst wenn ich weiß, dass wir morgen miteinander telefonieren werden.
Ich habe Angst, dass alles zu Ende sein könnte.
Denn was ich mit dir erlebe, ist außergewöhnlich.
Ich liebe dich wahnsinnig.
Mallory

(Auf dem Umschlag hinterlässt sie mehrere Lippenstiftspuren und die Worte: *Werfen Sie diesen Brief und alle diese Küsse in den Briefkasten von M. Nathan Del Amico, den ich vermisse. Und wehe Ihnen, wenn meine Küsse verwischt sind!)*

6. Januar 1983

Mallory, mein süßer Kompass,
du fehlst mir, aber ich spüre deine Anwesenheit überall um mich.

Wenn du wüsstest, wie sehr ich mich danach sehne, dich wieder in meinen Armen zu halten und neben dir aufzuwachen.
Viele Küsse fliegen aus meinem Zimmer zu dir nach Cambridge.
Ich bete dich an.
Nathan

(In den Umschlag steckt er ein Foto, das er im Park auf dem Campus von Cambridge in den Weihnachtsferien von ihr gemacht hat. Auf die Rückseite hat er einen Satz aus *Romeo und Julia* geschrieben: *Ach deine Augen drohn mir mehr Gefahr als zwanzig ihrer Schwerter.)*

1984
Familiensitz in Boston

Hupgeräusche auf der Straße.
Sie wirft einen Blick durchs Fenster. Nathan wartet vor dem Portal am Steuer seines alten Mustangs.
Sie stürzt zur Tür, aber ihr Vater steht auf, um ihr den Weg zu versperren.
»Es kommt nicht in Frage, dass du weiterhin mit diesem Jungen ausgehst, Mallory.«
»Und darf ich erfahren, warum?«
»Weil es einfach nicht geht.«
Ihre Mutter versucht sie zur Vernunft zu bringen.
»Liebling, du könntest einen Besseren haben.«
»Besser für wen? Für mich oder für euch?«
Sie geht auf die Tür zu, aber Jeffrey ist auf diesem Ohr taub. »Mallory, ich warne dich, wenn du durch diese Tür gehst ...«

»Wenn ich durch diese Tür gehe ... was ist dann? Wirfst du mich raus? Enterbst du mich? Was auch immer, euer Geld interessiert mich nicht ...«
»Immerhin lebst du von diesem Geld, und dein Studium wird auch davon bezahlt. Es reicht jetzt, schließlich bist du immer noch ein kleines Mädchen!«
»Darf ich dich daran erinnern, dass ich zwanzig bin ...«
»Ich rate dir, dich nicht mit uns zu überwerfen.«
»Und ich rate euch: Zwingt mich nicht, zwischen ihm und euch zu wählen.«
Sie lässt ein paar Sekunden verstreichen, damit die folgenden Worte noch wirkungsvoller klingen:
»Denn wenn ich wählen muss, entscheide ich mich für ihn.«
Sie hält die Diskussion für beendet, verlässt das Haus und wirft die Tür hinter sich zu.

Sommer 1987
Ihre ersten richtigen Ferien im Ausland
Ein Garten in Florenz, der für seine Statuen berühmt ist

Sie stehen vor einem großen Springbrunnen, umgeben von Orangenbäumen, Feigen und Zypressen.
Die Wassertropfen schimmern in der Sonne und lassen kleine Regenbögen entstehen.
Sie wirft ein Geldstück ins Wasser und fordert ihn auf, dasselbe zu tun.
»Wünsch dir was.«
Er weigert sich.
»Ich glaub nicht an diese Dinge.«

»Los, Nat, wünsch dir was.«
Er schüttelt den Kopf, aber sie besteht darauf:
»Tu es für uns.«
Gutmütig holt er eine Hundert-Lire-Münze aus der Tasche, schließt die Augen und wirft sie in den Brunnen.
Sie konnte sich nichts anderes wünschen als das, was sie bereits hatte.
Nur dass es ewig dauern möge.
Für immer und ewig.

Sommer 1990
Ferien in Spanien

Sie befinden sich in den Labyrinth-Gärten von Barcelona.
Es ist ihr erster richtiger Streit.
Am Abend zuvor hat er ihr gesagt, dass er wegen seiner Arbeit zwei Tage früher zurückfahren müsse.
Sie befinden sich an einem der romantischsten Orte der Welt, und sie ist immer noch böse auf ihn.
Er will nach ihrer Hand greifen, aber sie läuft weg und betritt allein das grüne Gewirr des Labyrinths.
»Eines Tages wirst du mich vielleicht verlieren«, sagt sie, um ihn zu provozieren.
»Ich werde dich wiederfinden.«
Sie schaut ihn herausfordernd an.
»Du bist dir deiner sehr sicher.«
»Ich bin mir *unser* sicher.«

Herbst 1993
Ein Sonntagmorgen in ihrer Wohnung

Sie beobachtet ihn durch das Schlüsselloch in der Badezimmertür.
Er steht unter der Dusche und verwandelt wie gewöhnlich das Bad in eine Sauna.
Aus vollem Halse singt er (falsch) einen Song von U2.
Dann dreht er den Warmwasserhahn zu, zieht den Vorhang beiseite und stößt einen Freudenschrei aus.
Der Dampf kondensiert auf dem Spiegel und lässt eine Inschrift erscheinen.
DU WIRST PAPA!

1993
Derselbe Tag
Zehn Minuten später

Sie stehen zu zweit unter der Dusche, küssen sich und wechseln ein paar Worte.
»Und wenn es ein Mädchen wird?«
Sie hat die Rede auf die Wahl der Vornamen gebracht.
»Warum nicht Bonita«, schlägt er allen Ernstes vor.
»Bonita?«
»Bonita oder Bonnie. Auf jeden Fall etwas, das *Güte* bedeutet. Denn dieses Wort will ich jedes Mal hören, wenn ich sie rufe.«
Sie lächelt, öffnet einen Flakon und schüttet ihm Duschgel über den Rücken.
»Einverstanden. Unter einer Bedingung.«

»Und die wäre?«
»Ich wähle den nächsten.«
Er greift nach einer Lavendelseife und beginnt ihren Rücken einzuseifen.
»Den nächsten?«
»Den Vornamen unseres zweiten Kindes.«
Er zieht sie an sich. Ihre schaumbedeckten Körper pressen sich aneinander.

1994

Sie ist im achten Monat schwanger, liegt auf ihrem Bett und blättert in einer Zeitschrift.
Nathan lehnt den Kopf an ihren Bauch und spürt die Bewegungen des Babys.
Auf dem CD-Player schmettert Pavarotti eine Arie von Verdi und nähert sich gerade dem hohen C.
Seit Nathan in einem Buch gelesen hat, wie günstig sich klassische Musik auf die Entwicklung von Babys auswirkt, vergeht kein Abend, ohne dass er einen Auszug aus einer Oper im Programm vorsieht.
Mallory findet, dass diese Musik vielleicht gut für das Baby ist, aber nicht unbedingt für sie.
Sie setzt den Kopfhörer ihres Walkmans auf und hört *About a Girl* von Nirvana.

1999
In einem Restaurant im West Village

Sie haben eine Flasche Champagner bestellt.
»Und wenn es ein Junge wird …«
»Er wird ein Junge, Nathan.«

»Woher weißt du das?«
»Ich weiß es, weil ich eine Frau bin und weil ich seit fünf Jahren auf dieses Baby warte.«
»Wenn es ein Junge ist, würde ich vorschlagen …«
»Es gibt keine Diskussion, Nathan. Ich werde ihn Sean nennen.«
»Sean?«
»Das ist irisch und bedeutet *Gabe Gottes*.«
Er verzog das Gesicht.
»Ich weiß nicht, was Gott damit zu tun hat.«
»Im Gegenteil, du weißt es sehr genau.«
Natürlich weiß er es. Nach Bonnies Geburt haben die Ärzte ihnen versichert, dass Mallory nie wieder ein Kind bekommen wird. Dennoch hat sie ihnen nicht geglaubt. Sie weiß, dass Nathan den Bezug zur Religion nicht mag, aber heute Abend ist er so glücklich, dass er mit allem einverstanden wäre.
»Einverstanden«, sagte er und hob das Glas, »wir erwarten also einen kleinen Sean.«

Mallory öffnete die Augen, und der Film ihrer glücklichen Tage endete so plötzlich, als sei er gerissen.
Ihr ganzer Körper war von Gänsehaut bedeckt. Diese Rückkehr in die Vergangenheit war schmerzlich gewesen. Wie jedes Mal überfluteten sie die Erinnerungen an diese Zeiten intensiven Glücks mit einem Übermaß an Emotionen, die sie nicht beherrschen konnte.
Sie nahm ein neues Kleenex aus der Tasche, weil sie spürte, wie sich ihre Augen mit Tränen füllten.
Mein Gott, wir haben wirklich alles verpfuscht.
Sicher fehlte Nathan ihr, aber der Graben zwischen ihnen war so tief geworden, dass sie sich

nicht in der Lage fühlte, tatsächlich einen Schritt auf ihn zuzugehen.
Sie konnte in einem Nachtasyl Suppe an Obdachlose verteilen, sie konnte gegen multinationale Konzerne kämpfen, die Kinder ausbeuteten, sie konnte gegen die Produzenten genmanipulierter Nahrungsmittel demonstrieren – all das machte ihr keine Angst.
Aber sie hatte Angst davor, sich erneut mit Nathan auseinander zu setzen.
Sie stellte sich an das Fenster, das auf die Straße hinausging, und blickte lange zum Himmel hoch. Die Wolken waren verschwunden, und ein Mondstrahl fiel auf den Tisch, auf den sie das Telefon gelegt hatte.
Sie beschloss, ihn anzurufen; sie wollte wenigstens ihren guten Willen zeigen.
Er war sehr schnell am Apparat: »Mallory?«
»Es ist in Ordnung, Nathan: Du kannst Bonnie morgen abholen.«
»Danke«, sagte er erleichtert, »ich versuche am frühen Nachmittag zu kommen. Gute Nacht.«
»Noch was …«
»Ja?«
Sie nahm einen herausfordernden Ton an:
»Ich erinnere mich an alles, Nat: an jeden Moment, den wir gemeinsam verbracht haben, an alle Details, von der Farbe des Himmels bis zum Geruch des Sandes bei unserem ersten Kuss, an jedes deiner Worte, als ich dir sagte, dass ich schwanger bin, an die Nächte, in denen wir uns küssten, bis uns die Lippen wehtaten … Ich erinnere mich an alles, und nichts in meinem Leben war mir so wichtig wie du. Also hast du nicht das Recht, so zu reden, wie du es getan hast.«

»Ich …«
Er wollte etwas sagen, aber sie hatte bereits aufgelegt.

Nathan trat ans Fenster. Immer noch fiel Schnee auf den Central Park. Vor den Scheiben wirbelten dicke Flocken und sammelten sich auf dem Fensterbrett.
Für einen Augenblick ließ er seinen Blick ziellos umherschweifen und versuchte zu verstehen, was seine Frau gerade gesagt hatte.
Dann wischte er sich mit dem Hemdsärmel die Tränen ab, die ihm über die Wangen rollten.

Kapitel 19

Dreckige Arschlöscher sind auf
diesem Planeten weit verbreitet.

Pat Conroy

Houston Street
Soho
16. Dezember
Sechs Uhr morgens

Garrett Goodrich stieg vorsichtig die vereisten Stufen der Außentreppe seines Hauses hinunter. Das kleine Gebäude aus braunem Backstein lag direkt an der Straße.

Eine Schneedecke von ungefähr zehn Zentimetern zierte sein Auto, das er am Abend zuvor draußen gelassen hatte. Er holte einen Kratzer aus der Tasche und begann das Eis von der Windschutzscheibe zu entfernen. Weil er spät dran war, begnügte er sich damit, die Scheibe auf der Fahrerseite freizukratzen. Er setzte sich ans Lenkrad, rieb sich die Hände, um sie zu wärmen, steckte den Schlüssel ins Zündschloss und …

»Zum Flughafen, bitte!«

Er bekam einen Riesenschreck, drehte sich um und entdeckte Nathan auf dem Rücksitz.

»Verdammt, Del Amico. Jagen Sie mir nie wieder einen solchen Schrecken ein! Wie sind Sie in mein Auto gekommen?«

»Sie waren so freundlich, mir den Ersatzschlüssel

dazulassen«, antwortete Nathan und klapperte mit einem kleinen Schlüsselbund vor der Nase des Arztes. »Ich habe gestern Abend vergessen, ihn in den Briefkasten zu werfen.«
»Na schön, und was treiben Sie jetzt hier?«
»Das werde ich Ihnen unterwegs erklären. Wir fliegen nach Kalifornien.«
Der Arzt schüttelte den Kopf.
»Sie träumen wohl? Ich habe heute einen vollen Terminkalender, bin sowieso schon spät dran, also werden Sie ...«
»Ich werde meine Tochter in San Diego abholen«, erklärte Nathan.
»Freut mich zu hören«, brummte Garrett und zuckte die Schultern.
»Ich habe nicht die Absicht, sie auch nur dem geringsten Risiko auszusetzen«, sagte der Anwalt jetzt etwas lauter.
»Sorry, mein Lieber, aber ich weiß nicht, was ich damit zu tun habe.«
Dennoch ließ er den Motor an, um mit der Heizung die Scheiben frei zu machen.
Nathan beugte sich zu ihm vor.
»Betrachten wir die Situation objektiv, Garrett. Ich bin eine Art *Todeskandidat,* und Sie interessiert das einen Dreck. Ich nehme an, Sie hatten keine bösen Vorahnungen, was Ihre nächsten vierundzwanzig Stunden betrifft? Haben Sie keinen weißen Lichtstrahl gesehen, als Sie sich heute Morgen im Spiegel betrachteten?«
»Nein«, erklärte Goodrich gereizt, »nur verstehe ich noch immer nicht, worauf Sie hinauswollen.«
»Ich gestehe, dass es Ihnen gelungen ist, mir eine Heidenangst einzujagen. Ich kann keinen Fuß mehr vor die Tür setzen, ohne zu fürchten, dass

ein Taxi mich überfährt oder ein Gerüst über mir einstürzt. Also sage ich mir: Wenn ich bei Ihnen bleibe, sind die Aussichten gering, dass mir etwas zustößt.«

»Das ist völliger Schwachsinn. Hören Sie …«

»Nein«, unterbrach Nathan ihn heftig, »Sie werden mir zuhören: Meine Tochter hat mit Ihren vermaledeiten Todesahnungen nichts zu tun. Ich will nicht, dass ihr auch nur ein Härchen gekrümmt wird, wenn sie mit mir im Flugzeug sitzt. Wir werden also zusammenbleiben, Sie und ich, bis sie hier in Sicherheit ist.«

»Sie wollen, dass ich Ihre … *Lebensversicherung* spiele!«, rief Garrett.

»Genau.«

Der Arzt schüttelte den Kopf.

»Sie haben den Verstand verloren. So laufen die Dinge nicht, Nathan.«

»Doch, sie tun es. Die Regeln haben sich geändert, das ist alles.«

»Geben Sie sich keine Mühe«, sagte der Arzt mit Nachdruck. »Ich begleite Sie nirgendwohin, Nathan, haben Sie mich verstanden? Nirgendwohin.«

Einige Stunden später

Nathan warf einen Blick auf seine Armbanduhr. Flug Nummer 211 der United Airlines würde bald in San Diego landen. Da sie keinen Direktflug bekommen hatten, mussten sie einen Umweg über Washington nehmen, was die Reise ein wenig verlängert hatte.

Der Anwalt betrachtete Goodrich, der neben ihm saß. Der Arzt beendete ohne Eile sein Frühstück,

das die Stewardess eine halbe Stunde zuvor serviert hatte.
Nathan wusste überhaupt nicht mehr, was er von Garrett halten sollte. Eines war sicher: Der ganze Ärger hatte angefangen, als der Arzt in sein Leben getreten war. Andererseits konnte er nicht umhin, Garrett gegenüber ein merkwürdiges Gefühl von Bewunderung und Mitleid zu empfinden. Wenn das, was Goodrich behauptete, wahr sein sollte (und Nathan besaß inzwischen die Gewissheit, dass Garrett sehr wohl ein Bote war), war sein Leben alles andere als leicht. Wie konnte man überhaupt mit einer solchen Gabe ein normales Leben führen? Es musste doch zur unerträglichen Bürde werden, ständig von Todeskandidaten umgeben zu sein.
Selbstverständlich wäre es Nathan lieber gewesen, er wäre ihm nie begegnet – oder zumindest unter anderen Umständen –, aber er schätzte diesen Mann: Er war sensibel und wirkte beruhigend. Der Tod seiner Frau, die er leidenschaftlich geliebt hatte, hatte ihn tief getroffen, und nun widmete er sich mit ganzer Kraft seinen Patienten.
Es war nicht leicht gewesen, den Arzt zu überreden, ihn bei dieser Reise nach Kalifornien zu begleiten. Er hatte nämlich für heute eine wichtige Operation geplant, und – abgesehen davon – er konnte dem Zentrum für Palliativmedizin nicht einfach fernbleiben, ohne bestimmte Vorkehrungen getroffen zu haben.
Nachdem alle Drohungen der Welt vergeblich geblieben waren, musste Nathan sich entschließen, das Register zu wechseln. Also hatte er Garrett klar gemacht, worum es wirklich ging: Nathan war ein Mann, der vielleicht zum letzten Mal sei-

ne Tochter sehen würde, ein Mann, der seine Frau noch immer liebte und eine letzte Annäherung an sie versuchen wollte: ein Mann, der bald sterben würde und ihn um Hilfe anflehte.
Dieser Verzweiflungsschrei hatte Garrett gerührt, und er hatte beschlossen, die Operation zu verschieben, um Nathan nach San Diego zu begleiten. Außerdem fühlte er sich zumindest teilweise verantwortlich für die Umwälzungen im Leben des Anwalts.
»Essen Sie Ihren Toast mit Lachskaviar nicht?«, fragte Goodrich, als die Stewardess schon begann, die Tabletts wieder abzuräumen.
»Ich habe andere Sorgen«, antwortete Nathan. »Nehmen Sie ihn ruhig.«
Garrett ließ sich das nicht zweimal sagen. Geschickt fischte er den Toast vom Teller, eine halbe Sekunde bevor die Stewardess das Tablett wegnahm.
»Warum sind Sie so aufgeregt?«, fragte er mit vollem Mund.
»Das passiert mir jedes Mal, wenn mir jemand sagt, dass ich demnächst sterben werde. Ist eine schlechte Angewohnheit von mir.«
»Sie hätten diesen köstlichen australischen Wein probieren sollen, den man uns vorhin gebracht hat. Das wäre Balsam für Ihre Seele gewesen.«
»Ich finde, Sie trinken ein bisschen zu viel, Garrett, wenn ich das bemerken darf.«
Goodrich hatte eine andere Erklärung:
»Ich sorge lediglich gut für mich: Sie vergessen, dass Wein eine Wohltat für die Herzgefäße bedeutet.«
»Das ist doch alles Quatsch.« Der Anwalt untermalte seinen Satz mit einer abwertenden Geste. »Das dient Ihnen doch nur als Ausrede.«

»Überhaupt nicht«, insistierte Goodrich, »das ist wissenschaftlich bewiesen: Die in der Schale der Weintraube enthaltenen Polyphenole hemmen die Produktion von Endothelin, das die Ursache für Gefäßverengungen ist …«
Nathan unterbrach ihn achselzuckend:
»Okay, okay, glauben Sie nur nicht, dass mich Ihre medizinischen Ausführungen beeindrucken.«
»Sie wollen sich nur nicht der Wissenschaft beugen«, erwiderte Goodrich aufgeräumt.
Der Anwalt zog jetzt seinen letzten Trumpf aus dem Ärmel.
»Angenommen, es ist richtig, was Sie sagen, so scheint mir doch, dass ich irgendwo gelesen habe, dass diese Wohltat für die Herzgefäße nur für den Rotwein gilt.«
»Oh, oh… das ist wahr«, musste der Arzt zugeben. Auf dieses Argument war er nicht gefasst gewesen.
»Unterbrechen Sie mich, wenn ich mich irre, Garrett, aber mir scheint, der köstliche australische Wein, dessen lebensverlängernde Wirkung Sie preisen, ist ein Weißwein, stimmt's?«
»Sie sind wirklich ein verdammter Spielverderber!«, bemerkte Goodrich ein wenig gekränkt. Dann fügte er hinzu: »… aber Sie sind vermutlich ein verdammt guter Anwalt.«
Im selben Moment kündigte die Stewardess an:
»Meine Damen und Herren, wir beginnen jetzt mit dem Landeanflug. Bitte legen Sie Ihren Sicherheitsgurt an und bringen Sie Ihre Rücklehne in senkrechte Position.«
Nathan schaute aus dem Fenster. Er erkannte die Berge und weiter hinten die kalifornische Küste, die eine wüstenartige Trockenheit verbreitete. Bald würde er Mallory wiedersehen.

»Ankunft des Fluges United Airlines Nummer 435 aus Washington. Die Passagiere werden gebeten, den Ausgang Nummer neun zu benutzen.«
Da sie kein Gepäck hatten, mussten sie nicht am Flughafen warten. Nathan lieh ein Auto bei Avis, und entgegen allen Erwartungen bestand Goodrich darauf zu fahren.
Das Wetter war anders als in New York: Die Luft war warm, der Himmel wolkenlos und die Temperatur lag bei ungefähr zwanzig Grad. So dauerte es also nicht lange, bis sie Schals und Mäntel ausgezogen und auf den Rücksitz gelegt hatten.
San Diego erstreckt sich über mehrere Kilometer hinweg auf zwei Halbinseln. Nathan bat den Arzt, das Zentrum zu meiden, in dem um die Mittagszeit im Allgemeinen dichter Verkehr herrschte. Er lotste ihn zur Küste, und sie fuhren Richtung Norden, an den Sandstränden entlang, die von Felswänden und kleinen Buchten unterbrochen wurden.
Der Badeort La Jolla war auf einem kleinen Hügel errichtet worden, den man über eine gewundene, von eleganten Häusern gesäumte Küstenstraße erreichte. Goodrich war noch nie in La Jolla gewesen, doch dieser Badeort erinnerte ihn auf den ersten Blick an Monaco und die französische Riviera, die er besucht hatte, als er vor vielen Jahren nach Frankreich gereist war. Hypnotisiert vom spektakulären Blick auf den Ozean, lehnte er sich mehrmals aus dem Fenster, war fasziniert von den riesigen Wellen, die sich an den Felsen brachen und auf denen sich die Surfer tummelten.
»Vergessen Sie nicht, auf die Straße zu schauen!«
Der Arzt fuhr langsamer, um die Aussicht und die belebende Meeresluft, die vom Ozean aufstieg, genießen zu können. Er ließ sich von einem lila la-

ckierten Ford Mustang überholen, dem zwei Harley Davidsons folgten, auf denen sechzigjährige Althippies saßen.
»Das süße Leben in Kalifornien, das ist schon eine tolle Sache«, rief Goodrich, während ein Eichhörnchen vor ihnen die Straße überquerte.
Mit seinen Restaurants und kleinen Boutiquen besaß La Jolla in der Tat einen besonderen Charme und ermöglichte einen sehr angenehmen Lebensstil. Die beiden Männer ließen den Wagen an einer Hauptstraße stehen und gingen den Rest des Weges zu Fuß.
Nathan wollte schnell ans Ziel gelangen. Trotz seiner Wunde ging er raschen Schrittes – mit Garrett im Schlepptau.
»Los, verlieren Sie nicht den Anschluss!«, rief er und drehte sich um.
Goodrich war stehen geblieben, um eine Zeitung zu kaufen, und wie gewöhnlich hatte er dabei ein paar Worte mit dem Verkäufer gewechselt.
Immer auf dem Sprung, sich für jemanden zu interessieren, selbst für einen völlig Unbekannten! Dieser Typ ist unglaublich.
»Haben Sie diese Preise gesehen?«, fragte Garrett und deutete auf das Schaufenster eines Immobilienmaklers.
Der Arzt hatte Recht: In den letzten Jahren waren die Mieten in dieser Ecke des Landes explodiert. Zum Glück musste sich Mallory darum nicht kümmern, denn sie lebte in einem Haus, das ihre Großmutter zu einer Zeit gekauft hatte, als La Jolla nur ein Fischerdorf war, für das sich niemand interessierte.
Sie gelangten an die Tür eines kleinen Holzhauses.

»Wir sind da«, sagte er und drehte sich zu Goodrich um.
An der Tür hing ein Schild:

Zutritt für Cyber-Animals verboten.

Das war typisch Mallory. Nathans Herz schlug bis zum Hals, als er an die Tür klopfte.

»Sieh mal an, der gute alte Del Amico.«
Vince Tyler!
Er war auf alles gefasst gewesen, nur nicht darauf, dass Tyler ihm die Tür öffnen würde.
Vince war hochgewachsen und braun gebrannt und trug seine blonden Haare ziemlich lang, was er wohl schick fand. Er trat zur Seite, um sie hereinzulassen, und rang sich dabei ein Lächeln ab, das seine frisch polierten Zähne enthüllte.
Was macht der denn hier, mitten am Tage? Wo sind Bonnie und Mallory?
Nathan versuchte seine Wut zu verbergen, indem er Garrett Tyler vorstellte.
»Deine Tochter wird bestimmt bald nach Hause kommen«, erklärte Vince, »sie ist bei einer Freundin.«
»Ist Mallory bei ihr?«
»Nein, Lory ist oben. Sie zieht sich gerade an.«
Lory? Noch nie hatte jemand seine Frau Lory genannt. Sie mochte solche Verkleinerungsformen nicht, und Spitznamen noch viel weniger.
Nathan wollte nur eines: seine Frau sehen. Dennoch zögerte er, geradewegs in ihr Zimmer hinaufzustürmen, weil er sich nicht sicher war, ob Mallory das gefallen würde. Es war besser, er wartete hier unten.

Als wollte er ihn noch mehr ärgern, fuhr Tyler fort:
»Wir gehen heute zum Hummeressen ins *Crab Catcher.*«
Das *Crab Catcher* war ein Nobelrestaurant, das an der Prospect Street über dem Ozean thronte.
Unser Restaurant, dachte Nathan, *dort habe ich sie gefragt, ob sie mich heiraten will, dort haben wir Bonnies Geburtstage gefeiert …*
Als er noch studierte, hatte er Woche für Woche Geld gespart, um Mallory in so ein Restaurant einladen zu können.
»Warst du nicht früher mal Kellner da oben?«, fragte Tyler scheinheilig.
Nathan schaute dem Kalifornier in die Augen, fest entschlossen, seine Herkunft nicht zu verleugnen.
»Ja, häufig habe ich meine Sommerferien damit verbracht, Rasen zu mähen oder zu kellnern. Und falls dir das Vergnügen bereitet, ich erinnere mich sogar daran, dein Auto gewaschen zu haben, als ich an der Tankstelle arbeitete.«
Tyler tat so, als habe er die Bemerkung nicht gehört. Er saß entspannt auf dem Sofa und schlürfte gelassen seinen Whisky. Mit seinem offenen Hemd unter einer königsblauen Jacke war er das einzige störende Element im Raum. Er hielt einen Werbeprospekt des Restaurants in der Hand und buchstabierte die Weinkarte:
»… Bordeaux, Sauternes, Chianti, ich liebe diese französischen Weine …«
»Chianti ist ein italienischer Wein«, bemerkte Goodrich trocken.
Gut gebrüllt, Löwe.
»Ist ja egal«, brummte Tyler und versuchte seine Verlegenheit zu verbergen.

Dann wechselte er das Thema:
»Und wie laufen die Geschäfte in New York? Kennst du den neuesten Witz über deine Kollegen?«
Und er gab einen uralten Anwaltswitz zum Besten.
»Also: Auf dem Rückweg von einem Jurakongress hat ein Bus voller Anwälte einen Unfall auf dem Land eines Farmers ...«
Nathan hörte ihm nicht mehr zu, sondern überlegte, in welchem Stadium sich die Beziehung von Mallory und Vince befand. Offensichtlich hatte es der Kotzbrocken bereits recht weit gebracht. Allerdings hatte Nathan bislang wegen Bonnies offensichtlicher Feindschaft noch nicht eingreifen müssen. Aber wie würde sich die Sache nach einem intimen Essen im *Crab Catcher* entwickeln?
Auch wenn der Anwalt das Problem noch so oft in Gedanken hin- und herwälzte, er würde nie und nimmer verstehen, was eine so intelligente Frau wie Mallory an diesem Mann anziehend finden konnte.
Sie beide kannten ihn lange genug, um zu wissen, dass er ein arroganter Schwätzer war. In den Zeiten ihrer Liebe sprachen sie oft über Tyler und machten sich über seine plumpen Annäherungsversuche bei Mallory lustig. Aber selbst damals verteidigte seine Frau ihn gelegentlich, indem sie seinen unterhaltsamen Humor und seine Liebenswürdigkeit hervorhob.
Diese vermeintliche Herzensgüte hatte Nathan nie entdecken können, aber er wusste im Gegenzug, dass Tyler diesen Anschein erwecken konnte. Er war der geborene Schauspieler, dem es zuweilen gelang, seine Süffisanz hinter äußerlicher Freundlichkeit zu verbergen.

Kürzlich hatte er sein so genanntes soziales Bewusstsein entdeckt und eine Gesellschaft gegründet, die für Kinderhilfsorganisationen Geld zur Verfügung stellen sollte. Er hatte sie natürlich in aller Bescheidenheit *Tyler Foundation* genannt.

Nathan wusste nur allzu gut, dass sich hinter dieser Anwandlung von Menschlichkeit vor allem der Wunsch verbarg, Steuervorteile zu erlangen und Mallory zu gefallen.

Zwei Fliegen mit einer Klappe, wie man so sagt.

Er hoffte nur, dass seine Frau sich nicht täuschen ließ.

Tyler beendete seinen Witz.

»... und sind Sie sicher, dass alle tot waren, als Sie sie beerdigten, fragte der Polizist. Und der Farmer antwortete, manche haben zwar das Gegenteil behauptet, aber Sie wissen ja, wie gut Anwälte lügen können.«

Der Kalifornier brach in lautes Lachen aus.

»Gib doch zu, mein Junge, der ist gar nicht so übel, stimmt's?«

»Ich bin nicht dein Junge«, antwortete Nathan, fest entschlossen, sich nichts gefallen zu lassen.

»Immer noch so empfindlich, Del Amico? Ich habe es erst gestern Abend gegenüber Lory erwähnt, als sie ...«

»Meine Frau heißt Mallory.«

Kaum hatte er es ausgesprochen, merkte Nathan, dass er voll in die Falle getappt war.

»Sie ist nicht mehr deine Frau, mein lieber Junge«, konterte Tyler sofort.

Sein unmerkliches höhnisches Grinsen entging dem Anwalt keineswegs. Vince rückte etwas näher an Nathan heran und flüsterte ihm ins Ohr, um die Pointe noch wirkungsvoller zu machen:

»Sie ist nicht mehr deine Frau, sondern bald meine.«
In diesem Moment erkannte Nathan, dass ihm nichts anderes übrig bleiben würde, als Tyler mit der Faust ins Gesicht zu schlagen, um sein Gesicht zu wahren. Sein ganzes Leben lang hatte er sich gegenüber Typen wie Tyler behauptet. Er würde sich zu diesem Entschluss durchringen, selbst wenn er unvernünftig und politisch inkorrekt sein sollte, selbst wenn er ihn noch weiter von seiner Frau entfernte. Merkwürdigerweise musste gar nicht so viel passieren, begriff Nathan, damit sich der große Anwalt aus der Park Avenue wieder in den Sohn der italienischen Haushaltshilfe verwandelte, dem *bad boy* in den Straßen von Queens, der, als er noch klein war, nicht gezögert hatte, seine Fäuste zu gebrauchen. Man wird schnell von seiner Vergangenheit eingeholt, selbst wenn man sein ganzes Leben damit zugebracht hat, sich von ihr zu entfernen.
Die Tür ging auf, Bonnie erschien und wirkte sofort besänftigend auf ihn.
»*Buenos días!*«, rief sie fröhlich, als sie eintrat.
La Jolla lag weniger als zwanzig Kilometer von der mexikanischen Grenze entfernt, und Bonnie machte sich häufig einen Spaß daraus, ein paar spanische Wörter zu verwenden, die sie in der Schule oder auf der Straße aufgeschnappt hatte.
Seine kleine Tochter stand vor ihm, und plötzlich schienen sich all der angesammelte Groll und seine Wut auf Tyler in Luft aufzulösen. Seine Tochter war da, und nichts anderes zählte mehr.
Bonnie umarmte ihn stürmisch. Er hob sie hoch und wirbelte mit ihr im Kreis herum.
Sie trug ein buntes Kleid, das ihre braune Haut gut

zur Geltung brachte, und eine peruanische Mütze, deren seitliche Enden über ihren Ohren baumelten. In dieser Aufmachung sah sie wirklich witzig aus.
»Dir fehlt nur noch ein Poncho, und dann könntest du eine Herde Lamas über die Weiden im Hochland der Anden treiben«, sagte er und setzte sie ab.
»Krieg ich eins zu Weihnachten?«, fragte sie rasch.
»Einen Poncho?«
»Nein, ein Lama.«
»Das war nur ein Scherz, mein Liebling«, hörte er Mallorys Stimme.

Nathan wandte sich um. Mallory stieg die Stufen der Treppe herunter und zog Bonnies Reisetasche hinter sich her.
Sie begrüßte ihn flüchtig. Er stellte ihr Garrett als einen renommierten Chirurgen vor, der gerade an einem Kongress in San Francisco teilgenommen hatte und mit dem er geschäftlich zu tun hatte. Sie war ein wenig verwundert, ließ sich aber nichts anmerken und begrüßte den Arzt höflich.
»Wir sind sehr spät dran«, bemerkte sie und warf einen ostentativen Blick auf ihre Uhr.
Na, so was! Als ob es dir so wichtig wäre, pünktlich im Restaurant zu erscheinen!
Nathan entschied jedoch, ihr nicht zu widersprechen, denn das wäre sinnlos gewesen. Zudem wollte er unter keinen Umständen in Vinces Anwesenheit mit ihr streiten. Er antwortete lediglich im selben Ton.
»Wir sind auch nicht gerade zu früh dran: Unser Flieger geht in einer Stunde.«
»Ihr fliegt über Los Angeles?«, fragte sie, während sie die Alarmanlage einschaltete.

Nathan nickte.
Vince ging als Erster hinaus und klapperte mit seinem Autoschlüssel, Mallory, Nathan und Bonnie folgten ihm.
Draußen wurde es allmählich dunkel. Man spürte ein nahendes Gewitter. Mallory schloss die Tür, dann umarmte sie lange ihre Tochter.
»Gute Reise, und vergiss nicht mich anzurufen, wenn du in New York angekommen bist!«
Sie entfernte sich, ging die Straße hinauf zu Tylers metallic lackiertem Porsche, der ein bisschen weiter oben geparkt war.
»Hasta luego!«, rief Bonnie ihr nach und winkte mit ihrer peruanischen Mütze.
Mallory drehte sich um und winkte zurück, würdigte jedoch Nathan keines Blickes.
»Bon appétit«, rief er auf Französisch und legte all die Bitterkeit und Trauer, die er fühlte, in seine Stimme. Sie reagierte nicht.
Nathan griff nach Bonnies Hand. Sie gingen auf dem Bürgersteig die Straße hinunter und folgten Garrett, der ganz selbstverständlich die Reisetasche genommen hatte.
Der Porsche war dröhnend losgebraust und kam direkt auf sie zu. Wie um zu provozieren fuhr Tyler ganz dicht an dem Anwalt vorbei. Dies war eines der blödsinnigen Spiele, dic Männer zuweilen inszenieren, um ihre Kräfte zu messen ...
Mallory saß auf dem Beifahrersitz und hatte sich gebückt, um in ihrer Tasche zu kramen, weshalb sie von Tylers Manöver nichts mitbekam. Erst recht nicht, da dieser unmittelbar danach dem Anwalt freundlich zuwinkte.
Dreckiges Arschloch, dachte Nathan, als der Wagen sich entfernte.

Internationaler Flughafen von San Diego

»Meine Damen und Herren, wir bitten die Passagiere für den Flug United Airlines 5214 nach Los Angeles sich am Flugsteig Nummer 25 einzufinden. Bitte halten Sie Ihre Bordkarte und Ihren Pass bereit.«

Bei diesem Aufruf erhoben sich etwa vierzig Reisende auf einmal von ihren Metallstühlen, um vor dem Einstiegsschalter eine Doppelreihe zu bilden. Sie würden die Ersten sein, die ins Flugzeug stiegen.

Bonnie stand zwischen ihnen und hörte Musik aus ihrem tragbaren MP3-Player und wackelte mit dem Kopf im Rhythmus der Violinenakkorde von Hillary Hann. Garrett kaute an seinem fünften Schokoriegel, und Nathan schaute mit verlorenem Blick durch die Fenster und tat so, als interessiere er sich für das von den Fluglotsen dirigierte Ballett der Flugzeuge.

Wenige Minuten später überfiel ihn eine dunkle Vorahnung: Und wenn er Mallory nie mehr wiedersehen würde?

Ihre Geschichte durfte so nicht enden. Er *musste* seine Frau wiedersehen, wenigstens ein letztes Mal.

Seine Begegnung mit Mallory war das Beste, was ihm je passiert war. Zweifellos war es zu spät für eine zweite Chance, aber er hatte zumindest das Recht, von ihr Abschied nehmen zu dürfen, ohne sich Vince Tylers Beleidigungen anhören zu müssen.

Garrett reichte der Stewardess gerade seine Bordkarte. Nathan zog ihn am Ärmel.

»Ich fliege nicht mit«, sagte er schlicht.

»Wollen Sie wieder zurück?«
»Ich muss sie ein letztes Mal sehen. Sie muss wissen, dass …«
Goodrich unterbrach ihn:
»Tun Sie, was Sie nicht lassen können«, erklärte er lakonisch.
»Ich nehme Bonnie mit.«
»Lassen Sie sie hier, sie ist bei mir gut aufgehoben.«
Sie traten zur Seite, um die anderen Passagiere vorbeizulassen, die langsam unruhig wurden.
Nathan beugte sich zu seiner Tochter hinunter. Bonnie nahm den Kopfhörer ab und lächelte.
»Hör mal, mein Liebling, ich habe vergessen, Mama etwas zu sagen, also werden wir beide den nächsten Flieger nehmen.«
Das kleine Mädchen schaute zu Goodrich auf. Obwohl sie im Allgemeinen eher ängstlich war, hatte sie zu dem Riesen sofort Vertrauen gefasst. Sie zögerte, bevor sie vorschlug:
»Vielleicht kann ich ja mit Garrett fliegen?«
Nathan war sehr überrascht von ihrer Reaktion. Er strich ihr übers Haar.
»Bist du sicher, dass alles in Ordnung ist, Liebling?«
»*Muy bien*«, antwortete sie und umarmte ihn.
Nathan musterte Goodrich. Nur wenigen Menschen auf der Welt hätte er seine Tochter anvertraut, und sei es nur für ein paar Stunden, doch der Arzt gehörte ohne jeden Zweifel zu diesen Menschen.
Ja, er vertraute Goodrich. Ungeachtet seiner ein wenig morbiden Macht war Bonnie in seiner Begleitung in Sicherheit. Wie auch immer, der Bote war nicht für sie da, sondern für … ihn.

»Sie fühlt sich bei mir aufgehoben«, wiederholte Goodrich. »Vergessen Sie nicht, ich bin eine Lebensversicherung.«
Nathan musste unwillkürlich lächeln. Er holte Bonnies Ticket aus seiner Tasche und reichte es dem Arzt.
»Ich werde mich bemühen, einen Platz im nächsten Flieger zu bekommen«, sagte er und bahnte sich einen Weg rückwärts durch die Menge.
»Holen Sie sie im Zentrum ab«, rief Garrett ihm nach. »Sorgen Sie sich nicht, ich kümmere mich um alles.«
Nathan verließ den Abflugbereich im Laufschritt. Er rannte aus dem Flughafen, rief ein Taxi und ließ sich nach La Jolla fahren.

Kapitel 20

Ohne jeden Zweifel besteht eine Ähnlichkeit zwischen der Freundschaft und der Liebe. Die Liebe könnte man sogar als die Torheit der Freundschaft bezeichnen.

Seneca

Der Regen fiel in Strömen.
Er hatte an der Tür geläutet, aber Mallory war noch nicht zurückgekehrt.
Von der anderen Straßenseite aus beobachtete er die wenigen Autos, die diese kleine Abkürzung nahmen, um die Hauptstraße zu erreichen.
Verdammt noch mal, das war ja die reinste Sintflut. Und nirgends ein Platz, um sich unterzustellen. Er brauchte gar nicht daran zu denken, unter einem der Verandadächer der umliegenden Häuser Schutz zu suchen: Die Leute in dieser Gegend waren bekannt dafür, dass sie beim geringsten verdächtigen Individuum die Polizei riefen. Besser wäre es also, sich gar nicht erst bemerkbar zu machen, auf die Gefahr hin, bis auf die Knochen durchnässt zu werden.
Das süße Leben in Kalifornien, da hast du es, dachte er und musste laut niesen.
Er fühlte sich dämlich und hundeelend zugleich, der Macht des Todes ausgeliefert, die schwer auf seinen Schultern lastete.
Was tust du eigentlich hier?
Mallory würde vielleicht den ganzen Tag nicht

nach Hause kommen oder Tyler würde sie begleiten. In jedem Fall hätte sie für ihn nur Gleichgültigkeit und Desinteresse, selbst wenn er sie allein träfe, das wusste er genau.
Scheiße! Er war vollkommen durchnässt. Er zitterte. Noch nie zuvor hatte er so stark das Gefühl gehabt, sein Leben verpfuscht zu haben.
Im selben Augeblick, in dem der Regen doppelt so heftig zu peitschen begann, hielt der Porsche vor dem kleinen Haus.
Nathan kniff die Augen zusammen. Von der Stelle aus, an der er stand, konnte er nicht viel sehen, aber er hatte den Eindruck, dass weder Mallory noch Tyler aus dem Auto stiegen. Vielleicht unterhielten sie sich noch, vielleicht küssten sie sich sogar?
Er versuchte ein wenig näher heranzugehen, doch der dichte Regenvorhang schützte das Wageninnere vor indiskreten Blicken. Zwei oder drei Minuten später stieg Mallory aus dem Auto, schien einen Moment zu zögern, lief dann aber rasch ins Haus.
Der Porsche entfernte sich mit großer Geschwindigkeit und spritzte auf seinem Weg alles nass.
Kurz darauf gingen nach und nach im Haus die Lichter an, und er konnte Mallorys Silhouette hinter den Musselinvorhängen erkennen.
Er fühlte sich einsam, verwundbar und wusste nicht genau, was er tun sollte. Er, der sich stets brüstete, ein Mann der Tat zu sein, sah sich vollkommen handlungsunfähig. Hatte es überhaupt einen Sinn, dieser Frau zu erklären, dass er sie immer noch liebte?
Plötzlich ging die Tür auf. Er sah sie auf die Straße laufen, als würde sie vom stürmischen Regen mitgerissen.

Was ist denn in sie gefahren, ohne Regenschirm rauszugehen?, fragte er sich.
Im selben Moment durchzuckten Blitze den Himmel und Donner grollte.
Sie drehte sich einmal um sich selbst, schaute in alle Richtungen, dann rief sie:
»Nathan?«

Ein Duft nach Zimt entströmte den Kerzen.
Er hatte sein Hemd ausgezogen und trocknete sich kräftig mit einem Handtuch ab.
In dem trostlosen Regen wirkte Mallorys Haus noch wohnlicher als sonst. Blumen und Farben zauberten eine heitere Atmosphäre ins Wohnzimmer. Er merkte, dass es weder einen Tannenbaum noch eine Weihnachtsdekoration gab, aber das überraschte ihn nicht: Weihnachten hatte bei seiner Frau schon immer eine gewisse Beklemmung ausgelöst.
Er hängte seine Jacke und seine Hose auf einen Bügel und den Bügel über den Heizkörper. Dann wickelte er sich in eine dicke Decke, bevor er sich in den Haufen bunter Kissen, die auf dem Sofa verstreut waren, fallen ließ. Damit störte er eine getigerte Katze beim Mittagsschlaf. Da sie nicht aus ihrem weichen Versteck vertrieben werden wollte, miaute sie verärgert.
Es war weder eine Perser- noch eine Siamkatze, sondern ein großer, ganz gewöhnlicher Kater, der sich in diese Gegend verirrt und den Mallory als Gesellschaft für Bonnies Hasen bei sich aufgenommen hatte.
»Hallo, du da, hab keine Angst.«
Der Anwalt nahm den Kater behutsam hoch, um sich neben ihn zu setzen. Nachdem er ihm ein we-

nig den Kopf gekrault hatte, zeigte sich der Kater bereit, sein Revier zu teilen, und begann zufrieden zu schnurren.
Nathan lehnte sich zurück, ließ sich vom melodischen Schnurren der Katze einlullen und fühlte sich plötzlich so müde, dass ihm die Augen zufielen.
Draußen tobte unvermindert das Gewitter, und rasch aufeinander folgende Blitze zerschnitten den Himmel, während es bedrohlich donnerte.

Mallory stand in der Küche und kochte Kaffee.
Sie hatte das Radio eingeschaltet, das leise einen alten Song von Van Morrison spielte, den sie sehr mochte.
Die Tür führte zum Wohnzimmer. Mallory lehnte sich ein wenig zur Seite, um Nathan heimlich zu beobachten. Sie sah, dass er die Augen geschlossen hatte, und eine große Woge der Zärtlichkeit überkam sie wie früher, wenn sie seinen Schlaf beobachtet hatte.
Wie hatte sie vorhin seine Anwesenheit spüren können, ohne zu wissen, dass er nicht ins Flugzeug gestiegen war? Sie würde sich das nie erklären können. Es war einfach so. Eine geheimnisvolle Kraft hatte sie plötzlich in den Regen hinausgetrieben, um ihn wiederzufinden. Sie war sich ganz sicher gewesen, dass er dort war, dass er auf der anderen Straßenseite auf sie wartete. Diese Dinge ereigneten sich nicht zum ersten Mal. Genau wie ihr Mann war sie nicht besonders gläubig. Dennoch gab es zwischen ihnen eine Art spiritueller Verbindung, die beruhigend und geheimnisvoll zugleich bis in ihre Kindheit zurückreichte und über die sie mit keinem Menschen jemals ge-

sprochen hatte, aus Angst, sich lächerlich zu machen.

Wieder betrachtete sie ihn. Warum war er zurückgekommen? Bereits am Vormittag war sie stutzig geworden, weil dieser Chirurg ihn begleitete. Irgendwie hatte sie gespürt, dass etwas nicht stimmte. War Nathan vielleicht krank? In den letzten Tagen hatte sie am Telefon mehrmals Angst in seiner Stimme gespürt, und vorhin im Regen hatte sie diese Angst in seinen Augen gesehen.

Sie kannte diesen Mann, der da auf ihrem Sofa lag, gut, sie kannte ihn so gut, wie sie nie wieder jemanden auf dieser Welt kennen würde. Und soweit sie sich erinnern konnte, hatte Nathan Del Amico noch nie vor etwas Angst gehabt.

Winter 1984
Flughafen Genf

In der Ankunftshalle steht Mallory und wartet.

Vor drei Tagen haben sie zum letzten Mal miteinander telefoniert, und heute richtet sie sich darauf ein, ihren zwanzigsten Geburtstag allein in dieser Klinik zu feiern, sechstausend Kilometer von zu Hause entfernt.

Sie hat ihn gebeten, nicht zu kommen: Der Flug von New York nach Genf ist furchtbar teuer, und sie weiß, dass er kein Geld hat und darunter leidet. Natürlich hätte sie ihm helfen und das Ticket bezahlen können, aber er hätte das nie akzeptiert. Sie ist dennoch hergekommen, um die Ankunft der Swissair-Maschine zu erwarten. Nur für den Fall, dass …

Zitternd und fiebrig mustert sie die ersten Passagiere, die in die Ankunftshalle kommen.

Einige Monate zuvor, als sie schon glaubte, es endgültig geschafft zu haben, bekam sie einen Rückfall. Und die letzten Wiedersehen mit Nathan waren ihr auch keine Hilfe gewesen. Seine Liebe stieß auf zu viel Widerstand: die Feindschaft ihrer Eltern, die sozialen Schranken, die geografische Entfernung … Es war so schlimm, dass sie erneut abmagerte, bis sie nur noch vierzig Kilo wog.
Anfangs war es ihr ohne große Mühe gelungen, ihren Gewichtsverlust vor ihren Eltern und vor Nathan zu verbergen. Als sie in den Ferien nach Hause kam, fand sie einen Weg, um den Eindruck zu vermitteln, sie sei in Topform. Aber ihre Mutter hatte die Veränderung schnell bemerkt. Ihre Eltern reagierten wie gewöhnlich: Sie vermieden Halbheiten und bevorzugten die radikale und einwandfreie Lösung, die, wie sie glaubten, das Problem lösen würde.
So ist sie in dieser Schweizer Klinik gelandet, in einer sehr teuren Klinik, die sich auf die Psychopathologie Heranwachsender spezialisiert hatte. Seit genau drei Monaten befindet sie sich jetzt in diesem blöden Sanatorium. Allerdings muss sie objektiv betrachtet zugeben, dass die Behandlung Erfolge zeigt, denn sie hat wieder normal zu essen begonnen und einen Teil ihrer Energie zuückgewonnen.
Dennoch ist jeder Tag ein ständiger Kampf, ein Kampf gegen die zerstörerische Macht in ihrem Innern.
Alle Ärzte haben ihr erklärt, dass ihre Weigerung, Nahrung zu sich zu nehmen, ein Leiden aus-

drückt, das sie zuerst identifizieren muss, wenn sie gesund werden will.
Aber war es wirklich ein Leiden?
Ja sicher, so konnte man die Dinge sehen. Oh nein, sie hatte keine schwere Kindheit gehabt und auch kein Trauma erlitten. Nein, es war viel diffuser, ein Gefühl, das sie von Kind an beherrscht hatte und das mit zunehmendem Alter immer stärker wurde.
Es konnte sie jederzeit und überall treffen. Auf großen Straßen zum Beispiel, wenn sie mit ihren Freundinnen spazieren ging, um in den schicken Läden der Stadt einzukaufen. Sie brauchte nur an den Obdachlosen vorbeizugehen, die in ihren Pappkartons im Schnee schliefen. Jedes Mal war es dasselbe: Niemand schien ihnen Aufmerksamkeit zu schenken. Niemand bemerkte sie wirklich. Aber Mallory sah mehr als das: Diese vor Kälte rot gefrorenen Gesichter ergriffen von ihr Besitz, während sie für die Augen der anderen Menschen anscheinend durchsichtig waren. Somit war es nicht verwunderlich, dass es ihr schwer fiel, sich für die Belanglosigkeiten des Lebens zu interessieren! Sie war sich wohl bewusst, privilegiert zu sein, und litt unter einem Schuldgefühl, das ihr diese Nähe von Reichtum und Armut unerträglich machte.

Inzwischen sind fast alle Passagiere ausgestiegen. Die letzten kommen die Rolltreppe herunter, nachdem sie den Zoll passiert haben.
Sie drückt ganz fest die Daumen.
Wenn sie wieder zu essen begonnen hat, dann vor allem seinetwegen: Ihre Beziehung mit Nathan bildet den Fixpunkt ihres Lebens, eine Quelle des Glücks, die sie um jeden Preis erhalten will.

Als sie gerade zu resignieren beginnt, erscheint er plötzlich oben an der Gangway. Da ist er, mit seiner Mütze der Yankees auf dem Kopf und in dem hellblauen Ringelpullover, den sie ihm zum Geburtstag geschenkt hat.
Da er nicht erwartet, abgeholt zu werden, schaut er sich kaum um. Sie macht sich nicht gleich bemerkbar, sondern lässt ihn erst zum Förderband gehen und sein Gepäck abholen.
Dann ruft sie laut seinen Namen.
Er dreht sich um, macht ein völlig überraschtes Gesicht, stellt seinen Rucksack ab, um zu ihr zu eilen und sie zu umarmen.
Sie lässt sich in seine Arme fallen und genießt diesen kostbaren Moment. Sie bettet ihren Kopf an seine Schulter, atmet seinen Duft ein wie ein berauschendes Parfüm. Getröstet von seiner Nähe schließt sie für eine lange Minute die Augen und erinnert sich an die guten Düfte ihrer Kindheit, in der die Schwierigkeiten und die Sorgen des Lebens noch nicht existiert hatten.
»Ich wusste, dass du bis ans Ende der Welt kommen würdest, um mich zu sehen«, scherzt sie. Dann küsst sie ihn.
Er schaut ihr in die Augen und sagt feierlich:
»Ich würde sogar noch viel weiter gehen, viel weiter als bis ans Ende der Welt …«
In diesem Augenblick weiß sie mit Sicherheit, dass er der Mann ihres Lebens ist.
Und dass es immer so sein würde.

»Ich habe dich nicht kommen hören«, murmelte Nathan und öffnete die Augen.
Sie stellte eine Tasse mit heißem Kaffee auf einen Hocker aus Naturholz.

»Ich habe deine Hose in den Wäschetrockner getan. Du kannst dich bald wieder anziehen.«
»Danke.«
Sie waren verlegen, ohne Anknüpfungspunkte, wie ein ehemaliges Liebespaar, das sich früher sehr nahe gestanden hat, bevor es durch die Wechselfälle des Lebens getrennt wurde.
»Ist das dein Gepäck?«, fragte er und wies auf zwei Reisetaschen, die neben dem Eingang standen.
»Man hat mich gebeten, an einer Vorbereitungskonferenz für das Sozialforum in Porto Alegre teilzunehmen. Ich hatte erst wegen Bonnie abgesagt, aber jetzt, nachdem du sie früher abgeholt hast …«
»Du fliegst nach Brasilien?«
»Nur für drei oder vier Tage. An Weihnachten bin ich wieder zurück.«
Mallory öffnete eine Tasche und suchte etwas darin.
»Hier, zieh das an, oder du wirst dir den Tod holen«, sagte sie und hielt ihm ein verschlissenes T-Shirt hin. »Es ist ein altes, aber ich glaube, es passt dir noch.«
Er faltete das T-Shirt auseinander und erkannte es. Er hatte es an jenem unvergesslichen Abend getragen, als sie sich zum ersten Mal geliebt hatten. Das war sehr lange her.
»Ich wusste nicht, dass du es aufgehoben hast.«
Um die Situation zu überbrücken, nahm sie einen Schal, der auf dem Sofa herumlag, und wickelte sich darin ein.
»Brrr … es ist wirklich ziemlich kalt«, bibberte sie.
Sie verschwand für einige Sekunden und kehrte mit einer Flasche mexikanischem Tequila zurück.
»Hier ist eines der besten Mittel, um sich aufzuwärmen«, sagte sie und reichte ihm ein Glas.

Zum ersten Mal seit einer Ewigkeit sah er seine Frau lächeln, und dieses Lächeln war für ihn bestimmt.
»*A tu salud!,* wie Bonnie sagen würde.«
»*A tu salud!*«, antwortete Nathan.
Sie stießen mit ihren Gläsern an und tranken den Tequila traditionsgemäß in einem Zug.
Sie nahm sich ein Stück von seiner Decke und setzte sich neben ihn auf das Sofa. Sie legte den Kopf an seine Schulter. Dann schloss sie die Augen.
»Es ist ganz schön lange her, dass wir uns unterhalten haben, nicht wahr?«

Der Regen peitschte an die Fenster und hinterließ lange senkrechte Spuren auf den Scheiben.
»Sag mir, was dich beunruhigt.«
»Nichts«, log Nathan.
Er hatte beschlossen, ihr nichts von den Boten zu erzählen. Diese Geschichte war zu irrational, an der Grenze zum Übernatürlichen. Mallory könnte ihn für verrückt halten und sich sorgen, weil er Bonnie bei Goodrich gelassen hatte.
Aber sie gab nicht auf:
»Das glaube ich dir nicht. Wovor hast du Angst?«
Diesmal sagte er die Wahrheit.
»Dich zu verlieren.«
Mit enttäuschtem Gesichtsausdruck zuckte sie die Schultern.
»Ich glaube, wir haben uns schon verloren.«
»Man kann jemanden auf verschiedenen Ebenen verlieren.«
Sie strich sich eine Haarsträhne aus dem Gesicht.
»Was meinst du damit?«
Statt auf ihre Frage zu antworten, fragte er sie:

»Wie sind wir dahin gekommen, Mallory?«
»Das weißt du ganz genau.«
Er ließ seinen Blick ins Leere schweifen.
»Nichts wäre passiert, wenn Sean nicht gestorben wäre.«
Gereizt erwiderte sie:
»Lass Sean, wo er ist! *Du* bist nicht mehr der, den ich liebte, Nathan, das ist alles.«
»Die Liebe geht nicht einfach so verloren.«
»Ich habe nicht gesagt, dass ich dich nicht mehr liebe. Ich habe nur festgestellt, dass du nicht mehr der bist, den ich einst geliebt habe.«
»Du kennst mich, seit ich acht Jahre alt bin! Zum Glück habe ich mich verändert. Alle Menschen verändern sich.«
»Tu nicht so, als würdest du mich nicht verstehen: Dein ganzes Leben drehte sich um deinen Job. Du hast mich überhaupt nicht mehr bemerkt.«
»Ich musste doch arbeiten«, verteidigte er sich.
»Deine Arbeit hätte dich aber nicht verpflichtet, meinen Vater mit diesem Prozess zu demütigen. Dein Stolz war dir wichtiger als deine Frau.«
»Jeffrey wollte den Prozess. Vergiss nicht, was deine Familie meiner Mutter angetan hat.«
»Aber ich bin nicht meine Familie, und du hast nicht an mich gedacht. Du hast dich so weit von mir entfernt, Nathan, du warst immer unzufrieden, unaufhörlich auf der Suche nach dem perfekten Glück.«
Er versuchte sich zu rechtfertigen:
»Ich wollte dieses Glück für uns. Für dich, für die Kinder ...«
»Aber wir hatten dieses Glück, Nathan. Du hast es nur nicht gemerkt, aber wir hatten es. Was hat dir denn noch gefehlt? Wolltest du noch mehr

Geld? Aber wofür? Um ein drittes Auto zu kaufen und dann ein viertes? Um in einem Nobelclub Golf zu spielen?«
»Ich wollte deiner würdig sein. Zeigen, dass ich es geschafft hatte.«
Sie war jetzt sehr wütend.
»Aha, da haben wir's wieder. Du wolltest zeigen, dass du es geschafft hast: der große Ehrgeiz des Nathan Del Amico!«
»Du kannst das nicht verstehen. In dem Milieu, in dem ich geboren wurde ...«
Sie ließ ihn nicht weiterreden.
»Ich weiß sehr gut, woher du stammst und wie schwierig es für dich war«, sagte sie und betonte jedes einzelne Wort, »aber das Leben ist weder ein Wettbewerb noch ein Krieg, und du bist nicht verpflichtet, deinen Erfolg ununterbrochen zu beweisen.«
Sie erhob sich mit einem Ruck vom Sofa.
»Mallory!«
Er wollte sie zurückhalten, aber sie stellte sich taub. Sie fand Zuflucht in der gegenüberliegenden Ecke des Zimmers. Sie versuchte sich zu beruhigen und zündete mehrere kleine Kerzen an, die in einer tiefen Glasschale schwammen.
Nathan näherte sich ihr und versuchte ihre Schultern zu umfassen. Sie schüttelte ihn schroff ab.
»Schau dir das mal an«, sagte sie und warf ihm ein Exemplar der *New York Times* zu, die auf dem Wohnzimmertisch lag.
Obwohl Mallory in Kalifornien lebte, hatte sie noch immer die New Yorker Tageszeitung abonniert, die sie bereits als Studentin gelesen hatte.
Nathan fing die Zeitung auf und betrachtete die Schlagzeilen auf der ersten Seite:

Ohio: Ein Jugendlicher tötet drei Menschen in seiner Highschool mit einer Pistole.
Chile: Ein Vulkanausbruch verursacht eine humanitäre Katastrophe.
Afrika: Hunderttausende von Flüchtlingen in der Sahelzone ohne Obdach.
Nahost: Neue Spannungen nach einem Selbstmordattentat.
Einige Sekunden später fragte sie niedergeschlagen:
»Welchen Sinn hat dieses Leben, wenn man es nicht mit jemandem teilen kann?«
Ihre Augen wurden feucht. Sie sah ihn wütend an.
»Was konnte es Wichtigeres für dich geben, als deine Liebe mit uns zu teilen?«
Da er nicht antwortete, begann sie von neuem:
»Ich fände es keineswegs beruhigend, mit jemandem zu leben, der keine Fehler hat. Du hättest zu deinen Schwächen stehen können, zumindest mir gegenüber. Du hättest mir vertrauen sollen …«
Diese Worte bedeuteten: Du hast mich so sehr enttäuscht.
Er blickte in Mallorys tränenfeuchte Augen. Alles, was sie gesagt hatte, war wahr. Dennoch hatte er es nicht verdient, allein den schwarzen Peter zu bekommen.
»Immerhin habe ich meinen Ehering aufbewahrt«, sagte er und hob seinen Ringfinger. »Ich trage ihn noch, während du es wagst, mit diesem armseligen Versager in *unserem* Restaurant zu essen.«
Er fuchtelte mit seinem Ehering vor Mallorys Augen herum wie der Anwalt, der den Geschworenen das entscheidende Beweisstück präsentiert.
Doch er hatte hier kein Plädoyer zu halten. Er stand der Frau gegenüber, die er liebte, und sie sah

ihn mit einem Blick an, der sagen wollte: *Unterschätz mich bloß nicht auf diesem Gebiet, beleidige mich bloß nicht auf diese Weise.* Langsam holte sie aus ihrem Rollkragenpullover eine kleine Kette hervor, an der ein weißgoldener Ring hing.

»Ich trage meinen Ehering auch noch, Nathan Del Amico, aber das beweist überhaupt nichts.«

Jetzt füllten sich ihre Augen mit Tränen. Sie versuchte trotzdem zu sagen, was sie zu sagen hatte.

»Und falls du Vince meintest, glaub mir, er hat nichts mit uns zu tun.«

Dann fügte sie mit einem Schulterzucken hinzu:

»Falls du im Übrigen nicht bemerkt haben solltest, dass ich diesen armen Kerl nur ausnutze, dann bist du nicht sonderlich scharfsinnig.«

»Ich verliere oft meinen Scharfsinn, wenn es um dich geht.«

»Ich bediene mich seiner. Ich bin nicht sehr stolz darauf, aber ich benutze ihn. Dieser Typ besitzt so viel Kohle, und wenn ich etwas tun kann, damit er einen Teil davon hergibt, um Bedürftigen zu helfen, dann will ich ihn gern in alle Restaurants der Welt begleiten.«

»Das ist eine sehr zynische Handlungsweise«, bemerkte er.

Sie lächelte traurig.

»Zynismus und Dreistigkeit sind die beiden Grundpfeiler des Geschäfts. Sie selbst haben mir das beigebracht, Herr Anwalt, haben Sie das vergessen?«

Sie zog ein Päckchen Kleenex aus ihrer Tasche und trocknete sich die Tränen ab. Er traute sich nicht mehr, auf sie zuzugehen, aus Angst, zurückgewiesen zu werden. Stattdessen lief er schwei-

gend durch den Raum, öffnete das Fenster und atmete die frische Luft ein. Die schweren dunklen Wolken schienen sich nach Norden zu verziehen.
»Es regnet kaum noch«, bemerkte er, um die Spannung zu lösen.
»Was schert mich der Regen«, gab Mallory zurück.
Er betrachtete sie aufmerksam. Ihre Wangen waren hohl und ihre Haut blass, beinahe durchsichtig. Er wollte ihr sagen, dass sie immer den ersten Platz in seinem Leben eingenommen hatte und dass sie diesen Platz für immer behalten würde. Doch er stieß lediglich hervor:
»Das weiß ich alles, Mallory.«
»Was weißt du?«
»Alles, was du gerade gesagt hast: dass das Glück sich nicht auf materielles Wohlergehen beschränkt, dass Glück vor allem darin besteht, zu teilen, Freude und Ärger zu teilen, dasselbe Dach und dieselbe Familie zu teilen … Ich weiß das alles … jetzt.«
Er breitete als Zeichen seiner Ohnmacht die Arme aus und lächelte verlegen.
Sie betrachtete ihn nachsichtig. Wie er so da stand, erinnerte er sie an den kleinen Jungen, der er einst gewesen war und dem sie nicht hatte widerstehen können.
Für den Augenblick unterließ sie ihre Vorwürfe und schmiegte sich an ihn. Es war nicht nötig, so ungerecht zu ihm zu sein, denn sie wusste, dass Nathan sich nach Seans Tod in die Arbeit gestürzt hatte, weil das der einzige Trost gewesen war, den er in seiner Trauer gefunden hatte.
Sie konnte ihn dafür nicht bestrafen, selbst wenn es ihr Leid tat, dass sie es nicht geschafft hatten, zu-

sammenzubleiben, nachdem sie dasselbe Schicksal erlitten hatten.
Sie schloss die Augen. Er war noch nicht fort, aber sie wusste bereits, dass sie seine Abwesenheit in wenigen Minuten schmerzlich empfinden würde. Für die Biologen beschränkt sich ein großer Teil der Liebe auf einen Austausch zwischen Molekülen und chemischen Substanzen, die im Innern des Gehirns freigesetzt werden und Begierde und Anziehung auslösen. Wenn das der Fall ist, dann spielte sich dieser Vorgang jedes Mal ab, wenn sie ihn berührte.
Sie hätte sich gewünscht, dass dieser Augenblick mindestens eine Ewigkeit dauerte. Trotzdem unternahm sie die unglaubliche Anstrengung, die Berührung zu beenden. Es war nicht der richtige Augenblick. Sie fühlte sich von ihm angezogen, aber sie war furchtbar wütend auf ihn.
»Du musst gehen, sonst verpasst du den letzten Flieger«, sagte sie und löste sich von ihm.

Er stand auf der Türschwelle und konnte sich nicht entschließen zu gehen. Das Taxi, das er gerufen hatte, wartete schon seit fünf Minuten mit laufendem Motor.
Wie sollte er ihr erklären, dass dies vielleicht ihr letzter Abschied war, ihr letztes Lächeln, das letzte Mal, dass sie sich berührten?
»Wenn mir etwas geschehen sollte, dann möchte ich wirklich, dass du …«
»Red keinen Unsinn«, unterbrach sie ihn.
»Das ist kein Unsinn, Mallory, stell dir vor, dass …«
»Ich sage dir, dass wir uns wiedersehen werden, Nat. Ich verspreche es dir.«

Sie hatte ihn nie belogen, und er hätte ihr gern glauben wollen, sogar dieses Mal.
Sie hauchte einen Kuss auf ihre eigene Handfläche und strich dann sanft über die Wange ihres Mannes.
Er stieg ins Taxi, drehte sich aber um, um ihr einen letzten Blick zuzuwerfen. Den letzten Blick eines Mannes, der fürchtete, jene Frau für immer zu verlieren, die er anbetete. Das letzte Erkennungszeichen einer Seele, die das Glück hatte, auf dieser Erde ihre zweite Hälfte zu finden.
Sie sah ihm nach, wie er sich in der vom Regen reingewaschenen Luft entfernte. Mallory nahm ihren Ehering in die Hand, der an der Kette um ihren Hals hing.
Sie hielt den Ring mit aller Kraft fest und rezitierte in Gedanken wie eine Beschwörung:

Stark wie der Tod ist die Liebe.
Auch mächtige Wasser können die Liebe nicht löschen,
auch Ströme schwemmen sie nicht weg.

Kapitel 21

Wenn ich ein Kind hätte, würde das bedeuten: Ich bin geboren worden, ich habe vom Leben gekostet und ich habe festgestellt, dass es gut genug ist, um vervielfältigt zu werden.

Milan Kundera

17. Dezember

»*Qué hora es?*«, fragte Bonnie und rieb sich die Augen.

Das kleine Mädchen war gerade aufgewacht.

»Rat mal!«, gab ihr Vater zurück und nahm sie in die Arme.

Nathan war am Morgen mit der Sechs-Uhr-Maschine aus San Diego zurückgekehrt. Er hatte seine Tochter abgeholt, die noch in Goodrichs Büro auf dem Sofa schlief.

»Sie ist spät ins Bett gekommen«, hatte der Arzt ihm berichtet. »Unser Flug nach New York hatte sich wegen der Unwetter verspätet.«

Nathan hatte die schläfrige Bonnie auf den Arm genommen und war mit ihr in sein Apartment im San Remo gefahren. Um acht Uhr, als die Morgensonne bereits ins Fenster schien, brachte er sie endgültig zu Bett.

Jetzt schaute sie ungläubig auf die Pendeluhr in der Küche. »Schon drei Uhr nachmittags?«

»Aber ja! Baby, du hast wie ein Murmeltier geschlafen.«

»Ich bin kein Baby«, verteidigte sie sich gähnend.
»Oh doch!«, sagte er und setzte sie auf einen hohen Schemel vor eine großen Tasse dampfenden Kakaos. »Du bist *mein* Baby.«
»Es ist das erste Mal in meinem Leben, dass ich so spät aufstehe«, flunkerte sie und griff nach einem Bagel mit Sesamkörnern.
Nathan betrachtete sie liebevoll. Es war sehr tröstlich, mit ihr zusammen zu sein. Er fand, dass sie gestern sehr gut gelaunt war. Sie schien fröhlich, ausgeglichen und viel weniger verängstigt als in den letzten Ferien. Der Schock, den sie bei der Scheidung erlitten hatte, ließ offensichtlich nach. Sie hatte am Ende begriffen, dass die Scheidung ihrer Eltern sie weder von ihrem Vater noch von ihrer Mutter trennte. Umso besser.
Doch kaum schien sich dieses Problem zu lösen, da zeichnete sich ein anderes, viel schwerwiegenderes, am Horizont ab: Sie würde ihren Vater verlieren.
Er machte sich große Sorgen um sie. Würde sie in der Lage sein, diese schwerste aller Prüfungen zu bestehen, die sie in ihrem kurzen Leben durchmachen musste? Gab es denn überhaupt eine Möglichkeit, ein Kind auf den nahen Tod seines Vaters vorzubereiten?
Für den Augenblick beschloss er die düsteren Gedanken zu verbannen und die schöne Zeit zu genießen.
»Wir könnten einen Weihnachtsbaum besorgen«, schlug er vor, weil er annahm, das würde ihr gefallen.
»Oh ja! Mit ganz viel Schmuck – mit Kugeln, Sternen und Lichterketten, die nachts blinken.«
»Und dann gehen wir einkaufen und kochen uns etwas Gutes zum Abendessen.«

»Können wir einen Salat aus dunklen Tintenfisch-Tagliatelle machen?«, bettelte sie.
Das war tatsächlich ihr Lieblingsessen, seit sie es mal in einem Restaurant in Tribeca bestellt hatte, in das sie mit Mallory gegangen waren, als sie noch ziemlich klein war.
»Mit einem super Dessert. Wollen wir uns einen ganz tollen Nachtisch zubereiten?«
»Na klar doch«, rief sie und hüpfte vor Freude.
»Was würde dir denn schmecken?«
»Ein *pumpkin pie*«, sagte sie ohne zu zögern.
»Das ist ein Dessert für Thanksgiving. Willst du nicht lieber eine Weihnachtsspezialität?«
Sie schüttelte den Kopf.
»Nein, ich mag Kürbiskuchen, vor allem, wenn er schön saftig ist, und mit viel Mascarpone«, erklärte sie und leckte sich genüsslich die Lippen.
»Dann beeil dich mal mit deinem Frühstück.«
»Ich will nichts mehr essen«, sagte sie, erhob sich vom Tisch und schmiegte sich in seine Arme.
Sie hielt sich an ihm fest und rieb ihre nackten Füße aneinander.
»Ist dir kalt, mein kleines Eichhörnchen?«
»Ja, ich bin ganz durchverfroren.«
Sie war wirklich hinreißend, wenn sie sich bemühte, schwierige Wörter zu verwenden.
»*Durchgefroren*«, korrigierte er sie lachend. »Du bist ein kleines durchgefrorenes Mädchen, das sich jetzt ganz schnell warm anziehen wird.«

Es war gar nicht so einfach, die berühmten dunklen Tagliatelle zu finden. Sie mussten bis zu *Dean and Delucca* fahren. Wenige Tage vor Weihnachten war das Feinkostgeschäft in Soho überfüllt, aber die Menschen, die sich drängelten, um ihre

Einkäufe in Rekordzeit zu erledigen, kümmerten sie wenig, denn sie hatten genug Zeit.
Am Broadway verglich Bonnie eine gute Viertelstunde lang verschiedene Weihnachtsbäume, die ein Verkäufer unter freiem Himmel anbot. Als sie ihre Wahl getroffen hatte, legte Nathan den kleinen Baum in den Kofferraum des Jeeps, bevor sie bei einem Händler in der 3. Avenue hielten, bei dem man seiner Meinung nach das beste Obst und das beste Gemüse in der ganzen Stadt bekam.
Dort kauften sie einen schönen Kürbis und eine Fischsuppe im Glas, die aus Frankreich stammte und den komischen Namen »soupe à la sétoise« hatte.
Am späten Nachmittag waren sie wieder zu Hause und bereit, sich auf die Zubereitung eines delikaten Mahls zu stürzen.
Kaum hatte Bonnie ihren Dufflecoat ausgezogen, stellte sie eilig die Zutaten auf die Arbeitsplatte in der Küche: Blätterteig, Kürbis, Orangen, Vanillezucker, Mandellikör, Mascarpone ...
»Kommst du mir helfen?«, fragte sie ihn lächelnd.
»Sofort.«
Er betrachtete seine Tochter und spürte, wie sein Herz schwer wurde. Er hätte ihr gern gesagt, dass sie sich vor der Zukunft nicht zu fürchten brauchte, dass er auch nach seinem Tod immer da sein würde, um sie zu behüten und zu beschützen.
Aber was wusste er schon davon! Bestimmt lief es so nicht. Er war sich aber ziemlich sicher, dass er sich nicht in einen Schutzengel verwandeln würde, dessen Aufgabe es wäre, sie vor törichten Schritten zu bewahren.
In Wahrheit hatte er Angst. Er hatte Angst, seine kleine Tochter der Hässlichkeit und dem Zynis-

mus der Welt aussetzen zu müssen, ohne ihr helfen zu können.
Er trat an den Tisch. Bonnie hatte sich eine Schürze umgebunden, die ihr dreimal zu groß war, hatte bereits das Kochbuch auf der richtigen Seite aufgeschlagen und wartete geduldig auf seine Anweisungen.
»An die Arbeit!«
Nathan rollte den Blätterteig aus und legte ihn in die Form. Er bedeckte ihn mit einem runden Blatt Pergamentpapier, auf das er getrocknete Bohnen legte, bevor er die Form in den Ofen schob. Inzwischen hatte Bonnie den Kürbis von Kernen und Fasern befreit. Er half ihr das Fruchtfleisch in kleine Würfel zu schneiden. Dann träufelte sie vorsichtig einige Tropfen Mandellikör darauf und lächelte zufrieden. Nathan stellte den Kürbis auf den Herd und nutzte die Unterbrechung, um ihr eine Frage zu stellen.
»Erinnerst du dich, wie es war, als Sean starb?«
»Natürlich«, sagte sie und schaute ihm direkt in die Augen.
Obwohl sie sich bemühte, es zu verbergen, bemerkte er den Schatten, der das schöne Gesicht seiner Tochter verdüsterte. Er zwang sich, trotzdem weiterzureden.
»Damals warst du noch ziemlich klein.«
»Ich war vier Jahre alt«, sagte sie, und es klang, als sei diese Zeit zwei bis drei Jahrzehnte her.
»Um dir den Tod zu erklären, haben Mama und ich dir erzählt, dass *Sean im Himmel ist.*«
Sie nickte, um zu zeigen, dass sie sich daran erinnerte.
»Am Anfang hast du viele Fragen über den Himmel gestellt. Mehrere Male wolltest du wissen, ob

es im Himmel kalt sei. Du hast mich auch gefragt, wie dein kleiner Bruder sich da oben ernährt und ob du ihn eines Tages besuchen könntest.«

»Ich erinnere mich daran«, sagte Bonnie schlicht.

»Also, ich weiß nicht, ob dies die beste Art war, um dir zu erklären, was der Tod ist …«

»Wieso? Kommt man denn nicht in den Himmel, wenn man tot ist?«

»Ehrlich gesagt, Liebling, niemand weiß es genau.«

Sie überlegte einen Moment, versuchte, sich an all das zu erinnern, was sie zu diesem Thema wusste.

»Meine Freundin Sarah sagt, wenn man tot ist, kommt man ins Paradies oder in die Hölle.«

»Wir wissen es nicht«, wiederholte Nathan.

Aber ihm war klar, dass diese Antwort ihr nicht genügte.

»Warum schaut man dann nicht in die Enzyklopädie?«, fragte sie lebhaft. »Mama sagt immer, wenn man etwas nicht weiß, muss man in die Enzyklopädie schauen.«

»Nicht einmal die Enzyklopädie weiß es. Es ist ein Geheimnis.«

In diesem Augenblick klingelte der Wecker des Backofens.

Nathan nahm den fertigen Tortenboden heraus und entfernte die getrockneten Bohnen.

Wider Erwarten bot ihm das kleine Mädchen keine Hilfe an.

»Los, Bonnie, ich brauch dich. Wir müssen den Belag für den Kuchen vorbereiten. Zeig mal, ob du immer noch Eier aufschlagen kannst, wie ich es dir gezeigt habe. Schnell, schnell!«

Bonnie widmete sich erst zögerlich dieser Aufgabe, dann aber voller Elan. Sie mischte die Eier

mit dem Zucker. Sie machte ihre Sache wirklich gut, und fünf Minuten später hatte sie ihr Lächeln wiedergefunden.
»Schau mal, die Masse ist jetzt ganz cremig!«, rief sie.
»Nun müssen wir den Kürbis, den Orangensaft und Mascarpone dazutun.«
Sie teilten sich die Arbeit. Er presste eine Orange für den Saft aus, und sie pürierte die Kürbisstücke. Nach einer Weile wollte sie kosten. Die Folge war, dass die Creme einen feinen orangenen Schurrbart über ihrem Mund hinterließ.
Er holte einen Fotoapparat, und sie fotografierten sich gegenseitg. Dann hielt er mit einer Hand den Apparat über ihre Köpfe. Sie schmiegten die Wangen aneinander.
»Eins, zwei, drei, *lächeln*!«
Noch eine schöne Erinnerung.
Er bat sie, die Creme auf dem Tortenboden zu verteilen, und half ihr, die Form in den Ofen zu schieben.
Bonnie hockte sich vor den Backofen, um durch die Scheibe zu beobachten, wie der Kuchen zu backen begann. Sie war so fasziniert, als verfolge sie gerade ein hochinteressantes Fernsehprogramm.
»Mmm ... das wird sehr gut. Müssen wir lange warten?«
»Mindestens vierzig Minuten, mein Schatz.«
Sie stand auf, hob ihre kleine Nase in die Höhe und verharrte ein paar Sekunden in dieser Position, als zögere sie, ihm etwas mitzuteilen. Nach einer Weile hatte sie ihren Entschluss gefasst:
»Großmutter mag es nicht, wenn ich sie nach dem Tod frage. Sie sagt, dass ich zu klein bin und dass es Unglück bringt.«

»Das ist Unsinn, Liebling. Das liegt nur daran, dass Erwachsene Angst haben, mit Kindern über den Tod zu sprechen.«
»Warum?«
»Sie fürchten, sie zu erschrecken, dabei macht gerade das Nicht-darüber-Reden ihnen Angst. Man hat immer Angst vor dem, was man nicht kennt.«
»Was muss man über den Tod wissen?«, erkundigte sie sich unbefangen.
Er überlegte einen Moment.
»Zunächst, dass er unvermeidlich ist.«
»Das soll heißen, man kann ihm nicht entgehen?«
»Ja, Baby, alle Mernschen sterben.«
»Auch Lara Croft?«
»Lara Croft existiert nicht. Das weißt du genau.«
»Und Jesus?«
»Du bist nicht Jesus.«
»Das ist wahr«, gab sie zu und ließ ein Lächeln über ihr Gesicht huschen.
»Dann ist der Tod irreversibel.«
Sie versuchte dieses neue Wort zu wiederholen, dessen Sinn sie nicht kannte.
»Erriversibel?«
»*Irreversibel,* mein Schatz. Das ist ein schwieriges Wort und bedeutet, wenn man einmal tot ist, kann man nicht wieder lebendig werden.«
»Das ist schade«, sagte sie ehrlich betrübt.
»Ja«, gab er zu, »das ist schade. Aber mach dir keine Sorgen, du wirst nicht gleich sterben. Nicht morgen und nicht übermorgen.«
»Wann werde ich dann sterben?«
Nathan bedauerte, sich auf dieses Gespräch eingelassen zu haben. Bonnie schaute ihn mit großen Augen an, als könne er ihr eine entscheidende Vorhersage über ihre Zukunft machen.

»Erst wenn du einmal eine uralte Frau bist.«
»Mit Falten?«
»Ja, mit Falten, weißen Haaren und Stoppeln am Kinn.«
Diese Beschreibung entlockte ihr ein flüchtiges Lächeln.
»Und du und Mama? Wann werdet ihr sterben?«
»Mach dir keine Sorgen: Wir sterben auch nicht heute. Aber wenn ich sterbe, dann sollst du nicht so traurig sein.«
Sie schaute ihn verwundert an.
»Wenn du stirbst, soll ich nicht traurig sein?«, fragte sie, als hätte er ihr den größten Unsinn der Welt erzählt.
»Doch, natürlich darfst du traurig sein«, wiegelte er ab, »aber du sollst nichts bedauern und dir nichts vorwerfen. Verstehst du? Du kannst nichts dafür«, fuhr Nathan fort. »Ich bin sehr stolz auf dich, und Mama ist es auch. Du sollst nicht bedauern, dass du zu wenig Zeit mit mir verbracht hast. Denk lieber daran, dass wir vieles gemeinsam gemacht haben und dass uns viele schöne Erinnerungen bleiben.«
»Hast du so gefühlt, als deine Mama gestorben ist?«
Diese Frage erschreckte Nathan. Anstelle einer Antwort sagte er lediglich:
»Nicht genau, aber ich habe es versucht. Du darfst dich nicht scheuen, deine Gefühle den Menschen zu zeigen, die du liebst.«
»Okay«, antwortete sie, ohne wirklich zu verstehen, was er meinte.
»Um mit dem Tod eines Menschen fertig zu werden, der dir wichtig ist, sollst du dich an jene wenden, die dich lieben. Sie werden dich unterstützen.«

»Ich soll also zu euch kommen, zu dir oder zu Mama?«
»Ja«, bestätigte Nathan. »Du kannst immer zu uns kommen, wenn du Angst vor etwas hast oder wenn dich etwas beunruhigt. Selbst wenn du größer geworden wirst. Du kannst immer zu uns kommen, zu ihr oder zu mir. Und wenn ich eines Tages sterben werde, hast du immer noch Mama. Du hast eine wunderbare Mutter, und sie wird immer wissen, wie sie deinen Kummer lindern kann.«
»Das wird trotzdem ziemlich hart«, sagte sie mit zitternder Stimme.
»Ja«, gab er zu, »das wird hart. Manchmal wirst du dich einsam fühlen, und du wirst weinen wollen. Lass deinen Tränen freien Lauf, weil das gut tut.«
»Nur Babys heulen«, warf sie ein, den Tränen nahe.
»Nein, alle Menschen weinen. Ich schwöre es dir. Menschen, die nicht mehr weinen können, sind die unglücklichsten Wesen der Welt. Jedes Mal, wenn du mich nah bei dir haben willst, kannst du an einen Ort gehen, an dem wir beide gern zusammen gewesen sind, und mit mir reden.«
»Redest du manchmal mit Sean?«
Er sagte ihr die Wahrheit und war geradezu erleichtert, es tun zu können.
»Ja, ich spreche immer noch mit Sean und mit meiner Mutter. Sean lebt in meinem Herzen weiter. Er wird immer mein Sohn sein. Und das soll für dich genauso sein: Ich werde immer dein Vater sein und Mama immer deine Mutter. Auch noch wenn wir tot sind, das ändert nichts.«
»Gehst du auf den Friedhof, wenn du mit ihnen reden willst?«
»Nein, ich mag Friedhöfe nicht. Ich geh in den Park, morgens, sehr früh, wenn noch fast keiner

da ist. Ich sag allen Leuten, ich gehe joggen, um in Form zu bleiben, aber in Wirklichkeit gehe ich joggen, um bei ihnen zu sein. Jeder sollte seinen speziellen Ort finden, um mit den Toten zu reden. Das ist wichtig, weil die Person, die wir lieben, unser ganzes Leben lang bei uns bleibt.«
»Denkst du jeden Tag an sie?«
»Nein«, log Nathan, »oft, aber nicht jeden Tag.«
Er spürte, wie eine Gänsehaut seine Unterarme hinaufkroch. Dann fügte er mit dem Blick ins Leere und wie zu sich selbst hinzu:
»Das Leben ist etwas Wunderbares. Etwas ungeheuer Wertvolles.«
Sie fiel ihm um den Hals, und sie trösteten sich gegenseitig. In ihrem tiefsten Innern fragte sie sich, wieso diese merkwürdigen Eltern immer nur das Beste voneinander sagten. Unwillkürlich fragte sie sich, warum diese so wundervolle Mutter und dieser so aufmerksame Vater nicht alle beide an Weihnachten bei ihr sein konnten. Aber sie ahnte bereits, dass das Leben der Erwachsenen etwas sehr Kompliziertes sein musste und dass man sich da besser nicht einmischte.

Das Abendessen verlief in gehobener Stimmung. Nicht ein einziges Mal kamen sie auf düstere oder belastende Themen zu sprechen. Auch wenn die Suppe und der Nudelsalat gelungen waren, fand Bonnie vor allem ihren Kuchen mit dem Zuckerguss und der rötlichen Fruchtcreme *deliciosa*.
Am Abend nahmen sie sich Zeit, den Weihnachtsbaum zu schmücken, und hörten dabei *Children's Corner* von Claude Debussy, ein Stück, das dem kleinen Mädchen sehr gut gefiel.
Draußen rieselte der Schnee.

»Warum mag Mama Weihnachten nicht?«
»Weil sie meint, dass der wahre Sinn dieses Festes abhanden gekommen ist.«
Sie schaute ihn mit verwunderter Miene an.
»Ich verstehe kein Wort von dem, was du sagst.«
Er musste aufpassen: Seine Tochter war ja noch ein Kind. Er entschuldigte sich und versuchte dann, sich einfacher auszudrücken.
»Mama findet, dass wir in der Weihnachtszeit lieber an die Menschen denken sollten, die Not leiden, anstatt immer so viele Sachen zu kaufen, die wir nicht wirklich brauchen.«
»Das ist doch wahr, oder?«, fragte Bonnie, die sich gar nicht vorstellen konnte, dass es anders sein könnte, da ja ihre Mutter so dachte.
»Ja, das ist wahr«, bestätigte er. »Wir haben es hier warm und gemütlich, sind in Sicherheit, während andere Menschen allein sind. Und es ist hart, allein zu sein, wenn man traurig ist.«
»Aber im Moment ist Mama allein«, bemerkte das kleine Mädchen.
»Vince wird bei ihr sein«, vermutete Nathan ohne rechte Überzeugung.
»Das glaub ich nicht.«
»Das sagt dir deine weibliche Intuition?«, fragte er und blinzelte ihr zu.
»Genau«, konterte Bonnie und schloss beide Augen gleichzeitig.
Das war ihr »Doppelblinzeln«, wie sie es nannte, sie war die Einzige, die das konnte.
Er küsste sie aufs Haar.
Als sie den Weihnachtsbaum fertig geschmückt hatten, schauten sie sich zusammen ein Stück aus der DVD von *Shrek* an, dem grünen Oger mit den Trompetenohren.

Dann gab Bonnie eine lange Vorstellung all der Lieder, die sie bereits auf der Violine spielen konnte, und sang auf Spanisch eine wirklich gelungene Version von *Besáme mucho,* die sie in der Schule gelernt hatte.
Nathan repräsentierte ein hoch begeistertes Publikum und forderte mehrere Zugaben.
Dann war es Zeit zum Schlafengehen.
Er brachte sie ins Bett, und sie bat ihn, das Licht im Flur anzulassen.
»Gute Nacht, kleines Eichhörnchen«, sagte er beim Hinausgehen. »Ich liebe dich sehr.«
»Ich liebe dich auch sehr«, antwortete sie, »und das ist *erriversibel.*«
Er brachte es nicht übers Herz, ihren Fehler zu korrigieren, und gab ihr einen letzten Kuss.

Als er das Zimmer verließ, erinnerte er sich an jenen Tag im April 1995 in der Entbindungsstation in San Diego. An das erste Mal, als er seine kleine Tochter, die gerade das Licht der Welt erblickt hatte, im Arm gehalten hatte. Er war so bewegt und eingeschüchtert, dass er nicht wusste, wie er sich verhalten sollte. Alles, was er damals gesehen hatte, war ein winziges Baby mit zerknautschtem Gesicht, das mit geschlossenen Augen die merkwürdigsten Grimassen zog, während es mit seinen kleinen Händen herumfuchtelte.
In diesem Moment wusste er noch nicht, welch wichtigen Platz sie eines Tages in seinem Leben einnehmen würde. Dass ihm dieses winzige Püppchen wertvoller sein würde als alles andere.
Er ahnte wohl, dass die Vaterschaft eine radikale Veränderung in seinem Leben bewirken würde, aber er hatte keine Vorstellung davon, was sie

im Hinblick auf Liebe und Gefühle bedeuten würde.
Er wusste noch nicht, dass ein Kind ihm so viel Freude bereiten konnte.
Auch nicht, dass der Verlust eines Kindes eines Tages eine so große Verzweiflung in ihm auslösen würde.
Er ahnte nichts von alledem.
Dann hatte dieser kleine zerbrechliche Engel die Augen geöffnet und ihn so intensiv betrachtet, als wolle er ihm zu verstehen geben, dass er ihn brauchen würde. Nathan hatte sich wie verwandelt gefühlt, er wurde von einer grenzenlosen Liebe zu diesem kleinen Wesen erfasst.
Und es gibt einfach keine Worte, ein solches Glück zu beschreiben.

Kapitel 22

Jeder Mensch ist allein, und keiner interessiert sich für den anderen, und unsere Schmerzen sind eine einsame Insel.

Albert Cohen

18. Dezember

Obwohl Nathan eigentlich keine Lust hatte, musste er das Versprechen halten, das er seiner Frau gegeben hatte: Er würde mit Bonnie für zwei Tage zu ihren Großeltern fahren.
Er war zeitig aufgestanden. Trotz der frühen Stunde hatte er keine Bedenken, Jeffrey und Lisa Wexler anzurufen, um seine Ankunft anzukündigen. Er wusste, dass der Ausdruck »bis in die Puppen schlafen« in ihrem Vokabular nicht existierte, nicht einmal in den Ferien.
Da Bonnie spät schlafen gegangen war, weckte er sie erst um acht Uhr. Etwa anderthalb Stunden später waren sie auf dem Weg, nachdem sie vorher noch bei Starbucks gehalten hatten, um einen großen heißen Marshmallow-Kakao zu trinken.
Nathan hatte beschlossen, den Jeep zu nehmen, denn er war sicherer bei dem Schnee. Genau wie ihre Mutter liebte Bonnie dieses große Auto mit den riesigen Rädern. So hoch über der Straße hatte sie das Gefühl, in der Kommandozentrale eines Raumschiffs zu sitzen, das tief über der Erde flog.
Seit mittlerweile beinahe dreißig Jahren verbrach-

ten die Wexlers ihre Weihnachtsferien in den Berkshire Mountains westlich von Massachusetts. Von New York aus war die Fahrt relativ lang, aber die Landschaft mit ihren Hügelketten und den malerischen Kleinstädten auf den Kämmen war wirklich wunderschön und typisch für Neuengland. Bei Norwalk nahm er die Route sieben, passierte Great Barrington und schlug dann die Richtung nach Stockbridge ein. Er fuhr vorsichtig, denn an manchen Stellen war die Straße noch ein wenig glatt. Eine feine Pulverschneedecke lag über der Landschaft, die an ihren Augen vorbeizog.

Um sich zu zerstreuen, legte Bonnie eine CD ein: Keith Jarrett improvisierte am Klavier ein musikalisches Thema aus dem *Zauberer von Oz*.

Das kleine Mädchen begann zu trällern:

Somewhere, over the rainbow …

Während sie sang, bedachte sie ihn mit ihrem berühmten »Doppelblinzeln«, und er fand sie hinreißend mit der viel zu großen Baseballkappe, die sie sich übergestülpt hatte, um sich vor der blendenden Sonne zu schützen. Während er sie heimlich beobachtete, dachte er unwillkürlich, wie wunderbar es war, ein so unkompliziertes Kind zu haben. Im Grunde seines Herzens war er stolz auf sich, sie so gut erzogen zu haben. Mallory und er hatten versucht, sich von Anfang an beharrlich zu zeigen und an einigen elementaren Prinzipien festzuhalten: andere Menschen zu respektieren und zu wissen, dass man Rechte, aber auch Pflichten hatte.

Sie hatten sogar der Versuchung widerstanden, ihre Tochter zu sehr zu verwöhnen: Es gab keine Turnschuhe für zweihundert Dollar oder sündhaft teure Designerklamotten. Sie hielten das für über-

trieben und fanden die Haltung mancher Eltern entwürdigend, die sich zuweilen von ihren Kindern beleidigen ließen und sich dabei noch über den außergewöhnlichen Wortschatz ihrer Sprösslinge wunderten, statt mit ihnen zu schimpfen!
Nathan fragte sich gelegentlich, was aus diesen unerzogenen Gören werden sollte, nachdem sie wie launische Prinzen behandelt und verhätschelt worden waren. Zweifellos würden sie egomane, unreife junge Erwachsene werden, die sehr tief fallen würden, wenn sie entdeckten, wie viele Zugeständnisse sie machen und wie viele Frustrationen sie im Leben hinnehmen mussten.
Er warf wiederum einen Blick auf seine Tochter. Eingelullt von der Jazzmusik schlief sie friedlich, den Kopf ans Fenster gelehnt, durch das die Sonne hereinflutete und eine Lichtgestalt aus ihr machte.
Er versetzte sich in die Zukunft.
Bislang war ihre Erziehung nicht schwierig gewesen, aber das Schwerste stand noch bevor.
Denn unweigerlich würde der Tag kommen, an dem sie abends ausgehen oder sich die Nase oder etwas anderes piercen lassen wollte ... Ja, es würde eine Zeit kommen, in der sich ihr Verhältnis verschlechtern und das reizende kleine Mädchen sich in eine undankbare Jugendliche verwandeln würde, die überzeugt davon sein würde, dass ihre Eltern zu alt wären, um sie zu verstehen.
Mallory würde diese Krise allein durchmachen müssen. Er würde nicht mehr da sein, um ihr zu helfen. Er würde manches nicht kennen lernen: die Angst, wenn Bonnie zum ersten Mal abends nicht nach Hause käme, den ersten Verlobten, den sie mit nach Hause bringen würde, die erste Reise, die sie mit Freunden ans andere Ende der Welt pla-

nen würde … Dennoch hätte er sich diesen Herausforderungen gerne gestellt.
Wenn er nicht woanders erwartet werden würde.

Sein gutes Verhältnis zu Bonnie führte ihn manchmal in seine frühe Kindheit zurück, in der eine echte Komplizenschaft zwischen ihm und seiner Mutter bestanden hatte, bevor sich diese Art von Gleichgültigkeit zwischen ihnen einnistete, die er noch vertieft hatte. Er gaukelte sich nämlich vor, dass seine einzige Chance, den sozialen Aufstieg zu schaffen, darin bestand, sich kulturell von seinen familiären Ursprüngen zu lösen. Es war eben schwierig für den Sohn einer Haushaltshilfe, New York zu erobern!
Erst vor kurzem hatte er begriffen, dass er entschieden mehr von seiner Mutter mitbekommen hatte, als er bislang geglaubt hatte. Sie hatte ihm eine Mischung aus Mut und Selbstlosigkeit mitgegeben, eine Fähigkeit, sich allem zu stellen, was immer es sein mochte.
Aber er hatte sie sterben lassen, ohne ihr dafür zu danken. In den letzten Jahren vor ihrem Tod, in denen er wirklich gut zu verdienen begann, hätte er auf sie zugehen und seinen Erfolg mit ihr zusammen genießen sollen. Er hätte zu ihr sagen müssen: »Siehst du, wir haben es geschafft, du hast deine Opfer nicht umsonst gebracht, ich bin glücklich.« Stattdessen besuchte er sie immer seltener. Da er zu sehr mit seinem eigenen Kampf beschäftigt war, begnügte er sich damit, ihr jeden Monat Geld zu schicken, damit sie nicht mehr arbeiten musste. Und wenn er mal bei ihr vorbeischaute, dann war er immer in Eile. Er wechselte ein paar belanglose Worte mit ihr und ließ ihr je-

des Mal ein größeres Bündel Dollar da, um sein Gewissen zu beruhigen, weil er ein schlechter Sohn war.
Heute überkamen ihn starke Schuldgefühle, wenn er an die verpassten Gelegenheiten dachte, aber das war nicht die einzige Erinnerung, die ihn quälte.
Es gab eine Art Geheimnis zwischen ihnen, eine Episode, über die sie nie mehr gesprochen hatten und an die er sich sein ganzes Leben lang erinnern würde.
Damals war er gerade dreizehn Jahre alt. Es war im Sommer 1977, Anfang August, während der letzten Ferien, die er mit Mallory in Nantucket verbracht hatte (in dem Sommer, in dem sie sich zum ersten Mal geküsst hatten ... aber das ist eine andere Geschichte).
Im Jahr zuvor war er aufgrund glänzend bestandener Prüfungen ausgewählt worden, die angesehene Wallace School von Manhattan besuchen zu dürfen.
Auch wenn die Einrichtung einer Hand voll besonders begabter Schüler anbot, die Hälfte der Schulkosten zu übernehmen, blieb die Bezahlung des Rests den Eltern überlassen. Für Eleanor Del Amico bedeutete das sehr viel Geld. Nathan war sich wohl bewusst, dass er ein großes Opfer von seiner Mutter verlangte, zumal die Schule das Geld für das erste Trimester im Voraus verlangte. Aber er hatte ihr erklärt, es sei eine Investition in die Zukunft: seine einzige Chance, nicht als Lagerarbeiter oder Autowäscher zu enden.
In jenem Sommer besaß Eleanor jedoch keinen Cent: Im Winter hatte sie wegen einer hartnäckigen Bronchitis für ein paar Tage ins Krankenhaus gehen müssen, was hohe Kosten verursacht hatte.

Anfang des Monats hatte sie Wexler um einen Vorschuss gebeten, um die Schule für ihren Sohn bezahlen zu können. Aber Jeffrey hatte dies – getreu seinen puritanischen Prinzipien – kategorisch abgelehnt.

»Daran erkennst du ihre niedrige Gesinnung«, hatte seine Mutter bemerkt, »du hast ihrer Tochter das Leben gerettet, aber sie sind nicht bereit, auch nur einen Finger für dich zu rühren.«

Sie hatte Recht, auch wenn Nathan es nicht mochte, dass sie diese Episode benutzte, die inzwischen ein paar Jahre zurücklag, um etwas von ihrem Arbeitgeber zu bekommen.

Und dann war ein Perlenarmband aus dem Schmuckkoffer von Lisa Wexler verschwunden.

Nathan hatte nie wirklich verstanden, warum, aber der Verdacht fiel sofort auf seine Mutter und … auf ihn. Jeffrey Wexler hatte sie beide so befragt, als ob er keinen Zweifel an ihrer Schuld hegte. Er hatte sie sogar gefilzt, und sie mussten sich mit dem Rücken zu ihm, die Hände an die Wand, aufrecht hinstellen. Damals hatte Nathan noch nicht Jura studiert und wusste also nicht, dass diese Behandlung verboten war. Angesichts der Unschuldsbeteuerungen seiner Haushaltshilfe hatte Jeffrey ihr Zimmer ausräumen lassen, alle Schubfächer durchwühlt und die Koffer ausgeleert wie bei einer Hausdurchsuchung. Weil er immer noch nichts fand, drohte er die Polizei zu rufen, in der Hoffnung, diese Drohung würde Eleanor einschüchtern. Aber diese hatte weiterhin mit Nachdruck geleugnet und war vor ihrem Arbeitgeber fast auf die Knie gefallen: »Ich war es nicht, Mister Wexler, ich schwöre Ihnen, ich habe nichts gestohlen.«

Schließlich endete die Geschichte mit ihrer Entlassung. Entgegen dem Willen seiner Frau hatte Jeffrey darauf verzichtet, die Bullen zu rufen, und es vorgezogen, Eleanor ohne jegliche Entschädigung rauszuwerfen. Mitten im Sommer, entehrt und fast ohne einen Cent in der Tasche, mussten seine Mutter und er in die New Yorker Hitze zurückkehren.
Es war die schlimmste Demütigung seines Lebens gewesen, Mallorys Blick auf sich zu fühlen, als er wie ein Dieb einer Leibesvisitation unterzogen wurde. Er fühlte sich erniedrigt und bis zum Äußersten gedemütigt. Diese Scham hatte ihn bis heute begleitet, war auf immer in einem Winkel seines Gedächtnisses eingegraben, aber auch zu einem mächtigen Motor geworden, als hätte er seit jenem Tag gewusst, dass er auf der Karriereleiter nie hoch genug würde steigen können, um sich von dieser Schmach reinzuwaschen. Es hatte ihm nicht genügt, auf die sonnige Seite der Straße gelangt zu sein. Er musste noch weiter gehen: Er musste Jeffrey in diesem verdammten Prozess schlagen und ihm diese Erniedrigung heimzahlen, indem er ihn zwang, ihm sein Apartment im San Remo zu überlassen, diese schöne Immobilie im Wert von mehreren Millionen Dollar. Mit dieser Konfrontation hatte er Mallory wehgetan, das wusste er wohl. Aber selbst die Aussicht, jene zu verletzen, die er liebte, hatte ihn nicht aufgehalten. Manchmal ist man zu allem bereit, wenn man etwas erreichen will.
Dennoch war das Schmerzhafteste an dieser Geschichte, dass er am Ende eher Wexler als seiner Mutter glaubte. Er hatte nie wieder mit ihr über das Armband gesprochen, aber nachdem er das

Problem von allen Seiten beleuchtet hatte, glaubte er schließlich, dass seine Mutter es tatsächlich gestohlen hatte – seinetwegen. Im Oktober 1977 war das Trimester in letzter Minute bezahlt worden, was ihm erlaubt hatte, weiter zur Schule zu gehen. Damals hatte er nicht versucht herauszufinden, wie ein solches Wunder geschehen konnte. Aber an depressiven Tagen wurde ihm manchmal diese grausame Wahrheit bewusst: Seine Mutter war für ihn zur Diebin geworden.

Bonnie öffnete vorsichtig ein Auge. Sie waren nur noch wenige hundert Meter von ihrem Ziel entfernt.

Stockbridge im Zentrum der Berkshire Mountains war eine bezaubernde kleine Stadt, gegründet von den Mohikanern, zu einer Zeit, bevor die Missionare ihre Ruhe gestört hatten, weil sie sich in den Kopf gesetzt hatten, sie zu christianisieren. Die Wexlers besaßen eine Art Ranch am Ortsausgang. Es handelte sich in Wirklichkeit um ein elegantes Landhaus mit einigen Pferden und einem niedlichen Pony, das seiner Tochter viel Freude bereitete.

Nathan hupte vor dem Tor, das mit einer Überwachungskamera ausgestattet war. Wenige Sekunden später öffneten sich die beiden Flügel, um den Jeep hereinzulassen. Ein Kiesweg führte zu dem kleinen Bungalow, in dem die Wachleute wohnten. Bei seinem letzten Besuch war er nicht einmal ausgestiegen.

Aber dieses Mal würde es anders sein.

Goodrich hatte ihm geraten, Frieden zu schließen, bevor er starb. Gut, er würde seine Ratschläge befolgen! Jeffrey würde etwas bekommen für sein

Geld. Nathan hatte beschlossen, ihm zu offenbaren, was er noch niemandem erzählt hatte. Etwas, das seinen Ruf ruinieren und ihn aus der Anwaltskammer ausschließen konnte.

Als er noch Jura studierte, hatte der Beruf des Anwalts eine unglaubliche Anziehung auf ihn ausgeübt. Er hatte ihn als eine Berufung betrachtet, als ein Mittel, die Schwächsten, die wie er aus einem ärmlichen Milieu stammten, zu verteidigen. Aber dieser Beruf machte nur Sinn, wenn man eine bestimmte Ethik sorgsam beachtete. Das hatte Nathan immer getan ... mit einer Ausnahme.

Er schloss die Tür seines Wagens hinter sich. Die Sonne stand hoch am Himmel, und der Wind trieb ein paar kleine ockerfarbene Staubwolken vor sich her.

Von weitem entdeckte er Jeffrey, der ohne Eile auf sie zukam.

Bonnie, die sich immer über alles freute, lief ihrem Großvater entgegen und kreischte vor Freude. Bald war auch Nathan nur noch wenige Schritte von Wexler entfernt.

Während er seinem Schwiegervater in die Augen schaute, dachte er dasselbe wie immer: Mallory hatte große Ähnlichkeit mit Jeffrey. Sie hatte dieselben hellblauen Augen, dasselbe elegante, rassige Gesicht.

Ja, Mallory ähnelte ihrem Vater sehr. Was auch erklärte, dass Nathan ihn trotz all seiner Wut niemals hassen konnte.

Bei seiner Ankunft hatte Nathan darauf bestanden, ein Gespräch mit Jeffrey zu führen, und nun saßen sie allein in seinem Büro. Nur sie beide.

Ich und er.

Mit einem Feuerzeug zündete sich Wexler eine von den kurzen dicken Zigarren an, die er zu jeder Tageszeit zu rauchen pflegte. Er atmete den Rauch in kurzen Zügen ein, während Nathan seinen Kennerblick über die Regale voller ledergebundener berühmter Werke der Rechtsprechung schweifen ließ.
Jeffrey hatte sein Büro wie eine kleine Bibliothek eingerichtet. Grüngoldene Lampen beleuchteten wertvolle alte Holzmöbel, der riesige Arbeitstisch war von Aktenstapeln und Kartons mit Disketten übersät, zwei Laptops waren auf Database eingeschaltet. Wenige Monate vor seinem offiziellen Rückzug war Jeffrey unbestreitbar noch ein sehr aktiver Mensch.
Sein Leben hatte einen merkwürdigen Verlauf genommen. In jungen Jahren hatte er hervorragend Baseball gespielt, musste aber nach einem Sturz bei einer Radwanderung in den Bergen auf seinen Lieblingssport verzichten. Dieser schwere Unfall – Schädelbruch – zwang ihn, seine Energie auf das Studium zu konzentrieren. Als Promotionsbester in Harvard hatte er anfangs für einen Richter gearbeitet, bevor er in eine der angesehensten Bostoner Anwaltskanzleien aufgenommen wurde. Weil er ein Gespür dafür besaß, woher der Wind wehte, hatte er sich in den letzten Jahren um seine eigene Karriere gekümmert und sich auf Sammelklagen spezialisiert. Er hatte schließlich die Arbeiter der Schiffswerften, die dem Asbest ausgesetzt waren, mit Erfolg verteidigt. In der Folge hatte er ein Vermögen damit verdient, die Tabakindustrie dazu zu zwingen, an die Tabak-Opfer hohe Entschädigungen zu zahlen. Vor zwei Jahren hatte er eine neue Schlacht begonnen: Er strengte einen Prozess im

Namen der Opfer von Hirntumoren an, die die Mobiltelefonhersteller auf Schadenersatz verklagten, weil sie ihnen die Risiken der elektromagnetischen Strahlungen verheimlicht hatten.
Das eine musste Nathan seinem Schwiegervater lassen: Er war ein ausgezeichneter Jurist, einer der letzten Anwälte alter Schule, ein Nostalgiker jener fernen Zeit, in der die Männer des Gesetzes vor allem aus Überzeugung – und nicht des Profits wegen – handelten. Früher einmal waren Jeffrey und Nathan sogar auf gewisse Weise Komplizen gewesen, bevor diese Geschichte mit dem Armband alles verdorben hatte. Doch selbst heute noch konnte Nathan nicht umhin, eine heimliche Bewunderung für die Karriere seines Schwiegervaters zu hegen.
Jeffrey zerrte an seinen Hosenträgern.
»Also, was hast du mir so Besonderes zu sagen?«, fragte er zwischen zwei Rauchwölkchen.
»Erinnern Sie sich an *unseren* Prozess …«, begann Nathan.
Jeffrey zeigte seinen Unwillen.
»Wenn du hergekommen bist, um diesen alten Zank wieder aufzuwärmen …«
Nathan ließ ihn nicht weiterreden. Er hatte beschlossen, ihm alles zu sagen, was er auf dem Herzen hatte.
»Ich habe diesen Richter gekauft«, unterbrach er ihn, »ich habe Richter Livingstone gekauft, ihm über einen seiner Assistenten ein Schmiergeld zukommen lassen, damit er sein Urteil zu meinen Gunsten fällt.«
Jeffrey zeigte keine Regung. Er war ein harter Mann, der sich angewöhnt hatte, hinter einer Fassade der Freundlichkeit niemals Gefühle zu zeigen.

Aber heute fand Nathan ihn weniger beeindruckend. Er wirkte müde, hatte Ringe unter den Augen und Bartstoppeln im Gesicht.
»Ich wollte mich rächen, für das, was Sie meiner Mutter angetan haben, Jeffrey, und Ihnen das Apartment im San Remo wegnehmen. Aber ich hatte kein anderes Mittel gefunden, und ich habe unserem Beruf Schande gemacht.«
Wexler nickte, schien angestrengt nachzudenken, öffnete den Mund, brachte aber keinen Ton hervor. Stattdessen stellte er sich ans Fenster und schaute auf die verschneiten Hügel.
Dreh dich um, Jeffrey. Hör mir zu.
Hinter seinem Rücken fuhr Nathan mit der Litanei der Vorwürfe fort. Die Worte, die er zu lange unterdrückt hatte, sprudelten jetzt wie von allein hervor.
»Erinnern Sie sich, Jeffrey, als ich acht Jahre alt war, sind Sie mit mir zum Angeln auf den See hinausgefahren und haben mir von Ihren gewonnenen Prozessen erzählt. Ich glaube, damals habe ich mich entschlossen, Anwalt zu werden. Das Studium habe ich natürlich für mich gemacht, aber anfangs auch zum großen Teil, um Ihre Anerkennung zu erringen. Naiverweise stellte ich mir vor, dass Sie mich akzeptieren, dass Sie stolz auf mich sein würden. Sie können sich nicht vorstellen, wie sehr ich mir gewünscht habe, von Ihnen akzeptiert zu werden.«
Wie gern hätte ich einen Vater wie dich gehabt …
Schweigen breitete sich aus. Jeffrey wandte sich um, um sich der Wut seines Ex-Schwiegersohns zu stellen.
»Sie hätten mich akzeptieren sollen!«, blaffte Nathan. »Ich hatte alle Prüfungen bestanden. Ich hat-

te so viel durchgemacht, um mein Ziel zu erreichen. Ich dachte, Kompetenz und Ruhm seien Werte, die Sie respektieren. Stattdessen haben Sie mich dazu gezwungen, meinen Beruf zu entehren und wie ein liederlicher Ganove einen Richter zu schmieren ...«

»Ich habe deinen Hals gerettet«, unterbrach Jeffrey ihn schließlich.

»Was sagen Sie da?«

»Richter Livingstone war einst ein Kommilitone von mir. Zur Zeit des Prozesses kam er zu mir, um mich über deinen Bestechungsversuch zu unterrichten.«

Nathan war wie vom Donner gerührt.

»Wie bitte?«

Jeffrey stieß einen Seufzer aus und schien in seinem Gedächtnis zu kramen.

»Richter Livingstone war ein echter Schurke, aber er war vorsichtig genug, sich nie erwischen zu lassen. Ich hatte beschlossen, ihm das Doppelte deines Angebots zu zahlen, damit er darauf verzichtete, dich bei der Justizaufsichtsbehörde anzuzeigen, und damit er das Urteil zu *deinen* Gunsten fällte.«

»Aber warum, Jeffrey, warum?«

Der alte Mann ließ einen Augenblick verstreichen, bevor er antwortete. Mit leichtem Zögern in der Stimme gab er zu:

»Für Mallory natürlich, ich wollte nicht, dass sie mit dir in diesen Skandal verwickelt wird. Und auch ... für dich. Das war ich dir schuldig.«

Nathan runzelte die Stirn. Sein Schwiegervater erriet, welche Frage ihm auf der Zunge brannte. Mit dem Blick ins Leere begann er, die Vergangenheit wiederaufleben zu lassen.

»An jenem Abend, an jenem besagten Abend im Sommer 1977 hatte ich viel getrunken. Ich durchlebte damals eine schlimme Zeit, sowohl in meiner Ehe als auch in meinem Beruf. Ich kam aus Boston zurück, und Lisa hatte mich gebeten, beim Juwelier vorbeizugehen, um das Armband abzuholen, das sie weggebracht hatte, um den Verschluss reparieren zu lassen. Bevor ich zurückkam, verbrachte ich den Nachmittag bei einer meiner Assistentinnen, die auch meine Geliebte war. Selbstverständlich hatte ich ihr nie etwas versprochen – zu jener Zeit ließ man sich in unseren Kreisen nicht scheiden, um seine Sekretärin zu heiraten. Aber sie setzte mich emotional unter Druck und hoffte, ich würde meine Frau verlassen. Ich erinnere mich, dass ich nach dem Besuch bei ihr in eine Hotelbar gegangen war, um einen Whisky zu trinken. Aber es blieb nicht bei einem, ich habe mindestens vier oder fünf getrunken. Ich nehme an, du kennst mein Alkoholproblem …«

Nathan verstand nicht gleich.

»Wie bitte?«

»Ich habe damals sehr viel getrunken«, erklärte Jeffrey, »ich bin alkohlabhängig.«

Nathan war auf alles gefasst, aber nicht auf ein solches Geständnis.

»Aber seit wann?«

»Anfang der achtziger Jahre gelang es mir, mich davon zu lösen, aber ich hatte mehrere Rückfälle. Ich habe alles versucht: Entziehungskuren, Gespräche … aber es ist nicht einfach, zu den Versammlungen zu gehen und zuzugeben, dass man Alkoholiker ist und mit völlig unbekannten Menschen derart intime Dinge zu diskutieren.«

»Das … habe ich nicht gewusst«, stotterte Nathan.
Jetzt war Jeffrey derjenige, der verwundert war.
»Ich war davon überzeugt, dass Mallory es dir erzählt hat.«
Zum ersten Mal entdeckte Nathan eine Gefühlsregung in den Augen seines Schwiegervaters. Trotz seiner Demütigung war Jeffrey stolz auf seine Tochter, die sein Geheimnis so lange Zeit bewahrt hatte, sogar vor dem Mann, den sie liebte.
Während er Wexlers Beichte hörte, glaubte Nathan die Antwort auf viele Fragen gefunden zu haben, die er sich früher wegen Mallorys Weltschmerz gestellt hatte.
Jeffrey setzte sein Geständnis fort:
»Als ich in Nantucket angelangt war, fand ich das Schmuckstück nicht mehr. Sehr viel später hat meine Sekretärin mir gestanden, es mir entwendet zu haben, um Zwietracht zwischen meiner Frau und mir zu säen. Aber für den Moment wusste ich überhaupt nicht, wo es geblieben war. Ich war in Panik, und als meine Frau mich am nächsten Morgen fragte, was mit dem Armband sei, fiel mir nichts Besseres ein, als zu behaupten, ich hätte es in ihren Schmuckkoffer zurückgelegt. Was dann dazu führte, dass wir deine Mutter beschuldigt haben. Ich vermute, meine Frau hat nur so getan, als glaube sie die Geschichte, aber das hat uns immerhin ermöglicht, den Schein zu wahren.«
Er machte eine sehr lange Pause, bevor er mit tonloser Stimme hinzufügte:
»Es tut mir Leid, Nathan, ich war damals feige.«
Das kannst du wohl sagen.
Nathan verschlug es die Sprache. Er war am Boden zerstört und gleichzeitig getröstet durch dieses

Geständnis. Nein, seine Mutter war keine Diebin, sie war das Opfer einer großen Ungerechtigkeit gewesen. Doch Jeffrey, der Mann, den er für ehrenhaft und unfehlbar gehalten hatte, war ein Lügner und Alkoholiker, der seine Frau mit einer Geliebten betrog. Er war auch nur ein Mann wie jeder andere. Wie er.

Er blickte seinen Schwiegervater an und spürte merkwürdigerweise, dass der Groll ihm gegenüber verschwunden war. Er wollte ihn nicht verurteilen. Das war vorbei. Er bemerkte, dass Jeffreys Gesichtszüge sich entspannt hatten, als habe er selbst lange Zeit darauf gewartet, dieses Geständnis machen zu können. Im Grunde hatten die beiden Männer – jeder für sich – mit einem schwerwiegenden Geheimnis gelebt, das ihnen viele Augenblicke ihres Lebens vergällt hatte.

Jeffrey brach als Erster das Schweigen:

»Ich weiß, das ist keine Entschuldigung«, begann er, »aber ich habe insgeheim dafür gesorgt, dass deine Mutter wieder Arbeit fand, und ich habe in jenem Jahr einen Teil deines Schulgeldes bezahlt.«

»Sie haben Recht«, sagte Nathan mit geröteten Augen, »das entschuldigt Sie nicht.«

Jeffrey wandte sich seinem Tresor zu, öffnete ihn und nahm etwas heraus, das er mit zitternder Hand Nathan hinhielt.

Es war ein Armband mit vier Perlenreihen und einem silbernen, mit kleinen Brillanten eingefassten Verschluss.

Kapitel 23

Wenn man nicht zu allem bereit ist,
ist man zu gar nichts bereit.

Paul Auster

»*A beautiful sight, we're happy tonight.*
Walking in a winter wonderland ...«
Nathan ließ die letzten Akkorde des berühmten Weihnachtsliedes sanft verklingen. Er schloss den Klavierdeckel und betrachtete gerührt seine Tochter, die auf dem Ledersofa im Wohnzimmer eingeschlafen war. Draußen war die Nacht hereingebrochen. Der Horizont, der eben noch in roten, rosa- und orangefarbenen Flammen gestanden hatte, zeichnete sich nun dunkel ab. Nathan legte einen Holzscheit in den Kamin und schürte die Glut, die beinahe erloschen war. Im Nebenzimmer fand er eine Häkeldecke, die er auseinander faltete und dann über Bonnies Beine legte.
Sie hatten einen ruhigen Nachmittag in dieser wunderbaren Gegend verbracht. Einen ruhigen Nachmittag – ganz für sich allein. Nach dem Essen war Lisa Wexler ausgegangen, um Weihnachtsgeschenke für eine ihrer Wohltätigkeitstombolas zu sammeln, während Jeffrey sich den Jeep seines Schwiegersohns geliehen hatte, um nach Pitsfield zu fahren und sich eine neue Angelausrüstung zu kaufen.
Nathan hatte also nichts anderes zu tun, als bei seiner Tochter zu bleiben. Kaum hatte Bonnie auf-

gegessen, stürzte sie in den Pferdestall, um ihr Pony zu begrüßen, einen schönen Connemara, den sie *Spirit* getauft hatte. Nathan hatte seiner Tochter geholfen, ihn zum Reiten fertig zu machen und dann für sich selbst eines von Wexlers Pferden gesattelt. Sie waren den Rest des Nachmittags über die ausgedehnten, bewaldeten Hügel in der Umgebung der Ranch geritten. In dieser perfekten Postkarten-Landschaft hatte er nicht ein einziges Mal an den Tod gedacht. Er hatte sich vom rhythmischen Gang der Pferde und den vertrauten Geräuschen der Wasserfälle und Flüsse forttragen lassen.

Für einige Stunden gab es nichts anderes als Bonnies Lachen, die Reinheit der Luft und diesen feinen Schnee, der alles zudeckte und der Landschaft eine neue Jungfräulichkeit verlieh.

Er erinnerte sich gerade an diese wunderbaren Augenblicke, als die große Tür des Wohnzimmers aufging. Lisa Wexler betrat den Raum.

»Guten Abend, Nathan«, sagte sie, als sie ins Zimmer trat.

Sie war noch immer eine schöne Frau, hoch gewachsen und stets elegant gekleidet, bewahrte sie in jeder Lage diese aristokratische Haltung, die man sich erst nach mehreren Generationen aneignete.

»Guten Abend, Lisa, ich habe Sie nicht kommen hören.«

»Der Motor des Wagens ist sehr leise.«

Bei dem Preis, den Sie für den Bentley bezahlt haben …

»Haben Sie einen schönen Ausritt gemacht?«, fragte sie mit liebevollem Blick auf Bonnie.

»Ja, wunderbar.«

Da er Lust verspürte, sie ein wenig zu ärgern, fügte er hinzu:
»Und Sie, wie geht's *Ihren Armen*?«
Sie warf ihm einen kurzen, zweifelnden Blick zu, antwortete aber nicht. Provokationen und Scherze waren eine Art der Kommunikation, die Lisa Wexler nicht zu schätzen wusste.
»Wo ist Jeffrey?«, fragte sie und dimmte das Licht, um ihre Enkelin nicht aufzuwecken.
»Er dürfte bald wieder da sein, er ist nach Pitsfield gefahren, um sich neue Angelgeräte zu kaufen.«
Ein Schatten huschte über Lisas schönes Gesicht.
»Wollen Sie damit sagen, er hat sich Ihr Auto geliehen?«
»Ja. Ist das ein Problem?«
»Nein ... nein«, stotterte sie und versuchte ihre Besorgnis zu verbergen.
Sie lief ein paarmal im Wohnzimer auf und ab, setzte sich dann auf die Couch, schlug die Beine übereinander und griff nach einem Buch, das auf einem kleinen Tisch lag. Sie besaß diese natürliche Autorität, die auf Anhieb eine Distanz schuf und ihrem Gegenüber unmissverständlich klar machte, dass sie das Gespräch für beendet hielt.
Nach allem, was passiert war, kam das Nathan sehr gelegen. Jeffreys Enthüllungen über das gestohlene Armband lasteten schwer auf seiner Seele, und er wusste, dass nicht viel gefehlt hätte und er hätte seine Wut an Lisa ausgelassen.
Um nicht müßig herumzusitzen, blätterte er in einem der luxuriös gebundenen Bände, die aufgereiht hinter dem Glas im Bücherschrank standen. Er hätte gern etwas getrunken, aber es gab im ganzen Haus keinen Tropfen Alkohol.
Von Zeit zu Zeit warf er seiner Schwiegermutter

einen Blick zu. Lisa Wexler war in großer Sorge, das war nicht zu übersehen. In weniger als fünf Minuten hatte sie mehrmals auf die Uhr geschaut.
Sie sorgt sich um Jeffrey.
Nathan musste sich eingestehen, dass ihn diese unnahbare und würdevolle Frau, dieses reine Produkt der Bostoner Aristokratie, immer fasziniert hatte. Aber sie hatte ihn vor allem deshalb fasziniert, weil Mallory das krasse Gegenteil ihrer kalten, strengen Mutter verkörperte. Nathan hatte immer gewusst, dass seine Frau ihren Vater verehrte. Aber lange Zeit hatte er die Art der Bindung zwischen Vater und Tochter nicht begriffen. Doch nach Jeffreys Beichte hatte er ihre Beziehung verstanden. Was Mallory an ihrem Vater liebte, war diese Verwundbarkeit, die Nathan niemals vermutet hätte. Mallory betrachtete ihren Vater als eine Art »Waffenbruder«, weil sie beide einen endlosen Kampf führten. Jeffrey gegen seine Alkoholabhängigkeit, Mallory gegen ihre chronischen Depressionen. Neben den beiden erschien Lisa als starker und ruhender Pol der Familie.
Dennoch war sie im Moment höchst beunruhigt – nur weil ihr Mann nach Pitsfield gefahren war. Nathan zerbrach sich vergeblich den Kopf, er verstand es nicht. Jeffrey gehörte nicht zu den Männern, die ihre Frauen um Erlaubnis bitten, bevor sie ein paar tausend Dollar für eine schicke neue Angelausrüstung ausgeben.
Plötzlich, wie von einem sechsten Sinn getrieben, stand Lisa mit einem Ruck auf und trat mit Nathan im Schlepptau auf die Freitreppe. Dort machte sie alle Lichter der großen Einfahrt an und drückte auf die automatische Türöffnung.
Bald hörte man das laute Röhren des Jeeps. Sobald

das Auto in die Allee einbog, merkte Nathan, dass Jeffrey nur ruckweise fuhr. Der Jeep machte solche Schlenker, dass er mal über den Rasen fuhr, dann das automatische Bewässerungssystem zermalmte und ein kleines kunstvoll angelegtes Blumenbeet niederwalzte. Diese Blumen hatten keine Chance mehr, im nächsten Frühjahr zu blühen. Als der Jeep ins Licht kam, erkannte Nathan, dass sein Auto an mehreren Stellen angeschrammt war und dass eine der vorderen Radkappen fehlte. Er erkannte sofort, dass Jeffrey einen Unfall gehabt haben musste. Der Motor röchelte, und der Wagen kam schließlich auf dem Rasenstreifen zu stehen.
»Ich habe es gewusst!«, entfuhr es Lisa, während sie auf ihren Mann zustürzte.
Jeffrey kletterte mit allergrößter Mühe aus dem Auto und stieß seine Frau rücksichtslos von sich. Sein Gang beseitigte jeden Zweifel: Er war total betrunken.
»Ich muss pinkeln!«, rief er lautstark.
Nathan ging auf seinen Schwiegervater zu, um Lisa zu helfen. Jeffrey stank aus allen Poren nach Alkohol.
»Ich helfe Ihnen, Jeffrey, kommen Sie …«
»Lass mich in Ruhe! Ich brauch deine Hilfe nicht … Alles was ich will, ist pinkeln …«
Wexler knöpfte sich die Hose auf und pinkelte auf den Rasen neben der Freitreppe.
Nathan blieb verblüfft stehen, schwankte zwischen Scham und Sorge um seinen Schwiegervater.
»Das ist nicht das erste Mal, Nathan …«, murmelte Lisa und griff nach seinem Arm.
Nathan war gerührt ob dieser kleinen vertrauten Geste, die so ungewöhnlich für sie war und ihr Bedürfnis nach Trost verriet.

»Was meinen Sie damit?«
»Jeffrey ist vor ein paar Monaten schon einmal erwischt worden, als er betrunken Auto fuhr. Trotz unserer guten Beziehungen hat man ihm eine sehr hohe Geldstrafe aufgebrummt, zudem wurde ihm für ein Jahr der Führerschein entzogen. Alle Fahrzeuge, die auf seinen Namen angemeldet sind, wurden beschlagnahmt.«
»Wollen Sie damit sagen, dass er ohne Führerschein gefahren ist?«
Lisa nickte zustimmend.
»Hören Sie, das ist wirklich übel«, fuhr Nathan fort. »Wir müssen unbedingt sicherstellen, dass er keine Schäden verursacht hat.«
Erneut wandte er sich an Jeffrey. Die Augen des alten Mannes funkelten wie nie zuvor.
»Sie haben einen Unfall gehabt, nicht wahr, Jeffrey?«
»Nein!«, brüllte er seinen Schwiegersohn an.
»Ich glaube aber doch.«
»Nein!«, wiederholte Jeffrey, »ich bin ihm ausgewichen!«
»Wem sind Sie ausgewichen, Jeffrey?«
Nathan hielt seinen Schwiegervater am Mantelrevers fest.
»Wem sind Sie ausgewichen, Jeffrey?«, wiederholte er und schüttelte ihn.
»Diesem Fahrrad … ich bin … ihm ausgewichen.«
Nathan hatte eine böse Ahnung. Jeffrey wollte sich wehren, rutschte aber im Schnee aus und fiel hin. Nathan hob ihn hoch, stützte ihn und geleitete ihn ins Haus. Jeffrey zeigte sich nun fügsamer und ließ sich von seiner Frau auf sein Zimmer bringen. Tränen der Scham liefen über Lisas Wangen.
Zurück im Wohnzimmer griff Nathan nach sei-

nem Mantel und verließ eilig das Haus. Lisa erwischte ihn noch auf der Freitreppe.
»Wo wollen Sie hin?«
»Kümmern Sie sich um ihn, Lisa. Ich werde das Auto nehmen und sehen, ob ich etwas herausbekommen kann.«
»Sprechen Sie mit niemandem darüber, Nathan. Ich bitte Sie darum, sagen Sie niemandem, dass Sie ihn in diesem Zustand gesehen haben.«
»Ich denke eher, dass Sie die Polizei benachrichtigen und einen Arzt rufen sollten. Wir wissen ja nicht, was geschehen ist.«
»Es kommt überhaupt nicht in Frage, dass ich irgendjemanden benachrichtige!«, erklärte Lisa mit großem Nachdruck, bevor sie die Tür schloss.
Von einem Moment auf den anderen hatte sie ihre Entschlossenheit und ihren Beschützerinstinkt wiedergefunden.
Nathan schwang sich hinter das Lenkrad des Jeeps und wendete. Er wollte schon losfahren, als Bonnie angerannt kam.
»Ich komme mit, Papa!«, rief sie und riss die Beifahrertür auf.
»Nein, Liebling, geh wieder ins Haus! Hilf deiner Großmutter. Lass sie nicht allein.«
»Ich will aber lieber mitkommen.«
Sie kletterte ins Auto und schloss die Tür.
»Was ist passiert, Papa?«, fragte sie und rieb sich das Gesicht. Sie war noch ganz schlaftrunken.
Sie hat ihren Großvater in diesem Zustand nicht gesehen. Gott sei Dank.
»Wir reden später darüber, Baby, jetzt schnall erst mal deinen Gurt an.« Nathan legte den Gang ein und raste den Hang hinunter.
Er fuhr in Richtung Stadtzentrum.

»Hör mir gut zu, Liebling, nimm mein Handy aus dem Handschuhfach, wähle die 911 und lass dich mit dem Büro des Sheriffs verbinden.«
Glücklich an einem solchen Abenteuer teilzuhaben, erfüllte Bonnie ihre Aufgabe mit Eifer und Beflissenheit. Ganz stolz hielt sie ihrem Vater nach dem zweiten Klingeln den Hörer hin.
»Hier ist das Büro des Sheriffs in Stockbridge, nennen Sie bitte Ihren Namen«, verlangte der Officer am anderen Ende der Leitung.
»Ich heiße Nathan Del Amico, aber ich wohne zurzeit bei meinen Schwiegereltern Jeffrey und Lisa Wexler. Ich rufe an, weil ich wissen möchte, ob man Ihnen hier in der Gegend einen Autounfall gemeldet hat.«
»Man hat uns tatsächlich einen Unfall an der Kreuzung Lenox Road und 183. Straße gemeldet. Sind Sie Zeuge gewesen, Mister?«
»Ich ... ich weiß noch nicht, ich danke Ihnen, auf Wiederhören.«
Er legte den Hörer auf, ohne dem Polizisten Gelegenheit zu geben, etwas hinzuzufügen.
In weniger als fünf Minuten war er am Unfallort – eine kleine Kreuzung am Ende der Stadt. Drei Polizeiautos mit blinkendem Blaulicht waren bereits vor Ort. Ein Officer hielt den Verkehr an, um Platz für einen Rettungswagen zu machen, der mit heulenden Sirenen aus der Gegenrichtung angebraust kam. Als Nathan sich in der Dunkelheit dieser Symphonie aus Licht- und Warnsignalen näherte, begriff er, dass etwas Schreckliches geschehen sein musste. In dem ganzen Durcheinander konnte er das Ausmaß der Schäden nicht sofort erkennen, da weder ein Unfallauto noch ein Opfer zu sehen waren.

»Was ist passiert, Papa? Was ist passiert?«, fragte Bonnie immer aufgeregter.
»Ich weiß es nicht, Liebling.«
Er wich langsam aus, als ein Polizist ihm bedeutete, er solle sich auf den Seitenstreifen stellen. Der Anwalt folgte der Anweisung und beachtete die Vorschriften. Er blieb im Wagen sitzen, legte die Hände aufs Lenkrad und wartete, dass der Officer sich an ihn wandte. Von seinem Standort aus konnte er die Rettungsmannschaft erkennen, die sich um einen kleinen leblosen Körper versammelte, den sie gerade aus dem Graben gehoben hatte. Es war ein Kind, vielleicht im Alter seiner Tochter, mit einem dieser fluoreszierenden Regenmäntel bekleidet, die man trägt, um in der Nacht von den Autofahrern wahrgenommen zu werden.
Mein Gott, der arme Junge! Jeffrey steckt verdammt tief in der Patsche.
»Ist er tot?«, fragte Bonnie, die sich von ihrem Sitz erhoben hatte.
»Ich hoffe nicht, Liebling, er ist vielleicht nur bewusstlos. Setz dich wieder, schau nicht hin.«
Er nahm sie in die Arme. Sie bettete ihren kleinen Kopf an seine Schulter, und er wiegte sie leicht, um sie zu beruhigen.
Verdammt, warum ist Jeffrey abgehauen? Er ist Anwalt. Er weiß ganz genau, dass Fahrerflucht nach einem Unfall mit einem Verletzten als kriminelle Handlung geahndet wird.
Nathan drehte den Kopf zur Seite. Er erkannte den Polizisten, der geradewegs auf ihn zukam. Schon hatten sich die Türen des Rettungswagens geschlossen, der das Kind in die Notaufnahme eines Krankenhauses … oder ins Leichenschauhaus bringen würde.

Oh Herr, mach, dass dieser Junge nicht tot ist.
Erneut schaute Nathan in Richtung des Grabens. Das Fahrrad war durch den Zusammenprall völlig zerquetscht. Einer der Polizisten kletterte gerade aus dem Graben. In einer Hand hielt er einen zerfetzten Rucksack, an dem ein Sturzhelm aus Graphit hing, den das Kind nicht aufgesetzt hatte. Nathan schloss die Augen. In der andern Hand hielt der Mann die Radkappe seines Jeeps.
Wenn der Junge tot ist, wird Jeffrey wegen Totschlags angeklagt.
Nathan spürte, wie der Anwalt in ihm die Oberhand gewann.
Fahren ohne Führerschein, wiederholtes Fahren unter Alkoholeinfluss, Fahrerflucht, unterlassene Hilfeleistung bei verletzten Personen ... alle erschwerenden Umstände kommen hier zusammen.
Er wusste, dass in solchen Fällen die geforderten Strafen fünfundzwanzig Jahre Gefängnis betragen können. Er kannte sogar einen Fall, bei dem der Richter einen Rückfalltäter auf vorsätzlichen Mord angeklagt und lebenslänglich für ihn gefordert hatte.
Gefängnis! Gefängnis! Diese Tatsache beschäftigte seine Gedanken.
Der Polizist richtete seine Taschenlampe auf den Landrover. Er ging um das Auto herum und bemerkte trotz der Dunkelheit sofort die Schrammen und die fehlende Felge.
Jeffrey wird das niemals ertragen. Er wird nicht mal einige Monate in einer Zelle überleben. Und Lisa würde sich niemals mit der Einkerkerung ihres Gatten abfinden können.
Und Mallory! Nathan würde sterben, das wusste

er jetzt. Er wäre nicht mehr da, um sie zu unterstützen, und sie wäre allein und hoffnungslos. Ihr Mann auf dem Friedhof, ihr Vater im Gefängnis, ihre Mutter von der Schande niedergeschmettert. *Das wird das Ende sein,* dachte er, *das wird das Ende der Wexlers sein.*

»Papa, ist das deine Flasche?«, fragte Bonnie und deutete auf eine zu drei Vierteln leere Whiskyflasche, die sie gerade unter dem Beifahrersitz entdeckt hatte.

Das hatte gerade noch gefehlt.

»Fass das nicht an, Baby.«

Der Polizist machte ihm mit seiner Taschenlampe ein Zeichen, er solle sein Fenster herunterlassen. Der Anwalt folgte der Anordnung betont langsam. Die eisige Luft dieser feindlichen Nacht drang ins Innere des Wagens. Nathan dachte an Mallory. Die kommenden Stunden würden schwer werden. Er atmete tief ein.

»Ich war es … ich habe dieses Kind angefahren.«

Kapitel 24

In allen anderen Bereichen kann man für Sicherheit sorgen, aber im Hinblick auf den Tod leben wir Menschen in einer Stadt ohne Mauern.

Epikur

Krankenhaus in Pitsfield (Massachusetts)
Notaufnahme
20.06 Uhr

»Claire, Sie werden gebraucht!«
Doktor Claire Giuliani, eine junge Assistenzärztin, hatte vor einigen Minuten ihren Dienst beendet, als sie von der Oberschwester zurückgerufen wurde. Die Ärztin, die Claire ablösen sollte, war noch nicht eingetroffen, aber jeden Moment sollte ein Schwerverletzter eingeliefert werden. Der Fahrer des Rettungswagens hatte sein Eintreffen gerade angekündigt. Claire zog in Windeseile ihren Mantel aus und nahm ihre Wollmütze ab, um wieder in den weißen Kittel zu schlüpfen, den sie gerade in ihrem Spind mit der Blechtür verstaut hatte.
Sie musste sich unbedingt konzentrieren. Seit knapp einem Monat trug sie volle Verantwortung für ihre Patienten, und sie lebte immer in der Angst, ihrer Aufgabe nicht gerecht zu werden. Ehrlich gesagt, war dieser erste Monat in der Klinik nicht besonders gut gelaufen: Der Arzt, der ihre Arbeit überwachte, wies sie stets in Anwe-

senheit aller Kollegen gnadenlos auf ihre Unzulänglichkeiten hin. Das hatte sie sehr getroffen. Es war nicht leicht, sich mit gerade vierundzwanzig Jahren durchzusetzen.
Das Sirenengeheul des Rettungswagens, der in rasender Geschwindigkeit auf den Parkplatz fuhr, ließ ihr das Blut in den Adern gefrieren. Heute Abend würde sie allein verantwortlich sein und musste sich der Aufgabe stellen. Ein paar Sekunden später wurden die Türen aufgerissen, mehrere Helfer rollten die Trage herein. Claire holte tief Luft und stürzte sich ins Geschehen wie in den kalten Ozean.
»Was haben wir, Armando?«, fragte sie den Fahrer des Rettungswagens.
»Ein siebenjähriges Kind, vom Auto angefahren. Seit zwanzig Minuten im Koma. Prellungen und mehrfache Brüche des Beckens, der Rippen und des Schienbeins. Glasgow bei sechs, Blutdruck bei neun, Puls bei hundertzehn, Sättigung normal. Keine bekannte Vorgeschichte.«
Claire beugte sich über das Kind. Der Notarzt hatte es bereits intubiert und ihm einen Venenzugang gelegt, um einen Blutdruckabfall zu verhindern. Sie kontrollierte die Atmung, legte ihr Stethoskop auf die linke Seite der Brust des Kindes.
Okay, kein Hämatothorax.
Dann betastete sie seinen Oberbauch.
Kein Milzriss.
»Okay, Ionogramm, Heparin, Blutbild.«
Claire, bleib ruhig.
»Außerdem will ich: Schädel-CT, Röntgenbilder von Thorax, Becken, Hals, Nacken, Schultern …«
Du hast was vergessen, erinnere dich, du hast was vergessen …

»… und der Schienbeine. Los geht's, alle an die Arbeit!«, rief sie. »Wir heben ihn an, auf mein Kommando: eins, zwei …«

»… drei! Drei Männer, sag ich dir! Mit einem einzigen Faustschlag hab ich sie erledigt. Weißt du, man darf mich eben nicht ärgern.«
Nathan hörte seinen Zellennachbarn reden, ohne seine Worte wirklich aufzunehmen. Es war ein Betrunkener, der in einem Supermarkt Streit angefangen hatte und den man mit Nathan in die einzige freie Zelle der Polizeiwache gesteckt hatte. Vor knapp einer Viertelstunde hatte sich die Gittertür hinter ihm geschlossen, aber Nathan konnte sich nicht an den Gedanken gewöhnen, die Nacht im Gefängnis zu verbringen. Von einem Augenblick auf den nächsten hatte er seinen Status als angesehener Anwalt eingebüßt und war zu diesem Abschaum geworden, der geflohen war, nachdem er ein Kind angefahren hatte. Er musste ständig an den Jungen denken, den Jeffrey verletzt hatte, an diesen zarten, leblosen Körper, verloren in diesem fluoreszierenden Regenmantel. Er hatte sich bei den Polizisten nach ihm erkundigt, aber niemand erteilte ihm Auskunft. Man redet nicht mit einem Verkehrsrowdy.
Er hatte lediglich erfahren, dass der Junge Ben Greenfield hieß.
Kevin, Candice, dieser kleine Ben …
Tatsächlich verfolgte ihn der Tod auf Schritt und Tritt. Er lauerte an jeder Straßenecke auf ihn, um ihn mit unschuldigen Opfern zu konfrontieren, während er selbst darauf wartete, an die Reihe zu kommen. Garrett hatte Recht: Der Tod war überall. Diese schreckliche Realität, der er immer aus-

gewichen war, traf ihn jetzt mit voller Brutalität und stellte seine Weltsicht auf den Kopf.
Mein Gott, wie kalt es hier ist. Und dieser Kerl da, der nicht aufhört zu grölen …
Er verschränkte die Arme und rieb sich die Schultern. Er war erschöpft, todmüde und niedergeschlagen, doch zugleich davon überzeugt, dass er keinen Schlaf finden würde.
Kevin, Candice, Ben …
Der Anblick ihrer verwundeten oder leblosen Körper hatte in ihm das Gefühl der Panik und der Ohnmacht geweckt. Er ließ sich auf die schmale Holzpritsche fallen und stützte den Kopf in die Hände. Vor seinem inneren Auge spulte der Film der letzten beiden Stunden ab.
Als der Officer ihn aufgefordert hatte, die Scheibe herunterzulassen, war die Zeit stehen geblieben, und seine Gedanken hatten sich überschlagen. Blitzschnell war ihm bewusst geworden, dass er, der Sohn der ehemaligen Haushaltshilfe, das Schicksal der noblen Familie Wexler in Händen hielt. Er, der Karrierist, der Emporkömmling, der nie von der Familie anerkannt worden war, konnte sie jetzt alle retten. Und genau das würde er tun. Denn von der Ehre der Wexlers hing die Zukunft der beiden Menschen ab, die in seinem Leben die wichtigste Rolle spielten. Nur noch Mallory und Bonnie zählten, nur noch ihre Liebe zählte …
Ich darf Mallory nicht verlieren, hatte er gedacht. *Wenn ich sie verliere, verliere ich alles*.
Man hatte ihn aufgefordert, ohne ruckartige Bewegungen auszusteigen. Dann hatte man ihn von Kopf bis Fuß durchsucht und ihm Handschellen angelegt. Er wusste genau, dass Bonnie diesen Anblick nie mehr vergessen würde: Sie hatte gese-

hen, wie Polizisten ihren Vater in Handschellen in einen Streifenwagen schoben, um ihn ins Gefängnis zu bringen. Ins *Gefängnis*. Wie wird ihr dabei zumute gewesen sein? Was wusste sie überhaupt vom Beruf ihres Vaters? Nicht sehr viel. Er hatte ihr erklärt, dass er ein »Firmenanwalt« sei, aber er wusste genau, dass sie sich darunter nichts vorstellen konnte. Im Gegensatz dazu wusste Bonnie sehr genau, was die Polizei tat. Die Rolle der Polizei bestand darin, Verbrecher festzunehmen. Und die Polizei hatte soeben ihren Vater festgenommen.

Die Polizisten hatten auch die Whiskyflasche konfisziert, die sein Schwiegervater fast geleert hatte. In Massachusetts war es verboten, eine angebrochene Flasche Alkohol im Auto mitzuführen. Ein weiteres Delikt also, für das Nathan die Verantwortung übernehmen würde. Und doch war er um ein Haar der Katastrophe entgangen, denn für den Polizisten, der ihn angehalten hatte, bedeutete das Vorhandensein der Flasche im Auto selbstverständlich Trunkenheit am Steuer. Nathan hatte vehement protestiert, hatte sich freiwillig einem Test unterzogen: Er folgte mit dem Blick dem Finger des Polizisten, berührte mit dem Daumen schnell alle Finger einer Hand, zählte nach rechts, dann nach links … Das überzeugte den Polizisten nicht, und der Anwalt hatte darauf bestanden, einen Alkoholtest machen zu lassen. Er hatte natürlich kein bisschen Alkohol im Blut. Die Polizisten waren vom Ergebnis dermaßen enttäuscht, dass sie den Test drei Mal wiederholten, jedes Mal mit dem gleichen Ergebnis. Man hatte ihn also »nur« wegen Fahrerflucht festgenommen.

Der Fall war sehr ernst. Die Tatsache, dass er zur

Anwaltselite gehörte, enthob ihn nicht seiner Verantwortung: Er hatte einen Unfall verursacht, bei dem es einen Schwerverletzten gegeben hatte, und dafür drohten ihm mehrere Jahre Gefängnis. Wenn Ben zu allem Unglück sterben sollte, würde die Lage natürlich dramatischer werden.

»Verdammt, hier friert man sich ja die Eier ab«, plärrte der Säufer neben ihm.

Nathan seufzte. Er durfte den Kerl einfach nicht beachten. Er musste stark sein. Morgen würde ein Richter die – zweifellos astronomische – Höhe der Kaution festlegen, und er würde auf Bewährung freigelassen werden. Sollte es zum Prozess kommen, würde dieser erst in ein paar Monaten stattfinden, und bis dahin hatte er diese Welt längst verlassen. Vielleicht würde er einem anderen Richter Rede und Antwort stehen müssen, der um vieles Furcht erregender sein könnte als der in einem Gericht des Staates Massachusetts …

Zur selben Zeit hielt Abby Coopers ungefähr hundert Kilometer weit entfernt ihren kleinen Toyota auf dem Parkplatz eines Lebensmittelgeschäfts in der Höhe von Norwalk an. Auf dem Dach des Wagens faltete sie eine Straßenkarte auseinander. Sie suchte den kürzesten Weg nach Stockbridge.

»Hatschi! Hatschi!«

Abby nieste mehrere Male kräftig. Sie hatte einen starken Schnupfen und zudem heftige Kopfschmerzen. Um dem Ganzen die Krone aufzusetzen, hatte es wieder zu schneien begonnen, und der leichte Schnee bildete kleine Tröpfchen auf ihrer Brille. Na prima! Immer mal wieder hatte sie versucht Linsen zu tragen, aber sie konnte sich einfach nicht an sie gewöhnen.

Zum hundertsten Mal rekapitulierte sie das Gespräch, das sie mit ihrem Chef geführt hatte. Sie konnte diese Geschichte einfach nicht glauben. Nathan im Gefängnis! Bevor er eingesperrt wurde, durfte er ein Telefonat führen, und er hatte sich entschieden, sein Büro anzurufen. Er wollte eigentlich Jordan sprechen, aber der Hauptgesellschafter war nicht da, doch Abby war am Apparat gewesen. Sie hatte gespürt, in welcher Bedrängnis er sich befand. Das war ihr derart unter die Haut gegangen, dass sie beschlossen hatte, sofort loszufahren. Doch sie konnte sich auf keinen Fall vorstellen, dass er geflohen war und ein Kind hilflos am Straßenrand zurückgelassen hatte.
Aber kannte man je einen Menschen wirklich? Vielleicht idealisierte sie ihn zu sehr. Ja, es stimmte, sie waren ein eingeschworenes Team. Sicher genoss er den Ruf, ein Karrierist, ein zynischer Hai zu sein, der zu allen Kompromissen bereit ist, aber sie kannte auch seine sensible und verwundbare Seite. Manchmal, wenn schönes Wetter herrschte, setzten sie sich in der Mittagspause gemeinsam auf eine Bank im Bryant Park, um ein Sandwich zu essen. In solchen Augenblicken bestand eine gewisse Vertrautheit zwischen ihnen. Sie fand ihn sehr anziehend, fast kindlich.
Nach seiner Scheidung hatte sie eine Zeit lang gehofft, sie würden sich näher kommen, aber das war nicht passiert. Sie spürte, dass er immer noch sehr an seiner Frau Mallory hing. Als sie noch in San Diego arbeitete, hatte sie die beiden mehrere Male zusammen gesehen. Sie waren tatsächlich ein bemerkenswertes Paar, als ob etwas Unvergängliches zwischen ihnen bestünde.

Krankenhaus in Pitsfield
Warteraum
1.24 Uhr

»Mister und Missis Greenfield?«
Claire Giuliani hatte voller Besorgnis den Warteraum durchquert. Sie füchtete solche Augenblicke.
»Ja, Miss?«
Das Paar, das seit mehreren Stunden voller Bangen wartete, blickte der jungen Assistenzärztin ungeduldig entgegen. Die Augen der Mutter waren tränennass, der Blick des Vaters verriet Zorn.
»Ich bin Doktor Giuliani. Als Ben hier eingeliefert wurde, habe ich mich um ihn gekümmert ...«
»Mein Gott, wie geht es ihm, Frau Doktor?«, unterbrach die Mutter sie. »Können wir zu ihm?«
»Ihr Sohn hat zahlreiche Brüche erlitten«, sagte Claire. »Wir haben seinen Zustand stabilisiert, aber er hat ein Schädelhirntrauma erlitten, das eine starke Hirnprellung und ein subdurales Hämatom verursacht hat.«
»Ein subdurales Hämatom?«
»Das ist ... ein Ödem, Missis, eine Schwellung, die die Gehirnmasse zusammenpresst. Wir tun unser Möglichstes, um eine Druckerhöhung im Schädelraum zu verhindern, und ich kann Ihnen versichern, dass ...«
»Was soll das alles heißen?«, fragte der Vater wütend.
»Das heißt, dass wir noch nicht sagen können, wann Ihr Sohn aus dem Koma erwachen wird«, erklärte Claire besonnen. »Vielleicht in ein paar Stunden, vielleicht später ... Wir müssen warten.«
»Warten? Auf was? Um zu erleben, dass er aufwacht oder dahinsiecht ...«

Claire versuchte beruhigend zu wirken: »Man muss abwarten, Sir«, sagte sie und legte die Hand besänftigend auf die Schulter des Mannes.
Aber er schüttelte sie brüsk ab und schlug wütend mit der Faust ein paar Mal gegen einen der Getränkeautomaten. »Ich werde ihn umbringen. Wenn Ben nicht wieder aufwacht, werde ich diesen verdammten Anwalt umbringen.«

19. Dezember

»Es kommt gar nicht in Frage, dass du die Schuld auf dich nimmst.«
Jeffrey Wexler und sein Schwiegersohn saßen im Hinterzimmer einer Autobahnraststätte an der Interstate 90. Sie hatten jede Menge Kaffee bestellt. Über ihrem Tisch zeigte eine alte Coca-Cola-Wanduhr zehn Uhr morgens. Hier ging es hoch her: Der lokale Rundfunksender hatte gerade gemeldet, dass in den kommenden Stunden mit Glatteis auf den Straßen zu rechnen war, und die lautstarke Unterhaltung der Fernfahrer übertönte sogar den unaufhörlichen Verkehrslärm.
Eine halbe Stunde zuvor war Nathan vom Hilfssheriff, einem Typen namens Tommy Diluca, freigelassen worden. Punkt Mitternacht hatte der Anwalt ihn um Erlaubnis gebeten, auf die Toilette gehen zu dürfen. Doch der Hilfssheriff hatte ihm nicht nur seine Bitte abgeschlagen, sondern zudem die Gelegenheit genutzt, ihn zu beleidigen und in den schaurigsten Farben die Qualen zu schildern, die jene Gefangene der Strafanstalt von Lowell zu erdulden hatten, die »mindestens zwanzig Jahre« einsitzen mussten.

Jeffrey zahlte die gesamte Kaution, immerhin fünfzigtausend Dollar, während sich Abby um die juristischen Formalitäten kümmerte. Dann hatte man Nathan seine persönlichen Sachen ausgehändigt. Er hatte nur noch einen Wunsch: So schnell wie möglich zu verschwinden.
»Bis bald«, hatte ihm der Hilfssheriff mit einem sardonischen Lächeln hinterhergerufen.
Der Anwalt konnte sich nur mühsam beherrschen. Er schwieg, hob lediglich den Kopf und hielt sich aufrecht wie eine Eins, auch wenn er sich nach dieser schlaflosen Nacht auf der harten Holzpritsche wie gerädert fühlte. Als er die Glastür aufstieß, die letzte Hürde vor der Freiheit, erkannte er sein angespanntes Gesicht in der Scheibe. Er sah aus wie ein Gespenst – als sei er in einer einzigen Nacht um Jahre gealtert.
Jeffrey hatte am frühen Morgen in Begleitung seines Chauffeurs in der Kälte auf ihn gewartet. Frisch rasiert, in einem eleganten Kaschmirmantel, der ihm etwas Gebieterisches verlieh, machte Wexler einen höchst seriösen Eindruck. Man konnte sich kaum vorstellen, dass derselbe Mann wenige Stunden zuvor einen Vollrausch gehabt hatte. Nur die Art, wie er mit zitternden Händen seine Zigarre rauchte, verriet Nervosität.
Jeffrey kannte sich mit Gesten der Zärtlichkeit nicht aus und hatte seinem Schwiegersohn nur beruhigend die Schulter getätschelt, als er ins Auto kletterte. Nathan griff als Erstes nach seinem Handy und versuchte Mallory in Brasilien zu erreichen, aber nach mehrmaligem Läuten schaltete der Apparat auf den Anrufbeantworter um. Auch Jeffrey hatte schon mehrere Male vergeblich versucht, sie zu erreichen. Der Chauffeur hatte sie

dann zur Autobahnraststätte gefahren. Die beiden Männer wussten, dass sie einer Unterhaltung nicht ausweichen konnten.

»Es kommt gar nicht in Frage, dass du die Schuld auf dich nimmst«, wiederholte Jeffrey und schlug mit der Faust auf den kleinen Resopaltisch.

»Ich versichere Ihnen, es ist besser so.«

»Hör zu, ich bin vielleicht Alkoholiker, aber kein Feigling. Ich will mich meiner Verantwortung nicht entziehen.«

Nathan wollte auf diese Logik nicht eingehen:

»Im Augenblick besteht Ihre Verantwortung darin, sich um Ihre Familie zu kümmern und mich gewähren zu lassen.«

Der alte Anwalt ließ sich nicht aus der Fassung bringen:

»Ich habe nichts von dir verlangt. Was du da getan hast, ist überhaupt keine gute Idee. Du weißt so gut wie ich, dass du viel riskierst.«

»Nicht mehr als Sie, Jeffrey. Wollen Sie wirklich den Rest Ihres Lebens hinter Gittern verbringen?«

»Nathan, spiel nicht den Helden. Betrachten wir es realistisch: Ich habe mein Leben gelebt, während du eine Tochter hast, die dich braucht. Und zudem weißt du genau, dass … zwischen dir und Mallory das letzte Wort noch nicht gesprochen ist … Denk an deine Verantwortung!«

»Jeffrey, die beiden werden Sie brauchen«, erwiderte Nathan und mied den Blick seines Schwiegervaters.

Wexler runzelte die Stirn.

»Ich verstehe nicht.«

Nathan seufzte. Er musste seinem Schwiegervater einen Teil der Wahrheit anvertrauen. Es blieb ihm nichts anderes übrig, selbst wenn er unter keinen

Umständen die Boten erwähnen würde. Er zögerte kurz, dann sagte er:
»Hören Sie ... ich werde bald sterben.«
»Was redest du da?«
»Ich bin krank.«
»Nimmst du mich auf den Arm?«
»Nein, es ist ernst.«
»Was ist es? Hast du ... Krebs?«
Nathan schüttelte den Kopf.
Jeffrey Wexler war fassungslos. Nathan sollte sterben!
»Aber ... aber ... warst du wenigstens bei guten Ärzten?«, fragte er stotternd. »Du weißt doch, ich kenne die besten Ärzte aus dem Massachusetts General Hospital ...«
»Das hat alles keinen Sinn, Jeffrey, ich werde sterben.«
»Aber du bist noch keine vierzig. Man stirbt nicht mit vierzig«, rief er so laut, dass die Gäste an den Nebentischen die Köpfe zu ihnen wandten.
»Ich muss sterben«, wiederholte Nathan traurig.
»Aber du siehst nicht aus wie ein Sterbender«, beharrte Jeffrey, der sich an diese Vorstellung nicht gewöhnen wollte.
»Aber es ist, wie es ist.«
»Scheiße.«
Der alte Mann blinzelte heftig. Eine Träne rollte seine Wange hinunter, aber er wehrte sich nicht gegen sein Gefühl.
»Wie viel Zeit bleibt dir noch?«
»Nicht mehr viel. Ein paar Monate ... vielleicht weniger.«
»Verdammt noch mal«, murmelte Jeffrey leise, denn er wusste nicht, was er sonst sagen sollte.
Nathan beschwörte ihn:

»Hören Sie, Jeffrey, reden Sie mit niemandem darüber, *mit niemandem.* Mallory weiß es noch nicht, und ich will es ihr selbst sagen.«

»Natürlich«, murmelte Jeffrey.

»Kümmern Sie sich um sie. Sie wissen doch, dass sie Sie verehrt. Sie braucht Sie. Warum rufen Sie sie nicht öfter an?«

»Weil ich mich schäme«, gestand der alte Mann.

»Schämen? Wofür?«

»Für meine Schwäche. Ich schäme mich, nicht genug Kraft zu besitzen, mit dem Trinken aufzuhören …«

»Wir haben alle unsere Schwächen, das wissen Sie.«

Es war wirklich eine verkehrte Welt! Nathan würde sterben, aber er tröstete Jeffrey, der nicht wusste, wie er sein Mitgefühl ausdrücken sollte. Er hätte alles dafür gegeben, das Leben seines Schwiegersohns zu retten. Alte Erinnerungen kamen ihm in den Sinn: Er sah Nathan mit zehn Jahren, als sie gemeinsam angeln gingen, oder wie er ihn mitnahm, um die »Zuckerhütten« anzuschauen, die den Ahornsirup ernteten. Zu jener Zeit betrachtete er ihn ein wenig als seinen Sohn, dem er beim Studium unter die Arme greifen wollte. Später hätten sie dann zusammengearbeitet, ihre eigene Kanzlei (Wexler & Del Amico) gegründet und ihr Talent gemeinsam für nützliche Dinge eingesetzt für die Rehabilitierung Unschuldiger, für die Verteidigung der Schwachen … Aber die Geschichte mit dem Armband und der verdammte Alkohol hatten alles verdorben. Der Alkohol und das Geld, das verfluchte Geld, das alles pervertierte, das alles sinnlos machte, wiewohl letztlich alles immer mit dem Tod endete.

Er spürte, wie ein Schauer seinen alten Körper von Kopf bis Fuß durchlief. Gestern Abend hatte er nicht einmal bemerkt, dass er das Kind angefahren hatte. Wie war das möglich? Wie konnte man so tief sinken?

Obwohl er es sich schon hundertmal vorgenommen hatte, schwor er sich von neuem, dass er nie wieder einen Tropfen Alkohol anrühren würde.

Hilf mir, Herr, flehte er in Gedanken, obwohl er genau wusste, dass Gott ihn bereits vor langer Zeit seinem Schicksal überlassen hatte.

»Lass mich dich wenigstens vor Gericht vertreten«, sagte er plötzlich zu Nathan, »lass mich dich in dieser Unfallsache verteidigen.«

Das war das Einzige, von dem er sicher wusste, dass er es beherrschte.

Nathan nickte zustimmend mit dem Kopf.

»Ich werde dich da raushauen«, versprach Jeffrey, der seinen funkelnden Blick wiedergefunden hatte. »Es ist eine schmutzige Geschichte, aber ich bemühe mich um einen Deal mit dem Staatsanwalt – sagen wir mal achtzehn Monate auf Bewährung und ungefähr hundert Stunden gemeinnützige Arbeit. Das kriege ich hin, ich bin der Beste …«

Nathan trank einen Schluck Kaffee, dann sagte er lächelnd:

»Nach mir sind Sie der Beste.«

Um diesen Moment des Einverständnisses zu segnen, stahl sich ein Sonnenstrahl zwischen den Wolken hervor. Die beiden Anwälte wandten sich dem Fenster zu, um die neue Wärme zu genießen. Im selben Augenblick fuhr Abby auf den Parkplatz der Raststätte, in der sie mit den beiden Männern verabredet war. Auf Jeffreys Bitte hin hatte sie den

Jeep genommen. Da Nathan zum Zeitpunkt des Unfalls nicht betrunken war, hatte man den Wagen nicht beschlagnahmt. Er besaß also durchaus das Recht, bis zur Urteilsverkündung Auto zu fahren.
Nathan winkte seiner Sekretärin durch die Scheibe zu.
»Sie wird dich nach Manhattan fahren«, erklärte Jeffrey ihm und erhob sich. »Ich lasse ihren Wagen zurückbringen.«
»Ich nehme Bonnie mit«, verkündete Nathan mit einer Stimme, die keinen Widerspruch duldete.
Jeffrey wirkte verlegen.
»Hör zu … Lisa hat sie heute Morgen für zwei Tage mit nach Nantucket mitgenommen. Sie …«
»Wie bitte? Ausgerechnet jetzt nehmt ihr mir meine Tochter weg?«
»Niemand nimmt sie dir weg, Nathan. Ich bringe sie dir persönlich nach New York zurück. Darauf gebe ich dir mein Wort. Nimm dir einfach ein bisschen Zeit, dich zu fangen.«
»Aber ich habe keine Zeit mehr, Jeffrey!«
»Ich bringe sie dir übermorgen zurück, versprochen. Du solltest dich ein wenig erholen.«
Nathan kapitulierte.
»In Ordnung.«
Und nach kurzem Schweigen fügte er hinzu:
»Aber benachrichtigen Sie mich sofort, wenn Sie etwas von Mallory gehört haben.«
Dann begrüßten sie Abby auf dem Parkplatz. Die junge Frau wirkte verlegen.
»Schön, Sie zu sehen, Abby.«
Nathan ging auf sie zu, um sie in die Arme zu nehmen, aber sie erstarrte.
»Mit der Kaution ist alles geregelt«, verkündete

sie in geschäftsmäßigem Ton, als spreche sie über die rechtliche Lage eines Mandanten.
»Wissen Sie, wie es dem Kind geht?«, fragten die beiden Anwälte wie aus einem Mund, da sie wussten, dass Abby direkt vom Krankenhaus kam.
»Es liegt immer noch im Koma. Die Diagnose ist ziemlich vage. An Ihrer Stelle würde ich mich dort nicht blicken lassen«, sagte sie an Nathan gewandt. »Die Eltern sind außer sich.«
Jeffrey blickte unwillkürlich zu Boden. Nathan sagte nichts. Er begleitete Jeffrey zu seinem Wagen und drückte ihm lange die Hand. Würde er seinen Schwiegervater je wiedersehen?
Dann wandte er sich an seine Sekretärin.
»Abby, ich danke Ihnen von Herzen, dass Sie gekommen sind.«
»Gern geschehen«, erwiderte die junge Frau, doch ihre Stimme verriet, dass es nicht stimmte. Sie wandte ihm den Rücken zu und drückte auf den Schlüssel, um die Autotüren zu entriegeln.
»Wenn es Ihnen nichts ausmacht, fahre ich.«
»Aber Abby, seien Sie doch nicht alb…«
»Ich fahre«, wiederholte Abby mit solcher Entschiedenheit, dass Nathan es vorzog, ihr nicht zu widersprechen.
Er wollte gerade auf dem Beifahrersitz Platz nehmen, als ein großer alter Chrysler neben ihnen auftauchte.
Ein muskulöser Mann sprang aus dem Auto und begann Nathan laut zu beschimpfen:
»Mörder! Man müsste Sie für immer hinter Schloss und Riegel setzen!«
»Das ist der Vater des kleinen Jungen, den Sie angefahren haben«, informierte ihn Abby mit besorgter Stimme.

Nathan erwiderte laut:
»Hören Sie, Mister Greenfield, es war ein Unfall … Ich verstehe Ihren Schmerz. Glauben Sie mir bitte, Ihr Sohn bekommt die bestmögliche Pflege. Sie können eine hohe Entschädigung verlangen.«
Der Mann stand ganz dicht neben ihm und schnaubte vor Wut. Nathan hätte ihn gern beruhigt, aber er wusste, wie ihm zumute gewesen wäre, wenn irgendein Verkehrsrowdy Bonnie angefahren hätte.
»Wir wollen Ihr verdammtes Geld nicht, wir wollen Gerechtigkeit. Sie haben ein sterbendes Kind im Stich gelassen, in einem Graben. Sie sind ein Schwein! Sie sind ein …«
Nathan konnte dem schrecklichen Fausthieb nicht ausweichen. Er stürzte zu Boden, und der Mann beugte sich über ihn. Er holte ein Foto seines Sohnes aus dem Jackett und fuchtelte damit vor Nathans Nase herum.
»Ich hoffe, dieses Gesicht verfolgt Sie Ihr Leben lang!«
Nathan erhob sich mühsam. Er betastete seine Nase. Dicke Blutstropfen fielen in den Schnee und hinterließen einen roten Pfeil auf dem Boden.

Kapitel 25

Ich denke, du weißt genauso gut wie ich,
wo das Problem liegt ...

Der Computer HAL in:
2001 – Odyssee im Weltraum

»Abby, hören Sie auf, mich so anzustarren.«
Seit einer halben Stunde waren sie unterwegs nach New York und hatten kaum ein Wort gewechselt.
»Es stimmt also?«, fragte die Sekretärin, während sie einen Lastwagen überholte.
»Was stimmt?«
»Sie haben tatsächlich einen sterbenden Jungen auf der Straße liegen lassen?«
Nathan seufzte.
»Ich habe ihn nicht *liegen lassen*. Ich hatte Ihnen bereits erklärt, dass ich zu meinen Schwiegereltern zurückgekehrt bin, um den Notarzt zu benachrichtigen.«
Abby fand diese Erklärung fadenscheinig.
»Sie haben doch immer Ihr Handy dabei.«
»Ich hatte es vergessen«, erwiderte Nathan gereizt.
Die junge Frau schüttelte zweifelnd den Kopf und wechselte auf die rechte Spur.
»Tut mir Leid, aber das klingt nicht sehr überzeugend.«
»Und warum nicht?«
»Ich habe den Unfallort gesehen: Es sind überall

Häuser in der Nähe. Sie hätten im nächsten Haus telefonieren können.«
»Ich war … in Panik, ich dachte, ich sei in der Nähe der Ranch …«
Abby trieb ihn in die Enge:
»Hätten Sie den Rettungswagen früher gerufen, hätte der Kleine vielleicht bessere Chancen gehabt. Immerhin geht es um das Leben eines Kindes.«
»Ich weiß, Abby.«
Dann fügte sie wie zu sich selbst hinzu:
»Verdammt noch mal, dieser Junge ist so alt wie meiner.«
Der Anwalt war verblüfft.
»Sie haben nie erwähnt, dass Sie einen Sohn haben.«
»Er lebt nicht bei mir, das ist alles.«
»Das wusste ich nicht«, stammelte Nathan.
An seiner Stimme erkannte man, dass er tatsächlich verwirrt war.
»Wissen Sie, man kann jahrelang mit jemandem zusammenarbeiten und weiß eigentlich kaum etwas über ihn«, sagte sie vorwurfsvoll. »So ist das Geschäft eben … oder die Zeiten …«
Nach einer Weile fuhr sie fort:
»Trotz allem – ich habe Sie in gewisser Weise immer bewundert. Ich bin Ihnen ohne zu zögern von San Diego nach New York gefolgt, weil ich fand, dass Sie anders sind als all diese kleinen *golden boys*. Ich dachte, wenn ich eines Tages ein Problem hätte, würden Sie für mich da sein …«
»Abby, Sie haben mich idealisiert.«
»Lassen Sie mich ausreden. Kurzum, ich dachte, dass Sie im Grunde ein guter Mensch wären, ein Mann mit Wertvorstellungen …«

Noch einmal überholte sie vorsichtig einen Lastwagen, ließ ein paar Minuten verstreichen, um sich zu sammeln, und fuhr dann fort:
»Es tut mir Leid, Ihnen das sagen zu müssen, aber seit gestern Abend mache ich mir keine Illusionen mehr, was Sie betrifft. Ich habe das Wichtigste verloren.«
»Und das wäre?«
»Das wissen Sie genau: das Vertrauen.«
»Warum sagen Sie das?«
Für einen kurzen Augenblick konzentrierte sie sich nicht auf die Straße, sondern wandte sich ihm zu.
»Ich kann kein Vertrauen zu einem Menschen haben, der ein sterbendes Kind am Straßenrand liegen lässt.«
Nathan hörte ihr ohne Widerrede zu. So hatte sie noch nie mit ihm gesprochen. Er spürte plötzlich das Verlangen, auf die Bremse zu treten und ihr mitten auf der Autobahn alles zu erzählen – von den Boten, von seinem bevorstehenden Tod, von der Notwendigkeit zu lügen, um seine Frau und seine Tochter zu beschützen …
Aber er schluckte alles hinunter, und sie sprachen bis Manhattan kein Wort mehr miteinander.
Damit es funktionierte, durfte er niemanden einweihen.
Niemanden, außer Mallory und Bonnie.

»Mister Del Amico, nur ein paar Worte für unsere Zuschauer von Trial TV!«
Der Anwalt stieß das Mikro, das ihm der Reporter unter die Nase hielt, unwillig zurück. Hinter ihm versuchte ein Kameramann ein paar Aufnahmen zu machen. Nathan kannte diese beiden Typen:

Sie arbeiteten für einen Kabelfernsehsender, der sich darauf spezialisiert hatte, sensationelle Rechtsfälle medienwirksam zu vermarkten.
Scheiße, ich bin doch kein O. J. Simpson.
Er ließ Abby vorgehen, dann verschwand er ebenfalls in dem Gebäude in der Park Avenue.
Er spürte Erleichterung, als er das byzantinische Mosaik der Eingangshalle sah. Abby ging direkt in ihr Büro, während er in den dreißigsten Stock zum Fitness- und Erholungsraum fuhr. Er blieb eine halbe Stunde unter der Dusche und genoss das heiße Wasser. Er war todmüde, saft- und kraftlos, deprimiert und völlig am Ende. Doch allmählich fühlte er sich wieder auf der Höhe. Wasser schien auf ihn die gleiche Wirkung zu haben wie auf Pflanzen. Frisch geduscht und rasiert betrat er sein Büro. Abby erwartete ihn gelassen. Sie hatte ihm einen starken Kaffee zubereitet und ein paar Muffins für ihn besorgt. Er wühlte in seinem Schrank und fand ein Hemd, das noch in einer Plastikhülle steckte.
Purer Luxus, dachte er und schlüpfte in das Hemd.
Er nahm in seinem Ledersessel Platz, schaltete seinen Computer ein und griff nach ein paar Akten, die auf dem Tisch verstreut lagen. Wieder in diesem Büro zu sein, in dem er so viele Stunden verbracht und so viele Siege verbucht hatte, war eine Erleichterung. Er liebte diesen Ort. Er liebte seine Arbeit, diesen ganzen Apparat, der ihm den Eindruck vermittelte, zu herrschen, handeln zu können, ohne selbst den Ereignissen ausgeliefert zu sein.
Er versuchte erneut Mallory zu erreichen, blieb jedoch wieder erfolglos. Dann ging er auf die Website des *National Lawyer*. In seinen Kreisen ver-

breiteten sich Nachrichten schnell. Bald fand er, was er suchte, denn als er dic Rubrik »Nachrichten des Tages« anklickte, fiel ihm als Erstes folgende Meldung ins Auge:

Berühmter Anwalt der Park Avenue in schweren Verkehrsunfall verwickelt

Nathan Del Amico, einer der Staranwälte von Marble & March, wurde gestern Abend wegen Fahrerflucht festgenommen, nachdem er einen jungen Radfahrer auf einer kleinen Straße in Stockbridge (MA) angefahren hatte.
Das Opfer, ein siebenjähriger Junge, wurde mit dem Rettungswagen sofort in die Klinik von Pitsfield gebracht. Der Zustand des Kindes ist nach Auskunft der Ärzte kritisch. Der Anwalt, der heute Morgen gegen eine Kaution von fünfzigtausend Dollar freigelassen wurde, soll von Jeffrey Wexler, einem berühmten Bostoner Anwalt, vertreten werden.
Wie auch immer dieser Fall ausgehen wird, fest steht, dass er unbestreitbar das Ende der Karriere jenes Mannes bedeuten wird, den seine Berufskollegen zuweilen »Amadeus« nannten, weil er einige sehr schwierige Fälle mit größtem Geschick gelöst hatte.
Der Hauptgesellschafter von Marble & March, Ashley Jordan, der am Freitag, dem 20. Dezember, befragt wurde, erklärte, dass dieser Fall »die Privatsache« seines Mitarbeiters sei und »nichts mit den Geschäften seiner Kanzlei zu tun habe«.
Wenn Del Amico für schuldig befunden wird, muss er mit einer Gefängnisstrafe von bis zu acht Jahren rechnen.

Vielen Dank für deine Hilfe, Ashley, dachte Nathan bei sich.
Er starrte wie gebannt auf den Artikel. Der *Natio-*

nal Lawyer war die wichtigste Fachzeitschrift der Firmenanwälte. Sie entschied in diesen Kreisen über Gut und Böse.
Er las noch mal den Teil eines Satzes (»... das Ende der Karriere ...«). Ein bitteres Lächeln umspielte seine Mundwinkel. Ja, sicher, seine Karriere würde zu Ende gehen, aber nicht aus den Gründen, die in dem Artikel erwähnt wurden.
Dennoch war es kein besonders glorreicher Abgang. Er hatte Jahre gebraucht, um sein Image als Staranwalt aufzubauen, und methodisch die Fälle ausgewählt, die ihm zu Ruhm verhalfen. Und dieses schöne Gebilde fiel jetzt innerhalb weniger Stunden in sich zusammen.
Abby unterbrach seine Gedanken:
»Wir haben gerade ein seltsames Fax bekommen«, sagte sie und streckte den Kopf zur Tür herein.
»Ich weiß nicht, ob ich bleiben werde, Abby. Sehen Sie es sich später mit Jordan an.«
»Ich glaube aber, dass es Sie interessieren wird«, sagte sie geheimnisvoll.

Anfangs konnte Nathan nicht viel erkennen. Es war eine Art Schwarzweißfoto und zeigte – etwas verschwommen – einen Geländewagen vor einer Benzinsäule an einer Tankstelle. Ein Teil des Fotos war in einer Ecke vergrößert worden, damit man das Nummernschild lesen – oder vielmehr erraten – konnte.
Kein Zweifel: Es war ganz eindeutig sein Jeep.
Der Anwalt bemerkte nebenbei, dass der Wagen noch in guter Verfassung war: keine Kratzer, die rechte vordere Radkappe war noch vorhanden ...
Das Foto war also vor dem Unfall aufgenommen worden.

Als Bildunterschrift hatte jemand die ziemlich lange Adresse einer Website aufgekritzelt, die von einem Server für Kontaktanzeigen verwaltet wurde. Die Inschrift schien zu sagen: *Lesen Sie weiter im Web …*

Nathan setzte sich wieder an seinen Computer und ließ die angegebene Website suchen. Er landete auf einem leeren, schwarzen Bildschirm, auf dem lediglich ein Hyperlink zu sehen war. Er klickte ihn an, aber nichts tat sich: Der Link war nicht abrufbar.

Was sollte dieser Blödsinn? Innerhalb weniger Momente hatte ihn ein Gefühl des Unbehagens erfasst.

Er bat Abby, nachzusehen, woher das Fax gekommen war. Dank eines Onlinedienstes mit elektronischem Telefonbuch hatte die junge Frau innerhalb einer Minute den Absender herausgefunden.

»Es ist die Nummer eines Copyshops aus Pitsfield«, erklärte sie.

Also eines Ortes, von dem aus jeder seine Faxe anonym schicken kann.

Nathan gab die Adresse noch einmal in den Computer ein und achtete darauf, keinen Tippfehler zu machen. Doch der Bildschirm sah genauso aus wie vorher – schwarz und leer.

Er sah sich das Foto noch einmal an. Was versuchte man ihm mitzuteilen? Wer steckte hinter all dem?

Als er sich wieder dem Computer zuwandte, entdeckte er eine Fehlermeldung auf dem Bildschirm. Nathan drückte auf den Button für Wiederherstellen und der Hyperlink erschien wieder. Er klickte: In einem parallelen Fenster öffnete sich ein Multimedia-Player, und kurz danach lief ein kleiner Film ab. Dank seines hochauflösenden Bildschirms konnte Nathan die Bilder einigermaßen erkennen. Es handelte sich um eine Folge von Bildern einer Überwachungskamera an einer Tankstelle. Der Ort war derselbe wie auf dem Foto, doch dieses Mal konnte man Jeffrey Wexler erkennen, der sich über den Jeep beugte und den Tank füllte. Nathan begriff nicht auf Anhieb, mit welcher Absicht man ihm diese Bilder anbot. Dann entdeckte er rechts unten das genaue Datum und die genaue Uhrzeit: 19. Dezember, 19.14 Uhr.

Er hatte dem Polizeiprotokoll entnommen, dass der Unfall gegen 19.20 Uhr geschehen war. Es gab keine sechsunddreißigtausend Tankstellen in der Umgebung von Stockbridge. Die Nummer der Zapfsäule und das Texaco-Logo, die auf dem Bildschirm zu erkennen waren, machten es leicht, den Ort zu identifizieren. Nathan war sich ziemlich sicher, dass es sich um die Tankstelle von Naumkeag handelte, sie lang unweit der Kreuzung, an der Ben Greenfield angefahren worden war.

Wenn also Jeffrey um 19.14 Uhr seinen Tank gefüllt hatte, blieben keine Zweifel an seiner Schuld offen.

Plötzlich sprang das Bild vor. Man hatte die Zeit herausgeschnitten, in der Jeffrey bezahlen gegangen war, und sah jetzt, wie der alte Mann schwankend auf den Jeep zuging. Bevor er sich hinters Lenkrad setzte, trank er einen kräftigen Schluck aus der Flasche.

»Aber diese Bilder beweisen ja, dass Sie völlig unschuldig sind«, rief Abby, die sich unbemerkt hinter ihren Chef gestellt hatte, um den Film anzuschauen.

Nathan zuckte lediglich die Achseln. Dann wandte er sich zu seiner Sekretärin um und bemerkte, dass ihre Augen vor Aufregung funkelten.
Zuletzt sah man, wie der Wagen losfuhr. Nathan versuchte den Film zurückzuspulen, aber ohne Erfolg. Er gab sich große Mühe, den Film auf die Festplatte seines Computers herunterzuladen, aber auch das misslang.
»Scheiße«, stieß der Anwalt hervor. »Er hat den Film von der Website genommen.«
»Aber wer steckt dahinter?«
»Wer dahinter steckt? Ich werde es Ihnen verraten: Es kann nur der Besitzer dieser erbärmlichen Tankstelle sein. Ein Typ, der sich freut, dass er die Wahrheit herausgefunden hat.«
»Aber warum will er seine Identität verbergen?«
»Weil er vorsichtig ist. Er möchte, dass wir wissen, wer er ist, aber er möchte nicht, dass wir Beweise gegen ihn sammeln.«
»Beweise wofür?«, erkundigte sich Abby arglos.
»Beweise dafür, dass er mich erpresst.«
Die junge Frau setzte sich neben ihren Chef.
»Hören Sie, Nathan, Sie müssen sich wieder fangen. Auch wenn ich nicht weiß, weshalb Sie das tun, weiß ich, dass es keine gute Idee ist. Noch können Sie aussteigen. Sie können doch nicht Ihre Karriere opfern, um Ihren Schwiegervater zu schützen.«
»Ich will nicht Jeffrey schützen, sondern meine Frau und meine Tochter.«
»Sie schützen sie nicht, indem Sie die Schuld Ihres Schwiegervaters auf sich nehmen«, sagte sie aufgebracht und hielt ihm den Artikel aus dem *National Lawyer* unter die Nase. »Hinter vorgehaltener Hand spricht man von Ihnen bereits in

der Vergangenheit, und wenn Sie nicht reagieren, sind Sie erledigt. Aber das brauche ich Ihnen wohl nicht zu erklären.«

Nathan schwieg. Zweifel erfassten ihn. Abby hatte vielleicht Recht. Es wäre so angenehm, einen Rückzieher zu machen ... und dieser unerwartete Film eröffnete ihm sogar die Möglichkeit dazu. Hatte er nicht alles getan, um seinem Schwiegervater zu helfen? Wenn er so weitermachte, würde er sich eine Menge Probleme einhandeln.

Vielleicht wird es Zeit, auf den Boden der Tatsachen zurückzukehren und um deine Ehre zu kämpfen, dachte er erleichtert.

Im selben Augenblick hörte er, wie das Faxgerät in Abbys Büro zu surren begann.

Nathan griff nach dem Fax; Abby schaute ihm über die Schulter: Es enthielt lediglich drei fett gedruckte Zeichen:

1 M $

»Eine Million Dollar«, rief die Sekretärin. »Der Typ hat den Verstand verloren.«

Wie hypnotisiert starrte Nathan auf das Blatt Papier, das er in Händen hielt. Als er sich wieder der jungen Frau zuwandte, stand sein Entschluss fest: *Ich werde meinen letzten Fall gewinnen, indem ich ihn verliere,* dachte er niedergeschlagen.

»Abby, wollen Sie mir helfen?«

»Ihnen helfen, Sie da rauszuholen? Aber natürlich.«

»Nein, Sie sollen mir nicht helfen, mich da rauszuholen, sondern mir helfen, mich noch tiefer in den Schlamassel hineinzureiten ...«

Kapitel 26

Werden Sie reich,
und die ganze Welt ist sich einig,
Sie einen Herrn zu nennen.

Mark Twain

Creed Leroy spulte die Videokassette zum Anfang zurück. In den letzten zwei Tagen hatte er sich diese Szene über zwanzig Mal angesehen, aber er wurde es nicht leid, sie immer wieder von neuem anzuschauen.

Wirklich, er bedauerte nicht, vor einigen Monaten diese kleine Infrarotkamera gekauft zu haben. Damals hatte der Besitzer der Tankstelle die Vorwürfe seiner Frau ertragen müssen, die in dieser technischen Spielerei nur eine zusätzliche, unnötige Ausgabe sah. Dabei war sie nicht einmal teuer gewesen, lumpige 475 Dollar im Versandhandel, inklusive Versandkosten. Aber was auch immer er tat, Christy fand stets einen Grund, ihn zu beschimpfen. Doch diese Zeiten waren jetzt vorbei, denn diese armseligen 475 Dollar würden ihm eine Million einbringen. Eine Million, wer bietet mehr? Die beste Geldanlage aller Zeiten. In einem Augenblick, in dem sich der ganze Planet über fallende Börsenkurse beklagte, fand er, Creed Leroy, die Goldmine.

Er regelte Helligkeit und Kontrast am Monitor und legte eine leere Kassette in einen zweiten Recorder, den er mit seinem Videorekorder verbunden hatte. Es war besser, zur Sicherheit eine Kopie anzufertigen.

Er hatte Glück gehabt, das stimmte. In der Regel löschte er die Videobänder jeden Abend, ohne sie anzuschauen. Doch am 18. Dezember hatte ihn ein Problem mit der Progammierung des Alarms fast eine Stunde lang beschäftigt, und um nicht zu spät ins Bett zu kommen, hatte er beschlossen, die Arbeit auf den nächsten Tag zu verschieben.

Ha, ha! »Was du heute kannst besorgen, das verschiebe nicht auf morgen«, sagt das Sprichwort. Alles Blödsinn! Denn als er am nächsten Morgen die Zeitung aufschlug, sah er den Jeep auf einem Foto neben dem Artikel über den Unfall mit Greenfields Jungen. Er hatte sich sofort an diesen Wagen erinnert, der bei ihm voll getankt worden war – offensichtlich kurz vor dem Unfall. Am meisten jedoch verwunderte ihn die Identität des Fahrers, denn keinesfalls hatte am Abend zuvor dieser junge Anwalt am Steuer des Jeeps gesessen. Nein, er einnerte sich ganz genau – einer dieser reichen alten Knacker aus der Gegend hatte den Wagen gefahren: dieser Jeffrey Wexler, der für gewöhnlich nur mit Chauffeur unterwegs war.

Creed hatte sich also auf die Aufnahmen gestürzt, die seine Erinnerung bestätigten: Wexler war ganz allein, und er war völlig betrunken, und das passierte wenige Minuten, bevor der Jeep den Jungen anfuhr!

Trotzdem behauptete die Zeitung, der New Yorker Anwalt habe von sich aus zugegeben, den Unfall verursacht zu haben. Creed Leroy hatte vielleicht nicht die Universität besucht, doch um zu merken, dass an dieser Geschichte etwas faul war, hatte er nicht lange gebraucht. Wieder so eine Kungelei unter Anwälten, hatte er gedacht. Wie die Mehrheit seiner Mitbürger verabscheute Creed Anwälte und betrachtete sie als Bestien, die einzig von ihrer Geldgier getrieben wurden. Er überprüfte die Registrierkasse. Wexler hatte mit einem Zwanzig-Dollar-Schein bezahlt. Also führte keine Spur über eine Kreditkarte zu ihm, und außer ihm selbst hatte niemand Wexler an der Tankstelle gesehen.

Anfangs hatte er in Betracht gezogen, zur Polizei zu gehen, dann aber den Plan schnell wieder aufgegeben: Gute Taten werden in dieser Welt niemals belohnt. Nein, er würde nicht die geringste Anerkennung für seine Mitarbeit ernten. Bestenfalls würde sein Name in der Lokalzeitung erwähnt werden. Einer dieser Schreiberlinge aus der Redaktion hätte ihn vielleicht aufgesucht, um ihn zu interviewen, man hätte ein oder zwei Tage von ihm gesprochen, dann wäre die Sache vergessen worden.

Er hatte eine viel bessere Idee. Sicher, sie barg Risiken, bot ihm aber vor allem die einmalige Gelegenheit, sein Leben zu verändern. Intuitiv hatte Creed sich dafür entschieden, seine Frau nicht einzuweihen. Seit einiger Zeit war er seines Lebens überdrüssig. In seinen geheimsten Träumen war er davon überzeugt, dass irgendwo eine andere Existenz auf ihn wartete, eine Existenz, in der er *ein anderer sein* würde.

Creed Leroy blieb abends viele Stunden vor seinem Computer sitzen und surfte im Internet. Den Rest seiner freien Zeit verbrachte er mit Angeln und Wandern. Manchmal, während er auf Kundschaft wartete, las er gern ein paar Seiten in den Bestsellern, die er sich aus dem Taschenbuchständer der Tankstelle auslieh. Er mochte keine Ge-

schichten über Serienmörder, aber er las gern Thriller aus dem Justiz- und Finanzmilieu, selbst wenn er nicht immer alles verstand. Eines Tages war er auf ein fesselndes Buch gestoßen, das er erst nach der letzten Seite wieder aus der Hand legte. Es war ein Roman von John Grisham (immerhin ein ehemaliger Anwalt ...), *Der Partner* oder so ähnlich. Es war eine spannende Geschichte, in der ein Mann seinen Tod vortäuschte, um sein Leben mit einer neuen Identität noch einmal von vorn zu beginnen. Aber um bei null anzufangen, brauchte er Geld. In dem Schmöker von Grisham erpresste der Held mehrere hundert Millionen von seinen Partnern, doch er, Creed Leroy, würde sich mit einer Million zufrieden geben. Und dieser Anwalt aus New York, dieser Nathan Del Amico, würde sie ihm freundlicherweise überlassen.
Erst hatte er die Absicht, Jeffrey Wexler zu erpressen, aber nach einigen Überlegungen beschloss er, dass es besser wäre, sich an dessen ehemaligen Schwiegersohn zu wenden. Der hatte schließlich die Fahrerflucht zugegeben. Und außerdem war Wexler viel zu einflussreich in dieser Gegend. Leroy hatte also seinen kleinen Laden für diesen Tag geschlossen. Er ging ins Internet und erhielt problemlos allerlei Auskünfte über Del Amico, vor allem die Fax-Nummer seines Büros. Er hatte dann eine Digitalisierungssoftware gekauft, um die Bilder der Überwachungskamera aus seinem Videorekorder ins Internet stellen zu können. Und um keine Spuren zu hinterlassen, hatte er das Fax in einem Copyshop in Pitsfield abgeschickt.
Sein ganzes Leben lang hatte er auf diesen Augenblick gewartet. Den Augenblick der Rache. Er würde der Welt zeigen, wozu Creed Leroy im Stan-

de war. Wenn alles gut ging, würde auch er bald italienische Anzüge und Hemden von Ralph Lauren tragen. Er würde sich vielleicht sogar so einen Jeep kaufen, wie der Anwalt einen hatte, das neueste Modell natürlich.
In jedem Fall würde er weit weg gehen. Weit weg von diesem Kaff und diesem Job, denn beides hasste er. Weit weg auch von seiner Frau. Er ertrug sie nicht mehr, seit ihr ganzer Ehrgeiz darauf gerichtet war, sich den Busen vergrößern und eine Tätowierung in Form einer Schlange kurz über dem Hintern machen zu lassen.
Er drückte auf die Auswurftaste, nahm die Videokassette aus dem Rekorder und steckte sie in einen großen Umschlag aus Packpapier.
Seit zwei Tagen schlug sein Herz höher. Einmal im Leben sollte auch er Glück haben!
Niemand in diesem Land gab es zu, aber das Glück veränderte oft alles, viel mehr als persönliche Fähigkeiten. Es war wichtig, im rechten Moment am rechten Ort zu sein, zumindest einmal im Leben: Das war das Entscheidende.
Creed schaltete den Alarm ein und verschloss die Eingangstür des Ladens. Eine Rauchglasscheibe zeigte ihm sein Gesicht. Er war noch nicht alt. Im März würde er vierzig werden. Er hatte den ersten Teil seines Lebens vergeudet, aber er war entschlossen, im zweiten Teil alles nachzuholen.
Aber dafür musste dieser Anwalt zahlen.

20. Dezember

Nathan hatte seine guten Angewohnheiten wieder aufgenommen: Um sechs Uhr morgens joggte

er im Central Park und um halb acht war er im Büro.
»Ich hab Ihnen Beignets mitgebracht«, verkündete er, als er die Tür zu Abbys Zimmer öffnete.
»Führen Sie mich nicht in Versuchung«, protestierte sie, »ich nehme mindestens zwei Kilo zu, wenn ich sie nur anschaue.«
Sie machten sich an die Arbeit und fanden sehr schnell den Namen des Tankstellenbesitzers in Stockbridge heraus – ein gewisser Creed Leroy.
Nathan war sich bewusst, dass er seine letzte Schlacht schlagen würde. Sein Entschluss stand nach wie vor fest: Er würde Jeffrey vor dem Gefängnis retten, koste es, was es wolle. Um Mallory zu schützen, würde er sogar die astronomische Summe ausgeben, die dieser Leroy von ihm verlangte.
Normalerweise hätte er anders reagiert. Er hätte so lange in Leroys Vergangenheit herumgewühlt, bis er ein Druckmittel gefunden hätte, um ihn einzuschüchtern. Dank seiner Erfahrung als Anwalt wusste er, dass es im Leben eines jeden Menschen dunkle Geheimnisse gibt. Wenn man sich genug Zeit ließ, wurde man am Ende immer fündig.
Aber er hatte keine Zeit mehr. Er musste nun diese schöne Million Dollar, auf die er so stolz war, weil er sie redlich verdient hatte, einem kleinen Tankstellenbesitzer überlassen.
Doch die Aussicht, alles zu verlieren, beunruhigte ihn seltsamerweise überhaupt nicht, denn inzwischen gab es Wichtigeres für ihn. Ehrlich gesagt, spürte er sogar eine gewisse Erregung, wieder auf null zurückzufallen. *Man müsste wirklich zwei Leben leben dürfen,* sinnierte er für einen Augen-

blick. Wenn das ginge, würde er wohl dafür sorgen, dieselben Fehler nicht noch einmal zu begehen. Er würde nicht auf seine Träume vom Erfolg verzichten, er würde lediglich auf andere Weise nach Erfolg streben. Er würde eine bestimmte Form der Eitelkeit aufgeben, weniger Zeit damit verbringen, sich über vergängliche und überflüssige Dinge aufzuregen, und sich auf wichtigere Dinge konzentrieren. Er würde vielmehr versuchen, »seinen Garten zu bestellen«, wie der Philosoph sagt.

Verdammt, ich sage das heute, weil ich weiß, dass ich sterben werde. Schluss jetzt, genug meditiert, befand er, als er auf seine Uhr schaute. Er rief seinen Banker an, um ihn zu bitten, seine Konten zu überprüfen.

»Hallo Phil, was macht die Wall Street?«

Phil Knight hatte ein paar Semester mit ihm studiert. Er war nicht unbedingt ein Freund, aber jemand, den er schätzte und mit dem er regelmäßig essen ging.

»Hallo Nat, wie heißt die nächste multinationale Firma, der du einen langen und teuren Prozess ersparen wirst? Hat Bill Gates dich immer noch nicht angerufen?«

Nathan vergewisserte sich zuerst, dass der Scheck, den Candice vor ihrem Tode eingereicht hatte, eingelöst worden war. Dann bat er Knight, alle seine Aktien und Obligationen zu verkaufen, weil er Bargeld brauche.

»Gibt es ein Problem, Nat?«, fragte der Banker, den die Aussicht, das Konto seines Kunden geplündert zu sehen, beunruhigte.

»Kein Problem, Phil, ich versichere dir, dass dieses Geld gut angelegt wird …«

Ist das wirklich die beste Lösung?, fragte er sich, nachdem er aufgelegt hatte. Solche Erpressergeschichten enden in der Regel nicht sehr erfreulich. Nicht die Höhe der Summe bereitete ihm Sorgen, sondern er fürchtete, dass der Erpresser niemals Ruhe geben würde, dass Leroy in sechs Monaten oder einem Jahr bei Jeffrey oder Mallory auftauchen würde. Das Problem bestand darin, dass dieser Typ seinen Film beliebig oft kopieren konnte.
Mit verschränkten Armen überlegte Nathan hin und her und drehte seinen Sessel nach allen Seiten. Er musste die richtigen Prioritäten setzen. Das Entscheidende in diesem Stadium bestand darin, zu verhindern, dass Leroy sich entschließen könnte, die Polizei zu benachrichtigen. Die Uhr über seinem Schreibtisch zeigte zehn Uhr zweiundzwanzig. Der Anwalt nahm den Hörer ab und rief Creed Leroy an.
Er wollte unbedingt herausfinden, aus welchem Holz dieser Mann geschnitzt war.

Nassau (Bahamas)
Etwas früher am Morgen

Creed Leroy hatte sich sehr früh am Morgen nach Boston begeben, um das erste Flugzeug nach Nassau zu nehmen. Nachdem er in der Hauptstadt der Bahamas gelandet war, teilte er sich den Pendelbus des Flughafens mit zahlreichen Touristen, die hergekommen waren, um Weihnachten in der Sonne zu verbringen.
In der Stadt dröhnte der Verkehrslärm. Der Minibus hupte, bevor er am Bürgersteig hielt, um die Passagiere aussteigen zu lassen. Creed fühlte sich

wohl in dieser Menge. Er liebte die Anonymität der großen Städte und der unpersönlichen Orte. Als er die Bay Street hinaufging, die von alten Autos und Pferdekutschen für die Touristen vollkommen überfüllte Hauptstraße der Stadt, glaubte er, die Seele eines Chamäleons zu besitzen. Hier war er kein Tankstellenbesitzer mehr. Hier konnte er sein, wer er sein wollte.
Creed hatte beschlossen, die Rezepte zu befolgen, die er in den letzten Jahren in den Thrillern aus der Finanzwelt gelesen hatte. Sobald es sich um Geldwäsche oder ein Nummernkonto handelte, kam unvermeidlich Nassau mit seinen vierhundert Banken und Finanzinstituten ins Spiel. Es folgte zumeist die Beschreibung der opportunistischen Banker, die am Fiskus vorbei unbeaufsichtigt mit Millionen jonglierten und mit einem Mausklick horrende Summen von einem Steuerparadies ins nächste verschoben. Creed hatte sich immer gefragt, ob die Wirklichkeit der Fiktion ähnlich sein würde. Er sollte es bald erfahren.
Im Internet hatte er die Auskünfte zu Adresse und Telefonnummer der Zweigstelle einer Bank eingeholt, deren Angebotspalette ihn interessierte. Er hatte eine Mail geschickt und eine Online-Dokumentation der Bank erhalten. Theoretisch könnte man sogar ein Nummernkonto eröffnen, ohne vom Schreibtisch aufzustehen, aber Creed hatte darauf bestanden, jemanden zu treffen.
Er bog in eine Nebenstraße der Bay Street ein und betrat eine der kleinen Zweigstellen, die direkt an der Straße lagen.
Als er eine knappe halbe Stunde später wieder herauskam, umspielte ein Lächeln seine Lippen. John Grisham und Co. hatten nicht gelogen! Es

war sogar noch leichter als in den Romanen. Zuerst fielen die Worte, die er erwartet hatte: Vertraulichkeit, Bankgeheimnis, Steuerfreiheit ... Dann regelte sich alles wie von selbst. Genau genommen war das Formular zur Kontoeröffnung in weniger als einer Viertelstunde ausgefüllt und unterschrieben. Fünf Prozent effektiver Jahreszins ohne Steuer, ein Scheckheft, eine Bankkarte, die weder seinen Namen noch irgendeine andere wichtige Information auf dem Magnetstreifen enthielt, aber an allen Geldautomaten der Welt verwendbar war. Genau das, was er suchte. Man hatte ihm auch zugesichert, dass sein Konto der Steuerfahndung und der Polizei nicht zugänglich sei. Er hatte die Gelegenheit genutzt, in einem der kleinen unterirdischen Tresorfächer den braunen Umschlag mit der Kopie des Films zu hinterlegen, der ihm zu seinem Glück verhelfen sollte.
Und für all das waren keine weiteren Formalitäten nötig als eine Fotokopie seines Passes und eine Bankbürgschaft von fünfzehntausend Dollar. Am Tag zuvor hatte er, noch immer ohne seiner Frau etwas zu sagen, seinen Pick-up verkauft, um sich einen Teil der Summe zu besorgen. Er hatte zudem fünftausend Dollar von ihrem gemeinsamen Konto abgehoben. Er nahm sich aber vor, Christy das Doppelte zurückzuzahlen, später, wenn er weit weg und sehr reich sein würde.
Creed Leroy spürte die milde Luft. Noch nie war er fröhlicher gewesen. Zu seinem Glück fehlte nur noch das eine: dass Nathan Del Amico ihn anrief und sie einen Treffpunkt vereinbarten.
Er kam an einem eleganten Friseursalon im Kolonialstil vorbei und blickte durch die Scheibe. Wie in alten Zeiten ließ sich ein Kunde rasieren und

genoss das beruhigende Gefühl, ein dampfendes Handtuch auf das Gesicht gelegt zu bekommen. Dieser Anblick machte ihn neidisch. Er war noch nie zuvor rasiert worden. Er beschloss, hineinzugehen. Es war an der Zeit, sein Aussehen zu verändern, diesen mickrigen Bart abzurasieren und die Haarzotteln abzuschneiden, die ihm bis über den Kragen hingen. Danach würde er sich in eines der Luxuswarenhäuser begeben, um die Kleidung zu kaufen, die seinem künftigen sozialen Status entsprach.

Eine junge Frau bat ihn, Platz zu nehmen. Er hatte sich gerade gesetzt, als sein Telefon klingelte. Vorausschauend hatte er dafür gesorgt, dass Anrufe in der Tankstelle auf sein Handy umgeleitet wurden. Er warf einen Blick auf seine Armbanduhr. Sie zeigte zehn Uhr zweiundzwanzig, da er vergessen hatte, den Zeiger wegen der Zeitverschiebung um eine Stunde vorzustellen.

»Hallo?«, meldete sich Creed Leroy mit unverhohlener Ungeduld.

»Nathan Del Amico am Apparat.«

Garrett Goodrich stieß einen Schrei der Erleichterung aus:

»Lieber Himmel, Nathan, ich habe Ihnen mehrere Nachrichten hinterlassen! Und erst jetzt entschließen Sie sich, mich anzurufen! Was ist das für eine Geschichte mit dem Unfall?«

»Ich werde Ihnen alles erklären, Garrett. Hören Sie, ich bin in der Cafeteria des Krankenhauses. Haben Sie einen Moment Zeit für mich?«

»Wie spät ist es?«, fragte der Arzt, als hätte er jedes Zeitgefühl verloren.

»Beinahe halb eins.«

»Ich mache eben noch ein paar Akten fertig, in zehn Minuten bin ich bei Ihnen.«
»Garrett?«
»Ja?«
»Sie müssen mir bitte noch einmal einen ganz großen Gefallen tun.«

Kanzlei Marble & March
16.06 Uhr

»Haben Sie denn gar keine Idee, Abby?«
»Was denn für eine Idee?«
Mit gefalteten Händen und nachdenklicher Miene drehte sich Nathan auf seinem Sessel.
»Wie ich Ihnen erklärt habe, bin ich bereit, diese Summe zu zahlen. Aber ich möchte ganz sicher sein, dass es sich um eine einmalige Zahlung handelt. Bedauerlicherweise ist das mit Erpressern so eine Sache, man weiß immer, wann sie anfangen …«
»… aber man weiß nie, wann sie aufhören«, vervollständigte sie den Satz.
»Genau das ist es, ich will nicht, dass dieser Leroy in sechs Monaten oder einem Jahr erneut bei Jeffrey aufkreuzt oder bei Mallory … oder sogar bei mir«, fügte er stockend hinzu.
»Erpressung wird vom Gesetz hart bestraft«, bemerkte sie.
»Natürlich, aber um zu verhindern, dass Leroy zum Wiederholungstäter wird, brauchen wir einen Beweis für seine Erpressung. Dieser Typ ist sehr vorsichtig, wie ich bislang feststellen konnte.«
»Was! Sie haben mit ihm gesprochen?«, rief sie

aus, völlig entsetzt, dass er ihr davon nicht längst berichtet hatte.
»Ja, ich habe ihn heute Morgen angerufen, aber er hat darauf bestanden, mich fünf Minuten später in einer der öffentlichen Telefonzellen unten im Haus zurückzurufen.«
»Hat er Ihnen ein Treffen vorgeschlagen?«
»Ich treffe ihn morgen.«
»Und wie wollen Sie vorgehen?«
»Ich muss ein Mittel finden, ihn zum Sprechen zu bringen, und ich muss das, was er sagt, aufzeichnen, aber dafür bräuchte ich eine ganze Ausrüstung: ein verstecktes Mikrofon vom Geheimdienst zum Beispiel.«
»Ich darf Sie daran erinnern, dass die Watergate-Zeiten weit hinter uns liegen«, spöttelte Abby.
»Weil Sie ein besseres Mittel kennen?«
»Das zum Beispiel«, sagte sie und deutete auf das Handy ihres Chefs.
»Das Handy?«
»Ja, nur ein wenig anders verwendet als sonst.«
Er runzelte die Stirn. Angesichts seiner zweifelnden Miene erklärte sie:
»Ihr Handy besitzt eine Funktion für *freisprechen*, nicht wahr?«
»Natürlich, um zu telefonieren, ohne die Hände vom Lenkrad zu nehmen.«
»Okay. Und was passiert, wenn Ihr Handy klingelt, während Sie Auto fahren?«
»Es schaltet nach dreimaligem Läuten automatisch ab«, erklärte Nathan, »aber ich weiß nicht, wozu ...«
»Lassen Sie mich ausreden. Stellen Sie sich jetzt mal vor, Sie stellen den Ton aus.«
»Und ich lass es vibrieren?«

»Nein«, sagte sie kopfschüttelnd, »wenn ein Handy vibriert, verursacht es ein leises Geräusch. Das ist nicht diskret genug.«
»Ich weiß nicht, wie man es sonst machen soll«, sagte er und kratzte sich am Kopf.
»Ich zeige es Ihnen.«
Sie nahm sein Handy und drückte auf ein paar Knöpfe.
»Man muss nur ein Klingeln ohne Ton programmieren.«
»Also stumm?«
»Ja, und damit wird Ihr Handy zum versteckten Mikro, 007«, sagte sie und warf ihm das Handy zu, das er im Flug auffing.
Um den Vorgang zu überprüfen, griff er nach dem Hörer seines Festnetzanschlusses vom Büro und rief sein Handy an. Wie zu erwarten, nahm es ohne jeden Ton den Anruf an.
»Das ist unglaublich«, musste er zugeben. »Woher wissen Sie das?«
»Aus einer Frauenzeitschrift«, verkündete Abby. »War ein interessanter Artikel: Zehn unfehlbare Tricks, Ihren Partner zu überwachen und zu erfahren, ob er Sie betrügt.«

Kapitel 27

Ich bin kein Mann ohne Fehler.
Villon

Krankenhaus in Pitsfield
Intensivstation
Ein Uhr morgens

»Bitte, Doktor Goodrich, hier ist er.«
»Sehr gut.«
Claire Giuliani trat einen Schritt zurück. Sie war beeindruckt von diesem berühmten Mediziner, der extra aus New York gekommen war, um nach ihrem Patienten zu sehen.
»Gut, ich lasse Sie jetzt allein. Rufen Sie mich, wenn Sie etwas brauchen.«
»Danke, Frau Doktor Giuliani.«
Garrett stieß die Tür auf und betrat das Zimmer.
Es war ein ziemlich unpersönlicher Raum, der nur von einem kleinen, schwachen Nachtlicht über dem Bett beleuchtet wurde. Im Hintergrund stand ein schlichter, weiß polierter Tisch neben einem Metallwaschbecken aus Edelstahl. Das ganze Zimmer hallte wider vom typischen Überwachungspiepton für den Herzrhythmus und vom Keuchen des riesigen Beatmungsapparates, der stoßweise den Sauerstoff in die Intubationsleitung presste.
Garrett näherte sich dem Bett und beugte sich über Ben. Die Krankenschwestern hatten die Bettdecke hochgezogen und ihn mit einer zusätzlichen

Decke zugedeckt, um eine Unterkühlung zu verhindern. Unbeweglich wie eine Porzellanskulptur schien das Kind in dem großen Bett völlig zu verschwinden. Die zahlreichen blauen Flecke im Gesicht verstärkten noch den Eindruck der Zerbrechlichkeit. Mehrere Schläuche liefen an seinen Armen entlang zu den Infusionsflaschen, die an der Stange über dem Bett hingen.
Mechanisch blickte Garrett auf den Monitor, um die Werte für die Herzfrequenz und den Blutdruck abzulesen. Er prüfte die automatische Druckpumpe, die dafür sorgte, dass der Junge in regelmäßigen Abständen eine bestimmte Dosis Morphium bekam. Er kannte Intensivstationen zur Genüge, doch jedes Mal, wenn er sie betrat, spürte er eine gewisse Empathie, die sich mit einem seltsamen Gefühl vermischte. Er hatte sich eine Weile mit dieser jungen Ärztin unterhalten, die so sehr an ihren Fähigkeiten zu zweifeln schien. Dabei hatte sie alles richtig gemacht. Der Junge war perfekt versorgt. Mehr konnte man im Moment nicht tun. Jetzt konnte man nur noch warten.
Garrett war ausschließlich deshalb hierher gefahren, weil Nathan ihn darum gebeten hatte. Der Anwalt hatte ihm von dem Unfall erzählt, den er verursacht hatte, aber der Arzt glaubte ihm kein Wort. Nathan hatte besonders darauf bestanden, dass sich Garrett hierher begab, um sich davon zu überzeugen, dass der Junge die bestmögliche Behandlung bekam, und weil er Garretts medizinisches Urteil ohne Fachchinesich hören wollte. Er hatte nichts hinzugefügt, doch Goodrich wusste ganz genau, was der eigentliche Sinn seines Besuches war: Nathan wollte wissen, ob das Leben von Ben Greenfield in Gefahr war.

Garrett wandte den Kopf zur Glastür, um sicherzugehen, dass niemand ihn beobachtete. Er löschte das Nachtlicht über dem Bett. Zu seiner großen Erleichterung nahm er keinen Lichtkreis über dem Kopf des Kindes wahr.
Ben würde vielleicht nicht in den nächsten zehn Minuten aufwachen, aber er würde auf keinen Fall sterben.
Garrett entschied, noch etwas zu versuchen. Etwas, das er nur selten wagte.
Behutsam näherte er seine Hände Bens Gesicht …
Er hatte diese Fähigkeit Nathan gegenüber nie erwähnt. Es war eine merkwürdige Geschichte, keine echte Macht, auch keine Gabe, vielleicht eher eine zusätzliche Fähigkeit, die die Boten mit der Zeit erwerben können. Es war etwas, das tatsächlich schwer zu definieren war. Eine kleine Tür, die sich für einen kurzen Moment in seinem Geist öffnete, eine Art Lichtstrahl, so plötzlich und so schnell wie ein Blitz. Manchmal tat es sogar ein bisschen weh, als ob seinem Körper für einen Augenblick jegliche Energie entzogen worden wäre, dabei dauerte es weniger als eine Sekunde. Einen Augenblick später war alles wieder ganz normal.
Aber damit es funktionierte, war ein Kontakt nötig.
Goodrichs Hände waren nur noch Millimeter von Bens Gesicht entfernt.
Lange Zeit war er sich dieser Fähigkeit nicht bewusst gewesen. Und auch heute noch klappte es nicht jedes Mal. Aber manchmal konnte er »hindurchsehen«, manchmal gelang es ihm, die Tür aufzumachen und zu wissen, was kommen würde. Er wusste es, jenseits aller vernünftigen Überlegungen. Wie eine Art Vorgefühl.

Garrett berührte mit den Fingerspitzen die Stirn des Kindes, und ein Bild erschien vor seinem inneren Auge: das Bild von Ben Greenfield, der im Alter von ungefähr zwanzig gerade mit dem Fallschirm abspringt.
Diese Vision war nicht von Dauer, und Garrett wurde sofort wieder aus dem Universum der Vorsehung ausgeschlossen.
Da er ein wenig schwitzte, setzte er sich neben das Kind, um wieder Kräfte zu sammeln, dann knöpfte er seinen Mantel zu und verließ das Krankenhaus.
Unter welchen Umständen würde Ben Greenfield im Alter von zwanzig Jahren mit dem Fallschirm springen? Er wusste es nicht. Aber eines wusste er genau: Das Kind würde nicht sterben, es würde sogar ziemlich bald aus dem Koma erwachen.

21. Dezember
Manhattan
Grand Central Station

Nathan hatte beschlossen, die paar hundert Meter zu Fuß zu gehen, die sein Büro von der U-Bahn-Station trennten. Als er die imposante Silhouette des Met Life Buildings erreichte, warf er einen besorgten Blick auf seine Uhr.
11.41 Uhr.
Perfekt, er war nicht zu spät dran. Sogar vier Minuten zu früh betrat er den Grand Central für seine Verabredung.
Umgeben von riesigen Glasfenstern, durch die ein weißes Licht drang, wirkte die große Halle wie eine Kathedrale. Mit seinen goldenen Kronleuch-

tern und seinen Marmorskulpturen ähnelte dieser Ort tatsächlich einem Museum, und die Station Grand Central wurde ihrem Ruf als schönster Bahnhof der Welt mehr als gerecht.

Nathan durchquerte die riesige Halle im Erdgeschoss, um zu der berühmten runden Uhr mit den vier Zifferblättern zu gelangen, die den Informationsschalter überragte. Dorthin hatte Creed Leroy ihn bestellt. Im Allgemeinen schätzte Nathan diesen Ort, der in seinem Gedächtnis auf immer als Filmhintergrund gespeichert war, weil Hitchcock hier eine berühmte Szene für *North by Northwest* gedreht hatte.

Wie gewöhnlich ging es hier hoch her. Jeden Tag trafen hier mehr als eine halbe Million Menschen aufeinander, bevor sie entweder nach Manhattan eilten oder in ihre Vororte zurückkehrten.

Der perfekte Ort, um unerkannt zu verschwinden.

Der Anwalt blieb einen Moment stehen und musste dabei gegen den Strom der Reisenden kämpfen, die von allen Seiten drängelten. Er kontrollierte, ob sein Handy auf »verbunden« eingestellt war, denn er wusste, dass Abby am anderen Ende der Leitung bereit war, alles aufzunehmen, um Leroy zu überführen.

Nathan wurde unruhig. Er wusste nicht einmal, wie der Mann aussah, mit dem er verabredet war. »Keine Angst, ich werde Sie erkennen«, hatte der Erpresser ihm lakonisch erklärt. Nathan geduldete sich also noch zwei oder drei Minuten, bis plötzlich eine Hand brutal auf seiner Schulter landete.

»Schön, Sie endlich zu treffen, Mister Del Amico.«

Der Mann stand schon eine Weile da, aber Nathan hatte keinen Augenblick vermutet, dass es sich

bei ihm um Creed Leroy handeln würde. Das Individuum, das ihm gegenüberstand, besaß keine Ähnlicheit mit einem Tankstellenbesitzer. Er trug einen dunklen, gut geschnittenen Anzug, einen hochwertigen Mantel, neue oder perfekt gepflegte Schuhe. Wenn er auch noch eine Krawatte getragen hätte, wäre Leroy nicht einmal in einer Anwaltskanzlei aufgefallen. Abgesehen davon war nichts an dem Mann ungewöhnlich. Alles an ihm war mittelmäßig: die Größe, der Körperbau, die Gesichtszüge … Alles war mittelmäßig, außer seinen smaragdgrünen Augen, in deren Tiefe eine intensive Flamme leuchtete.
Dieses Individuum war wohl nicht gerade von der gesprächigen Sorte. Mit einer Kopfbewegung bedeutete er dem Anwalt, ihm zu folgen.
Die beiden Männer gingen an den vielen kleinen Läden vorbei, die die Aufgänge zu den Bahnsteigen säumten. Sie gelangten in die untere Etage mit all ihren Cafés, Sandwichbuden und Restaurants. Um Lärm und Luftverschmutzung zu reduzieren, waren die Schienen des Grand Central in die Erde verlegt worden, was dem Besucher den merkwürdigen Eindruck vermittelte, durch einen Bahnhof ohne Gleise zu gehen. Creed Leroys Hinweis folgend stieß Nathan die Tür zur Oyster Bar auf.
Das Restaurant war bekannt dafür, die besten Meeresfrüchte der Stadt zu servieren. Normalerweise liebte Nathan diesen charmanten Ort mit seinem beeindruckenden Gewölbesaal.
»Wir gehen zuerst zu den Toiletten«, flüsterte Leroy nervös.
»Wie bitte?«
»Keine Diskussion.«
Nathan folgte ihm also zu den Toiletten. Creed

wartete, bis der Vorraum leer war, dann befahl er:
»Geben Sie mir Ihren Mantel.«
»Wie bitte?«
»Geben Sie mir Ihren Mantel und Ihr Jackett. Ich will sicher sein, dass Sie kein Aufnahmegerät bei sich tragen.«
»Ich trage gar nichts bei mir!«, wehrte sich Nathan, weil er merkte, dass sein gut ausgefeilter Plan ins Wasser fallen würde.
»Beeilen Sie sich«, befahl Creed.
Nathan zog seinen Mantel und sein Jackett aus. Er nahm das Handy aus der Jacketttasche und steckte es in die Hemdtasche. Er konnte es zumindest versuchen.
»Legen Sie Ihre Uhr ab.«
Nathan gehorchte.
»Öffnen Sie Ihr Hemd.«
»Sie sind komplett durchgedreht.«
»Ich sage es nicht noch einmal.«
Der Anwalt knöpfte seufzend sein Hemd auf. Leroy untersuchte seinen Oberkörper.
»Wollen Sie noch mehr sehen?«, fragte Nathan provozierend. »Nutzen Sie die Gelegenheit, ich trage eine Calvin-Klein-Unterhose.«
»Ihr Handy, bitte.«
»Das ist doch lächerlich!«
Leroy nahm ihm das Handy einfach weg.
Ach Scheiße!
»Ihren Ehering.«
»Wagen Sie es nicht, ihn auch nur anzufassen!«
Creed zögerte einen Augenblick, dann legte er seine Hand auf die Faust des Anwalts.
»Los, runter damit!«
Blitzartig packte Nathan ihn an der Kehle und presste ihn gegen die Tür.

»Hrrrgl…«, versuchte Creed Leroy sich zu wehren. Nathan drückte noch fester zu.
»*Wagen Sie es ja nicht, ihn anzufassen! Verstanden!*«
»Hrrrgl… ver… standen.«
Der Anwalt ließ seine Beute wieder los.
Leroy krümmte sich und räusperte sich mehrere Male, um wieder atmen zu können.
»Verdammt, Del Amico … das werden Sie mir büßen.«
»Gut, beeilen Sie sich, Leroy«, befahl Nathan und verließ die Toiletten. »Ich nehme an, Sie haben mich nicht herbestellt, um eine Venusmuschelsuppe mit mir zu essen …«

Sie saßen jetzt an einem kleinen Tisch, zwei Martinis vor sich. In dem überfüllten Saal herrschte ein betäubendes Stimmengewirr. Leroy hatte Nathans Mantel, Jackett und Handy an der Garderobe abgegeben und eine gewisse Haltung wiedergefunden. Er holte ein Tarot-Kartenspiel aus der Tasche und hielt es dem Anwalt hin.
»Die ersten neun Karten bilden die Nummer eines Bankkontos auf den Bahamas«, erklärte er. »Sie werden Ihre Bank anrufen und das Geld auf dieses Konto überweisen lassen. Die Bank heißt Excelsior.«
Nathan nickte.
Schade, dass Abby das nicht aufnehmen kann.
Verdammt noch mal, er musste sein Handy wiederbekommen. Aber dafür musste er erst mal Leroys Aufmerksamkeit ablenken.
»Nicht schlecht der Kartentrick, Creed.«
»Nicht wahr?«
»Ja … Keine Spur … Man braucht nur die Karten

zu mischen, um den Beweis für die Erpressung verschwinden zu lassen.«
Leroy wurde plötzlich misstrauisch:
»Okay, hören Sie auf, mich zu loben, und beeilen Sie sich lieber, Ihre Bank anzurufen.«
»Muss ich Sie wirklich daran erinnern, dass Sie mir mein Handy weggenommen haben?«
»Sie werden das Telefon des Restaurants für ein Ferngespräch benutzen.«
»Wie Sie wünschen.«
Nathan war erleichtert, er schenkte Leroy sogar ein Lächeln. Dann erhob er sich, um zum Tresen zu gehen, erweckte den Anschein, genau das zu tun, was von ihm erwartet wurde.
Diese plötzliche Bereitwilligkeit verunsicherte Creed ein wenig.
»Warten Sie, Del Amico. Nehmen Sie doch lieber Ihr Handy. Ich will hören, was Sie sagen.«
Nathan holte sein Handy aus der Garderobe und prüfte, ob es eingeschaltet war.
Kein Problem.
Er dachte an Abby, die am anderen Ende der Leitung mit ihrem Kassettenrekorder auf der Lauer lag.
Jetzt war er an der Reihe. Er musste *Anwalt spielen*. Würde Nathan Del Amico, der berühmte Anwalt, es schaffen, Creed Leroy zum Sprechen zu bringen? Ja, falls er »der Beste« war, wie er gern von sich behauptete.
Aber war er es wirklich? War er es noch?
Er kehrte zum Tisch zurück und legte sein Handy beiläufig auf den Tisch. Er spürte, dass Leroys Nervosität zunahm.
»Was ist jetzt mit dem Anruf? Wollen Sie bis morgen warten?«

Nathan nahm das Handy, tat als wähle er und unterbrach sich dann:
»Da fällt mir ein, mein Banker hat die Angewohnheit, zeitig zu essen und …«
»Lassen Sie Ihre Spielchen, Del Amico!«
Nathan kratzte sich am Kopf.
»Was haben wir vereinbart, zehntausend Dollar, nicht wahr?«
»Machen Sie sich nicht über mich lustig, verdammt noch mal!«
»Beruhigen Sie sich, denn schließlich werden Sie vielleicht an einem Tag so viel verdienen, wie ich in meinem ganzen Leben zusammengebracht habe …«
»Los, telefonieren Sie endlich.«
»Und wie ist das Gefühl, wenn man kurz davor steht, auf die andere Seite zu wechseln? Ich bin überzeugt davon, dass Sie sich innerlich eine Menge Fragen stellen, wie zum Beispiel: Werde ich jeden Morgen aufwachen und mir sagen: *He, ich bin reich*? Werde ich …«
»Provozieren Sie mich nicht!«
»Hören Sie, vielleicht können wir das ja auf einen anderen Tag verschieben, Creed. Sie scheinen sich heute nicht wohl zu fühlen …«
Leroy schlug mit der Faust auf den Tisch und sagte endlich die Worte, die Nathan ihm entlocken wollte:
»Rufen Sie jetzt Ihren Scheiß-Banker an und lassen Sie eine Million auf mein Konto überweisen!«
»Ist ja gut, ist ja gut, Sie sind hier der Boss.«
Uff, du bist doch der Beste.
Der Anwalt nahm das Handy, schaltete unauffällig das Mikro aus und wählte die Nummer seiner Bank. Unter den wachsamen Augen von Leroy er-

teilte er Phil den Auftrag, das Geld zu überweisen.
»Okay, das Geld ist unterwegs.«
Kaum hatte er diese Worte ausgesprochen, erhob sich Leroy und verschwand in der Menge. Nathan verlor ihn sofort aus den Augen und war unfähig, ihn wiederzufinden.
Creed hatte sich in Luft aufgelöst.

Leroy verließ das Restaurant ohne Eile. Dieser Mann war so unauffällig, dass Abby ihn beinahe verpasst hätte. Er ging ein paar Schritte den Bürgersteig entlang und rief dann ein Taxi.
»Flughafen Newark«, befahl er, als er die Tür öffnete.
Abby blieb ihm auf den Fersen.
»Ich muss auch nach Newark, vielleicht können wir uns das Taxi teilen?«
Sie stieg so schnell ein, dass Leroy keine Chance hatte, abzulehnen.
Das Taxi war nur wenige Meter gefahren, als Abbys Telefon klingelte.
»Ich glaube, das ist für Sie«, sagte sie und hielt Leroy das Handy hin.
»Was soll denn das?«
»Das werden Sie schon merken. Ich steige jedenfalls hier aus«, sagte sie und klopfte an die Scheibe, um dem Chauffeur Bescheid zu sagen. »Gute Reise, Mister Leroy.«
Das Taxi hielt an, sie stieg aus und Creed sah ihr verblüfft hinterher. Er zögerte, den Anruf entgegenzunehmen, aber seine Neugier siegte über seine Vorsicht.
»Hallo?« Er war höchst überrascht, seine eigene Stimme zu hören: *Rufen Sie jetzt Ihren Scheiß-Banker an und lassen Sie eine Million auf mein*

Konto überweisen! Ist ja gut, ist ja gut, Sie sind hier der Boss.
»Scheiße, Del Amico, was spielen Sie für ein Spiel?«
»Das Spiel eines Mannes, der nur ein Mal bezahlen möchte, aber nicht zwei Mal.«
»Was werden Sie mit dieser Aufnahme machen?«
»Nichts, ich werde sie sorgfältig aufbewahren, wie Sie Ihre Videokassetten aufbewahren. Ich behalte sie für den Fall der Fälle, aber es liegt an Ihnen, ob ich sie verwende oder nicht.«
»Ich werde nicht versuchen, Sie ein zweites Mal abzukassieren, wenn Sie das fürchten.«
»Das hoffe ich für Sie, Creed, denn das Spiel ist nicht mehr so amüsant, wenn man im Gefängnis landet.«
»Es wird kein zweites Mal geben.«
»Ich will Ihnen gern glauben. Ach, noch was, Creed: Sie werden sehen, *es* hält nicht alles, was *es* verspricht.«
»Wovon reden Sie?«
»Vom Geld, Creed, vom Geld.«
Dann legte er auf.

Die Sonne versank hinter Nantucket. Den ganzen Tag hatte ein starker Ostwind geweht. Nach Sonnenuntergang waren die Wellen stärker geworden und donnerten mit Getöse an die Felsen, die das Haus der Wexlers schützten.
Jeffrey und Mallory befanden sich auf der überdachten Veranda, die über den Fluten thronte. Es war der beeindruckendste Platz des Hauses, ein unvergleichlicher Aussichtspunkt, der in den Ozean hineinragte.
Mallory war am Morgen mit dem Flugzeug aus Bra-

silien zurückgekehrt. Von San Diego aus hatte sie ihre Eltern in den Berkshire Mountains angerufen, doch die Haushälterin hatte ihr ausgerichtet, dass »Mister und Missis Wexler« beschlossen hätten, Weihnachten in Nantucket zu verbringen. Diese geänderten Pläne hatten sie sehr beunruhigt. Sie hatte also ein Flugzeug nach Boston genommen und war vor einer Stunde auf der Insel gelandet.
»So, Mallory, jetzt kennst du die ganze Geschichte.«
Jeffrey hatte ihr die Ereignisse der letzten Tage bis ins Detail geschildert. Er hatte nichts ausgelassen, von dem Moment an, in dem er völlig betrunken Ben Greenfield angefahren hatte, über Nathans Opfer bis zu dieser Geschichte mit Creed Leroy, über die ihn sein Schwiegersohn auf dem Laufenden hielt. Er hatte sogar sein Alkoholproblem erwähnt, das ihn vor fünfundzwanzig Jahren dazu gebracht hatte, Nathans Mutter eines Diebstahls zu bezichtigen, den sie niemals begangen hatte.
Er hatte alles erzählt, nur nicht dass Nathan sterben würde.
Mit Tränen in den Augen rückte Mallory näher an ihren Vater heran.
»Weißt du etwas Neues von diesem Kind?«
»Ich rufe zwei Mal am Tag im Krankenhaus an. Sein Zustand ist unverändert. Man kann noch nichts Genaues sagen.«
Jeffrey wollte sie in die Arme nehmen, aber sie entzog sich ihm.
»Wie konntest du das tun?«, schluchzte sie. »Wie konntest du zulassen, dass Nathan an deiner Stelle die Schuld auf sich nimmt?«
»Ich … ich weiß nicht«, stotterte er, »er hat es so gewollt. Er dachte, es sei besser so für alle …«

»Es ist vor allem besser für dich!«
Dieses Urteil traf ihn zutiefst.
Der alte Mann wusste nicht, wie er sich rechtfertigen sollte. Er fühlte sich an das Versprechen gebunden, das er Nathan gegeben hatte, und er war entschlossen, es zu halten, selbst wenn er vor seiner Tochter als Feigling dastehen sollte. Das war sein Teil der Bürde – seine Art, Buße zu tun.
»Aber du wirst doch nicht zulassen, dass er ins Gefängnis muss?«
»Nein, Liebling«, versicherte er ihr, »ich verspreche dir, dass ich ihn da raushole. Es gibt vielleicht doch mehr auf der Welt, was ich wirklich kann, und ich werde alles Menschenmögliche für ihn tun.«
Jeffrey betrachtete seine Hände, die bedrohlich zitterten, ein Zeichen für Entzugserscheinungen. Zum dritten Mal in weniger als einer Viertelstunde öffnete er die Evian-Flasche, die auf dem Tisch stand, trank einen Schluck und hoffte, ohne es wirklich zu glauben, dass das Wasser die beruhigende Wirkung eines Wodkas auf ihn haben möge.
»Verzeih mir, Mallory.«
Er fühlte sich elend, gelähmt von einem Gefühl, das weit über die Scham hinausging. Seine Tochter, die er abgöttisch liebte und die sehr sensibel war, saß in Tränen aufgelöst neben ihm, und er hatte nicht einmal das Recht, sie in die Arme zu nehmen.
Mallory ging zu der großen Glaswand, die die Veranda schützte. Ihr Blick verlor sich am Horizont. Als sie noch klein war, traute sie sich an stürmischen Tagen wegen der aufgewühlten Wellen und dem tosenden Wind nicht hierher. Die entfesselten Elemente flößten ihr Angst ein und vermittel-

ten ihr das Gefühl, sich inmitten des Orkans zu befinden.
Jeffrey ging einen Schritt auf sie zu.
»Liebling …«
Sie wandte sich um, sah ihn an und ließ sich endlich in seine Arme fallen, wie damals, als sie zehn Jahre alt war.
»Papa, seit ich von Nathan getrennt lebe, bin ich todunglücklich.«
»Sprich mit ihm, Liebling. Ich glaube, er hat dir einiges zu sagen.«
»Anfangs, als wir uns scheiden ließen, hatte ich ein merkwürdiges Gefühl, eine Mischung aus Kummer und Erleichterung.«
»Erleichterung?«
»Ja, mein ganzes Leben lang habe ich Angst gehabt, dass er mich nicht mehr liebt, dass er eines Morgens aufwacht und feststellt, wie schwach und zerbrechlich ich wirklich bin. Deshalb war es eine gewisse Befreiung, nicht mehr mit ihm zusammen zu sein: Weil ich ihn bereits verloren hatte, brauchte ich nicht mehr zu fürchten, ihn zu verlieren.«
»Er braucht dich aber genauso wie du ihn.«
»Das glaube ich nicht. Er liebt mich nicht mehr.«
»Was er gerade getan hat, beweist das Gegenteil.«
Sie schaute zu ihm auf, die Augen voller Hoffnung.
»Geh zu ihm«, riet Jeffrey ihr. »Aber beeil dich: Die Zeit drängt.«

Kapitel 28

Schließ die Augen, schlag die Hacken zusammen und präge dir ganz fest ein: Man fühlt sich nur zu Hause wirklich wohl.

Dialog aus dem Film *Der Zauberer von Oz*
von Victor Fleming

24. Dezember

»Kann ich einen Hotdog haben?«
Bonnie hüpfte an der Ecke der Fifth Avenue und der 58. Straße vor dem Wagen eines Straßenhändlers herum.
»Liebling, es ist sechzehn Uhr. Möchtest du nicht lieber etwas Obst?«
»Oh nein«, protestierte das kleine Mädchen und schüttelte den Kopf, »ich liebe Hotdogs mit viel Senf und gedünsteten Zwiebeln. Das schmeckt super.«
Nathan zögerte: Das entsprach keineswegs seiner Vorstellung von gesunder Ernährung, doch er gab mit einem Nicken seine Zustimmung.
»*Cuánto cuesta esto?*«, fragte sie so ernst sie konnte und zog einen winzigen Geldbeutel aus der Tasche, in dem sie ihre Ersparnisse aufbewahrte.
Ihr Vater wies sie milde zurecht:
»Du sollst nicht immer Spanisch reden!«
»*Son dos dólares*«, erwiderte der Verkäufer und blinzelte ihr zu.

Nathan zückte ebenfalls seinen Geldbeutel und zog ein kleines Bündel gefalteter Scheine heraus.
»Steck dein Geld ein, los.«
Er zahlte die zwei Dollar, und seine Tochter dankte ihm mit einem charmanten Lächeln.
Sie schnappte sich ihren Hotdog und sauste wie der Wind zu einer Ansammlung von Menschen, die Weihnachtslieder sangen. Es herrschte eine trockene, aber belebende Kälte. Eine strahlende Sonne tauchte die Fassaden der Gebäude in warmes Licht. Nathan lief seiner Tochter hinterher. Inmitten dieser Menge und des regen Treibens auf den Straßen achtete er stets darauf, sie nicht aus den Augen zu verlieren. Nebenbei musste er feststellen, dass ein großer, senfgelber Fleck ihren Dufflecoat zierte. Eine Weile lauschten sie den wunderbaren Negro Spirituals, die eine Gospel-Gruppe a cappella sang. Bonnie summte ein paar Lieder mit, dann wechselte sie zu einer anderen Gruppe. Sie konnte der Versuchung nicht lange widerstehen und spendete die zwei Dollar, die sie in der Tasche hatte, einem als Weihnachtsmann verkleideten Geigenspieler, der Geld für die Heilsarmee sammelte. Dann zog sie Nathan zum südöstlichen Eingang des Central Park, gegenüber der Grand Army Plaza.
Trotz der Kälte dieses Spätnachmittags herrschte reges Treiben. Von allen Seiten strömten die Spaziergänger herbei, zu Fuß, auf dem Fahrrad, in der Pferdekutsche und sogar auf Langlaufskiern.
Nathan und Bonnie kamen an einem Schild vorbei, auf dem die Möglichkeit angeboten wurde, einige Äste der Bäume im Park zu adoptieren.
»Dürfte ich zu meinem Geburtstag einen Ast adoptieren?«, fragte Bonnie.

Er erwiderte kategorisch:
»Nein, das ist Quatsch, man adoptiert keine Bäume.«
Sie bestand nicht darauf, sondern versuchte eine neue Bitte:
»Könnten wir Silvester zum Times Square gehen?«
»Das ist kein Ort für ein kleines Mädchen. Und zudem ist es nicht besonders schön dort.«
»Wenn du meinst. Aber Sarah hat mir erzählt, dass dort das größte Freiluft-Silvesteressen des Landes stattfindet.«
»Wir werden sehen, mein Liebling. Setz mal inzwischen deine Mütze richtig auf, es wird nämlich kalt.«
Sie zog ihre peruanische Mütze bis zu den Augen herunter. Er band ihr den Schal um den Hals und putzte ihr mit einem Kleenex die Nase. Sie war ein reizendes Kind, und es war ein unschätzbares Privileg, sich um sie kümmern zu dürfen.
Bonnie hatte trotz allem, was sie am Abend des Unfalls erlebt hatte, keinen Schock erlitten. Es war nicht einfach für sie gewesen, zu erleben, wie ihr Vater wie ein gewöhnlicher Verbrecher von der Polizei abgeführt wurde, doch am nächsten Morgen hatten ihre Großeltern ihr die ganze Wahrheit erzählt. Wenn sie jetzt darüber sprach, dann nur, um sich nach dem kleinen Jungen zu erkundigen, der verletzt worden war.
Die letzten Neuigkeiten über seinen Gesundheitszustand waren beruhigend: Am selben Morgen noch hatte Jeffrey angerufen und Nathan berichtet, dass Ben aus dem Koma erwacht war. Die beiden Männer spürten neben der großen Erleichterung, den Jungen außer Gefahr zu wissen, eine eher

egoistische Genugtuung: Die Gefängnisstrafe, die Nathan drohte, war damit unwahrscheinlich geworden.

Bonnie und Nathan hatten drei wunderbare Ferientage miteinander verbracht, in denen sie nichts anderes getan hatten, als sich zu amüsieren. Nathan hatte nicht versucht, seiner Tochter eine besondere Botschaft zu übermitteln. Er wollte seine Zeit nicht damit vergeuden, den Philosophen zu spielen, sondern lediglich kostbare Augenblicke mit ihr verbringen, an die sie sich später erinnern würde. Im Museum of Modern Art hatte er ihr das alte Ägypten gezeigt und sie auf Picassos Gemälde aufmerksam gemacht. Am Tag zuvor hatten sie den Gorilla im großen Zoo in der Bronx besucht und morgens die Gärten des Fort Tyron Park, in denen Rockefeller einige Klöster Südfrankreichs Stein für Stein hatte nachbauen lassen.
Nathan warf einen Blick auf seine Uhr. Er hatte ihr eine Fahrt auf dem Karussell versprochen, aber sie mussten sich beeilen: Es war bereits spät und die berühmte Attraktion lief nur bis sechzehn Uhr dreißig. Sie rannten zum Karussell. Hier herrschte eine richtige Volksfestatmosphäre. Bonnie amüsierte sich königlich.
»Steigst du neben mir ein?«, fragte sie außer Atem.
»Nein, Baby, das ist nichts für Erwachsene.«
»Es sind aber viele Erwachsene hier«, erwiderte sie und deutete auf die Holzpferde.
»Los, beeil dich«, forderte er sie auf.
»Bitte!« Sie gab nicht auf.
Heute brachte er es nicht übers Herz, ihr etwas abzuschlagen. Also setzte er sich auf eines der

prächtig bemalten Holzpferde neben seiner Tochter.
»Es geht los!«, rief das kleine Mädchen, als das Karussell sich zu drehen begann und die mitreißende Musik erklang.
Anschließend warfen sie den Enten, die sich im Wasser des Teichs aufplusterten, ein paar Brotstücke zu und erreichten schließlich die Eisbahn am Wollman Memorial Rink.
Zu dieser Jahreszeit war sie eine der größten Freiluft-Attraktionen in Manhattan. Die Piste war von Bäumen gesäumt, über denen die Wolkenkratzer von Midtown in den Himmel ragten. Hinter der Absperrung beobachtete Bonnie mit Vergnügen, wie die anderen Kinder Freudenschreie ausstießen, wenn sie ihre Figuren drehten.
»Willst du es probieren?«
»Darf ich?«, fragte das kleine Mädchen. Sie glaubte, sich verhört zu haben.
»Nur, wenn du dich dazu in der Lage fühlst.«
Noch vor sechs Monaten hätte sie *Nein* gesagt, *ich habe Angst* oder *ich bin noch zu klein,* aber seit einiger Zeit hatte sie Selbstvertrauen gewonnen.
»Glaubst du, ich kann das?«
»Natürlich«, erwiderte Nathan und sah sie fest an. »Du bist doch super mit den Rollerblades. Und Schlittschuhfahren funktioniert ganz genauso.«
»Also will ich mal mein Glück versuchen.«
Er zahlte sieben Dollar für den Eintritt und die Leihgebühr für die Schlittschuhe. Dann half er ihr, sie anzuziehen und sich auf die Eisfläche zu stellen.
Anfangs war sie unsicher, was rasch zu ihrem ersten Sturz führte. Sie erhob sich aber gleich wieder und suchte Nathans Blick. Vom Rand der Eisflä-

che aus ermutigte er sie, durchzuhalten. Sie versuchte es erneut, wurde etwas sicherer und konnte sich ein paar Meter auf dem Eis halten. Als sie an Fahrt gewann, stieß sie mit einem Jungen ihres Alters zusammen. Statt in Tränen auszubrechen, fing sie an zu lachen.

»So musst du es machen!«, rief Nathan ihr von fern zu und deutete mit beiden Händen an, wie sie die Schlittschuhe stellen sollte, um anzuhalten.

Sie hob den Daumen in seine Richtung. Sie war in einem Alter, in dem man schnell lernt.

Beruhigt lief er zu dem kleinen Getränkestand und bestellte sich einen Kaffee, ohne Bonnie für eine Sekunde aus den Augen zu lassen. Die Winterkälte hatte ihre Wangen gerötet, und sie glitt jetzt viel sicherer zum Rhythmus der Rock'n'Roll-Musik auf dem Eis dahin.

Er rieb sich die Hände, um sich aufzuwärmen. Heute glich Manhattan einer riesigen Skistation. Aus der Ferne funkelte die Eisfläche wie Silber. Auf einer Böschung, die sich um die Eisfläche zog, war ein Graffiti in den Schnee gesprüht worden und verkündete: I like NY. Nathan liebte diese winterliche Atmosphäre, wenn die ganze Stadt wirkte wie verpackt in einem Schmuckkästchen aus Kristall. Er ging die Absperrung entlang und genoss die letzten Sonnenstrahlen des Nachmittags. Es war schon verrückt, dass sogar jeder Sonnenstrahl auf seinem Gesicht eine besondere Bedeutung für ihn gewonnen hatte!

Dieser Gedanke löste sofort eine ganze Flut von Gefühlen in ihm aus. Bald würde er das alles nicht mehr erleben. Nie mehr würde ihm der köstliche Kaffeeduft in die Nase steigen oder die Sonne seine Haut wärmen. Seine Augen füllten sich mit Tränen, aber er rang um Selbstbeherrschung. Dies war nicht der richtige Augenblick, sich gehen zu lassen. Immerhin blieb ihm die Zeit, sich von seiner Tochter und seiner Frau zu verabschieden. Nicht alle Sterbenden hatten dieses Glück.

Bald würden die goldenen Sonnenstrahlen hinter den Wolkenkratzern verschwinden. Dann würde es plötzlich dunkel werden. In der Winterlandschaft würden die Straßenlaternen wie Kerzen angezündet werden und den Park in eine Märchenlandschaft verwandeln.
Noch war es Tag, auch wenn hinter den Gebäuden bereits ein fahler Mond aufgegangen war. Plötzlich sah er sie kommen, in der Ferne, im Licht.
Mallory.
Ihre Silhouette zeichnete sich in dem orangefarbenen Licht deutlich ab. Der Wind zerzauste ihr Haar, die Kälte rötete ihre Wangen.
Als sie ihn entdeckte, begann sie in seine Richtung zu rennen. Völlig außer Atem warf sie sich in seine Arme. Es war, als wären sie wieder zwanzig.
Doch als sie sich umwandten, sahen sie ein kleines Mädchen, das seine Schlittschuhe ausgezogen hatte und freudestrahlend auf sie zulief.
Bonnie warf sich in ihre Arme, und sie hielten sich alle drei fest umschlungen. Plötzlich fragte das kleine Mädchen:
»Spielen wir die Blume?«
Das war ein Spiel, das sie einst erfunden hatten, als Bonnie noch ganz klein war.
Zuerst ging man ganz nah aufeinander zu, umarmte sich und sagte: »Die geschlossene Blume«, dann löste man sich voneinander und rief: »Die geöffnete Blume«.

Das wiederholte man drei- oder viermal: die geschlossene Blume, die geöffnete Blume, die geschlossene Blume, die geöffnete Blume …
Es war ein ganz einfaches Spiel, ein Zeichen der Verbundenheit, um diese Familie zusammenzuschmieden, in der künftig immer eine Person fehlen würde.

Kapitel 29

Immer leiden wir an der Liebe,
auch wenn wir glauben, an nichts zu leiden.

Christian Bobin

Einige Stunden später
Nacht des 24. Dezember
Apartment im San Remo Building

Sie lagen ausgestreckt auf dem Bett und betrachteten die Sterne.

Der Himmel war so klar, dass der Mond ihr Zimmer in ein bläuliches Licht tauchte. Mallorys Lippen berührten Nathans Hals. Wieder überwältigte sie das Verlangen, und ihr Atem ging schneller.

Sie fuhr ihrem Mann mit den Fingern durchs Haar.

»Du weißt doch, dass ich älter bin als du«, flüsterte sie ihm ins Ohr.

»Nur ein paar Tage«, erwiderte er und lächelte.

»Ich glaube, du bist extra für mich geschaffen worden«, scherzte sie.

Er legte die Hand auf ihre Brust.

»Was willst du damit sagen?«

Sie setzte ihr Spiel fort:

»Ich glaube, als ich geboren wurde, hat sich eine gütige Fee über meine Wiege gebeugt und beschlossen, mir einen Gefährten zu geben, mit dem ich die Schwierigkeiten dieser Welt gemeinsam meistern würde.«

»Also habe ich mein Leben einem Wohlwollen von höchster Stelle zu verdanken?«, fragte er amüsiert.
»Genau. Du kannst dich dafür herzlich bei mir bedanken«, murmelte sie und küsste ihn. »Ohne mich hättest du nie das Licht der Welt erblickt.«
Er erwiderte ihre Küsse voller Hingabe. Er wollte ihren Duft in sich einsaugen. Er nahm alles in sich auf, die kleinste Bewegung ihrer Leberflecke, den leisesten Seufzer. Man konnte den Jackpot in der Lotterie knacken, den Jahrhundertprozess gewinnen, ein sieben- oder achtstelliges Vermögen besitzen – nichts konnte diese Augenblicke aufwiegen. Er nahm sie noch fester in die Arme, küsste sie auf den Nacken, streichelte ihre Hüften und presste sich so eng an sie, als sei sie seine letzte Verbindung zur Welt.
Alles, was er in den letzten Tagen erlebt hatte, ließ er in Windeseile an seinem inneren Auge vorüberziehen. Und er stellte fest, dass er sich noch nie so lebendig gefühlt hatte wie seit dem Augenblick, in dem er begriffen hatte, dass er bald sterben würde. Doch gleich darauf wurde ihm wieder bewusst, dass der Tod ihn erwartete.
Heute Abend war er zum ersten Mal bereit, ihn anzunehmen. Natürlich war seine Angst nicht gewichen, aber sie ging inzwischen Hand in Hand mit einer gewissen Ungeduld. Er war so neugierig auf den Tod, wie man auf die Erforschung eines neuen Kontinents neugierig sein kann. Vielleicht trat er eine Reise ins Unbekannte an, aber er war von Liebe umgeben. *In Frieden mit sich selbst und in Frieden mit den anderen*, wie Garrett gesagt hatte.
Sein Körper glühte, als habe er Fieber. Erneut spür-

te er diesen Schmerz in der Brust, den er fast vergessen hatte. Gleichzeitig begann die Bisswunde am Knöchel zu schmerzen. Er hatte das Gefühl, dass alle Knochen in seinem Körper zu brodeln anfingen und zerkrümeln würden. Allmählich fühlte er sich der Welt der Lebenden nicht mehr zugehörig, sondern in eine unbekannte Dimension versetzt.
Er hatte jetzt den Eindruck, nur zu leben, um sterben zu können.
Es war zwei Uhr morgens, als er an jenem Abend die Augen schloss. Sein letzter Gedanke galt Goodrich.
Bald wird er nicht mehr in meiner Nähe sein.
Ich werde ihn nicht wieder sehen. Ich werde ihn nicht wieder hören.
Er wird weiterhin Menschen operieren und zum Tod begleiten.
Ich werde genau wie jene, die mir vorausgegangen sind, die Antwort auf die Frage erhalten: Gibt es einen Ort, zu dem wir alle gehen?

Ungefähr hundert Kilometer von Nathan entfernt schlüpfte Jeffrey Wexler geräuschlos aus seinem Bett. Er öffnete eine kleine Tür unter der Treppe des Wohnzimmers, knipste die nackte, staubige Glühlampe an, die von der Decke baumelte, und tappte vorsichtig die Stufen hinunter in den Keller.
Er zog unter einem der Holzregale eine Kiste mit sechs Flaschen Whisky hervor, die ihm ein Lieferservice vor ein paar Tagen gebracht hatte: Es handelte sich um einen zwanzig Jahre alten Chivas, das Weihnachtsgeschenk eines Mandanten, dem er aus der Patsche geholfen hatte.

Nachdem Jeffrey sich zu Bett begeben hatte, war ihm bald klar geworden, dass er keinen Schlaf finden würde, solange sich diese Flaschen in seinem Haus befanden. Er nahm die Kiste mit hoch in die Küche und begann, eine Flasche nach der anderen in die Spüle zu gießen. Der Vorgang erforderte einige Minuten. Nachdenklich sah er zu, wie der Alkohol im Spülbecken versickerte, und stellte sich dabei vor, der Chivas sei das weißliche Spaghetti-Wasser, das man wegschüttete. Dann öffnete er rasch den Wasserhahn, um gar nicht in die Versuchung zu geraten, die letzten Tropfen aufzulecken.
Wie konnte ein Mann wie er so tief sinken? Diese Frage stellte er sich täglich und wusste doch, er würde keine Antwort darauf finden.
Inzwischen hatte er gelernt, der Versuchung zu widerstehen, zumindest heute. Doch morgen würde ein neuer Kampf beginnen. Und ebenso übermorgen. Sein Krieg erforderte eine Überwachung rund um die Uhr, denn wenn er keinen Alkohol bekam, war er fähig, alles zu schlucken, was ihm in die Hände fiel: Eau de Cologne, Deodorant, neunzigprozentigen Alkohol aus der Apotheke. Die Gefahr lauerte überall.
Er schlüpfte wieder ins Bett neben seine Frau, aber er war sehr deprimiert. Er krallte sich verzweifelt ins Kopfkissen. Vielleicht sollte er versuchen, auf Lisa zuzugehen, mit ihr zu reden und ihr seine tiefe Niedergeschlagenheit anzuvertrauen. Jetzt oder nie.
Ja, er würde ganz bestimmt morgen mit ihr reden. Das heißt, falls er den Mut dazu finden sollte.

Nach Mitternacht
Irgendwo in einem Arbeiterviertel von Brooklyn

Connie Booker öffnete die Tür und achtete darauf, kein Geräusch dabei zu machen. Sie beugte sich über Josh und betrachtete ihn voller Zärtlichkeit. Noch vor zehn Tagen war dieser Raum ein kaltes und ungemütliches Gästezimmer gewesen. Heute Abend schlief hier ein Kind in seinem warmen Bett. Sie konnte es immer noch nicht fassen.
Alles war sehr schnell gegangen. Erst diese Tragödie mit dem schrecklichen Banküberfall, bei dem ihre Nichte Candice umgekommen war. Dann ein paar Stunden später der Anruf vom Sozialamt, das ihr anbot, das Baby zu sich zu nehmen. Connie hatte spontan zugesagt. Mit beinahe fünfzig und nach mehreren Fehlgeburten hatte sie die Hoffnung auf ein Kind aufgegeben. Sie war in einem Alter, in dem sie nicht mehr viel vom Leben erhoffte. In den letzten Jahren hatte sie sich immer erschöpfter, immer verbrauchter gefühlt. Aber seit Josh bei ihr war, hatte sich ihr Leben verändert, als habe es plötzlich wieder Sinn bekommen.
Sie war davon überzeugt, dass sie Josh eine gute Mutter sein würde. Es sollte ihm an nichts fehlen. Sie und ihr Mann Jack arbeiteten schon hart. Er war sehr stolz auf seine neue Vaterrolle und hatte gleich Überstunden in der Kaserne beantragt.
Dennoch verunsicherte sie etwas. Heute Morgen hatte sie im Briefkasten ein in Packpapier eingewickeltes Päckchen gefunden. Es enthielt ein elektrisches Spielzeugauto und ein paar Geldscheine. Ein Brief war beigefügt, in dem stand, das Geld sei ein Weihnachtsgeschenk für den Kleinen. Unterschrieben war der Brief lediglich mit »Nathan«.

Sie und Jack hatten den Brief einige Male gelesen und wussten nicht genau, was sie davon halten sollten. Es war, ehrlich gesagt, ein eigenartiges Weihnachtsfest. Connie küsste den Jungen und verließ das Zimmer auf Zehenspitzen.
Als sie die Tür schloss, fragte sie sich noch einmal, wer wohl dieser geheimnisvolle Absender sein könnte.

Greenwich Village

Abby Coopers kehrte von ihrem Weihnachtsessen nach Hause zurück. Allein. Sie hatte höllische Kopfschmerzen und eines war sicher: Auch an diesem Abend hatte sie die Liebe ihres Lebens nicht gefunden. Vor ihrer Tür lag ein Paket. Sie öffnete es neugierig. Es enthielt eine Flasche französischen Rotwein und ein paar Zeilen. Nathan wünschte ihr ein schönes Weihnachtsfest und dankte ihr für alles, was sie für ihn getan hatte.
Abby streifte rasch ihre Schuhe ab, legte ihre Lieblings-CD ein – Songs des Jazz-Trios von Brad Mehldau – und dimmte das Licht. Sie setzte sich auf das Sofa und streckte die Beine aus.
Sie las Nathans Weihnachtskarte noch einmal. Die Worte klangen irgendwie seltsam – wie ein Abschiedsbrief, als ob sie sich nie wiedersehen würden.
Nein, das war Unsinn, sie steigerte sich da in etwas hinein. Dennoch fragte sie sich, wo Nathan wohl im Augenblick sein mochte. Intuitiv wusste sie die Antwort: bei seiner Ex-Frau.
Schade.
Er hätte ihre große Liebe sein können.

Garrett Goodrich verließ das Zentrum für Palliativmedizin auf Staten Island.
»Los, Cujo, rein mit dir«, rief er und öffnete die hintere Tür seines Wagens. Die Riesendogge gehorchte aufs Wort und sprang ins Auto.
Garrett nahm hinter dem Lenkrad Platz, ließ den Motor an und schaltete sein altes Radio ein. Er probierte alle möglichen Sender durch, zog eine Grimasse, als er Britney Spears hörte, runzelte die Stirn, als er auf einen Refrain von Eminem stieß, und fand zum Glück endlich einen Sender für klassische Musik, der eine Aufführung von Verdis *Nabucco* übertrug.
Ausgezeichnet, dachte er und wiegte den Kopf.
Langsam fuhr er den Weg zu seiner Wohnung, während der hebräische Sklavenchor das *Va, pensiero, sull'ali dorate* anstimmte. Bei der ersten roten Ampel blickte er sich nach seinem Hund um, dann musste er herzhaft gähnen. Wie lange war es her, dass er richtig ausgeschlafen hatte? Er versuchte sich zu erinnern, aber es gelang ihm nicht. Es war zu lange her.

Bonnie Del Amico lag in ihrem Bett und konnte nicht einschlafen.
Sie war überglücklich, dass ihre Eltern sich wieder liebten. Das hatte sie sich immer gewünscht. Seit zwei Jahren hatte sie jeden Abend darum gebetet. Doch ihre Angst war nicht ganz verschwunden, ihr war, als schwebe noch immer eine unbestimmte Drohung über ihrer Familie.
Sie sprang aus dem Bett, schnappte sich ihre peruanische Mütze, die auf einem Stuhl lag, und drückte sie wie ein Stofftier an sich, um endlich Schlaf zu finden.

Drei Uhr morgens, auf einem Friedhof in Queens. Eine dichte vereiste Schneedecke lag über Eleanor Del Amicos Grabstein. Heute Morgen hatte ihr Sohn Blumen gebracht; einen Rosenstrauß in einer Zinnvase. Wäre das Gefäß durchsichtig gewesen, hätte man etwas erkennen können, das die Blumenstiele umschloss.
Es war ein Armband mit vier Perlenreihen und einem silbernen, mit kleinen Brillanten eingefassten Verschluss.

In der kleinen Stadt Mystic in Massachusetts war es noch dunkel.
In der Nähe des Strandes befand sich in einem leeren Haus ein Zimmer mit Metallregalen. In einer großen Schachtel lag ein Album, das jemand vor kurzem aufgeschlagen hatte. Dieses Album enthielt alle möglichen Dinge: Texte, Zeichnungen, Trockenblumen, Fotos ... Auf einem Foto war eine Frau abgebildet, die den Strand entlanglief.
Sie hatte mit Bleistift darunter geschrieben:
»Ich laufe so schnell, dass der Tod mich nicht einholt.«
Die Frau hieß Emily Goodrich und wusste sehr genau, dass der Tod sie schließlich besiegen würde.
Sie hatte nie wirklich an Gott geglaubt.
Aber vielleicht gab es da noch etwas anderes.
Ein Geheimnis.
Einen Ort, zu dem wir alle gehen.

Mallory öffnete die Augen.
Sie lauschte auf den Atem ihres Mannes, der neben ihr schlief.
Zum ersten Mal seit langem blickte sie hoffnungsvoll in die Zukunft und erwog die Möglichkeit,

noch ein Kind zu bekommen. Diese Aussicht erfüllte sie plötzlich mit überschäumender Freude.
Kurz bevor sie wieder einschlief, fiel ihr ein – der Himmel mochte wissen, weshalb –, dass sie wegen dieser Reise nach Brasilien immer noch nicht die Ergebnisse der Untersuchungen abgeholt hatte, um die ihr Arzt sie letzte Woche gebeten hatte. Pech gehabt, dann mussten sie eben noch ein paar Tage warten. Der gute Doktor Albright machte sich immer wegen nichts und wieder nichts Sorgen.

Über der Insel Nantucket wurde es Tag.
Zu dieser Zeit hielt sich niemand in der Nähe des Sees von Sankaty Head auf, der sich hinter den Sümpfen befand, die die Moosbeeren-Pflanzungen wässerten.
Die Seen und Teiche waren in dieser Gegend seit mehreren Tagen zugefroren. Dennoch glitt ein weißer Schwan auf einer winzigen Wasserfläche dahin, wo das Eis geschmolzen war. Wie hatte sich dieser Schwan mitten im Winter hierher verirren können? Niemand würde es je wissen.
Und niemand würde ihn je wieder sehen, denn der Schwan erhob sich in die Lüfte, wobei er heftig mit den Flügeln schlug.
Um anderswohin zu fliegen.

Kapitel 30

Sag nie über etwas: Ich habe es verloren,
sondern: Ich habe es zurückgegeben.
Dein Kind ist tot? Es wurde zurückgegeben.
Deine Frau ist tot? Sie wurde zurückgegeben.

Epiktet

25. Dezember

Zuerst spürte er lediglich, wie sein Gesicht glühte, was ihn bewog, die Augen geschlossen zu halten. Er hatte viel zu viel Angst vor dem, was er entdecken könnte.

Dann hörte er aus der Ferne Musik. Er kannte die Melodie. Was konnte es sein? Vielleicht etwas von Mozart. Ja, es war das *Klavierkonzert Nr. 20*, sein Lieblingsstück.

Dann duftete es plötzlich nach Pfannkuchen. Erst jetzt entschloss sich Nathan, die Augen zu öffnen: Im Jenseits gab es ganz bestimmt keine Pfannkuchen.

Tatsächlich, er war immer noch bei sich zu Hause, lag in Slip und T-Shirt in demselben Zimmer, in dem er gestern Abend eingeschlafen war. Er konnte es kaum fassen, aber er war noch am Leben. Er richtete sich auf und nahm eine sitzende Haltung ein. Das Bett neben ihm war leer. Er wandte den Blick zum Fenster: Es war ein strahlender Weihnachtstag, und die Sonne verteilte ihr helles Licht im ganzen Raum.

Bonnie schob die Tür des Schlafzimmers auf und steckte ihren Kopf durch den Spalt.
»*Qué tal?*«, fragte sie, als sie sah, dass ihr Vater aufgewacht war.
»Guten Morgen, kleines Eichhörnchen, alles in Ordnung?«
»Ja, alles bestens«, rief sie und nahm Anlauf, um aufs Bett zu springen.
Er fing sie auf und drückte sie an sich.
»Wo ist Mama?«
»Sie macht Pfannkuchen. Wir werden alle drei zusammen im Bett frühstücken.«
Vor lauter Begeisterung benutzte Bonnie das Bett ihrer Eltern als Trampolin und vollführte wilde Luftsprünge.
Nathan lauschte. Vom Untergeschoss drang die Musik an sein Ohr, die sich mit dem Klappern der Töpfe und der Küchengerätschaften vermischte. Mallory hatte immer gern Radio gehört, wenn sie arbeitete.
Er stellte sich vor den großen Spiegel und musterte sich aufmerksam von oben bis unten, rieb sich mit dem Handrücken über seinen sprießenden Bart, als dürfe er seinen Augen nicht trauen. Kein Zweifel, er war es leibhaftig. Noch gestern hatte er geglaubt, er würde die Nacht nicht überleben. Aber jetzt spürte er nichts mehr, weder Fieber noch Schmerz, als ob die Gefahr, die ihn bedroht hatte, sich verflüchtigt hätte.
Wie war das zu erklären? Er hatte sich das alles doch nicht eingebildet.
Mallory rief von der Küche hoch:
»Kann mir mal jemand helfen?«
»Ich komme!«, rief Bonnie und landete zielsicher auf dem Parkettboden.

Seine Frau, seine Tochter und er waren endlich wieder vereint, ohne dass ihnen eine Gefahr drohte. Das war fast zu schön, um wahr zu sein. Zu viel Glück auf einmal.
Dennoch hatte er das unbestimmte Gefühl, dass irgendetwas nicht stimmte.
Er musste mit seiner Frau reden. Er bot seine Hilfe an: »Brauchst du mich, Liebling?«
»Alles in Ordnung, Liebster, wir schaffen es schon«, erwiderte Mallory.
Vom Fenster aus warf er einen Blick auf den Central Park, der gerade erwachte. Der Morgennebel, der oft die Sicht ein wenig behinderte, hatte sich völlig aufgelöst.
Bonnie kam die Treppe wieder herauf. Sie trug ein Tablett mit einem Teller kleiner Pfannkuchen.
Sie stellte es auf das Bett, steckte den Finger in den Topf mit dem Ahornsirup und leckte ihn ab. Dabei warf sie ihm einen verschwörerischen Blick zu.
»Lecker, lecker«, strahlte sie und tätschelte sich den Bauch.
Nathan hörte hinter seinem Rücken die Treppe knarren. Er wandte sich um und sah Mallory entgegen.
Zuerst fiel ihm nichts Ungewöhnliches auf. Strahlend stand sie im Licht vor dem Fenster und hielt ein großes Frühstückstablett mit Kaffee, Obst und Bagels in den Händen.
Aber als sie auf das Bett zuging, begann Nathan zu zittern und spürte, wie sich ein Abgrund vor ihm öffnete: Ein weißer Lichtkreis hatte sich über Mallorys Haar gebildet.

Kapitel 31

Nicht der Tod ist betrüblich.
Es ist die nicht vollendete Aufgabe.

Dialoge mit dem Engel

Völlig außer Fassung und von den verrücktesten Gedanken gepeinigt fuhr Nathan so schnell er konnte in Richtung Soho.
Er musste es unbedingt wissen. Und nur Garrett kannte die Antworten.
Er warf einen Blick auf die Uhr am Armaturenbrett. Da heute Feiertag war, würde der Arzt zu dieser Tageszeit vermutlich noch zu Hause sein.
Er schoss wie eine Rakete in die Houston Street, ließ den Jeep mitten auf der Straße stehen und stürzte in das Gebäude, in dem Goodrich wohnte. Nachdem er kurz auf die Namensschilder an den Briefkästen geschaut hatte, rannte er immer zwei Stufen auf einmal nehmend die Treppe bis zur letzten Etage hoch.
Als er vor der Tür zur Wohnung des Arztes stand, trommelte er heftig dagegen.
Niemand da.
Wütend donnerte er mit der Faust gegen die Tür, die zu vibrieren begann. Aufgeschreckt von dem Lärm trat eine gebrechliche alte Nachbarin auf den Treppenabsatz.
»Machen Sie hier so viel Radau?«, fragte sie mit dünner Stimme.
»Ist der Doktor nicht zu Hause?«

Sie warf einen Blick auf ihre Uhr.
»Um diese Zeit dürfte er seinen Hund ausführen.«
»Wissen Sie, wohin er immer geht?«, fragte der Anwalt und bemühte sich, ruhig zu bleiben.
»Ich weiß nicht«, erwiderte die kleine Frau ängstlich, »manchmal geht er in Richtung …«
Das Ende ihrer Antwort verlor sich im Treppenhaus: »… Battery Park.«
Nathan saß bereits wieder in seinem Jeep. Er trat das Gaspedal durch und fuhr Richtung Downtown. Auch wenn der Verkehr flüssig war, fand er, dass er viel zu langsam vorankam. Als er auf den Broadway einbog, fuhr er bei Rot über die Ampel. Vor Angst wie von Sinnen konnte er die Straße nicht mehr richtig erkennen.
Er sah nur noch das Bild vor sich, wie Bonnie vor Freude auf dem Bett hüpfte und Mallorys Gesicht vom Lichtschein umschlossen war. Sofort war er zu ihr gegangen, hatte sie berührt, war ihr mit der Hand durch die Haare gefahren, um diesen verdammten Kreis zu verscheuchen. Aber das Licht war geblieben.
Und er war der Einzige, der es sah.

Er setzte seine wilde Fahrt fort. In der Höhe von Tribeca bremste er ab, um in eine Straße einzubiegen, die er für eine Abkürzung hielt, die sich jedoch als Einbahnstraße erwies. Eine kurze Strecke fuhr er in die falsche Richtung, wobei er mehrere Male aufs Trottoir ausscherte. Durch wütendes Hupen wurde er wieder zur Ordnung gerufen. Es gelang ihm zu wenden, und er zwang sich, langsamer zu fahren. In seiner Lage konnte er es sich nicht leisten, alle Streifenwagen der Stadt auf den Fersen zu haben.

Nathan ließ sein Auto in der Fulton Street stehen und nahm sich nicht einmal die Zeit, es abzuschließen. Er ging zu Fuß weiter und gelangte einige Minuten später in die unmittelbare Umgebung der Südspitze Manhattans. Er durchquerte die baumbestandenen Alleen des Battery Parks und erreichte die Promenade am Ufer des Hudson. Eine Schar Möwen erhob sich in die Luft. Weiter konnte er nicht hinuntergehen. Die Bucht von New York, in die ein heftiger Wind vom offenen Meer hineinwehte, lag malerisch vor ihm. Er lief um die Landspitze herum, immer am Fluss entlang. Nur wenige Leute waren hier: ein paar vereinzelte Jogger versuchten ihre Pfunde loszuwerden, die sie sich am Tag zuvor beim Weihnachtsessen angefuttert hatten, und ein alter Mann nutzte die Abwesenheit der Fähren, um Angelruten an der Anlegestelle auszuwerfen. Man erriet die Umrisse der Freiheitsstatue, die ihre Fackel Richtung Staten Island ausstreckte. Sie war trotz der Sonne in eine kleine Nebelwolke gehüllt. Endlich entdeckte er Garrett.
Die Arme hinter dem Rücken verschränkt, führte er in aller Ruhe seinen Hund aus, den Furcht erregenden Cujo, der ein paar Meter vor ihm hertrottete.
Da er noch ziemlich weit von dem Arzt entfernt war, rief Nathan ihm hinterher:
»Was soll das bedeuten?«
Garrett wandte sich um. Er schien nicht sonderlich überrascht, ihn zu sehen, als habe er von jeher gewusst, dass diese Geschichte hier und auf diese Weise enden würde.
»Nathan, ich glaube, Sie wissen das sehr genau.«
»Das hatten Sie mir aber nicht gesagt«, protes-

tierte der Anwalt, als er Garrett eingeholt hatte, »Sie hatten behauptet, *ich* würde sterben.«
Garrett schüttelte energisch den Kopf.
»Das habe ich nie behauptet. Sie haben sich das eingebildet.«
»Weil Sie es gesagt haben. Ich habe doch nicht geträumt.«
Er erinnerte sich, dass er Goodrich die Frage gestellt hatte: *Sind Sie meinetwegen hier?*
Und während er nachdachte, begriff er, dass Garrett Recht hatte: Der Arzt hatte ihm niemals deutlich gesagt, dass er sterben werde. Das einzige Mal, dass er so etwas Ähnliches wie eine Antwort gegeben hatte, war während ihrer Unterhaltung in der Cafeteria des Krankenhauses gewesen. Und da hatte Garrett protestiert: *Das habe ich so nicht gesagt.* Aber Nathan hatte es vorgezogen, seine Bemerkung nicht zu beachten.
Jetzt fielen ihm weitere Äußerungen Goodrichs ein.
Es gibt Menschen, die jene, die sterben werden, auf den großen Sprung in die andere Welt vorbereiten.
Ihre Rolle besteht darin, die friedliche Trennung von den Lebenden vorzubereiten.
Es ist eine Art Bruderschaft.
Die Welt ist voller Boten, aber nur wenige Menschen wissen von ihrer Existenz.
Ich bin kein Halbgott. Ich bin nur ein Mensch, genau wie Sie.
Dieser letzte Satz ging ihm unter die Haut.
Genau wie Sie …
Nathan zitterte. Er hatte alle Teile des Puzzles vor Augen gehabt, aber er hatte nichts geahnt.
Er blickte Garrett fest in die Augen.

»Sie sind also nicht gekommen, um mir meinen Tod anzukündigen.«
»Das stimmt«, gab der Arzt zu und seine Stimme klang resigniert, »das war nicht der Grund, aus dem ich Kontakt zu Ihnen aufgenommen habe.«
»Sie wollten mich informieren, dass ich ein Bote werden würde, nicht wahr?«
Goodrich nickte zustimmend.
»Ja, ich musste Ihnen diese verborgene Seite der Wirklichkeit enthüllen. Meine Rolle bestand darin, Sie in diese Aufgabe einzuweisen, mich zu vergewissern, dass Sie fähig sein würden, die Rolle zu übernehmen, die Ihnen übertragen wurde.«
»Aber warum ich?«
Garrett breitete schicksalsergeben die Arme aus.
»Versuchen Sie nicht zu begreifen, was man nicht erklären kann.«
Der Wind war stärker geworden. Es wurde Zeit für Nathan, die Bestätigung zu erhalten, die er suchte.
»Mallory wird sterben, nicht wahr?«
Garrett legte ihm die Hand auf die Schulter und sagte sehr sanft:
»Ja, Nathan, das befürchte ich.«
Der junge Anwalt stieß die Hand des Arztes, die trösten wollte, schroff zurück.
»Aber warum?«, rief er verzweifelt.
Garrett atmete tief durch, bevor er erklärte:
»Die erste Aufgabe, die auf den neuen Boten wartet, ist schwierig, weil sie darin besteht, die Person zum Tod zu begleiten, die ihm am nächsten steht.«
»Das ist schändlich«, rief Nathan und ging drohend auf den Arzt zu.
Einige neugierig gewordene Spaziergänger waren stehen geblieben, um die Szene zu beobachten.

»Beruhigen Sie sich. Ich habe die Regeln nicht aufgestellt«, erwiderte Goodrich niedergeschlagen. »Ich habe das selbst durchgemacht, Nathan.«
Sein Blick verriet die Erinnerung an Emily, was Nathans Zorn besänftigte.
»Warum?«, fragte er resigniert. »Warum muss man den Tod des geliebten Menschen erleben, um diesen Status zu erlangen?«
»Das war schon immer so. Das ist der Preis, den man zahlen muss, um Bote zu werden.«
Der Anwalt empörte sich:
»Aber was für ein Preis? Ich hatte doch nie die Wahl.«
Auf dieses Argument hatte Garrett gewartet.
»Das stimmt nicht, Nathan. Sie selbst haben beschlossen, zurückzukommen.«
»Sie reden Unsinn.«
Goodrich betrachtete Nathan voller Mitgefühl. Er fühlte sich um fünfundzwanzig Jahre zurückversetzt, in die Zeit, da er als junger Arzt die gleiche Prüfung bestehen musste. Wie gern hätte er ihn getröstet, denn er wusste, wie schwierig es war, diese Enthüllung zu akzeptieren.
»Erinnern Sie sich an Ihre unmittelbare Todeserfahrung?«
»Als ich nach meinem Unfall im Koma lag?«
»Ja, welches Bild hat Sie bewogen zu leben?«
»…«
Nathan spürte, wie ihn ein Elektroschock von Kopf bis Fuß durchfuhr, bevor er in Gedanken in einen Lichttunnel geschleudert wurde.
»Was haben Sie gesehen?«, fragte Garrett wieder. »Wer hat Sie gedrängt, in die Welt der Lebenden zurückzukehren?«
Nathan senkte den Kopf.

»Ich habe ein Gesicht gesehen«, gab er zu, »ein Gesicht, das alterslos wirkte …«
Ja, jetzt sah er wieder alles vor sich. Er sah sich als achtjähriges Kind, sah diesen berühmten Moment, den er immer verdrängt hatte. Er erinnerte sich gut an das milde helle Licht, das ihn dem Tod entgegenbrachte. Dann, plötzlich, im letzten Augenblick, als er sich bereits im Jenseits wähnte, hatte er gefühlt, dass man ihm die Wahl ließ: sterben oder leben.
Um ihm bei seiner Entscheidung zu helfen, hatte man ihm sogar eine Vision geschickt: ein flüchtiges Bild wie einen kurzen Blick in die Zukunft.
Es war ein Gesicht. Das Gesicht jener, die Jahre später seine Frau werden sollte. Rein körperlich war sie anders, aber in seinem tiefsten Innern hatte er immer gewusst, dass sie es war. Sie litt. Sie war allein, und sie rief nach ihm. Deshalb war er zurückgekommen: um an der Seite seiner Frau zu sein, wenn der Tod sie mit sich nehmen würde.
Zum dritten Mal stellte Garrett ihm die Frage:
»Nathan, was haben Sie gesehen?«
»Es war Mallory … Sie hatte Angst. Sie brauchte mich.«

Kleine Windböen wirbelten die Wellen des Hudson auf. Der Nebel hatte sich völlig aufgelöst, und man konnte die ganze Bucht überblicken, von den Ufern Brooklyns bis zu denen von New Jersey.
Nathan ging zu Fuß in den nördlichen Teil von Manhattan. Er wusste, die kommenden Tage würden sehr hart werden.
In seinem Kopf wirbelten die Gedanken durcheinander.
Was sollte er zu Mallory sagen, wenn er vor ihr

stünde? Würde er stark genug sein? Würde er der überwältigenden Macht gewachsen sein, über die er künftig verfügte?
Eines war sicher: Er wollte Mallory mit all der Liebe umgeben, zu der er fähig war, mit einer tiefen, unauslöschlichen Liebe, die nie aufgehört hatte und die alles überdauern würde.
Im Übrigen besaß er nicht die Kraft, sich auszumalen, wie es weitergehen würde, wenn Mallory nicht mehr an seiner Seite war und er anderen Menschen bei ihrem letzten Schritt helfen musste.
Im Augenblick konnte er nur an Mallory denken.
Er würde ihr Kompass sein, der Führer ihrer letzten Tage.
Er würde der Bote sein, der sie an der Hand nahm und bis zur Schwelle dieses Ortes begleitete.
Zu diesem unbekannten und gefürchteten Ort.
An den Ort, zu dem wir alle gehen werden.

In Höhe der Trinity Church lief er schneller: Die Frau, die er liebte, erwartete ihn zu Hause.

Und sie brauchte ihn.

Danksagung

Ich danke Valentin Musso für seine zündenden Ideen und seine wertvollen Ratschläge.

Danke, Valen, »Ein Engel im Winter« wäre ohne dich in dieser Form nicht möglich gewesen.

Danken möchte ich auch meinen Eltern und meinem Bruder Julien für ihre Ermunterungen und ihre häufig sehr begründete Kritik.

Des Weiteren sage ich Dank: Bernard Fixot und Caroline Lépée. Es ist ein Privileg, mit euch zu arbeiten.